W9-DAJ-811

诺贝尔文学奖
获得者莫言
作品系列

红高粱家族

莫言 ◎ 著

上海文艺出版社

捍卫长篇小说的尊严

——代　序　言

莫　言

　　大约是两年前,《长篇小说选刊》创刊,让我写几句话,推辞不过,斗胆写道:"长度、密度和难度,是长篇小说的标志,也是这伟大文体的尊严。"

　　所谓长度,自然是指小说的篇幅。没有二十万字以上的篇幅,长篇小说就缺少应有的威严。就像金钱豹子,虽然也勇猛,虽然也剽悍,但终因体形稍逊,难成山中之王。我当然知道许多篇幅不长的小说其力量和价值都胜过某些臃肿的长篇,我当然也知道许多篇幅不长的小说已经成为经典,但那种犹如长江大河般的波澜壮阔之美,却是那些精巧的篇什所不具备的。长篇就是要长,不长算什么长篇?要把长篇写长,当然很不容易。我们惯常听到的是把长篇写短的呼吁,我却在这里呼吁:长篇就是要往长里写!当然,把长篇写长,并不是事件和字数的累加,而是一种胸中的大气象,一种艺术的大营造。那些能够营造精致的江南园林的建筑师,那些在假山上盖小亭子的建筑师,当然也很了不起,但他们大概营造不来故宫和金字塔,更主持不了万里长城那样的浩大工程。这如同战争中,有的人,指挥一个团,可能非常出色,但给他一个军,一个兵团,就乱了阵脚。将才就是将才,帅才就是帅才,而帅才大都不是从行伍中一步步成长起来的。当然,不能简单地把写长篇小说的称作帅才,更不敢把写短篇小说的贬为将才。比喻都是笨拙的,请原谅。

　　一个善写长篇小说的作家,并不一定非要走短——中——长的

1

道路,尽管许多作家包括我自己走的都是这样的道路。许多伟大的长篇小说作者,一开始上手就是长篇巨著,譬如曹雪芹、罗贯中等。我认为一个作家能够写出并且能够写好长篇小说,关键的是要具有"长篇胸怀"。"长篇胸怀"者,胸中有大沟壑、大山脉、大气象之谓也。要有粗砺莽荡之气,要有容纳百川之涵。所谓大家手笔,正是胸中之大沟壑、大山脉、大气象的外在表现也。大苦闷、大悲悯、大抱负、天马行空般的大精神,落了片白茫茫大地真干净的大感悟——这些都是"长篇胸怀"之内涵也。

　　大苦闷、大抱负、大精神、大感悟,都不必展开来说,我只想就"大悲悯"多说几句。近几年来,"悲悯情怀"已成时髦话语,就像前几年"终极关怀"成为时髦话语一样。我自然也知道悲悯是好东西,但我们需要的不是那种刚吃完红烧乳鸽,又赶紧给一只翅膀受伤的鸽子包扎的悲悯;不是苏联战争片中和好莱坞大片中那种模式化的、煽情的悲悯;不是那种全社会为一只生病的熊猫献爱心、但置无数因为无钱而在家等死的人于不顾的悲悯。悲悯不仅仅是"打你的左脸把右脸也让你打",悲悯也不仅仅是在苦难中保持善心和优雅姿态,悲悯不是见到血就晕过去或者是高喊着"我要晕过去了",悲悯更不是要回避罪恶和肮脏。《圣经》是悲悯的经典,但那里边也不乏血肉模糊的场面。佛教是大悲悯之教,但那里也有地狱和令人发指的酷刑。如果悲悯是把人类的邪恶和丑陋掩盖起来,那这样的悲悯和伪善是一回事。《金瓶梅》素负恶名,但有见地的批评家却说那是一部悲悯之书。这才是中国式的悲悯,这才是建立在中国的哲学、宗教基础上的悲悯,而不是建立在西方哲学和西方宗教基础上的悲悯。长篇小说是包罗万象的庞大文体,这里边有羊羔也有小鸟,有狮子也有鳄鱼。你不能因为狮子吃了羊羔或者鳄鱼吞了小鸟就说它们不悲悯。你不能因为它们捕杀猎物时展现了高度技巧、获得猎物时喜气洋洋就说他们残忍。只有羊羔和小鸟的世界不成世界;只有好人的小说不是小说。即便是羊羔,也要吃青草;即便是小鸟,也要吃昆虫;即便是好人,也有恶念头。站在高一点的角度往下看,好人和坏人,都是可怜的人。小悲悯只同情好人,大悲悯不但同情好人,而且也同情恶人。

编造一个苦难故事，对于以写作为职业的人来说，不算什么难事，但那种非在苦难中煎熬过的人才可能有的命运感，那种建立在人性无法克服的弱点基础上的悲悯，却不是能够凭借才华编造出来的。描写政治、战争、灾荒、疾病、意外事件等外部原因带给人的苦难，把诸多苦难加诸弱小善良之身，让黄鼠狼单咬病鸭子，这是煽情催泪影视剧的老套路，但不是悲悯，更不是大悲悯。只描写别人留给自己的伤痕，不描写自己留给别人的伤痕，不是悲悯，甚至是无耻。只揭示别人心中的恶，不袒露自我心中的恶，不是悲悯，甚至是无耻。只有正视人类之恶，只有认识到自我之丑，只有描写了人类不可克服的弱点和病态人格导致的悲惨命运，才是真正的悲剧，才可能具有"拷问灵魂"的深度和力度，才是真正的大悲悯。

关于悲悯的话题，本该就此打住，但总觉言犹未尽。请允许我引用南方某著名晚报的一个德高望重的、老革命出身的总编辑退休之后在自家报纸上写的一篇专栏文章，也许会使我们对悲悯问题有新的认识。这篇文章的题目叫《难忘的毙敌场面》，全文如下：

中外古今的战争都是残酷的。在激烈斗争的战场上讲人道主义，全属书生之谈。特别在对敌斗争的特殊情况下，更是如此。下面讲述一个令我毕生难忘的毙敌场面，也许会使和平时期的年轻人，听后毛骨悚然，但在当年，我却以平常的心态对待。然而，这个记忆，仍使我毕生难忘。

1945 年 7 月日本投降前夕，国民党顽军 152 师所属一个大队，瞅住这个有利时机，向"北支"驻地大镇等处发动疯狂进攻，我军被迫后撤到驻地附近山上。后撤前，我军将大镇潜伏的顽军侦察员（即国民党特务）四人抓走。其中有个特务是以当地医生的面目出现的。抓走时，全部用黑布蒙住眼睛（避免他们知道我军撤走的路线），同时绑着双手，还用一条草绳把四个家伙"串"起来走路。由于敌情紧急，四面受敌，还要被迫背着这四个活包袱踉跄行进，万一双方交火，这四个"老特"便可能溜走了。北江支队长邬强当即示意大队长郑伟灵，把他们统统处决。

郑伟灵考虑到枪毙他们，一来浪费子弹，二来会惊动附近敌人，便决定用刺刀全部把他们捅死。但这是很费力，也是极其残酷的。但在郑伟灵眼里看来，也不过是个"小儿科"。当部队撤到英德东乡同乐街西南面的山边时，他先呼喝第一个蒙面的敌特俯卧地上，然后用锄头、刺刀把他解决了。

为了争取最后机会套取敌特情报，我严厉地审问其中一个敌特，要他立即交代问题。其间，他听到同伙中"先行者"的惨叫后，已经全身发抖，无法言语。我光火了，狠狠地向他脸上捆了一巴掌。另一个敌特随着也狂叫起来，乱奔乱窜摔倒地上。郑伟灵继续如法炮制，把另外三个敌特也照样处死了。我虽首次看到这个血淋淋的场面，但却毫不动容，可见在敌我双方残酷的厮杀中，感情的色彩也跟着改变了。

事隔数十年后，我曾问郑伟灵，你一生杀过多少敌人？他说：百多个啦。原来，他还曾用日本军刀杀了六个敌特，但这是后话了。

读完这篇文章，我才感到我们过去那些描写战争的小说和电影，是多么虚伪和虚假。这篇文章的作者，许多南方的文坛朋友都认识，他到了晚年，是一个慈祥的爷爷，是一个关心下属的领导，口碑很好。我相信他文中提到的郑伟灵，也不会是凶神恶煞模样，但在战争这种特殊的环境下，他们是真正的杀人不眨眼。但我们有理由谴责他们吗？那个杀了一百多人的郑伟灵，肯定是得过无数奖章的英雄，但我们能说他不"悲悯"吗？可见，悲悯，是有条件的；悲悯，是一个极其复杂的问题，不是书生的臆想。

一味强调长篇之长，很容易招致现成的反驳，鲁迅、沈从文、张爱玲、汪曾祺、契诃夫、博尔赫斯，都是现成的例子。我当然不否认上列作家都是优秀的或者是伟大的作家，但他们不是列夫·托尔斯泰、陀斯妥耶夫斯基、托马斯·曼、乔伊斯、普鲁斯特那样的作家，他们的作品里没有上述这些作家的煌煌巨作里所具有的那种波澜壮阔的浩瀚景象,这大概也是不争的事实。

长篇越来越短,与流行有关,与印刷与包装有关,与利益有关,与浮躁心态有关,也与那些盗版影碟有关。从苦难的生活中(这里的苦难并不仅仅是指物质生活的贫困,而更多是一种精神的苦难)和个人性格缺陷导致的悲剧中获得创作资源可以写出大作品,而从盗版影碟中攫取创作资源,大概只能写出背离中国经验和中国感受的也许是精致的小玩艺儿。也许会有人说,在当今这个时代,太长的小说谁人要看? 其实,要看的人,再长也看;不看的人,再短也不看。长,不是影响那些优秀读者的根本原因。当然,好是长的前提,只有长度,就像老祖母的裹脚布一样,当然不好;但假如是一匹绣着《清明上河图》那样精美图案的锦缎,长就是好了。

长不是抻面,不是注水,不是吹气,不是泡沫,不是通心粉,不是灯心草,不是纸老虎;长是真家伙,是仙鹤之腿,不得不长,是不长不行的长,是必须这样长的长。万里长城,你为什么这样长? 是背后壮阔的江山社稷要它这样长。

长篇小说的密度,是指密集的事件,密集的人物,密集的思想。思想之潮汹涌澎湃,裹挟着事件、人物,排山倒海而来,让人目不暇接,不是那种用几句话就能说清的小说。

密集的事件当然不是事件的简单罗列,当然不是流水帐。海明威的"冰山理论"对这样的长篇小说同样适用。

密集的人物当然不是沙丁鱼罐头式的密集,而是依然要个个鲜活、人人不同。一部好的长篇小说,主要人物应该能够进入文学人物的画廊,即便是次要人物,也应该是有血有肉的活人,而不是为了解决作家的叙述困难而拉来凑数的道具。

密集的思想,是指多种思想的冲突和绞杀。如果一部小说只有所谓的正确思想,只有所谓的善与高尚,或者只有简单的、公式化的善恶对立,那这部小说的价值就值得怀疑。那些具有进步意义的小说很可能是一个思想反动的作家写的。那些具有哲学思维的小说,大概都不是哲学家写的。好的长篇应该是"众声喧哗",应该是多义多解,很多情况下应该与作家的主观意图背道而驰。在善与恶之间,美与丑之间、爱与恨之间，应该有一个模糊地带，而这里也许正是小说家施展才华的广阔天地。

也可以说，具有密度的长篇小说，应该是可以被一代代人误读的小说。这里的误读当然是针对着作家的主观意图而言。文学的魅力，就在于它能被误读。一部作家的主观意图和读者的读后感觉吻合了的小说，可能是一本畅销书，但不会是一部"伟大的小说"。

长篇小说的难度，是指艺术上的原创性，原创的总是陌生的，总是要求读者动点脑子的，总是要比阅读那些轻软滑溜的小说来得痛苦和艰难。难也是指结构上的难，语言上的难，思想上的难。

长篇小说的结构，当然可以平铺直叙，这是那些批判现实主义的经典作家的习惯写法。这也是一种颇为省事的写法。结构从来就不是单纯的形式，它有时候就是内容。长篇小说的结构是长篇小说艺术的重要组成部分，是作家丰沛想象力的表现。好的结构，能够凸现故事的意义，也能够改变故事的单一意义。好的结构，可以超越故事，也可以解构故事。前几年我还说过，"结构就是政治"。如果要理解"结构就是政治"，请看我的《酒国》和《天堂蒜薹之歌》。我们之所以在那些长篇经典作家之后，还可以写作长篇，从某种意义上说，就在于我们还可以在长篇的结构方面展示才华。

长篇小说的语言之难，当然是指具有鲜明个性的、陌生化的语言。但这陌生化的语言，应该是一种基本驯化的语言，不是故意地用方言土语制造阅读困难。方言土语自然是我们语言的富矿，但如果只局限在小说的对话部分使用方言土语，并希望借此实现人物语言的个性化，则是一个误区。把方言土语融入叙述语言，才是对语言的真正贡献。

长篇小说的长度、密度和难度，造成了它的庄严气象。它排斥投机取巧，它笨拙，大度，泥沙俱下，没有肉麻和精明，不需献媚和撒娇。

在当今这个时代，读者多追流俗，不愿动脑子。这当然没有什么不对。真正的长篇小说，知音难觅，但知音难觅是正常的。伟大的长篇小说，没有必要像宠物一样遍地打滚，也没有必要像鬣狗一样结群吠叫。它应该是鲸鱼，在深海里，孤独地遨游着，响亮而沉重地呼吸着,波浪翻滚地交配着,血水浩荡地生产着,与成群结队的鲨鱼,保持着足够的距离。

长篇小说不能为了迎合这个煽情的时代而牺牲自己应有的尊严。长篇小说不能为了适应某些读者而缩短自己的长度、减小自己的密度、降低自己的难度。我就是要这么长,就是要这么密,就是要这么难,愿意看就看,不愿意看就不看。哪怕只剩下一个读者,我也要这样写。

目　录

卷 首 语

谨以此书召唤那些游荡在我的故乡无边无际的通红的高粱地里的英魂和冤魂。我是你们的不肖子孙。我愿扒出我的被酱油腌透了的心,切碎,放在三个碗里,摆在高粱地里。伏惟尚飨!尚飨!

第 一 章

红高粱

一

一九三九年古历八月初九，我父亲这个土匪种十四岁多一点。他跟着后来名满天下的传奇英雄余占鳌司令的队伍去胶平公路伏击敌人的汽车队。奶奶披着夹袄，送他们到村头。余司令说："立住吧。"奶奶就立住了。奶奶对我父亲说："豆官，听你干爹的话。"父亲没吱声，他看着奶奶高大的身躯，嗅着从奶奶的夹袄里散出的热烘烘的香味，突然感到凉气逼人。他打了一个战，肚子咕噜噜响一阵。余司令拍了一下父亲的头，说："走，干儿。"

天地混沌，景物影影绰绰，队伍的杂沓脚步声已响出很远。父亲眼前挂着蓝白色的雾幔，挡住了他的视线，只闻队伍脚步声，不见队伍形和影。父亲紧紧扯住余司令的衣角，双腿快速挪动。奶奶像岸愈离愈远，雾像海水愈近汹涌，父亲抓住余司令，就像抓住一条船舷。

父亲就这样奔向了耸立在故乡通红的高粱地里属于他的那块无字的青石墓碑。他的坟头上已经枯草瑟瑟，曾经有一个光屁股的男孩牵着一只雪白的山羊来到这里，山羊不紧不慢地啃着坟头上的草，男孩站在墓碑上，怒气冲冲地撒上一泡尿，然后放声高唱：高粱红了——日本来了——同胞们准备好——开枪开炮——

有人说这个放羊的男孩就是我，我不知道是不是我。我曾对高密东北乡极端热爱，曾经对高密东北乡极端仇恨，长大后努力学习马克思主义，我终于悟到：高密东北乡无疑是地球上最美丽最丑陋、最超脱最世俗、最圣洁最龌龊、最英雄好汉最王八蛋、最能喝酒最能爱的地方。生存在这块土地上的我的父老乡亲们，喜食高粱，每年都大量种植。八月深秋，无边无际的高粱红成洸洋的血海，高粱高密辉煌，高粱凄婉可人，高粱爱情激荡。秋风苍凉，阳光很旺，瓦蓝的天上游荡着一朵朵丰满的白云，高粱上滑动着一朵朵丰满白云的紫红色影子。一队队暗红色的人在高粱棵子里穿梭拉网，几十年如一日。他们杀人越货，精忠报国，他们演出过一幕幕英勇悲壮的舞剧，使我们这些活着的不肖子孙相形见绌，在进步的同时，我真切地感到种的退化。

出村之后，队伍在一条狭窄的土路上行进，人的脚步声中夹着路边碎草的窸窣声响。雾奇浓，活泼多变。我父亲的脸上，无数密集的小水点凝成大颗粒的水珠，他的一撮头发，粘在头皮上。从路两边高粱地里飘来的幽淡的薄荷气息和成熟高粱苦涩微甘的气味，我父亲早已闻惯，不新不奇。在这次雾中行军里，我父亲闻到了那种新奇的、黄红相间的腥甜气息。那味道从薄荷和高粱的味道中隐隐约约地透过来，唤起父亲心灵深处一种非常遥远的记忆。

七天之后，八月十五日，中秋节。一轮明月冉冉升起，遍地高粱肃然默立，高粱穗子浸在月光里，像蘸过水银，汩汩生辉，我父亲在剪破的月影下闻到了比现在强烈无数倍的腥甜气息。那时候,余司令牵着他的手在高粱地里行走,三百多个乡亲叠股枕臂,陈尸狼藉,流出的鲜血灌溉了一大片高粱,把高粱下的黑土地浸泡成稀泥,使他们拔脚迟缓。腥甜的气味令人窒息,一群前来吃人肉的狗,坐在高粱地里,目光炯炯地盯着父亲和余司令。余司令掏出自来得手枪,甩手一响,两只狗眼灭了;又一甩手,灭了两只狗眼。群狗一哄而散,坐得远远的,呜呜地咆哮着,贪婪地望着死尸。腥甜味愈加强烈,余司令大喊一声:"日本狗!狗娘养的日本!"他对着那群狗打完了所有的子弹,狗跑得无影无踪。余司令对我父亲说:"走吧,儿子!"一老一小,便迎着月光,向高粱深处走去。那股弥漫着田野的腥甜味浸透了我父亲的灵魂,在以后更加激烈更加残忍的岁月里,这股腥甜味一直伴随着他。

高粱的茎叶在雾中滋滋乱叫,雾中缓慢地流淌着在这块低洼平原上穿行的墨河水明亮的喧哗,一阵强一阵弱,一阵远一阵近。赶上队伍了,父亲的身前身后响着踢踢蹋蹋的脚步声和粗重的呼吸。不知谁的枪托撞到另一个谁的枪托上了。不知谁的脚踩破了一个死人的骷髅什么的。父亲前边那个人吭吭地咳嗽起来,这个人的咳嗽声非常熟悉。父亲听到他咳嗽就想起他那两扇一激动就充血的大耳朵。透明单薄布满血管的大耳朵是王文义头上引人注目的器官。他个子很小,一颗大头缩在耸起的双肩中。父亲努力看去,目光刺破浓雾,看到了王文义那颗一边咳一边颠动的大头。父亲想起王文义在演练场上挨打时,那颗大头颠成那般可怜模样。那时他刚参加余司令的队伍,任副官在演练场上对他也对其他队员喊:向右转——,王文义欢欢喜喜地跺着脚,不知转到哪里去了。任副官在他腚上打了一鞭子,他嘴咧开叫一声:孩子他娘!脸上表情不知是哭还是笑。围在短墙外看光景的孩子们都哈哈大笑。

余司令飞起一脚,踢到王文义的屁股上。

"咳什么?"

"司令……"王文义忍着咳嗽说,"嗓子眼儿发痒……"

"痒也别咳!暴露了目标我要你的脑袋!"

"是,司令。"王文义答应着,又有一阵咳嗽冲口而出。

父亲觉出余司令的手从王文义的后颈皮上松开了,父亲还觉得王文义的脖子上留下两个熟葡萄一样的紫手印,王文义幽蓝色的惊惧不安的眼睛里,飞进出几点感激与委屈。

很快,队伍钻进了高粱地。我父亲本能地感觉到队伍是向着东南方向开进的。适才走过的这段土路是由村庄直接通向墨水河边的唯一的道路。这条狭窄的土路在白天颜色青白。路原是由乌油油的黑土筑成,但久经践踏,黑色都沉淀到底层,路上叠印过多少牛羊的花瓣蹄印和骡马毛驴的半圆蹄印,马骡驴粪像干萎的苹果,牛粪像虫蛀过的薄饼,羊粪稀拉拉像震落的黑豆。父亲常走这条路,后来他在日本炭窑中苦熬岁月时,眼前常常闪过这条路。父亲不知道我的奶奶在这条土路上主演过多少风流悲喜剧,我知道。父亲也不知道在高粱阴影遮掩着的黑土上,曾经躺过奶奶洁白如玉的光滑肉体,我也知道。

拐进高粱地后,雾更显凝滞,质量更大,流动感少,在人的身体与人负载的物体碰撞高粱秸秆后,随着高粱嚓嚓啦啦的幽怨鸣声,一大滴一大滴的沉重水珠扑簌簌落下。水珠冰凉清爽,味道鲜美,我父亲仰脸时,一滴大水珠准确地打进他的嘴里。父亲看到舒缓的雾团里,晃动着高粱沉甸甸的头颅。高粱沾满了露水的柔韧叶片,锯着父亲的衣衫和面颊。高粱晃动激起的小风在父亲头顶上短促出击,墨水河的流水声愈来愈响。

父亲在墨水河里玩过水,他的水性好像是天生的,奶奶说他见了水比见了亲娘还急。父亲五岁时，就像小鸭子一样潜水，粉红的屁股眼儿朝着天，双脚高举。父亲知道，墨水河底的淤泥乌黑发亮，柔软得像油脂一样。河边潮湿的滩涂上，丛生着灰绿色的芦苇和鹅绿色车前草，还有贴地生的野葛蔓，支支直立的接骨草。滩涂的淤泥上，印满螃蟹纤细的爪迹。秋风起，天气凉，一群群大雁往南飞，一会儿排成个"一"字，一会儿排成个"人"字，等等。高粱红了，西风响，蟹脚痒，成群结队的、马蹄大小的螃蟹都在夜间爬上河滩，到草丛中觅食。螃蟹喜食新鲜牛屎和腐烂的动物的尸体。父亲听着河声，想着从前的秋天夜晚，跟着我家的老伙计刘罗汉大爷去河边捉螃蟹的情景。夜色灰葡萄，金风串河道，宝蓝色的天空深邃无边，绿色的星辰格外明亮。北斗勺子星——北斗主死，南斗簸箕星——南斗司生、八角玻璃井——缺了一块砖，焦灼的牛郎要上吊，忧愁的织女要跳河……都在头上悬着。刘罗汉大爷在我家工作了几十年，负责我家烧酒作坊的全面工作，父亲跟着罗汉大爷脚前脚后地跑，就像跟着自己的爷爷一样。

父亲被迷雾扰乱的心头亮起了一盏四块玻璃插成的罩子灯，洋油烟子从罩子灯上盖的铁皮、钻眼的铁皮上钻出来。灯光微弱，只能照亮五六米方圆的黑暗。河里的水流到灯影里，黄得像熟透的杏子一样可爱，但可爱一霎霎，就流过去了，黑暗中的河水倒映着一天星斗。父亲和罗汉大爷披着蓑衣，坐在罩子灯旁，听着河水的低沉呜咽——非常低沉的呜咽。河道两边无穷的高粱地不时响起寻偶狐狸的兴奋鸣叫。螃蟹趋光，正向灯影聚拢。父亲和罗汉大爷静坐着，恭听着天下的窃窃秘语，河底下淤泥的腥味，一股股泛上来。成群结队的螃蟹团团围上来，形成一个躁动不安的圆圈。父亲心里惶惶，跃跃欲起，被罗汉大爷按住了肩头。"别急！"大爷说，"心急喝不得热粘粥。"父亲强压住激动，不动。螃蟹爬到灯光里就停下来，首尾相衔，把地皮都盖住了。一片青色的蟹壳闪亮,一对对圆杆状的眼睛从凹陷的眼窝里打出来。隐在倾斜的脸面下的嘴里,吐出一串一串的五彩泡沫。螃蟹吐着彩沫向人挑战,父亲身上披着大蓑衣长毛参起。罗汉大爷说:"抓!"父亲应声弹起,与罗汉大爷抢过去,每人抓住一面早就铺在地上的密眼罗网的两角,把一块螃蟹抬起来,露出了螃蟹下的河滩地。父亲和罗汉大爷把两角系起扔在一边,又用同样的迅速和熟练抬起网片。每一网都是那么沉重,不知网住了几百几千只螃蟹。

父亲跟着队伍进了高粱地后,由于心随螃蟹横行斜走,脚与腿不择空隙,撞得高粱棵子东倒西歪。他的手始终紧扯着余司令的衣角,一半是自己行走,一半是余司令牵着前进,他竟觉得有些瞌睡上来,脖子僵硬,眼珠子生涩呆板。父亲想,只要跟着罗汉大爷去墨水河,就没有空手回来的道理。父亲吃螃蟹吃腻了,奶奶也吃腻了。食之无味,弃之可惜,罗汉大爷就用快刀把螃蟹斩成碎块,放到豆腐磨里研碎,加盐,装缸,制成蟹酱,成年累月地吃,吃不完就臭,臭了就喂罂粟。我听说奶奶会吸大烟但不上瘾,所以始终面如桃花,神清气爽,用螃蟹喂过的罂粟花朵肥硕壮大,粉、红、白三色交杂,香气扑鼻。故乡的黑土本来就是出奇的肥沃,所以物产丰饶,人种优良。民心高拔健迈,本是我故乡心态。墨水河盛产的白鳝鱼肥得像肉棍一样,从头至尾一根刺。它们呆头呆脑,见钩就吞。父亲想着的罗汉大爷去年就死了,死在胶平公路上。他的尸体被割得零零碎碎,扔得东一块西一块。躯干上的皮被剥了,肉跳,肉蹦,像只褪皮后的大青蛙。父亲一想起罗汉大爷的尸体,脊梁沟就发凉。父亲又想起大约七八年前的一个晚上,我奶奶喝醉了酒,在我家烧酒作坊的院子里,有一个高粱叶子垛,奶奶倚在草垛上,搂住罗汉大爷的肩,呢呢喃喃地说:"大叔……你别走,不看僧面看佛面,不看鱼面看水面,不看我的面子也要看豆官的面子上,留下吧,你要我……我也给你……你就像我的爹一样……"父亲记得罗汉大爷把奶奶推到一边,晃晃荡荡走进骡棚,给骡子拌料去了。我家养着两头大黑骡子,开着烧高粱酒的作坊,是村子里的首富。罗汉大爷没走,一直在我家担任业务领导,直到我家那两头大黑骡子被日本人拉到胶平公路修筑工地上去使役为止。

这时,从被父亲他们甩在身后的村子里,传来悠长在毛驴叫声。父亲精神一振,眼睛睁开,然而看到的,依然是半凝固半透明的雾气。高粱挺拔的秆子,排成密集的栅栏,模模糊糊地隐藏在气体的背后,穿过一排又一排,排排无尽头。走进高粱地多久了,父亲已经忘记,他的神思长久地滞留在远处那条喧响着的丰饶河流里,长久地滞留在往事的回忆里,竟不知这样匆匆忙忙拥拥挤挤地在如梦如海的高粱地里蹿进是为了什么。父亲迷失了方位。他在前年有一次迷途高粱地的经验,但最后还是走出来了,是河声给他指引了方向。现在,父亲又谛听着河的启示,很快明白,队伍是向正东偏南开进,对着河的方向开进。方向辨清,父亲也就明白,这是去打伏击,打日本人,要杀人,像杀狗一样。他知道队伍一直往东南走,很快就要走到那条南北贯通,把偌大个低洼平原分成两半,把胶县平度县两座县城连在一起的胶平公路。这条公路,是日本人和他们的走狗用皮鞭和刺刀催逼着老百姓修成的。

高粱的骚动因为人们的疲惫困乏而频繁激烈起来,积露连续落下,淋湿了每个人的头皮和脖颈。王文义咳嗽不断,虽连遭余司令辱骂也不改正。父亲感到公路就要到了,他的眼前昏昏黄黄地晃动着路的影子。不知不觉,连成一体的雾海中竟有些空洞出现,一穗一穗被露水打得精湿的高粱在雾洞里忧悒地注视着我父亲,父亲也虔诚地望着它们。父亲恍然大悟,明白了它们都是活生生的灵物。它们扎根黑土,受日精月华,得雨露滋润,上知天文下知地理。父亲从高粱的颜色上,猜到了太阳已经被高粱遮挡着的地平线烧成一片可怜的艳红。

忽然发生变故,父亲先是听到耳边一声尖利呼啸,接着听到前边发出什么东西被迸裂的声响。

余司令大声吼叫:"谁开枪? 小舅子,谁开的枪?"

父亲听到子弹钻破浓雾,穿过高粱叶子高粱秆,一颗高粱头颓落地。一时间众人都屏气息声。那粒子弹一路尖叫着,不知落到哪里去了。芳香的硝烟迷散进雾。王文义惨叫一声:"司令——我没有头啦——司令——我没有头啦——"

余司令一愣神,踢了王文义一脚,说:"你娘个蛋! 没有头还会说话!"

余司令撇下我父亲,到队伍前头去了。王文义还在哀嚎。父亲凑上前去,看清了王文义奇形怪状的脸。他的腮上,有一股深蓝色的东西在流动。父亲伸手摸去,触了一手粘腻发烫的液体。父亲闻到了跟墨水河淤泥差不多、但比墨水河淤泥要新鲜得多的腥气。它压倒了薄荷的幽香,压倒了高粱的甘苦,它唤醒了父亲那越来越迫近的记忆,一线穿珠般地把墨水河淤泥、把高粱下黑土、把永远死不了的过去和永远留不住的现在连系在一起,有时候,万物都会吐出人血的味道。

"大叔,"父亲说,"大叔,你挂彩了。"

"豆官,你是豆官吧,你看看大叔的头还在脖子上长着吗?"

"在,大叔,长得好好的,就是耳朵流血啦。"

王文义伸手摸耳朵,摸到一手血,一阵尖叫后,他就瘫了:"司令,我挂彩啦! 我挂彩啦,我挂彩啦。"

余司令从前边回来,蹲下,捏着王文义的脖子,压低嗓门说:"别叫,再叫我就毙了你!"

王文义不敢叫了。

"伤着哪儿啦?"余司令问。

"耳朵……"王文义哭着说。

余司令从腰里抽出一块包袱皮样的白布,嚓一声撕成两半,递给王文义,说:"先捂着,别出声,跟着走,到了路上再包扎。"

余司令又叫:"豆官。"父亲应了,余司令就牵着他的手走。王文义哼哼唧唧地跟在后边。

适才那一枪,是扛着一盘耙在头前开路的大个子哑巴不慎摔倒,背上的长枪走了火。哑巴是余司令的老朋友,一同在高粱地里吃过"拤饼"的草莽英雄,他的一只脚因在母腹中受过伤,走起来一颠一颠,但非常快,父亲有些怕他。

黎明前后这场大雾,终于在余司令的队伍跨上胶平公路时溃散下去。故乡八月,是多雾的季节,也许是地势低洼土壤潮湿所致吧。走上公路后,父亲顿时感到身体灵巧轻便,脚步利索有劲,他松开了抓住余司令衣角的手。王文义用白布捂着血耳朵,满脸哭相。余司令给他粗手粗脚包扎耳朵,连半个头也包住了。王文义痛得龇牙咧嘴。

余司令说:"你好大的命!"

王文义说:"我的血流光了,我不能去啦!"

余司令说:"屁,蚊子咬了一口也不过这样,忘了你那三个儿子啦吧!"

王文义垂下头,嘟嘟哝哝说:"没忘,没忘。"

他背着一支长筒子鸟枪,枪托儿血红色。装火药的扁铁盒斜吊在他的屁股上。

那些残存的雾都退到高粱地里去了。大路上铺着一层粗沙,没有牛马脚踪,更无人的脚印。相对着路两侧茂密的高粱,公路荒凉,荒唐,令人感到不祥。父亲早就知道余司令的队伍连聋带哑连瘸带

9

拐不过四十人，但这些人住在村里时，搅得鸡飞狗跳，仿佛满村是兵。队伍摆在大路上，三十多人缩成一团，像一条冻僵了的蛇。枪支七长八短，土炮、鸟枪、老汉阳，方六方七兄弟俩抬着一门能把小秤砣打出去的大抬杆子。哑巴扛着一盘长方形的平整土地用的、周遭二十六根铁尖齿的耙，另有三个队员各扛着一盘。父亲当时还不知道打伏击是怎么一回事，更不知道打伏击为什么还要扛上四盘铁齿耙。

二

为了为我的家族树碑立传，我曾经跑回高密东北乡，进行了大量的调查，调查的重点，就是这场我父亲参加过的、在墨水河边打死鬼子少将的著名战斗。我们村里一个九十二岁的老太太对我说："东北乡，人万千，阵势列在墨河边。余司令，阵前站，一举手炮声连环。东洋鬼子魂儿散，纷纷落在地平川。女中魁首戴凤莲，花容月貌巧机关，调来铁耙摆连环，挡住鬼子不能前……"老太婆头顶秃得像一个陶罐，面孔都朽了，干手上凸着一条条丝瓜瓢子一样的筋。她是一九三九年八月中秋节那场大屠杀的幸存者，那时她因脚上生了疮跑不动，被丈夫塞进地瓜窖子里藏起来，天凑地巧活了下来。老太婆所唱快板中的戴凤莲，就是我奶奶的大号。听到这里，我兴奋异常。这说明，用铁耙挡住鬼子汽车退路的计谋竟是我奶奶这个女流想出来的。我奶奶也应该是抗日的先锋，民族的英雄。

提起我的奶奶，老太太话就多了。她的话破碎零乱，像一群随风遍地滚的树叶。她说起我奶奶的脚，是全村最小的脚。我们家的烧酒后劲好大。说到胶平公路时，她的话连贯起来："路修到咱这地盘时哪……高粱齐腰深了……鬼子把能干活的人都赶去了……打毛子工，都偷懒磨滑……你们家里那两头大黑骡子也给拉去了……鬼子在墨水河上架石桥……罗汉,你们家那个老长工……他和你奶奶不大清白咧,人家都这么说……呵呀呀,你奶奶年轻时花花事儿多着咧……你爹多能干,十五岁就杀人,杂种出好汉,十个九个都不善……罗汉去铲骡子腿……被捉住零刀子剐啦……鬼子糟害人呢,在锅里拉屎、盆里撒尿。那年,去挑水,挑上来一个什么呀,一个人头呀,扎着大辫子……"

刘罗汉大爷是我们家历史上的一个重要人物。关于他与我奶奶之间是否有染,现已无法查清。诚然,从心里说,我不愿承认这是事实。

道理虽懂,但陶罐头老太太的话还是让我感到难堪。我想,既然罗汉大爷对待我父亲像对待亲孙子一样,那他就像我的曾祖父一样;假如这位曾祖父竟与我奶奶有过风流事,岂不是乱伦吗? 这其实是胡想。因为我奶奶并不是罗汉大爷的儿媳而是他的东家,罗汉大爷与我的家族只有经济上的联系而无血缘上的联系,他像一个忠实的老家人点缀着我家的历史而且确凿无疑地为我们家的历史增添了光彩。我奶奶是否爱过他,他是否上过我奶奶的炕,都与伦理无关。爱过又怎么样? 我深信,我奶奶什么事都敢干,只要她愿意。她老人家不仅仅是抗日的英雄,也是个性解放的先驱,妇女自立的典范。

我查阅过县志,县志载:民国二十七年,日军捉高密、平度、胶县民夫累计四十万人次,修筑胶平公路。毁稼禾无数。公路两侧村庄中骡马被劫掠一空。农民刘罗汉,乘夜潜入,用铁锹铲伤骡蹄马腿无数,被捉获。翌日,日军在拴马桩上将刘罗汉剥皮零割示众。刘面无惧色,骂不绝口,至死方休。

三

确实是这样,胶平公路上修筑到我们这里时,遍野的高粱只长到齐人腰高。长七十里宽六十里的低尘土洼平原上,除了点缀着几十个村庄,纵横着两条河流,曲折着几十条乡间土路外,绿浪般招展着的全是高粱。平原北边的白马山上,那块白色的马状巨石,在我们村头上看得清清楚楚。锄高粱的农民们抬头见白马,低头见黑土,汗滴禾下土,心中好痛苦!风传着日本人要在平原里修路,村里人早就惶惶不安,焦急地等待着大祸降临。

日本人说来就来。

日本鬼子带着伪军到我们村里抓民夫拉骡马时,我父亲还在睡觉。他是被烧酒作坊那边的吵闹声惊醒的。奶奶拉着父亲的手,颠着两只笋尖般的小脚,跑到烧酒作坊院里去。当时,我家烧酒作坊院子里,摆着十几口大瓮,瓮里满装着优质白酒,酒香飘遍全村。两个穿黄衣的日本人端着上了刺刀的步枪在院子里站着。两个穿黑衣的中国人背着枪,正要解拴在楸树上的两头大黑骡子。罗汉大爷一次一次地扑向那个解缰绳子的小个子伪军,但一次一次地都被那个大个子伪军用枪筒子戳退。初夏天气,罗汉大爷只穿着一件单衫,袒露的胸膛上布满被枪口戳出的紫红圆圈。

罗汉大爷说:"弟兄们,有话好说,有话好说。"

大个子伪军说:"老畜生,滚到一边去。"

罗汉大爷说:"这是东家的牲口,不能拉。"

伪军说:"再吵嚷就毙了你个小舅子!"

日本兵端着枪,像泥神一样。

奶奶和我父亲一进院,罗汉大爷就说:"他们要拉咱的骡子。"

奶奶说:"先生,我们是良民。"

日本兵眯着眼睛对奶奶笑。

小个子伪军把骡子解开,用力牵扯,骡子倔强地高昂着头,死死不肯移步。大个子伪军上去用枪戳骡子屁股,骡子愤怒起蹄,明亮的蹄铁趵起泥土,溅了伪军一脸。

大个子伪军拉了一下枪栓,用枪指着罗汉大爷,大叫:"老混蛋,你来牵,牵到工地上去。"

罗汉大爷蹲在地上,一气不吭。

一个日本兵端着枪,在罗汉大爷眼前晃着,鬼子说:"呜哩哇啦哑啦哩呜!"罗汉大爷看着在眼前乱晃的贼亮的刺刀,一屁股坐在地上。鬼子兵把枪往前一送,锋快的刺刀下刃在罗汉大爷光溜溜的头皮上豁开一条白口子。

奶奶哆嗦成一团,说:"大叔,你,给他们牵去吧。"

一个鬼子兵慢慢向奶奶面前靠。父亲看到这个鬼子兵是个年轻漂亮的小伙子,两只大眼睛漆黑发亮,笑的时候,嘴唇上翻,露出一口黄牙。奶奶跌跌撞撞地往罗汉大爷身后退。罗汉大爷头上的白口子里流出了血,满头挂色。两个日本兵笑着靠上来。奶奶在罗汉大爷的血发上按了两巴掌,随即往脸上两抹,又一把撕散头发,张大嘴巴,疯疯颠颠地跳起来。奶奶的模样三分像人七分像鬼。日本兵愕然止步。小个子伪军说:"太君,这个女人,大大的疯了的有。"

鬼子兵咕噜着,对着我奶奶的头上开了一枪。奶奶坐在地上,呜呜地哭起来。

大个子伪军把罗汉大爷用枪逼起来。罗汉大爷从小个子伪军手里接过骡子缰绳。骡子昂着头,腿抖着,跟着罗汉大爷走出院子。街上乱纷纷跑着骡马牛羊。

奶奶没疯。鬼子和伪军刚一出院,奶奶就揭开一只瓮的木盖子,在平静如镜面的高粱烧酒里,看到一张骇人的血脸。父亲看到泪水在奶奶腮上流过,就变红了。奶奶用烧酒洗了脸,把一瓮酒都洗红了。

罗汉大爷跟骡子一起,被押上了工地。高粱地里,已开出一节路胎子。墨水河南边的公路已差不多修好,大车小车从新修好的路上挤过来,车上载着石头黄沙,都卸在河南岸。河上只有一座小木桥,日本人要在河上架一座大石桥。公路两侧,好宽大的两片高粱都被踩平,地上像铺了一层绿毡。河北的高粱地里,在刚用黑土弄出个模样的路两边,有几十匹骡马拉碌碡,从海一样高粱地里,压出两大片平坦的空地,破坏着与工地紧密相连的青纱帐。骡马都有人牵着,在高粱地里来来回回地走。鲜嫩的高粱在铁蹄下断裂、倒伏,倒伏断裂的高粱又被带棱槽的碌碡和不带棱槽的石滚子反复镇压。各色的碌碡和滚子都变成了深绿色,高粱的汁液把它们湿透了。一股浓烈的青苗子味道笼罩着工地。

罗汉大爷被赶到河南往河北搬运石头。他极不情愿地把骡子缰绳交给了一个烂眼圈的老头子。小木桥摇摇晃晃,好像随时要塌。罗汉大爷过了桥,站在河南,一个工头模样的中国人,用手中持着的紫红色藤条,轻轻戳戳罗汉大爷的头,说:"去,往河北搬石头。"罗汉大爷抹一把眼睛——头上流下的血把眉毛都浸湿了。他搬着一块不大不小的石头,从河南到河北。那个接骡的老头还未走,罗汉大爷对他说:"你珍贵着使唤,这两头骡子,是俺东家的。"老头儿麻木地垂着头,牵着骡子,走进开辟通道的骡马大队。黑骡子光滑的屁股上反映阳光点点。头上还在流血,罗汉大爷蹲下,抓起一把黑土,按在伤口上。头顶上沉重的钝痛一直下导到十个脚趾,他觉着头裂成了两半。

工地的边缘上稀疏地站着持枪的鬼子和伪军,手持藤条的监工,像鬼魂一样在工地上转来转去。罗汉大爷在工地上走,民夫们看着他血泥模糊的头,吃惊得眼珠乱颤。罗汉大爷搬起一块桥石,刚走了几步,就听到背后响起一阵利飕的小风,随即有一道长长的灼痛落到他的背上。他扔下桥石,见那个监工正对着他笑。罗汉大爷说:"长官,有话好说,你怎么举手就打人?"

监工微笑不语,举起藤条又横着抽了一下他的腰。罗汉大爷感到这一藤条几乎把自己打成两半,两股热辣辣的泪水从眼窝里凸出来。血冲头顶,那块血与土凝成的嘎痂,在头上崩崩乱跳,似乎要迸裂。

罗汉大爷喊:"长官!"

长官又给了他一藤条。

罗汉大爷说:"长官,打俺是为了啥?"

长官抖着手里的藤条,笑眯眯地说:"让你长长眼色,狗娘养的。"

罗汉大爷气噎咽喉,泪眼模糊,从石堆里搬起一块大石头,踉踉跄跄地往小桥上走。他的脑袋膨胀,眼前白花花一片。石头尖硬的棱角刺着他的肚腹和肋骨,他都觉不出痛了。

监工拄着藤条原地不动,罗汉大爷搬着石头,胆战心惊地从他眼前走过。监工在罗汉大爷脖子上又抽了一藤条。罗汉大爷一个前趴,抱着大石,跪倒在地上。石头砸破了他的双手,他的下巴在石头上碰得血肉模糊。罗汉大爷被打得六神无主,像孩子一样胡胡涂涂地哭起来。这时,一股紫红色的火苗,也在他空白的脑子里缓缓地亮起来。

他费力地从石头下抽出手,站起来,腰半弓着,像一只发威的老瘦猫。

一个约有四十岁出头的中年人,满脸堆着笑,走到监工面前,从口袋里摸出一包烟,捏出一支,敬到监工嘴边。监工张嘴叼了烟,又等那人替他点燃。

中年人说:"您老,犯不着跟这根糟木头生气。"

监工把烟雾从鼻孔里喷出来，一句话也不说。大爷看到他握藤条的焦黄手指在紧急地扭动。

中年人把那盒烟装进监工口袋里。监工好像全无觉察，哼了一声，用手掌压住口袋，转身走了。

"老哥，你是新来的吧?"中年人问。

罗汉大爷说:"是。"

他问:"你没送他点见面礼?"

罗汉大爷说:"不讲理，狗! 不讲理，他们硬抓我来的。"

中年人说:"送他点钱，送他盒烟都行，不打勤的，不打懒的，单打不长眼的。"中年人扬长进入民工队伍。

整整一个上午，罗汉大爷就跟没魂一样，死命地搬着石头。头上的血痂遭阳光晒着，干硬干硬地痛。手上血肉模糊。下巴上的骨头受了伤，口水不断流出来。那股紫红色的火苗时强时弱地在他脑子里燃着，一直没有熄灭。

中午，从前边那段修得勉可行车的公路上，颠颠簸簸地驶来一辆土黄色的汽车。他恍惚听到一声尖利的哨响，眼见着半死不活的民工们摇摇摆摆地向汽车走过去。他坐在地上，什么念头也没有，也不想知道那汽车到来是怎么一回事。只有那簇紫红的火苗子灼热地跳跃着，冲击着他的双耳里嗡嗡地响。

中年人过来，拉他一把，说:"老哥，走吧，开饭啦，去尝尝东洋大米吧!"

罗汉大爷站起来，跟着中年人走。

从汽车上抬下了几大桶雪白的米饭，抬下了一个盛着蓝花白底洋瓷碗的大筐。桶边站着一个瘦中国人，操着一柄黄铜勺子;筐边站着一个胖中国人，端着一摞碗。来一个人他发给一个碗，黄铜勺子同时往这碗里扣进米饭。众人在汽车周围狼吞虎咽，没有筷子，一律用手抓。

那个监工又转过来,提着藤条,脸上还带着那种冷静的笑容。罗汉大爷脑子里的火苗腾一声燃旺了,火苗把他丢去的记忆照耀得清清楚楚,他记起半天来恶梦般的遭际。持枪站岗的日本兵和伪军也聚拢过来,围着一只白铁皮桶吃饭。一只削耳长脸的狼狗坐在桶后,伸着舌头看着这边的民夫。

罗汉大爷数了数围着桶吃饭的十几个鬼子和十几个伪军,心里萌生了跑的念头。跑,只要钻到了高粱地里,狗日的就抓不到了。他的脚心里热乎乎地流出了汗。自从跑的念头萌动之后,他的心就焦躁不安。持藤监工冷静的笑脸后仿佛隐藏着什么,罗汉大爷一见这笑脸,脑子立刻就糊涂了。

民夫们都没吃饱。胖子中国人收回洋碗。民夫们舔着嘴唇,眼巴巴地盯着那几只空桶里残存的米粒,但没人敢去动。河北岸有一头骡子嘶哑地叫起来。罗汉大爷听出来了,是我家的黑骡子在叫。在那片新开辟出的空地上,骡马都拴在碌碡或石滚子上。高粱尸横遍野。骡马无精打采地叼吃着被揉烂压扁的高粱茎叶。

下午,有一个二十多岁的小青年,瞅着监工不注意,飞一般窜向高粱地,一颗子弹追上了他。他趴在高粱地边缘上,一动也不动。

太阳平西,那辆土黄色的汽车又来了。罗汉大爷吃完了那勺米饭。他吃惯了高粱米饭的肠胃,对这种充满霉气的白米进行着坚决的排斥。但他还是强忍着喉咙的痉挛把它吃了。跑的念头越来越强烈。他惦记着十几里外的村子里,属于他的那个酒香扑鼻的院落。日本人来,烧酒的伙伴们都跑了,热气腾腾的烧酒大锅冷了。他更惦记我奶奶和我父亲。奶奶在高粱叶子垛边给他的温暖令他终生难忘。

吃过晚饭,民夫们都被赶到一个用木杆子夹成的大栅栏里。栅栏上罩着几块篷布。杉木杆子都用绿豆粗的铁丝连成一体。栅栏门是用半把粗的铁棍焊成的。鬼子和伪军分住着两个帐篷,帐篷离栅栏几十步远。那条狗拴在鬼子的帐篷门口。栅栏门口,栽着一根高竿,竿上吊着两盏桅灯。鬼子和伪军轮流着站岗移动。骡马都集中地拴在栅栏西边那片高粱的废墟上。那里栽了几十根拴马桩。

栅栏里臭气熏天,有人在打呼噜,有人往栅栏边角上那个铁皮水桶里撒尿,尿打桶壁如珠落玉盘。桅灯的光暗淡地透进栅栏。流动哨的长影子不时在灯影里晃动。

夜渐深了,栅栏里凉气逼人。罗汉大爷无法入睡。他还是想跑。岗哨的脚步声绕着栅栏响。罗汉大爷躺着不敢动,竟迷迷糊糊地睡过去。梦中觉得头上扎着尖刀,手里握着烙铁。醒来,遍体汗湿,裤子尿得湿漉漉的。从遥远的村庄里传来一声尖细的鸡啼。骡马弹蹄吹鼻。破篷布上,漏出几颗鬼鬼祟祟的星辰。

白天帮助过罗汉大爷的那个中年人悄悄坐起来。虽然在幽暗中,罗汉大爷还是看到了他那两颗火球般的眼睛。罗汉大爷知道中年人来历不凡,静躺着看他的动静。

中年人跪在栅栏门口,两臂扬起,动作非常慢。罗汉大爷看着他的背,看着他带着神秘色彩的头。中年人运了一回气猛一侧面,像开弓射箭一样抓住两根铁棍。他的眼里射出墨绿色的光芒,碰到物体,似乎还窸窣有声。那两根铁棍无声无息地张开了。更多的灯光和星光从栅栏门外射进来,照着不知谁的一只张嘴的破鞋。游动哨转过来了。罗汉大爷看到一条黑影飞出栅栏,鬼子哨兵咯了一声,便在中年人铁臂的扶持下无声倒地。中年人拎起鬼子的步枪,轻悄悄地消逝了。

罗汉大爷好半晌才明白了眼前发生了什么事。中年人原来是个武艺高强的英雄。英雄为他开辟了道路,跑吧!罗汉大爷小心翼翼地从那个洞里爬出去。那个死鬼子仰面躺着,一条腿还在抽抽搭搭地动。

罗汉大爷爬进了高粱地，直起腰来，顺着垄沟，尽量躲避着高粱，不发出响动，走上墨水河堤。三星正响，黎明前的黑暗降临。墨水河里星斗灿烂。局促地站在河堤上，罗汉大爷彻骨寒冷，牙齿频繁打击，下巴骨的疼痛扩散到腮上、耳朵上，与头顶上一鼓一鼓的化脓般的疼痛连成一气。清冷的掺杂着高粱汁液的自由空气进入他的鼻孔、肺叶、肠胃，那两盏鬼火般的桅灯在雾中亮着，杉木栅栏黑幢幢的，像个巨大的坟墓。罗汉大爷几乎不敢相信，这么容易就逃出来了。他的脚把他带上了那座腐朽的小木桥，鱼儿在水中翻花，流水潺潺有声，流星亮破一线天。好像什么事也没有发生呀，什么也没有发生。本来，罗汉大爷可以逃回村子，藏起来，躲起来，养好伤，继续生活。可是，当他走在木桥上时，听到在河南岸，有个不安生的骡子嘶哑地叫了一声。罗汉大爷为了骡子重新返回，酿出了一幕壮烈的悲剧。

骡马拴在离栅栏不远处的几十根木桩上，它们的身下，洋溢着尿臊屎臭。马打着响鼻，骡子啃着木桩；马嚼着高粱秸子，骡子拉着稀屎。罗汉大爷一步三跌，抢进骡马群。他嗅到了我家那两头大黑骡子亲切的味道，他看到了我家那两头大黑骡子熟悉的身影。他扑上去，想去解救自己的患难的伙伴，骡子，这不通理论的畜生，竟疾速地调转屁股，飞起双蹄。罗汉大爷喃喃地说："黑骡，黑骡，咱一起跑了吧！"骡子暴怒地左旋右转，保护着自己的领地。它们竟然认不出主人啦，罗汉大爷不知道自己身上新鲜的陈旧的血腥味，自己身上新鲜的陈旧的伤痕，已经把自己改变了。罗汉大爷心中烦乱，一步跨进去，骡子飞起一个蹄子，打在了他的胯骨上。老头子侧身飞去，躺在地上，半边身子都麻木不仁。骡子还在撅着屁股打蹄，蹄铁像残月一样闪烁。罗汉大爷胯骨灼热胀大，有沉重的累赘感。他爬起来，歪倒了，歪倒了又爬起来。村里的那只嗓音单薄的公鸡又叫了一声。黑暗逐渐消退，三星愈加辉煌耀目，也辉耀着那亮晶晶的骡子屁股和眼球。

"好两个畜生！"

罗汉大爷，心头火起，一歪一斜地转着，想寻找一件利器。在开挖引水渠的工地上，他找到一柄锋利的铁锹。他毫无拘谨地走，叫骂，忘了百步之外的人与狗。他自由自在，不自由都是因为怕。东方那团渐渐上升的红晕在上升时同时散射，黎明前的高粱地里，静寂得随时都会爆炸。罗汉大爷迎着朝霞，向那两头大黑骡子走去。他对黑骡恨之入骨。骡子静立着不动，罗汉大爷把铁锹端平，对准一头黑骡的一条后腿，猛力铲过去。一道凉凉的阴影落到了骡子的后腿上。骡子歪斜了两下，立即挺住，从骡头那儿，响起了粗犷豪烈惊愕愤怒的嘶鸣。随即，受伤的骡子把屁股高高扬起，一溜热血抛洒，像雨点一样，淅淅沥沥淋了罗汉大爷满脸。罗汉大爷瞅准空当，又铲中了骡子的另一条后腿，黑骡叹息了一声，屁股逐渐堕落，猛然坐在地上，两条前腿还立着，脖子被缰绳吊直，嘴巴朝着已是灰蓝色的苍天呼吁。铁锹被骡子沉重的屁股压住，罗汉大爷也蹲了窝。他用尽全力，把铁锹抽出。他感觉到铁锹刃儿牢牢地嵌在骡子的腿骨里。另一头黑骡，傻愣愣地看着瘫倒的同伴，像哭一样，像求饶一样哀鸣着。

罗汉大爷平托铁锹，向它逼过去，它用力后退着，缰绳几乎被拉断，木桩哗哗叭叭地响，它的拳大的双眼里，流着暗蓝色的光。

"你怕了吗？畜生！你的威风呢？畜生！你这个忘恩负义吃里扒外的混账东西！你这个里通外国的狗杂种！"

罗汉大爷怒骂着，对着黑骡长方形的板脸铲出一锹。铁锹铲在木桩上，他上下左右晃动着锹柄，才把锹刃拔出。黑骡挣扎着，后腿曲成弓箭，秃尾巴扫地嚓啦有声。罗汉大爷瞄准骡脸，啪地一响，铁

20

锹正中骡子宽广的脑门,坚固的头骨与锹刃相撞,一阵震颤,通过锹柄传导,使罗汉大爷双臂酸麻。黑骡闭口无言,蹄腿乱动,交叉杂错,到底撑不住。嗯隆一声倒下,像倒了一堵厚墙壁。缰绳被顿断,半截在木桩上垂着,半截在骡脸边曲着。罗汉大爷垂手默立,光滑的锹柄在骡头上斜立指着天。那边狗叫人喧,天亮了,从东边的高粱地里,露出了一弧血红的朝阳,阳光正正地照着罗汉大爷半张着的黑洞洞的嘴。

四

队伍走上河堤,一字儿排开,刚从雾里挣扎出来的红太阳照耀着他们。我父亲和大家一样都半边脸红半边脸绿,和他们一起观看着墨水河面上残阳的雾团。把河南河北的公路连接起来的是跨越墨水河的十四孔大石桥。原来的小木桥在石桥西侧,桥面早断了三五节,几根棕色的桩子兀立在河水中,无可奈何地挡起一簇簇青白的浪花。破雾中的河面,红红绿绿,严肃恐怖。站在河堤上,抬眼就见到堤南无垠的高粱平整如板砥的穗面。它们都纹丝不动。每穗高粱都是一个深红的成熟的面孔。所以有的高粱合成一个壮大的集体,形成一个大度的思想。——我父亲那时还小,想不到这些花言巧语,这是我想的。

高粱与人一起等待着时间的花朵结出果实。

公路笔直地往南去,愈远愈窄,最后被高粱淹没。那最远的地方,与铁青色的穹窿边缘连结着的高粱上,也同样地,呈现出日出时动人的凄婉悲壮情景。

我父亲有几分好奇地看着痴呆呆的游击队员们,他们从哪里来?他们到哪里去?为什么要来打伏击?打了伏击以后还打什么?静穆中,断桥激起的水声节奏更加分明,声音更加清脆入耳。雾被阳光纷纷打落在河水中。墨水河由暗红渐渐燃成金红。满河流光溢彩。水边有棵孤独的水荇,黄叶低垂,曾经煊赫过的蚕虫状花序枯萎苍白地挂在叶杈间。又是抓螃蟹的节令了!父亲想,秋风起,天气凉,一群大雁往南飞……罗汉大爷说,抓,豆官……抓!螃蟹纤巧的脚爪把细软的河泥印满花纹。父亲从河水中闻到了螃蟹特有的那种淡雅的腥气。我家在抗战前种植的罂粟花用蟹酱喂过,花朵肥大,色彩斑斓,香气扑鼻。

余司令说:"都下堤藏好。哑巴放耙。"

哑巴从肩上摘下几圈铁丝,把四盘耙绑在一起。他啊了两声,招呼着几个队员,把连环耙抬到公路与石桥相接处。

余司令说:"弟兄们,藏好,等鬼子汽车上了桥,等冷支队的人把退路封住,听我的口号一齐开火,把畜生们打到河里去喂白鳝喂蟹子。"

余司令对哑巴打了几个手势,哑巴点点头,带着一半人枪,到路西边的高粱地里埋伏。王文义跟着哑巴往西走,被哑巴推了回来。余司令说:"你别过去,你跟着我。害怕吗?"

王文义连连点头,说:"不怕……不怕……"

余司令让方家兄弟把那尊大抬杆在河堤上架好,又对提着一只大喇叭的刘吹手说:"老刘,接上火,你什么都别管,可着劲儿给我吹喇叭,鬼子怕响器,你听到了吗?"

刘吹手是余司令早年的伙伴,那时,司令是轿夫,刘是吹鼓手,他双手攥着喇叭筒子,像握着一杆枪。

余司令对大家说:"丑话说到前头,到时候谁要草鸡了,我就崩了他。咱要打出个样子来给冷支队看看,那些王八蛋,仗着旗号吓唬人。老子不吃他的,他想改编我?我还想改编他呢!"

众人围坐在高粱地里,方六拿出烟袋装烟,摸出火镰火石打火。火镰乌黑,火石赭红,跟煮熟的鸡肝一样。火镰打击火石嚓嚓地响。火星飞迸,每一个火星都很大。一个大火星溅到方六用食指和无名指捏住的高粱秆芯上,方六嗫口吹气,火绒上冒出一缕白烟,红了。方六点燃烟袋,吸一口烟。余司令吐一口气,抽抽鼻子,说:"把烟磕了,鬼子闻到烟味还会上桥?"

方六紧着吸了两口,把烟袋磕了,把烟包装好。余司令说:"都到河堤漫坡上趴着,省得鬼子来了措手不及。"

大家都有些紧张,卧在河堤上,手抱着枪,如临大敌。父亲趴在余司令身边。余司令问:"你怕不怕?"父亲说:"不怕!"

余司令说:"好样的,是你干爹的种!你是我的传令兵,打起来别离开我,有什么命令我就给你说,你就给我往西边传。"

父亲点点头。他眼馋地盯着余司令腰里那两支枪。一支大,一支小。

大的是德国造自来得匣子枪,小的是法国造勃朗宁手枪。这两支枪各有来历。

父亲嘴里迸出一个字:"枪!"

余司令说:"你要枪?"

父亲点点头,说:"枪。"

余司令说:"你会使吗?"

"会!"父亲说。

余司令从腰里抽出勃朗宁手枪,在手里掂量着。手枪已老,烧蓝退尽。余司令拉动枪机,弹仓里跳出一颗黄铜壳的圆头子弹。他把子弹扔了一个高,伸手接住,又压进枪里。

"给你!"余司令说,"就像老子一样用它。"

父亲把枪抓了过来。父亲握着枪,想起前天晚上,余司令就用这支枪打碎了一个酒盅子。

那时候眉月初升，低低地压着枯树枝桠。父亲抱着一个酒坛子，捏着一柄铜钥匙，遵照奶奶的命令，到烧酒作坊里去盛酒。父亲拧开大门，院落里静悄悄的，骡棚里黑洞洞的，作坊里发散着腐烂酒糟的浊气。父亲揭开一个瓮盖子，借着星月光辉，看到清平的酒面上，自己干瘦的脸。父亲眉毛短促，嘴唇单薄，他觉得自己很丑。他把酒坛子按到瓮里，酒咕嘟咕嘟灌进坛。提坛出瓮时，坛上的酒滴滴答答落入瓮内。父亲改变了主意，他把坛里的酒倒进瓮里。父亲想起了奶奶洗过血脸的那瓮酒。奶奶在家里陪着余司令和冷支队长喝酒，奶奶和余司令都是大量，冷支队长却有些醉了。父亲走到那瓮酒前，见木制的瓮盖上压着一扇石磨。他放下酒坛，用尽全力把石磨掀掉。石磨在地上滚了两圈，撞到另一只酒瓮上，在瓮壁上撞出一个大洞，高粱酒呲呲地窜出来，父亲不去管它。父亲揭开瓮盖，闻到了罗汉大爷的血腥气。他想起了罗汉大爷的血头和娘的血脸。罗汉大爷的脸和娘的脸在瓮里层出不穷。父亲把坛子按到瓮里，装满血酒，双手捧着，回到家中。

八仙桌上，明烛高烧，余司令和冷支队长四目相逼，都咻咻喘气。奶奶站在他们二人当中，奶奶左手按着冷队长的左轮枪，右手按着余司令的勃朗宁手枪。

父亲听到奶奶说："买卖不成仁义在么，这不是动刀动枪的地方，有本事对着日本人使去。"

余司令怒冲冲地骂："舅子，你打出王旅长的旗号也吓不住我。老子就是这地盘上的王，吃了十年拤饼，还在乎王大爪子那个驴日的！"

冷支队长冷冷一笑，说："占鳌兄，兄弟也是为你好，王旅长也是为你好，只要你把杆子拉过来，给你个营长干。枪饷由王旅长发给，强似你当土匪。"

"谁是土匪？谁不是土匪？能打日本就是中国的大英雄。老子去年摸了三个日本岗哨，得了三支大盖子枪。你冷支队不是土匪，杀了几个鬼子？鬼子毛也没揪下一根。"

冷支队长坐下，抽出一支烟点燃。

趁着机会，父亲捧着酒坛上去。奶奶接过酒坛，脸色陡变，狠狠地看了父亲一眼。奶奶往三个碗里倒酒，每个碗都倒得冒尖。

奶奶说："这酒里有罗汉大叔的血，是男人就喝了。后日一起把鬼子汽车打了，然后你们就鸡走鸡道，狗走狗道，井水不犯河水。"

奶奶端起酒，咕咚咕咚喝了。

余司令端起酒，一仰脖灌了。

冷支队长端起酒，喝了半碗。放下碗，他说："余司令，兄弟不胜酒力，告辞啦！"

奶奶按着左轮手枪，问："打不打？"

余司令气哄哄地说："你甭求他，他不打，老子打！"

冷支队长说："打。"

奶奶松开手，冷支队长把左轮手枪抓过去，挂在腰带上。

冷支队长白净面皮，鼻子周围有十几颗黑麻子。他的腰带上别着一大圈子弹，挂上枪后，腰带垂成一轮下钩月。

奶奶说："占鳌，我把豆官交给你了，后日你带着他去。"

余司令看看我父亲，笑着问："干儿子，有种吗？"

父亲轻蔑地看着余司令双唇间露出的土黄色坚固牙齿，一句话也不说。

余司令拿过一只酒盅，放在我父亲头顶上，让我父亲退到门口站定。他抄起勃朗宁手枪，走向墙角。

父亲看着余司令往墙角前跨了三步，每一步都那么大那么缓慢，奶奶脸色苍白。冷支队长嘴角上竖着两根嘲笑的笑纹。

余司令走到墙角后，立定，猛一个急转身，父亲看到他的胳膊平举，眼睛黑得出红光。勃朗宁枪口吐出一缕白烟。父亲头上一声巨响，酒盅炸成碎片。一块小瓷片掉在父亲的脖子上，父亲一耸头，那块瓷片就滑到了裤腰里。父亲什么也没说。奶奶的脸色更加苍白。冷支队长一屁股坐在板凳上，半晌才说："好枪法。"

余司令说："好小子！"

父亲握着勃朗宁手枪，感到它出奇地沉重。

余司令说："不用我教你，你知道该怎么打。传我的令给哑巴，让他们准备好！"

父亲提着手枪，钻进高粱地，跨过公路，走到哑巴面前。哑巴盘腿大坐，用一块绿油油的石头磨着一把修长的腰刀。其他队员坐的躺的都有。

父亲对哑巴说："让你们准备好。"

哑巴斜了父亲一眼，继续磨刀。磨一阵，他撕了几个高粱叶子，把刀口上的石沫子擦掉，又拔了一棵细草，试着刀锋。小草一碰上刀刃就悄悄地断了。

父亲又说："让你们准备好！"

哑巴把腰刀入鞘，放在身旁。他的脸上绽开狰狞的笑容。他抬起一只大手，对着父亲招着。

"唔！唔！"哑巴说。

父亲蹑手蹑脚地走上前，离哑巴一步远停住。哑巴一探身，扯住了父亲的衣襟，用力一带，父亲伏在哑巴怀里。哑巴拧住父亲的耳朵，父亲的嘴咧到了腮上。父亲用勃朗宁手枪，戳着哑巴的脊梁骨。哑巴又按住了父亲的鼻子，用力一揿，父亲的眼泪噗噗冒出。哑巴怪声怪气地笑起来。

散坐在哑巴周围的队员们齐声哄笑。

"像不像余司令?"

"是余司令下的种子。"

"豆官,我想你娘。"

"豆官,我要吃你娘那两个插枣饽饽。"

父亲恼羞成怒,举起手枪,对准那个妄想吃插枣饽饽的就搂了火。勃朗宁手枪里啪哒一响,子弹没有出膛。

那人脸色灰黄,快速跳起,来夺父亲的手枪。父亲怒火冲天,扑到那人身上,连踢带咬。

哑巴立起来,扯着父亲的脖子用力一摔,父亲的身体离地飘行,下落时砸断了几株高粱。父亲打了一个滚爬起来,破口大骂着,扑到哑巴面前,哑巴唔唔两声。父亲看着他铁青的脸,被镇在那儿。哑巴拿去勃朗宁手枪,拉动枪机,一粒子弹落在他的手里。他捏着子弹头,看着子弹屁股门上被撞针击出的小孔,对着父亲比划了几下。哑巴把枪插到父亲腰里,拍了拍父亲的头。

"你在那边闹什么?"余司令问。

父亲委屈地说:"他们……要和俺娘困觉。"

余司令板着脸,问:"你怎么说?"

父亲抬起胳膊擦擦眼,说:"我给了他一枪!"

"你开枪了?"

"枪没响。"父亲把那粒金灿灿的臭火递给余司令。

余司令接过子弹,看看,轻松地摔出,子弹滑着漂亮的弧线,落到河里。

余司令说:"好样的! 枪子儿先向日本人身上打,打完日本人,谁要是再敢说要和你娘困觉,你就对着他的小肚子开枪。别打他的头,也别打他的胸。记住,打他的小肚子。"

父亲伏在余司令身边。他的右边是方家兄弟。大抬杆子架在河堤上,枪口对着石桥。枪口堵着一团破棉絮。抬杆的后部翘出一根引信。方七的身边,放着一把高粱秆芯制成的火绒,有一根正在燃烧。方六身边放着一个药葫芦,一个盛铁豆子的铁盒。

余司令左边是王文义。他双手攥着长筒子鸟枪,身体抖成一团。他的伤耳已经和白布凝结在一起。

太阳一竿子高了,雪白的核心外还镶着一圈浅淡的红。河水亮晶晶,一群野鸭子从高粱上空飞来。盘旋三个圈,大部分斜刺里扑到河滩的草丛中,小部分落到河里,随着河水漂流。河水中的野鸭子身体稳住不动,只把灵活的头颈转来转去。父亲身上暖洋洋的。被露水打湿的衣服彻底干了。又趴了一会,父亲感到有一粒石子硌得胸痛,便起身坐起,头和胸高出堤面。余司令说:"趴下。"父亲又不情愿地趴下。方家老六鼻子里吹出鼾声。余司令抠起一块土坷垃,投到方六的脸上。方六懵懵懂懂地坐起来,打了一个哈欠,挤出两滴细小的泪珠。

"鬼子来了吗?"方六大声说。

"操你亲娘!"余司令说:"不许困觉。"

河南河北寂静无声,宽阔的公路死气沉沉地躺在高粱丛中。河上的大石桥那么漂亮。无边的高粱迎着更高更亮的太阳,脸庞鲜红,不胜娇羞。野鸭子在浅水边,用扁嘴搜索着什么,发出一片呱呱唧唧的响声。父亲的目光停在野鸭子上,研究着它们美丽的羽毛和机灵的眼睛。他端着沉重的勃朗宁手枪,瞄着鸭子平坦的背。他几乎要勾动扳机了。余司令按住他的手,说:"小鳖羔子,你想干什么?"

父亲感到烦躁不安了,公路还是枯死地躺着。高粱更加鲜红。

"冷麻子这个畜生,他要是胆敢耍弄老子!"余司令狠狠地说。河南无声无息,冷支队连个影子都不见。父亲知道鬼子汽车从这儿路过的情报是冷支队长得到的,冷支队长怕一家打不了,才来联合余司令的队伍。

父亲紧张了一会,又渐渐懈怠。他的目光一次又一次地被野鸭子吸引。他想起跟着罗汉大爷打鸭子的事。罗汉大爷有一支鸟枪,乌红的托子,牛皮的枪带。这支鸟枪正被王文义攥着。

父亲的眼里蒙着泪水,但不到流出眶外的数量。就像去年那天一样。在温暖的阳光里,父亲感到有一阵扎人的寒冷在全身扩散。

罗汉大爷和两头骡子一起被鬼子和伪军捉走,奶奶在酒瓮里洗净了满脸的血。奶奶满脸酒香,皮肤赤红,眼皮有些肿,月白色洋布褂子前胸被酒和血渍湿。奶奶伫立在瓮边,凝视着瓮里的酒,酒里映着奶奶的脸。父亲记得,奶奶扑地跪倒,对着酒瓮磕了三个头。然后,她站起来,双手掬起一捧酒喝了。奶奶满脸的红润,都集中到双腮上,额头和下巴却苍白无色。

"跪下!"奶奶命令父亲:"磕头。"

父亲跪下磕头。

"捧一口酒喝!"

父亲捧了酒喝下。

一道道血丝像线一样,垂直地往瓮底下沉着。瓮里飘着一朵小小的白云,并摆着奶奶和父亲的庄严面孔。奶奶两只细长的眼睛里射出灼人的光,父亲不敢看。父亲的心咚咚跳着,又伸出手,从瓮里掬上一捧酒,酒从指缝下落,打破了青天白云大脸小脸。父亲又喝了一口酒,一股血腥味死死粘在舌上。血丝都沉到瓮底,在凸起的瓮底中间集合成一个拳头大小的混浊的团体。父亲和奶奶看了它好久。奶奶拉上瓮盖,从墙角那儿把一扇磨盘滚过来,用力搬起,压在瓮盖上。

"你不要动它!"奶奶说。

父亲看着磨盘凹槽里潮湿的泥土和蠕蠕爬动的灰绿色潮湿虫，惊恐不安地点了点头。

　　这一夜，父亲躺在他的小床上，听着奶奶在院子里走来走去。奶奶咯噔咯噔的脚步声和着田野里的高粱绦绦，编织着父亲纷乱的梦境。父亲在梦中听到我家那两头秀丽的大黑骡子在鸣叫。

　　平明时分，父亲醒了一次。他赤着身体跑到院子里去撒尿，见奶奶还立在院子里望着天空发呆。父亲叫了一声娘，奶奶没答腔。父亲撒完尿，扯着奶奶的手往屋里拉。奶奶软疲疲地随着父亲转身进屋。刚刚进屋，就听到从东南方向传来一阵浪潮般的喧闹，紧接着响了一枪。枪声非常尖锐，像一柄利刃，把挺括的绸缎豁破了。

　　父亲现在趴的地方，那时候堆满了洁白的石条和石块，一堆堆粗粒黄沙堆在堤上，像一排排大坟。去年初夏的高粱在堤外忧悒沉重地发着呆。被碌碡压倒高粱闪出来的公路轮廓，一直向北方延伸。那时大石桥尚未修建，小木桥被千万只脚步、被千万次骡马蹄铁踩得疲惫不堪、敲得伤痕累累。压断揉烂的高粱流出的青苗味道，被夜雾浸淫，在清晨更加浓烈。遍野的高粱都在痛哭。父亲和奶奶听到那声枪响不久，就和村里的若干老弱妇孺被日本兵驱赶到这里。那时候日头刚刚升上高粱梢头，父亲和奶奶与一群百姓站在河南岸路西边，脚下踩着高粱残骸。父亲们看着那个牛棚马圈般的巨大栅栏，一大群衣衫褴褛的民夫缩在栅栏外。后来，两个伪军又把这群民夫赶到路西边，与父亲他们相挨着，形成了另一个人团。在父亲们和民夫们的面前，就是后来令人失色的拴骡马的地方。人们枯枯地立着，不知过了多久，终于看到，一个肩上佩着两块红布、胯上挂着一柄拖地钢刀、牵着一匹狼狗、戴着两只白手套、面孔清癯的日本官儿从帐篷那边走过来。在他的身后，狼狗垂着鲜艳的舌头，在狼狗身后，两个伪军抬着一具硬梆梆的日本兵尸体，两个日本兵在最后，押着被两个伪军架着的血肉模糊的罗汉大爷。父亲使劲往奶奶身上靠,奶奶揽住了父亲。

日本官儿牵着狗停在骒马场附近的空地上。五十多只白鸟从墨水河道里扑棱棱飞出来,飞经人群上方青蓝蓝的天,又拐弯向东,飞向那个金子般的太阳。父亲看到骒马场上那些蓬毛垢面的牲畜,看到了躺在地上的我家那两头大黑骒子。一头骒子死了,它头上还斜立着那根铁锹。黑血把地上的碎高粱,把骒子光洁的脸,都弄得肮脏不堪。另一头骒子坐在地上,血乎乎的尾巴拂着大地,两腹厚皮抖得索索有声。两个时开时合的鼻孔里,吹出口哨一样的响声。父亲不知道自己多么喜爱这两头黑骒子。奶奶挺胸扬头骑在骒背上,父亲坐在奶奶怀里,骒子驮着母子俩,在高粱夹峙下的土路上奔驰,骒子跑得前仰后合,父亲和奶奶被颠得上窜下跳。细细的骒腿腾起一路烟尘。父亲兴奋得吱哇乱叫。稀稀疏疏的农人,立在高粱地边上,手扶锄头或是别的什么农具,盯着高粱作坊女掌柜艳丽的粉脸,满脸嫉妒仇恨。我家那两头大黑骒子,一头倒在地上死了,嘴唇咧开,一排雪白的长方形大牙齿啃着地。另一头坐着,比死了还难受。父亲对奶奶说:"娘,咱的骒子。"奶奶伸手捂住父亲的嘴。

日本兵的尸体停放在挂刀牵狗而立的日本官面前。两个伪军拖着血肉模糊的罗汉大爷向一根拴马高桩走。父亲并没有立刻认出罗汉大爷。父亲看到了一个被打烂了的人形怪物。他被架着,一颗头忽而歪向左,忽而歪向右,头顶上的血嘎痂像落水的河滩上沉淀下那层光滑的泥,又遭阳光曝晒,皴了边儿,裂了纹儿。他的双脚划着地面,在地上划出一些曲曲折折的花纹。人群悄悄地聚缩。父亲感到奶奶的手牢牢捏住他的肩膀。所有的人都变矮了,有的面如黄土,有的面如黑土。一时间鸦雀无声,听得清那条大狼狗哈达哈达的喘气声,那个牵狼狗的日本官儿放了一个嘹亮的屁。父亲看到伪军把那个人形怪物拖到一根高高的拴马桩前,一松手,怪物就像一堆剔了骨的肉瘫在地上。

父亲惊叫了一声:"罗汉大爷!"

奶奶又捂住了父亲的嘴。

罗汉大爷在马桩下慢慢动着,先把屁股高高地撅起来。造了一个拱桥形状,又双膝跪地,双手按地,竖起了头。他的脸肿胀得透亮,双眼成了两条细缝,两道深绿色的光线,从他的眼缝里射出。父亲正对着罗汉大爷,他相信罗汉大爷一定看到了自己。他的脸膛里的器官砰砰啪啪地碰撞着,他说不出是惊恐还是愤怒,他想用力嚎叫,但嘴巴被奶奶的手掌牢牢地捂住了。

牵狗的日本官儿对着人群喊了一阵,一个留着小平头的中国人,把日本官儿的话翻给大家听。

翻译说着话,我父亲没听全。他被我奶奶捂住嘴巴,憋得眼冒金花,耳朵嗡嗡响。

两个黑衣中国人把罗汉大爷剥得一丝不挂,拴在木桩上。鬼子官儿挥挥手,又有两个黑衣人把我们村的也是高密东北乡有名的杀猪匠孙五,从木栅栏里,推推搡搡地押过来。

孙五个子矮小,浑身是肉,腆着肚子,头上无毛,脸色通红,一双小眼间距很小,深陷的鼻子两侧。他左手提着一把尖刀,右手提着一桶净水,哆哆嗦嗦地走到罗汉大爷面前。

翻译官说:"太君说,让你好好剥,剥不好就让狼狗开了你的膛。"

孙五喏喏连声,眼皮紧急眨动。他用口叼着刀,提起水桶,从罗汉大爷头上浇下去。罗汉大爷被冷水一激,头猛然抬起,血水顺着他的脸、脖子,混浊地流到脚跟。一个监工从河里又提来一桶水,孙五用一块破布蘸着水,把罗汉大爷擦洗得干干净净。孙五擦净着罗汉大爷,屁股扭动着,说:"大哥……"

罗汉大爷说："兄弟，一刀捅了我吧，黄泉之下不忘你的恩德。"

日本官儿吼叫一声。

翻译说："快点动手！"

孙五脸色一变，伸出粗短的手指，捏住大爷的耳朵，说："大哥，兄弟没法子……"

父亲看到孙五的刀子在大爷的耳朵上像锯木头一样锯着。罗汉大爷狂呼不止，一股焦黄的尿水从两腿间一蹿一蹿地呲出来。父亲的腿瑟瑟颤抖。走过一个端着白瓷盘的日本兵，站在孙五身旁，孙五把罗汉大爷那只肥硕敦厚的耳朵放在白瓷盘里。孙五又割掉罗汉大爷另一只耳朵放进瓷盘。父亲看到罗汉大爷那两只耳朵在瓷盘里活泼地跳动，打得瓷盘叮咚叮咚响。

日本兵托着瓷盘，从民夫面前，从男女老幼面前慢慢走过。父亲看到罗汉大爷的耳朵苍白美丽，瓷盘的响声更加强烈。

日本兵把耳朵端到日本官儿面前，军官点点头。日本兵把瓷盘放在日本兵的尸体旁，静默片刻，又端起来，放到狼狗嘴下。

狼狗收起舌头，用尖尖的、乌黑的鼻子去嗅那两只耳朵。它摇摇头，又吐出舌头，蹲坐起来。

翻译对孙五说："喂，再割！"

孙五在原地转着圈，嘴里咕咕噜噜地说着什么，父亲看到他满脸油汗，眼睛眨得像鸡啄米一样迅速。

罗汉大爷的双耳底根上，只流了几滴血，罗汉大爷双耳一去，整个头部变得非常简洁。

鬼子军官又吼了一声。

翻译说："快点割！"

孙五弯下腰，把罗汉大爷的男性器官一刀旋下来，放进日本兵托着的瓷盘里。日本兵两根胳膊僵硬地伸着，两眼平视，像木偶一样从人群前走过。父亲觉得奶奶冰冷的手指几乎抠进自己肩头肉里。

日本兵把瓷盘放到狼狗嘴下，狼狗咬了两口，又吐出来。

罗汉大爷凄厉地大叫着，瘦骨嶙嶙的身体在拴马桩上激烈扭动。

孙五扔下刀子，跪在地上，嚎啕大哭。

日本官儿把皮带一松，狼狗扑上来，两只前爪按着孙五的肩头，一嘴利齿在孙五面前晃。孙五躺在地上，双手捂住脸。

日本官打一个唿哨，狼狗拖着皮带颠颠地跑回去。

翻译官说："快剥！"

孙五爬起来，捏着刀子，一高一低地走到罗汉大爷面前。

罗汉大爷破口大骂，所有的人在罗汉大爷的骂声中昂起了头。

孙五说："大哥……大哥……你忍着点吧……"

罗汉大爷把一口血痰吐到孙五脸上。

"剥吧，操你祖宗，剥吧！"

孙五操着刀，从罗汉大爷头顶上外翻着的伤口剥起，一刀刀细索索发响。他剥得非常仔细。罗汉大爷的头皮褪下。露出了青紫的眼珠。露出了一棱棱的肉……

父亲对我说，罗汉大爷脸皮被剥掉后，不成形状的嘴里还呜呜噜噜地响着，一串一串鲜红的小血珠从他的酱色的头皮上往下流。孙五已经不像人，他的刀法是那么精细，把一张皮剥得完整无缺。罗汉大爷被剥成一个肉核后，肚子里的肠子蠢蠢欲动，一群群葱绿的苍蝇漫天飞舞。人群里的女人们全都跪到地上，哭声震野。当天夜里，天降大雨，把骡马场上的血迹冲洗得干干净净，罗汉大爷的尸体和皮肤无影无踪。村里流传着罗汉大爷尸体失踪的消息，一传十，十传百，一代传一代，竟成了一个美丽的神话故事。

"他要是胆敢耍弄老子，我拧下他的脑袋做尿壶！"太阳越升越小，发出白炽的光线，高粱上的露水稀了，野鸭子飞走了一批，又飞来一批。冷支队的人还没到,公路上除了偶尔窜过野兔外,再无一个活物。后来又鬼鬼祟祟地跳出来一只火红的狐狸。余司令骂完冷支队长,喊一声:"喂,都起来吧,八成是上了冷麻子这个狗娘养的当啦。"

队员们早就趴累了,巴不得这声喊。司令一声令下,都应声爬起,有的坐在河堤上,嚓嚓地打火吸烟,有的站在河堤上,用力往堤下撒尿。

父亲跳上河堤后,还在想着去年的一些情景,罗汉大爷被剥皮后的头颅在他眼前不停地晃动。野鸭子被突然冒出来的人群惊吓,齐飞起,又陆续落到不远处的河滩上,蹒蹒跚跚地行走,翠绿的鸭羽和黄褐的鸭羽在草丛中闪烁。

哑巴提着他的腰刀和老汉阳步枪,来到余司令面前。他面色沮丧,眼珠子发直。抬手指太阳,太阳已东南晌;低手指公路,公路空荡荡;哑巴指指肚子,嗷嗷地叫着,挥动着胳膊,对准村庄的方向。余司令沉思片刻,对路西边的人喊:"都过来!"

队员们跨过公路,聚到河堤上。

余司令说:"弟兄们,冷麻子要是敢耍弄咱,我就去把他的脑袋揪来!天还没晌呢,咱再等一会,等到了晌午头,汽车还不来,咱就直奔谭家洼,跟冷麻子算账。大家先到高粱地里歇着去,我让豆官回去催饭。豆官!"

父亲仰脸看着余司令。

余司令说:"回家告诉你娘,让她找人擀拤饼。正晌午时,一定送到,让你娘亲自来送。"

我父亲点点头,提一把裤子,插好勃朗宁手枪,飞快地跑下河堤,沿着公路往北跑了一小段,就一头钻进了高粱地,向着西北方向,哧哧溜溜地游动。父亲在海水一样的高粱地里,碰到了几个长方形的骡马头骨。他用脚踢了一下,从骷髅里跳出了两只短尾巴的、毛茸茸的田鼠,并不怎么吃惊地望他一会,又钻进骷髅里去。父亲又想起了我家那两头大黑骡子,想起了公路修后很久了,每逢刮东南风,村子里还能闻到刺鼻的尸臭。墨水河里,去年曾经泡胀沤烂了几十具骡马的尸体。它们就停泊在河边的生满杂草的浅水里,肚子着了阳光,胀到极点,便迸然炸裂,华丽的肠子,像花朵一样溢出来,一道道暗绿色的汁液,慢慢地随河水流走了。

五

我奶奶刚满十六岁时,就由她的父亲做主,嫁给了高密东北乡有名的财主单廷秀的独生子单扁郎。单家开着烧酒锅,以廉价高粱为原料酿造优质白酒,方圆百里都有名。东北乡地势低洼,往往秋水泛滥,高粱高秆防涝,被广泛种植,年年丰产。单家利用廉价原料酿酒牟利,富甲一方。我奶奶能嫁给单扁郎,是我外曾祖父的荣耀。当时,多少人家都渴望着和单家攀亲,尽管风传着单扁郎早就染上了麻风病。单廷秀是个干干巴巴的小老头,脑后翘着一支枯干的小辫子。他家里金钱满柜,却穿得破衣烂袄,腰里常常扎一条草绳。奶奶嫁到单家,其实也是天意。那天,我奶奶在秋千架旁与一些尖足长辫的大闺女耍笑游戏,那天是清明节,桃红柳绿,细雨霏霏,人面桃花,女儿解放。奶奶那年身高一米六零,体重六十公斤,上穿碎花洋布褂子,下穿绿色缎裤,脚脖子上扎着深红色的绸带子。由于下小雨,奶奶穿了一双用桐油浸泡过十几遍的绣花油鞋,一走克郎克郎地响。奶奶脑后垂着一根油光光的大辫子,脖子上挂着一个沉甸甸的银锁——我外曾祖父是个打造银器的小匠人。外曾祖母是个破落地主的女儿,知道小脚对于女人的重要意义。奶奶不到六岁就开始缠脚,日日加紧。一根裹脚布,长一丈余,外曾祖母用它,勒断了奶奶的脚骨,把八个脚趾,折断在脚底,真惨!我的母亲也是小脚,我每次看到她的脚,就心中难过,就恨不得高呼:打倒封建主义!人脚自由万岁!奶奶受尽苦难,终于裹就一双三寸金莲。十六岁那年,奶奶已经出落得丰满秀丽,走起路来双臂挥舞,身腰扭动,好似风中招飐的杨柳。单廷秀那天撅着粪筐子到我外曾祖父村里转圈,从众多的花朵中,一眼看中了我奶奶。三个月后,一乘花轿就把我奶奶抬走了。

奶奶坐在憋闷的花轿里,头晕眼眩。罩头的红布把她的双眼遮住,红布上散着一股强烈的霉馊味。她抬起手,掀起红布——外祖母曾千叮咛万嘱咐,不许她自己揭动罩头红布——一只沉甸甸的绞丝银镯子滑到小臂上,奶奶看着镯子上的蛇形花纹,心里纷乱如麻。温暖的熏风吹拂着狭窄的土路两侧翠绿的高粱。高粱地里传来鸽子咕咕咕咕的叫声。刚秀出来的银灰色的高粱穗子飞扬着清淡的花粉。迎着她的面的轿帘上,刺绣着龙凤图案,轿帘上的红布因轿子经年赁出,已经黯然失色,正中间油渍了一大片。夏末秋初,阳光茂盛,轿夫们轻捷的运动使轿子颤颤悠悠,拴轿杆的生牛皮吱吱地响,轿帘轻轻掀动,把一缕缕的光明和比较清凉的风闪进轿里来。奶奶浑身流汗,心跳如鼓,听着轿夫们均匀的脚步声和粗重的喘息声,脑海里交替着出现卵石般的光滑寒冷和辣椒般的粗糙灼热。

自从奶奶被单廷秀看中后,不知有多少人向外曾祖父和外曾祖母道过喜。奶奶虽然想过上马金下马银的好日子,但更盼着有一个识文解字、眉清目秀、知冷知热的好女婿。奶奶在闺中刺绣嫁衣,绣出了我未来的爷爷的一幅幅精美的图画。她曾经盼望着早日成婚,但从女伴的话语中隐隐约约听到单家公子是个麻风病患者,奶奶的心凉了,奶奶向她的父母诉说着心中的忧虑。外曾祖父遮遮掩掩不回答,外曾祖母把奶奶的女伴们痛骂一顿,其意大概是说狐狸吃不到葡萄就说葡萄是酸的之类。外曾祖父后来又说单家公子饱读诗书,足不出户,白白净净,一表人材。奶奶恍恍惚惚,不知真假,心想着天下没有狠心的爹娘,也许女伴真是瞎说。奶奶又开始盼望早日完婚。奶奶丰腴的青春年华辐射着强烈的焦虑和淡淡的孤寂,她渴望着躺在一个伟岸的男子怀抱里缓解焦虑消除孤寂。婚期终于到了,奶奶被装进了这乘四人大轿,大喇叭小唢呐在轿前轿后吹得凄凄惨惨,奶奶止不住泪流面颊。轿子起行,忽悠悠似腾云驾雾,偷懒吹鼓手在出村不远处就停止了吹奏,轿夫们的脚下也快起来。高粱的味道深入人心。高粱地里的奇鸟珍禽高鸣低啭。在一线一线阳光射进昏暗的轿内时,奶奶心中丈夫的形象也渐渐清晰起来。她的心像被针锥扎着,疼痛深刻有力。

"老天爷,保佑我吧!"奶奶心中的祷语把她的芳唇冲动。奶奶的唇上有一层纤弱的茸毛,奶奶鲜嫩茂盛,水分充足。她出口的细语被厚重的轿壁和轿帘吸收得干干净净。她一把撕下那块酸溜溜的罩头布,放在膝上。奶奶按着出嫁的传统,大热的天气,也穿着三表新的棉袄棉裤。花轿里破破烂烂,肮脏污浊。它像具棺材,不知装过了多少个必定成为死尸的新娘。轿壁上衬里的黄缎子脏得流油,五只苍蝇有三只在奶奶头上嗡嗡地飞翔,有两只伏在轿帘上,用棒状的黑腿擦着明亮的眼睛。奶奶受闷不过,悄悄地伸出笋尖状的脚,把轿帘顶开一条缝。偷偷地往外看。她看到轿夫们肥大的黑色衫绸裤里依稀可辨的、优美颀长的腿,和穿着双鼻梁麻鞋的肥大的脚。轿夫的脚踏起一股股噗噗作响的尘土。奶奶猜想着轿夫粗壮的上身,忍不住把脚尖上移,身体前倾。她看到了光滑的紫槐木轿杆和轿夫宽阔的肩膀。道路两边,板块般的高粱坚固凝滞,连成一体,拥拥挤挤,彼此打量,灰绿色的高粱穗子睡眼未开,这一穗与那一穗根本无法区别,高粱永无尽头,仿佛潺潺流动的河流。道路有时十分狭窄,沾满蚜虫分泌物的高粱叶子擦得轿子两侧沙沙地响。

轿夫身上散发出汗酸味,奶奶有点痴迷地呼吸着这男人的气味,她老人家心中肯定漾起一圈圈春情波澜。轿夫抬轿从街上走,迈的都是八字步,号称"踩街",这一方面是为讨主家欢喜,多得些赏钱;另一方面,是为了显示一种优雅的职业风度。踩街时,步履不齐的不是好汉,手扶轿杆的不是好汉,够格的轿夫都是双手卡腰,步调一致,轿子颠动的节奏要和上吹鼓手们吹出的凄美音乐,让所有的人都能体会到任何幸福后面都隐藏着等量的痛苦。轿子走到平川旷野,轿夫们便撒了野,这一是为了赶路,二是要折腾一下新娘。有的新娘,被轿子颠得大声呕吐,脏物吐满锦衣绣鞋;轿夫们在新娘的呕吐声中,获得一种发泄的快乐。这些年轻力壮的男子,为别人抬去洞房里的牺牲,心里一定不是滋味,所以他们要折腾新娘。

那天抬着我奶奶的四个轿夫中,有一个成了我的爷爷——他就是余占鳌司令。那时候他二十郎当岁,是东北乡打棺抬轿这行当里的佼佼者——我爷爷辈的好汉们,都有高密东北乡人高粱般鲜明的性格,非我们这些屠弱的后辈能比——当时的规矩,轿夫们在路上开新娘子的玩笑,如同烧酒锅上的伙计们喝烧酒,是天经地义的事,天王老子的新娘他们也敢折腾。

高粱叶子把轿子磨得嚓嚓响,高粱深处,突然传来一阵悠扬的哭声,打破了道路上的单调。哭声与吹鼓手们吹出的曲调十分相似。奶奶想到乐曲,就想到那些凄凉的乐器一定在吹鼓手们手里提着。奶奶用脚撑着轿帘能看到一个轿夫被汗水溻湿的腰,奶奶更多地是看到自己穿着大红绣花鞋的脚,它尖尖瘦瘦,带着凄艳的表情,从外面投进来的光明罩住了它们。它们像两枚莲花瓣,它们更像两条小金鱼埋伏在澄清的水底。两滴高粱米粒般晶莹微红的细小泪珠跳出奶奶的睫毛,流过面颊,流到嘴角。奶奶心里又悲又苦,往常描绘好的、与戏台上人物同等模样、峨冠博带、儒雅风流的丈夫形象在泪眼里先模糊后湮灭。奶奶恐怖地看到单家扁郎那张开花绽彩的麻风病人脸,奶奶透心地冰冷。奶奶想这一双娇娇金莲,这一张桃腮杏脸,千般的温存,万种的风流,难道真要由一个麻风病人去消受?如其那样,还不如一死了之。高粱地里悠长的哭声里,夹杂着疙疙瘩瘩的字眼:青天哟——蓝天哟——花花绿绿的天哟——棒槌哟亲哥哟你死了——可就塌了妹妹的天哟——我不得不告诉您,我们高密东北乡女人哭丧跟唱歌一样优美。民国元年,曲阜县孔夫子家的"哭丧户"专程前来学习过哭腔。大喜的日子里碰上女人哭亡夫,奶奶感到这是不祥之兆,已经沉重的心情更加沉重。这时,有一个轿夫开口说话:"轿上的小娘子,跟哥哥们说几句话呀!远远的路程,闷得慌。"

奶奶赶紧拿起红布,蒙到头上,顶着轿帘的脚尖也悄悄收回,轿里又是一团漆黑。

"唱个曲儿给哥哥们听,哥哥抬着你哩!"

吹鼓手如梦方醒,在轿后猛地吹响了大喇叭,大喇叭说:

"唔咚——唔咚——"

"猛捅——猛捅——"轿前有人模仿着喇叭声说,前前后后响起一阵粗野的笑声。奶奶身上汗水淋漓。临上轿前,外曾祖母反复叮咛过她,在路上,千万不要跟轿夫们磨牙斗嘴。轿夫,吹鼓手,都是下九流,奸刁古怪,什么样的坏事都干得出来。

轿夫们用力把轿子抖起来,奶奶的屁股坐不安稳,双手抓住座板。

"不吱声?颠!颠不出她的话就颠出她的尿!"

轿子已经像风浪中的小船了,奶奶死劲抓住座板,腹中翻腾着早晨吃下的两个鸡蛋,苍蝇在她耳畔嗡嗡地飞,她的喉咙紧张,蛋腥味冲到口腔,她咬住嘴唇。不能吐,不能吐!奶奶命令着自己,不能吐啊,凤莲,人家说吐在轿里是最大的不吉利,吐了轿子一辈子没好运……

轿夫们的话更加粗野了,他们有的骂我外曾祖父是个见钱眼开的小人,有的说鲜花插到牛粪上,有的说单扁郎是个流白脓淌黄水的麻风病人。他们说站在单家院子外,就能闻到一股烂肉臭味,单家的院子里,飞舞着成群结队的绿头苍蝇……

"小娘子,你可不能让单扁郎沾身啊,沾了身,你也烂啦!"

大喇叭小唢呐呜呜咽咽地吹着,那股蛋腥味更加强烈,奶奶牙齿紧咬嘴唇,咽喉里像有只拳头在打击,她忍不住了,一张嘴,一股奔突的脏物蹿出来,涂在了轿帘上,五只苍蝇像子弹一样射到呕吐物上。

"吐啦吐啦,颠呀!"轿夫们狂喊着,"颠呀,早晚颠得她开口说话。"

"大哥哥们……饶了我吧……"奶奶在呃嗝中,痛不欲生地说着,说完了,便放声大哭起来。奶奶觉得委屈,奶奶觉得前途险恶,终生难逃苦海。爹呀,娘呀,贪财的爹,狠心的娘,你们把我毁了。

奶奶放声大哭,高粱深径震动,轿夫们不再颠狂,推波助澜、兴风作浪的吹鼓手们也停嘴不吹。只剩下奶奶的呜咽,又和进了一支悲泣的小唢呐,唢呐的哭泣声比所有的女人哭泣都优美。奶奶在唢呐声中停住哭,像聆听天籁一般,听着这似乎从天国传来的音乐。奶奶粉面凋零,珠泪点点,从悲婉的曲调里,她听到了死的声音,嗅到了死的气息,看到了死神的高粱般深红的嘴唇和玉米般金黄的笑脸。

轿夫们沉默无言,步履沉重。轿里牺牲的哽咽和轿后唢呐的伴奏,使他们心中萍翻桨乱,雨打魂幡。走在高粱小径上的,已不像迎亲的队伍,倒像送葬的仪仗。在奶奶脚前的那个轿夫——我后来的爷爷余占鳌,他的心里,有一种不寻常的预感,像熊熊燃烧的火焰一样,把他未来的道路照亮了。奶奶的哭声。唤起他心底早就蕴藏着的怜爱之情。

轿夫们中途小憩,花轿落地。奶奶哭得昏昏沉沉,不觉得把一只小脚露到了轿外。轿夫们看着这玲珑的、美丽无比的小脚，一时都忘魂落魄。余占鳌走过来，弯腰，轻轻地、轻轻地握住奶奶那只小脚，像握着一只羽毛未丰的鸟雏，轻轻地送回轿内。奶奶在轿内，被这温柔感动，她非常想撩开轿帘，看看这个生着一只温暖的年轻大手的轿夫是个什么样的人。

我想，千里姻缘一线牵，一生的情缘，都是天凑地合，是毫无挑剔的真理。余占鳌就是因为握了一下我奶奶的脚唤醒了他心中伟大的创造新生活的灵感，从此彻底改变了他的一生，也彻底改变了我奶奶的一生。

花轿又起行，喇叭吹出一个猿啼般的长音，便无声无息。起风了，东北风，天上云朵麇集，遮住了阳光，轿子里更加昏暗。奶奶听到风吹高粱，哗哗哗啦啦啦，一浪赶着一浪，响到远方。奶奶听到东北方向有隆隆雷声响起。轿夫们加快了步伐。轿子离单家还有多远，奶奶不知道，她如同一只被绑的羔羊，愈近死期，心里愈平静。奶奶胸口里，揣着一把锋利的剪刀，它可能是为单扁郎准备的，也可能是为自己准备的。

奶奶的花轿行走到蛤蟆坑被劫的事，在我的家族的传说中占有一个显要的位置。蛤蟆坑是大洼子里的大洼子，土壤尤其肥沃，水分尤其充足，高粱尤其茂密。奶奶的花轿行到这里，东北天空抖着一个血红的闪电，一道残缺的杏黄色阳光，从浓云中，嘶叫着射向道路。轿夫们气喘吁吁，热汗淋淋。走进蛤蟆坑，空气沉重，路边的高粱乌黑发亮，深不见底，路上的野草杂花几乎长死了路。有那么多的矢车菊，在杂草中高扬着细长的茎，开着紫、蓝、粉、白四色花。高粱深处，蛤蟆的叫声忧伤，蝈蝈的唧唧凄凉，狐狸的哀鸣悠怅。奶奶在轿里，突然感到一阵寒冷袭来，皮肤上凸起一层细小的鸡皮疙瘩。奶奶还没明白过来是怎么一回事，就听到轿前有人高叫一声：

"留下买路钱!"

奶奶心里咯噔一声,不知忧喜,老天,碰上吃拤饼的了!

高密东北乡土匪如毛,他们在高粱地里鱼儿般出没无常,结帮拉伙,拉骡绑票,坏事干尽,好事做绝。结果肚子饿了,就抓两个人,扣一个,放一个,让被放的人回村报信,送来多少张卷着鸡蛋大葱一把粗细的两拃多长的大饼。吃大饼时要用双手拤住往嘴里塞,故曰"拤饼"。

"留下买路钱!"那个吃拤饼的人大吼着。轿夫们停住,呆呆地看着劈腿横在路当中的劫路人。那人身材不高,脸上涂着黑墨,头戴一顶高粱篾片编成的斗笠,身披一件大蓑衣,蓑衣敞着,露出密扣黑衣和拦腰扎着的宽腰带。腰里别着一件用红绸布包起的鼓鼓囊囊的东西。那人用一只手按着那布包。

奶奶在一转念间,感到什么事情也不可怕了,死都不怕,还怕什么? 她掀起轿帘,看着那个吃拤饼的人。

那人又喊:"留下买路钱! 要不我就崩了你们!"他拍了拍腰里那件红布包裹着的家伙。

吹鼓手们从腰里摸出外曾祖父赏给他们的一串串铜钱,扔到那人脚前。轿夫放下轿子,也把新得的铜钱掏出,扔下。

那人把钱串子用脚踢拢成堆,眼睛死死地盯着坐在花轿里的我奶奶。

"你们,都给我滚到轿子后边去,要不我就开枪啦!"他用手拍拍腰里别着的家伙大声喊叫。

轿夫们慢慢吞吞地走到轿后。余占鳌走在最后,他猛回转身,双目直逼吃拤饼的人。那人瞬间动容变色,手紧紧捂住腰里的红布包,尖叫着:"不许回头,再回头我就毙了你!"

劫路人按着腰中家伙,脚不离地蹭到轿子前伸手捏捏奶奶的脚。

奶奶粲然一笑,那人的手像烫了似的紧身缩回去。

"下轿,跟我走!"他说。

奶奶端坐不动,脸上的笑容凝固了一样。

"下轿!"

奶奶欠起身,大大方方地跨过轿杆,站在烂漫的矢车菊里。奶奶右眼看着吃拤饼的人,左眼看着轿夫和吹鼓手。

"往高粱地里走!"劫路人按着腰里用红布包着的家伙说。

奶奶舒适地站着,云中的闪电带着铜音嗡嗡抖动,奶奶脸上粲然的笑容被分裂成无数断断续续的碎片。

劫路人催逼着奶奶往高粱地里走,他的手始终按着腰里的家伙。奶奶用亢奋的眼睛,看着余占鳌。

余占鳌对着劫路人笔直地走过去,他薄薄的嘴唇绷成一条刚毅的直线,两个嘴角一个上翘,一个下垂。

"站住!"劫路人有气无力地喊着,"再走一步我就开枪!"他的手按在腰里用红布包裹着的家伙上。

余占鳌平静地对着吃拤饼的人走,他前进一步,吃拤饼者就缩一点。吃拤饼的人眼里跳出绿火花,一行行雪白的清明汗珠从他脸上惊惶地流出来。当余占鳌离他三步远时,他惭愧地叫了一声,转身就跑。余占鳌飞身上前,对准他的屁股,轻捷地踢了一脚。劫路人的身体贴着杂草梢头,蹭着矢车菊花朵,平行着飞出去,他的手脚在低空中像天真的婴孩一样抓挠着,最后落到高粱棵子里。

"爷们,饶命吧!小人家中有八十岁的老母,不得已才吃这碗饭。"劫路人在余占鳌手下熟练地叫着。余占鳌抓着他的后颈皮,把他提到轿子前,用力摔在路上,对准他吵嚷不休的嘴巴踢了一脚。劫路人一声惨叫,半截吐出口外,半截咽到肚里,血从他鼻子里流出来。

余占鳌弯腰,把劫路人腰里那家伙拔出来,抖掉红布,露出一个弯弯曲曲的小树疙瘩,众人嗟叹不止。

那人跪在地上,连连磕头求饶。余占鳌说:"劫路的都说家里有八十岁的老母。"他退到一边,看着轿夫和吹鼓手,像狗群里的领袖看着群狗。

轿夫吹鼓手们发声喊,一拥而上,围成一个圆圈,对准劫路人,花拳绣腿齐施展。起初还能听到劫路人尖利的哭叫声,一会儿就听不见了。奶奶站在路边,听着七零八落的打击肉体的沉闷声响,对着余占鳌顿眸一瞥,然后仰面看着天边的闪电,脸上凝固着的,仍然是那种粲然的、黄金一般高贵辉煌的笑容。

一个吹鼓手挥动起大喇叭,在劫路者的当头心儿里猛劈了一下,喇叭的圆刃劈进颅骨里去,费了好大劲才拔出。劫路人肚子里咕噜一声响,痉挛的身体舒展开来,软软地躺在地上。一线红白相间的液体,从那道深刻的裂缝里慢慢地挤出来。

"死了?"吹鼓手提着打瘪了的喇叭说。

"打死了,这东西,这么不禁打!"

轿夫吹鼓手们俱神色惨淡,显得惶惶不安。

余占鳌看看死人,又看看活人,一语不发。他从高粱上撕下一把叶子,把轿子里奶奶呕吐出的脏物擦掉,又举起那块树疙瘩看看,把红布往树疙瘩上缠几下,用力摔出,飞行中树疙瘩抢先,红包布落后,像一只赤红的大蝶,落到绿高粱上。

余占鳌把奶奶扶上轿说:"上来雨了,快赶!"

奶奶撕下轿帘,塞到轿子角落里,她呼吸着自由的空气,看着余占鳌的宽肩细腰。他离着轿子那么近,奶奶只要一翘脚,就能踢到他青白色的结实头皮。

风利飕有力,高粱前推后拥,一波一波地动,路一侧的高粱把头伸到路当中,向着我奶奶弯腰致敬。轿夫们飞马流星,轿子出奇的平稳，像浪尖上飞快滑动的小船。蛙类们兴奋地鸣叫着，迎接着即将来临的盛夏的暴雨。低垂的天幕，阴沉地注视着银灰色的高粱脸庞，一道压一道的血红闪电在高粱头上裂开，雷声强大，震动耳膜。奶奶心中亢奋，无畏地注视着黑色的风掀起的绿色的浪潮，云声像推磨一样旋转着过来，风向变幻不定，高粱四面摇摆，田野凌乱不堪。最先一批凶狠的雨点打得高粱颤抖，打得野草毂觫，打得道上的细土凝聚成团后又立即迸裂，打得轿顶啪啪响。雨点打在奶奶的绣花鞋上，打在余占鳌的头上，斜射到奶奶的脸上。

余占鳌他们像兔子一样疾跑，还是未能躲过这场午前的雷阵雨。雨打倒了无数的高粱，雨在田野里狂欢，蛤蟆躲在高粱根下，哈达哈达地抖着颌下雪白的皮肤，狐狸蹲在幽暗的洞里，看着从高粱上飞溅而下的细小水珠，道路很快就泥泞不堪，杂草伏地，矢车菊清醒地擎着湿漉漉的头。轿夫们肥大的黑裤子紧贴在肉上，人们都变得苗条流畅。余占鳌的头皮被冲刷得光洁明媚，像奶奶眼中的一颗圆月。雨水把奶奶的衣服也打湿了，她本来可以挂上轿帘遮挡雨水，她没有挂，她不想挂，奶奶通过敞亮的轿门，看到了纷乱不安的宏大世界。

六

父亲分拨着高粱，向着西北方向，我们的村庄，飞快地钻。人脚獾沿着高粱垄沟笨拙地逃窜，父亲顾不上理它。父亲上了那条土路，没了高粱的羁绊，跑得像野兔一样快，沉重的勃郎宁手枪把他的红布腰带坠成一牙残月。手枪颠打着他的胯骨，在麻辣的痛楚中，父亲觉得自己成了举刀跃马的男子汉。村庄遥遥在望，村头那棵郁郁青青已逾百年的白果树，严肃地迎接着父亲。父亲把枪拔出，举在手里，边跑，边瞄着天空中滑来滑去的优雅的鸟影。

街道上空无一人,不知谁家的一条瘸腿瞎眼的毛驴,拴在一堵灰泥剥落的土墙边上,毛驴垂头而立,一动不动。露天的石碾上,落着两只深蓝色的乌鸦。村里的人,都集中在我家烧酒作坊前一个土场上。这场上曾经铺红叠丹,堆满了我家收购的红高粱。那时候奶奶常常手持白尾拂尘,蹒跚移动着小脚,看着我家醉醺醺的伙计,用木斗收购高粱,奶奶的脸上染着灿烂的朝霞。场上的人都面向东南方向,听着随时可能传来的枪响。一些和我父亲年龄相仿的顽童,虽然手脚发痒,但也不敢打闹。

父亲和去年用杀猪刀把罗汉大爷零割活剥了的孙五从两个方向跑到场内。孙五干了那事后,就精神错乱,手舞足蹈,眼睛笔直,腮上肉跳,胡言乱语,口吐白沫,扑地跪倒,喊着:"大哥大哥大哥,太君让我干,我不敢不干……你死后升了天,骑白马,佩雕鞍,穿蟒袍,坠金鞭……"村里人见他这样,也就把恨他的心淡了。孙五疯了几个月,又添了新症候。他在一阵喊叫之后,突然口眼斜,鼻涕口水淋淋漓漓,话也说不清了。村里人说这是上天报应。

父亲手提勃朗宁,气喘吁吁,一头皮高粱上的白粉红尘。孙五衣衫成缕,大肚子上布满皱纹,左腿棒硬右腿软弱,蹦跶进场子,没人理他。人们都看我英气勃勃的父亲。

奶奶走到父亲面前。奶奶刚过三十岁,扎着盘头髻,刘海五绺,像稀疏的珠帘遮着光洁的额头。奶奶的眼睛里永远秋水汪汪,有人说是被高粱酒熏的。十五年风雨狂心魂激荡,我奶奶由黄花姑娘变成了风流少妇。

奶奶问:"怎么啦?"

父亲呼呼喘着气,把勃朗宁手枪插进腰带。

"鬼子没来?"奶奶问。

父亲说:"冷支队,狗娘养的,我们饶不了他!"

"怎么回事?"奶奶问

父亲说:"擀拤饼。"

"没听到打呀!"奶奶说。

父亲说:"擀拤饼,多卷鸡蛋大葱。"

奶奶问:"鬼子没有来?"

"余司令让擀拤饼,要你亲自送去!"

奶奶问:"乡亲们,回去凑面擀拤饼吧。"

父亲转身要跑,被奶奶伸手拉住,奶奶说:"豆官,告诉娘,冷支队是怎么回事?"

父亲挣开奶奶的手,气汹汹地说:"冷支队没见影,余司令饶不了他们。"

父亲跑了。奶奶追着父亲瘦小的身影,叹了一口气。空阔的场上,孙五歪立着,僵着眼望着奶奶,他的手比划着,口水咕噜咕噜地在嘴上流。

奶奶不理孙五,向倚在墙边上的一个长脸姑娘走去。长脸姑娘对着奶奶吃吃地笑。奶奶走到她眼前时,她忽然蹲下身,双手紧紧地捂着裤腰,尖声哭起来。她的两只深潭般的眼睛里,跳出疯傻的火星。奶奶摸着她的脸说:"玲子,好孩子,别怕。"

十七岁的玲子姑娘,当时是我们村第一号美女。余司令初挑大旗招兵买马,聚起了一支五十多人的队伍,队伍里有一个穿一身黑制服,穿一双白皮鞋,面色苍白,留着乌黑长发的瘦削青年。据说玲子爱上了这个青年。他操着一口漂亮的京腔,从来不笑,眉毛日日紧蹙,双眉之间有三道竖纹,人们都叫他任副官。玲子觉得任副官冷俏的外壳里,有一股逼人的灼热,烧燎得她坐立不安。那时候余司令的队伍每天上午都在我家收购高粱的空地上练习步伐。吹大喇叭的吹鼓手刘四山是余司令队伍里的号兵,大喇叭权充军号。每次训练前,刘四山就吹喇叭集合队伍。玲子一听到喇叭响,就从家里风快地跑出来,跑到土场边,趴到土墙上,等着看任副官。任副官是训练教官,他腰扎牛皮宽腰带,皮带上挂着一支勃朗宁手枪。

任副官挺胸凹腹,走到队伍前,喊一声立正,那两行人的脚跟就使劲碰在一起。

任副官说:"立正时,要双腿绷直,肚子回收,胸脯挺出,眼睛睁圆,像豹子吃人一样。"

"看你这个样!"任副官踢了王文义一脚,说,"看你劈腿拉胯,好像骡马撒尿,揍你都揍不上个劲。"

玲子喜欢看任副官打人,喜欢听任副官骂人。任副官潇洒的神态令她如痴似醉。任副官没事时,常在我家的空场上背着手散步,玲子躲在墙后偷偷看他。

任副官问:"你叫什么名字?"

"玲子。"

"你躲在墙后看什么?"

"看你哩。"

"你识字吗?"

"不识。"

"你想当兵吗?"

"不想。"

"噢,不想。"

玲子后来感到后悔,她对我父亲说,要是任副官再问她,她就说想当兵。但任副官没有再问。

玲子和我父亲他们趴在墙头上,看着任副官在空场上教唱革命歌曲,父亲身矮,脚上垫了三块土坯才能看到墙里的情景。玲子把秀挺的下巴支在土墙上,紧盯着沐着朝霞的任副官。任副官教着队伍唱:高粱熟了,高粱红了,东洋鬼子来了,东洋鬼子来了。国破了,家亡了,同胞们快起来,拿起刀拿起枪,打鬼子保家乡……

队伍里的人拙嘴笨舌,总学不出正调。趴在墙外的孩子们,把这首歌儿学得滚瓜溜熟。我父亲生前,还牢牢记着这首歌的曲词。

玲子姑娘有一天大着胆子去找任副官,误入了军需股长的房子。军需股长是余司令的亲叔余大牙,四十多岁,嗜酒如命,贪财好色,那天他喝了个八成醉,玲子闯进去,正如飞蛾投火,正如羊入虎穴。

任副官命令几个队员,把糟蹋玲子姑娘的余大牙捆了起来。

那时,余司令落宿在我家,任副官去向他报告时,余司令正在我奶奶炕上睡觉。奶奶已梳洗停当,正准备烧几条柳叶鱼下酒,任副官怒冲冲闯进来,吓了奶奶一大跳。

任副官问奶奶:"司令呢?"

"在炕上睡觉哩!"奶奶说。

"叫他起来。"

奶奶叫起余司令。

余司令睡眼惺忪地走出来,伸一个懒腰,打一个哈欠,说:"有什么事?"

"司令,要是日本人奸淫我姐妹,当不当杀?"任副官问。

"杀!"余司令回答。

"司令,要是中国人奸淫自己姐妹,该不该杀?"

"杀!"

"好,司令,就等着你这句话,"任副官说。"余大牙奸污了民女曹玲子,我已经让兄弟们把他捆起来了。"

"有这种事?"余司令说。

"司令,什么时候执行枪决?"

余司令打了一个嗝,说:"睡个女人,也算不了大事。"

"司令,王子犯法,一律同罪!"

"你说该治他个什么罪?"余司令阴沉沉地问。

"枪毙!"任副官毫不犹豫地说。

余司令哼了一声,焦躁地踱着脚,满脸怒气。后来,他脸上又漾出笑容,说:"任副官,当众打他五十马鞭,给玲子家二十块大洋,怎么样?"

任副官刻薄地说:"就因为他是你的亲叔叔?"

"打他八十马鞭,罚他娶了玲子,老子也认个小婶婶!"

任副官解下腰带,连同勃郎宁手枪,摔到余司令怀里。任副官拱手一揖,道一声:"司令,两便了!"便大踏步走出我家院子。

余司令提着枪,看着任副官的背影,咬牙切齿地说:"滚你娘的,一个学生娃娃,也想管辖老子!老子吃了十年拤饼,还没有人敢如此张狂。"

奶奶说:"占鳌,不能让任副官走,千军易得,一将难求。"

"妇道人家懂得什么!"余司令心烦意乱地说。

"原以为你是条好汉,想不到也是个窝囊废!"奶奶说。

余司令拉开手枪,说:"你是不是活够了?"

奶奶一把撕开胸衣,露出粉团一样的胸脯,说:"开枪吧!"

父亲高叫一声娘,扑到了我奶奶胸前。

余占鳌看着我父亲的端正头颅,看着我奶奶的花容月貌,不知有多少往事涌上心头。他叹一口气,收起了枪,说:"弄好你的衣裳!"便手提马鞭,走到院里,从拴马桩上解下他那匹精致的小黄马,不及备鞍,骑到了训练场。

队员们懒散地倚在墙上,见到余司令来了,便立正站好,没有一个人吭气。

余大牙被绑住双臂,拴在一棵树上。

余司令跳下马来，走到余大牙面前，说："你真干啦？"

余大牙说："鳖子，给老子松绑，老子不在你这儿干啦！"

队员们瞪着大小不一的眼，看着余司令。

余司令说："叔，我要枪毙你。"

余大牙吼叫着："杂种，你敢毙你亲叔？想想叔叔待你的恩情，你爹死得早，是叔叔挣钱养活你娘俩，要是没有我，你小子早就喂了狗啦！"

余司令扬手一鞭，打在余大牙脸上，骂一声："混账！"接着便双膝跪地，说："叔，占鳖永远不忘你的养育之恩，您死之后，我给你披麻戴孝，逢年过节，我给你祭扫坟墓。"

余司令翻身跳上马背，在马腚上打了一鞭，向着任副官走去的方向，飞马追去，得得答答的马蹄声，把一个世界都震动了。

枪毙余大牙时，父亲在场观看。余大牙被哑巴和两个队员押到村西头，刑场选在一个积着一汪汪乌黑臭水，孳生着大量蚊虹蛆虫的半月形湾子边。湾崖上孤零零地站着一棵叶子焦黄的小柳树。湾子里扑扑通通地跳着蛤蟆，一堆乱头发渣子边上，躺着一只女人的破鞋。

两个队员把余大牙架到湾崖上，松开手，看着哑巴。哑巴从肩上抡下步枪，拉动枪栓，子弹清脆地上了膛。

余大牙转过身，面对着哑巴，笑了笑。父亲发现他的笑容慈祥善良，像一轮惨淡的夕阳。

"哑巴兄弟，给我松了绑，我不能带着绳子死！"

哑巴想了想，提枪上前，从腰里拔出刺刀，噌噌噌三五下，把细麻绳挑断。余大牙舒展着胳膊，回转身，大喊："打吧，哑兄弟，打准穴位，别让我受罪！"

父亲认为人在临死前的一瞬间，都会使人肃然起敬。余大牙毕竟是我们高密东北乡的种子，他犯了大罪，死有余辜，但临死前却表现出了应有的英雄气概,父亲被他感动得脚底生热,恨不得腾跳。

余大牙面向臭水湾子,望着在他脚下的水汪子里,野生着几片绿荷,一枝瘦小洁白的野荷花,又望着湾子对面光芒四射的高粱,吐口高唱:"高粱红了,高粱红了,东洋鬼子来了,东洋鬼子来了,国破了,家亡了……"

哑巴的枪举起放下,放下举起。

两个队员说:"哑巴,向司令说说情,饶了他吧!"

哑巴挂着枪,听着余大牙把那首歌子杂乱无章地唱。

余大牙回转身,怒目圆睁,大叫:"开枪呀,兄弟!难道还要我自己崩了自己吗?"

哑巴托起枪,瞄了瞄余大牙瓦块般的额头,勾动了扳机。

父亲看到余大牙的额头像碎瓦片一样迸裂了,紧跟眼见的情景耳朵听到沉闷的枪声。哑巴在枪声中低下头,一缕雪白的硝烟,从枪筒里吐出来。余大牙的身体静止了两眨眼的工夫,就像一节木头,疾速地跌到湾子里。

哑巴拖枪便走,两个队员尾随着。

父亲和一群孩子们,胆战心惊地涌到湾子边。居高临下地看着仰面朝天躺在湾子里的余大牙。他的脸上只剩下一张完好无缺的嘴,脑盖飞了,脑浆糊满双耳,一只眼球被震到眶外,像粒大葡萄,挂在耳朵旁。他的身体落下时,把松软的淤泥砸得四溅,那株瘦弱的白荷花断了茎,牵着几缕白丝丝,摆在他的手边。父亲闻到了荷花的幽香。

后来,任副官搞来了一口黄缎子挂里、外刷了铜钱厚清油的柏木棺材,把余大牙盛装厚葬,坟墓建在湾子边那棵小柳树下。出殡那天,任副官黑衣挺括,毛发灿烂。他的左臂上缠了一块红绸子。余司令披麻戴孝,大声嚎哭。一出村头,他用力把一个新瓦盆摔在砖头上。

那天,奶奶给我父亲缠了一道白孝布——奶奶自己也是披麻戴孝,父亲手持一根新鲜的柳木棍子,跟在余司令和奶奶后边走。父亲亲眼见到瓦盆的碎片从砖头上迸起的情景,接着想起余大牙的脑壳也像瓦片一样迸裂的情景。父亲隐隐约约地预感到这两次极端相似的破碎之间有一种内在的必然联系。这件事情与那件事情碰到一起,还会出现第三个情景。

父亲一滴眼泪也没掉,冷眼观察着送葬的人。送葬队伍在柳树下围成一个圆圈站定时,那口沉重的棺木,由十六个精壮的小伙子,扯着八根一把粗的麻辫子的两头,轻轻地送下深深的墓穴。余司令抓起一把土,冷酷地打在锃亮的棺盖上,砰然一响,人心动摇。几个持锹的人,扎起大块的黑土,填到墓穴里,棺材愤怒地叫着,渐渐隐没在黑土之中。黑土上涨,填平了墓穴,隆出了地面,凸成一个馒头状的大丘。余司令掏出枪来,对着柳树上面的天,连放三响。子弹鱼贯着穿过树冠,冲掉几片细眉般的黄叶,在空中旋转着飞。三颗亮晶晶的弹壳,弹到腐臭的湾子里。一个男孩子跳下湾子,噗噗哧哧地踩着绿色的淤泥,把弹壳捡走了。任副官掏出勃朗宁手枪,断断续续地放了三枪。勃朗宁子弹出膛,打着鸡鸣般的呼哨,冲上高粱上空。余司令与任副官各提着冒烟的手枪,四目对视。任副官点点头,说:"是大英雄自风流!"然后就插枪进腰,大步往村里走去。

父亲发现余司令提着枪的手臂缓缓地举起来,枪口追踪着任副官的背影。送葬的人惊讶万分,但无人敢吱声。任副官全无知觉,昂首阔步,有条不紊,迎着齿轮般旋转的太阳,向着村子走。父亲看到手枪在余司令手里抖了一下。父亲几乎没有听到这一声枪响,它是那么微弱,那么遥远。父亲看到这粒子弹在低空悠闲地飞翔,贴着任副官乌黑的头发滑过去。任副官头也不回,保持着均匀协调的步子继续前行。父亲听到从任副官那儿,传来噘唇吹出的口哨声,曲调十分熟悉,是"高粱红了,高粱红了!"我父亲热泪盈了眶。任副官越走越远,身影愈高大。余司令又开了一枪。这一枪惊天动地,子弹的飞行与枪声的飞行同时被我父亲感知。子弹打在一棵高粱上,高粱落地。在高粱穗子落地的缓慢行程中,又一颗子弹把它打碎。父亲恍惚觉得,任副官弯腰从路边揪了一朵金黄色的苦菜花,放在鼻下久久地嗅着。

父亲对我说过,任副官八成是个共产党,除了共产党里,很难找到这样的纯种好汉。只可惜任副官英雄命短,他在昂首阔步,走出了大英雄八面威风之后三个月,竟在擦洗那支勃朗宁手枪时,自己走火把自己打死。枪弹从右眼进去,从右耳出来,他的半边脸上沾满了钢蓝色的粉末,右耳流出了三五滴黑血,人们听到枪声扑进去,他已经歪倒在地死了。

余司令捡起任副官那支勃朗宁手枪,良久不语。

七

奶奶挑着一担拤饼,王文义的妻子挑着两桶绿豆汤,匆匆地往墨水河大桥赶。她们本来想斜穿高粱地,直插东南方向,但走进高粱地后,才发现挑着担子寸步难行。奶奶说:"嫂子,走直路吧,慢就是快。"

奶奶和王文义的妻子,像两只飞翔的大鸟,在非常空虚的大气里,极端充实地移动。奶奶换上了一件深红上衣,头上的黑发用梳头油抹得乌亮。王文义的妻子精悍短小,手脚利索。余司令招兵买马时,她把王文义送到我家,让奶奶帮着说情,留下王文义当游击队员。奶奶一口答应。余司令碍着奶奶的情面,就收留了王文义。余司令问王文义:"你怕不怕死?"王文义说:"怕。"他妻子说:"司令,他说怕就是不怕，日本飞机把俺的三个儿子全炸成了碎块。"王文义天生不是当兵的料，他反应迟钝，不分左右，在操场练习步伐时，不知道挨了任副官多少揍。他妻子帮他出了个主意，让他在右手里握着一节高粱秆，听到向右转的口令时，就往握着高粱秆的手这边转。王文义当兵后没武器，奶奶把我们家那支鸟枪给他。

她们走上弯弯曲曲的墨水河堤，顾不上看堤坡上盛开着的黄花和堤外密密匝匝的血红高粱，一个劲地往东赶。王文义妻子受惯了苦，奶奶享惯了福。奶奶汗水淋淋，王文义妻子一滴汗珠也不出。

父亲早就跑回桥头。父亲向余司令报告，说拤饼一会就到，余司令满意地在他头上打了一巴掌。队员们多半躺在高粱地里，对着太阳晒鼻孔。父亲闲得发闷，便转到路西边高粱地里，去看哑巴他们在干什么。哑巴精心地磨着腰刀，父亲手按着腰里的勃朗宁，站在哑巴跟前，脸上挂着胜利者的笑容。看到我父亲，哑巴呲牙一笑。有一个队员睡着了，打着很响的呼噜。没睡觉的人也无精打采地躺着，无人和父亲讲话。父亲又跳到公路上来，公路黄中透出白来，疲惫不堪。那四盘横断了道路的连环耙，尖锐的齿尖朝着天，父亲想它们也一定等得不耐烦了。石桥伏在水面上，像一个大病初愈的病人。后来父亲就到河堤上坐着了。他看一会东，看一会西，看一会河中流水，看一会野鸭子。河里的景色很美，每一颗水草都活着，每一朵小小的浪花里，都隐藏着秘密。父亲看到了几堆被特别茂密的水草包围着的不知是骡子还是马的白骨。父亲又想起我家那两头大黑骡子了。春天时，田野里奔驰着成群的野兔子，奶奶骑着骡子，手持猎枪追逐野兔，父亲坐在骡子上，搂着奶奶的腰。骡子把野兔惊起，奶奶开枪把野兔打倒。回家时，骡子的脖子上，总是挂着一串野兔子。奶奶的后槽牙缝里，夹着一粒高粱米粒大的铁砂子，那是吃野兔肉时塞进去的，怎么抠也抠不出来。父亲又看到了堤上的蚂蚁。一队暗红色的蚂蚁,匆匆搬运着泥土。父亲在蚂蚁中放了一块土坷垃,被阻的蚂蚁不绕道,奋力登攀。父亲把土坷垃拿起,投到河里去,河水被土坷垃打破,河水却不响。日头正响了,河里泛起热烘烘的腥气,到处都闪烁光亮,到处都滋滋地响。父亲觉得,天地之间弥漫着高粱的红色粉沫,弥漫着高粱酒的香气。父亲一仰身子躺在堤上,就在这一瞬间,他心里一阵猛跳,后来他才明白,原来一切等待都会有结果的,这结果出现时,是那么普通平常,随便自然。父亲发现,被红高粱夹峙的公路上,有四个深绿色的甲虫状的怪物,无声无息地爬过来了。

"汽车。"我父亲含含糊糊地说了一句,没有人理他。

"鬼子的汽车!"我父亲跳起来,怔怔地望着那些像流星一样射过来的汽车,汽车的尾部拖着一条长长的焦黄的尾巴,车头上噼噼叭叭地晃动着白炽的光芒。

"汽车来啦!"父亲的话像一把刀,仿佛把所有的人斩了似的,高粱地里笼罩着痴呆呆的平静。

余司令高兴地吼一声:"小舅子们,到底来了。弟兄们,准备好,我说开火就开火。"

路西边,哑巴拍着屁股跳高。几十个队员,都哈着腰,提着武器,趴到河堤漫坡上。

已经听到了汽车嗡嗡的吼叫声。父亲伏在余司令的身边,擎着沉重的勃朗宁手枪,手腕灼热酸麻,手掌汗水粘湿,手虎口那儿有一块肉突然跳了一下,接着便突突地乱跳起来。父亲惊讶地看着那块杏核大的皮肉有节奏地跳动,好像里边藏着一只破壳欲出的小鸟。父亲不想让它跳,却因用了力,连动得整条胳膊都哆嗦起来。余司令在他背上按了一下,那块肉跳动猛停,父亲把勃朗宁手枪换到左手,右手五指痉挛,半天伸不直。

汽车飞快地驶近,增大,车头前那两只马蹄大的眼睛射出一道道白光,轰轰的马达声像急雨前的风响,带着一种陌生的、压迫人心的激动。父亲是平生第一次看到汽车,父亲猜想着这种怪物是吃草还是吃料,是喝水还是喝血,它们比我家那两头年轻力壮的细腰骡子跑得还要快。月亮般的车轮飞速旋转,黄尘飞腾。渐渐看到车上的东西了。临近石桥时,汽车慢慢减速,黄烟从车后漫过车头,朦胧地遮掩着第一辆车上二十几个穿杏黄色衣服、头上扣着乌亮铁帽子的人,父亲后来知道了铁帽子名叫钢盔。——一九五八年大炼钢铁时,我们家的铁锅被征收走了,我哥哥从钢铁堆里偷回一个钢盔,吊在炭火上烧水做饭。父亲凝视着在烟火中变幻颜色的钢盔,绿色的眼睛里,流露出伏枥老马的悲壮神色。中间两辆汽车上,装着小山一样高的雪白口袋,最后一辆汽车上,跟第一辆车一样,站着二十几个头戴钢盔的日本兵。

汽车逼近河堤,缓缓转动的轮子显得高大笨重,方方正正的汽车头,在父亲看来,像一个硕大无比的蚂蚱头。黄尘慢慢淡薄,汽车尾部,一屁一屁打出深蓝色的烟雾。

父亲把头使劲缩着,一种从未有过的冰冷从脚底上升到腹部,在腹部集合成团,产生强大压力。父亲感到尿急,尿水激得鸡头乱点,他用力扭动臀部,来克制即将洒出的水。余司令严厉地说:"兔崽子,别动!"

父亲万般无奈,叫了一声干爹,请求下去撒尿。

父亲得到余司令的允许,退到高粱地里,费劲撒出一泡红高粱颜色、烧灼得鸡头热辣辣发痛的尿。这时他感到轻松多了。他无意中看了一眼队员们的脸色,都如庙中塑像一般狰狞可怖。王文义舌头吐出,目光好似蜥蜴,呆板不转。

汽车像警觉的大兽,屏住呼吸往前爬,父亲闻到了它们身上那股香喷喷的味道。这时,汗透红罗衫的我奶奶和气喘吁吁的王文义妻子出现在蜿蜒的墨水河堤上。

我奶奶挑着一担拤饼,王文义妻子挑着一担绿豆汤,轻松地望见了墨水河中凄惨的大石桥。奶奶欣慰地对王文义妻子说:"嫂子,总算挨到了。"奶奶出嫁之后,一直养尊处优,这一担沉重的拤饼,把她柔嫩的肩膀压出了一道深深紫印,这紫印伴随着她离开了人世,升到了天国。这道紫印,是我奶奶英勇抗日的光荣的标志。

还是我的父亲最先发现我的奶奶,父亲靠着某种神秘力量的启示,在大家都目不转睛地盯着缓缓逼近的汽车时,他往西一歪头,看到奶奶像鲜红的大蝴蝶一样款款地飞过来。父亲高叫一声:"娘……"

父亲的叫声,像下达了一道命令,从日本人的汽车上,射出了一阵密集的子弹。日本人的三挺歪把子机枪架在汽车顶上,枪声沉闷,像雨夜中阴沉的狗叫。父亲眼见着我奶奶胸膛上的衣服啪啪裂开两个洞。奶奶欢快地叫了一声,就一头栽倒,扁担落地,压在她的背上。两笸斗拤饼,一笸斗滚到堤南,一笸斗滚到堤北。那些雪白的大饼,葱绿的大葱,揉碎的鸡蛋,散在绿草茵茵的草坡上。奶奶倒地后,王文义妻子那颗长方形的头颅上,迸出了红黄相间的液体,溅得好远好远,溅到了堤下的高粱上。父亲看到这个小个子女人中弹之后,后退一步,身体一仄,歪在了堤南边,又滚到河床上。她挑来的那担绿豆汤,一桶倾倒,另一桶也倾倒,汤汁淋漓,如同英雄血。铁桶中的一只,跌跌撞撞跳进河,在乌黑的河水中,慢慢地向前漂着,从哑巴的面前漂过,在石桥墩上碰撞几下,钻过桥洞,又从余司令从我父亲从王文义从方六方七兄弟面前漂过。

"娘——"我父亲撕肝裂胆地高叫一声,身体弹到堤上。余司令扯了一把我父亲,没扯住。余司令吼一声:"回来!"我父亲没听见余司令的命令,他什么也听不到。父亲瘦小羸弱的身体跑在狭窄的河

59

堤上，父亲身上阳光斑斓，他在弹上堤的同时，就扔掉了手枪，手枪落在一棵叶子折断的金色苦菜花上。父亲张着两只手，像飞腾的小鸟，向奶奶扑去。河堤上安静，落尘有声，河水只亮不流，堤外的高粱安祥庄重。父亲瘦弱的身体在河堤上跑着，父亲高大雄伟漂亮，父亲高叫着："娘——娘——娘。"这一声声"娘"里渗透了人间的血泪，骨肉的深情，崇高的原由。父亲跑完东边的河堤，跳过连环的铁耙，攀上西边的河堤。堤下，哑巴化石般的面孔从父亲身边擦过。父亲扑到奶奶身上，又叫一声娘。奶奶平卧堤上，脸贴着堤边的野草。奶奶背上，有两个翻边的弹洞，一股新鲜的高粱酒的味道，从那洞里涌出来。父亲扳着奶奶的肩头，把奶奶翻过来。奶奶脸上没有受伤，面容整肃，头发纹丝不乱，五绺刘海下，两条眉梢儿下垂，奶奶半睁着眼，苍翠的脸上双唇鲜红。父亲抓住奶奶温暖的手，又叫一声娘。奶奶睁开眼，满脸绽开天真的笑容。奶奶又伸出一只手，交给父亲。

鬼子汽车停在桥头，马达高一阵低一阵轰鸣着。

一个高大的人影在河堤上一闪，我父亲和我奶奶被拉下河堤，是哑巴干的好事。父亲未及思想，又一阵狂风般的子弹，把他们头上的无数棵高粱，打断了，打碎了。

四辆汽车紧挨着，在桥外不动。第一辆车上和最后一辆车上，八挺歪把子机枪，射出的子弹，织成一束束干硬的光带，交叉出一个破碎的扇面，又交叉成一个破碎的扇面，时而在路东，时面在路西，高粱齐声哀鸣。高粱的残破肢体成直线下落成弧线飞升，钻到堤上的子弹，激起一泡泡黄烟，发出一串串噗噗声。

堤漫坡上的队员们身体紧贴着野草和黑土，一动不动。机枪扫射持续了三分钟，突然停止，汽车周围布满了金灿灿的弹壳。

余司令压低声音说："不许开枪！"

鬼子沉默着。河面上一缕缕淡薄的硝烟，随着轻俏的小风向东飘去。

父亲告诉我,在这片刻的宁静里,王文义摇摇晃晃地走上河堤,他站在河堤上,手提长筒子鸟枪,目瞪口张,痛苦万分,高叫一声:"孩子他娘!"不及挪步,就被几十颗子弹把腹部打成了一个月亮般透明的大窟窿。那些沾带着肠子的子弹从余司令头上淅淅沥沥地飞过去。

王文义一头栽下河堤,也滚到了河床上,与他的妻子隔桥相望。他的心脏还在跳,他的头完整无缺,他感到一种异常清晰的透彻感涌上心头。

父亲告诉过我,王文义的妻子生了三个阶梯式的儿子。这三个儿子被高粱米饭催得肥头大耳,生动茂盛。有一天,王文义和妻子下地锄高粱,三个孩子在院里玩耍,一架双翅日本飞机,嗡嗡怪叫着,从村子上空飞过。飞机下了一蛋,落在王文义家院子里,把三个孩子炸得零零碎碎,弃置房脊,挂树梢,涂之墙壁……余司令一树起抗日旗,王文义就被妻子送去……

余司令咬牙瞪眼,狠狠地瞅着半个头颅扎进河水的王文义,又低吼一声:"不要动!"

八

飞散的高粱米粒在奶奶脸上弹跳着,有一粒竟蹦到她微微翕开的双唇间,搁在她清白的牙齿上。父亲看着奶奶红晕渐褪的双唇,哽咽一声娘,双泪落胸前。在高粱织成的珍珠雨里,奶奶睁开了眼,奶奶的眼睛里射出珍珠般的虹彩。她说:"孩子……你干爹呢……"父亲说:"他在打仗,我干爹。""他就是你的亲爹……"奶奶说。父亲点了点头。

奶奶挣扎着要坐起来,她的身体一动,那两股血就汹涌地蹿出来。

"娘，我去叫他来。"父亲说。

奶奶摇摇手，突然折坐起来，说："豆官……我的儿……扶着娘……咱回家、回家啦……"

父亲跪下，让奶奶的胳膊揽住自己的脖颈，然后用力站起，把奶奶也带了起来。奶奶胸前的血块很快就把父亲的头颈弄湿了，父亲从奶奶的鲜血里，依然闻到一股浓烈的高粱酒味。奶奶沉重的身躯，倚在父亲身上，父亲双腿打颤，趔趔趄趄，向着高粱深处走，子弹在他们头上屠戮着高粱。父亲分拨着密密匝匝的高粱秸子，一步一步地挪，汗水泪水掺和着奶奶的鲜血，把父亲的脸弄得残缺不全。父亲感到奶奶的身体越来越沉重，高粱叶子毫不留情地绊着他，高粱叶子毫不留情地锯着他，他倒在地上，身上压着沉重的奶奶。父亲从奶奶身下钻出来，把奶奶摆平，奶奶仰着脸，呼出一口长气，对着父亲微微一笑。这一笑神秘莫测，这一笑像烙铁一样，在父亲的记忆里，烫出一个马蹄状的烙印。

奶奶躺着，胸脯上的灼烧感逐渐减弱。她恍然觉得儿子解开了自己的衣服，儿子用手捂住她乳房上的一个枪眼，又捂住她乳下的一个枪眼。奶奶的血把父亲的手染红了，又染绿了；奶奶洁白的胸脯被自己的血染绿了，又染红了。枪弹射穿了奶奶高贵的乳房。暴露出了淡红色的蜂窝状组织。父亲看着奶奶的乳房。万分痛苦。父亲捂不住奶奶伤口的流血，眼见着随着鲜血的流失，奶奶脸愈来愈苍白，奶奶的身体越来越轻飘，好像随时都会升空飞走。

奶奶幸福地看着在高粱阴影下，她与余司令共同创造出来的、我父亲那张精致的脸，逝去岁月里那些生动的生活画面，像奔驰的走马掠过了她的眼前。

奶奶想起那一年，在倾盆大雨中，像坐船一样乘着轿，进了单廷秀家住的村庄，街上流水洸洸，水面上漂浮着一层高粱的米壳。花轿抬到单家大门时,出来迎亲的只有一个梳着豆角辫的干老头子。大雨停后,还有一些零星落雨打在地面上的水汪汪里。尽管吹鼓手也吹着曲子,但没有一个人来看热闹,奶奶知道大事不妙。扶我奶奶拜天地的是两个男人,一个五十多岁,一个四十多岁。五十多岁的就是刘罗汉大爷,四十多岁的是烧酒锅上的一个伙计。

轿夫、吹鼓手们落汤鸡般站在水里,面色严肃地看着两个枯干男子把一抹酥红的我奶奶架到了幽暗的堂房里。奶奶闻到两个男人身上那股强烈的烧酒气息,好像他们整个人都在酒里浸泡过。

奶奶在拜堂时,还是蒙上了那块臭气熏天的盖头布。在蜡烛燃烧的腥气中,奶奶接住一根柔软的绸布,被一个人牵着走。这段路程漆黑憋闷,充满了恐怖。奶奶被送到炕上坐着。始终没人来揭罩头红布,奶奶自己揭了。她看到在炕下方凳上蜷曲着一个面孔痉挛的男人。那个男人生着一个扁扁的长头,下眼睑烂得通红。他站起来,对着奶奶伸出一支鸡爪状的手,奶奶大叫一声,从怀里摸出一把剪刀,立在炕上,怒目逼视着那男人。男人又萎萎缩缩地坐到凳子上。这一夜,奶奶始终未放下手中的剪刀,那个扁头男人也始终未离开方凳。

第二天一早,趁着那男人睡着,奶奶溜下炕,跑出房门,开开大门,刚要飞跑,就被一把拉住。那个梳豆角辫子的干瘦老头子抓住她的手腕,恶狠狠地看着她。

单廷秀干咳了两声,收起恶容换笑容,说:"孩子,你嫁过来,就像我的亲女儿一样,扁郎不是那病,你别听人家胡说。咱家大业大,扁郎老实,你来了,这个家就由你当了。"单廷秀把一大串黄铜钥匙递给奶奶,奶奶未接。

第二夜,奶奶手持剪刀,坐到天明。

第三天上午,我外曾祖父牵着一匹小毛驴,来接我奶奶回门,新婚三日接闺女,是高密东北乡的风俗。外曾祖父与单廷秀一直喝到太阳过晌,才动身回家。

奶奶偏坐毛驴,驴背上搭着一条薄被子,晃晃荡荡出了村。大雨过后三天,路面依然潮湿,高粱地里白色蒸气腾腾升集,绿高粱被白气缭绕,具有了仙风道骨。外曾祖父褡裢里银钱叮当,人喝得东倒西歪,目光迷离。小毛驴蹙着长额,慢吞吞地走,细小的蹄印清晰地印在潮湿的路上。奶奶坐在驴上,一阵阵头晕眼花,她眼皮红肿,头发凌乱。三天中又长高了一节的高粱,嘲弄地注视着我奶奶。

奶奶说:"爹呀,我不回他家啦,我死也不去他家啦……"

外曾祖父说:"闺女,你好大的福气啊,你公公要送我一头大黑骡子,我把毛驴卖去……"

毛驴伸出方方正正的头,啃了一口路边沾满小泥点的绿草。

奶奶哭着说:"爹呀,他是个麻风……"

外曾祖父说:"你公公要给咱家一头骡子……"

外曾祖父已醉得不成人样,他不断地把一口口的酒肉呕吐到路边草丛里。污秽的脏物引逗得奶奶翻肠搅肚。奶奶对他满心仇恨。

毛驴走到蛤蟆坑,一股扎鼻的恶臭,刺激得毛驴都垂下耳朵。奶奶看到了那个劫路人的尸体。他的肚子鼓起老高,一层翠绿的苍蝇,盖住了他的肉皮。毛驴驮着奶奶,从腐尸跟前跑过,苍蝇愤怒地飞起,像一团绿云。外曾祖父跟着毛驴,身体似乎比道路还宽,他忽而擦动左边高粱,忽而踩倒右边野草。在倒尸面前,外曾祖父嘀嘀连声,嘴唇哆嗦着说:"穷鬼……你这个穷鬼……你躺在这里睡着了吗……"奶奶一直不能忘记劫路人南瓜般的面孔,在苍蝇惊起的一瞬间,死劫路人雍容华贵的表情与活劫路人凶狠胆怯的表情形成鲜明的对照。走了一里又一里,白日斜射,青天如涧,外曾祖父被毛驴甩在后面,毛驴认识路径,驮着奶奶,徜徉前行。道路拐了个小弯,毛驴走到弯上,奶奶身体后仰,脱离驴背,一只有力的胳膊挟着她,向高粱深处走去。

奶奶无力挣扎,也不愿挣扎。三天新生活,如同一场大梦惊破,有人在一分钟内成了伟大领袖,奶奶在三天中参透了人生禅机。她甚至抬起一只胳膊,揽住了那人的脖子,以便他抱得更轻松一些。高粱叶子嚓嚓响着。路上传来外曾祖父嘶哑的叫声:"闺女,你去哪儿啦?"

石桥附近传来大喇叭凄厉的长鸣和机枪分不清点儿的射击声。奶奶的血还在随着她的呼吸,一线一线往外流。父亲叫着:"娘啊,你的血别往外流啦,流完了血你就要死啦。"父亲从高粱根下抓起黑土,堵在奶奶的伤口上,血很快洇出,父亲又抓一把。奶奶欣慰地微笑着,看着湛蓝的、深不可测的天空,看着宽容温暖的、慈母般的高粱。奶奶的脑海里,出现了一条绿油油的缀满小白花的小路,在这条小路上,奶奶骑着小毛驴,悠闲地行走。高粱深处,那个伟岸坚硬的男子,顿喉高歌,声越高粱。奶奶循声而去,脚踩高粱梢头,像腾着一片绿云……

那人把奶奶放到地上,奶奶软得像面条一样,眯着羊羔般的眼睛。那人撕掉蒙面黑布,显出了真相。是他!奶奶暗呼苍天,一阵类似幸福的强烈震颤冲激得奶奶热泪盈眶。

余占鳌把大蓑衣脱下来,用脚踩断了数十棵高粱,在高粱的尸体上铺上了蓑衣。他把我奶奶抱到蓑衣上。奶奶神魂出舍,望着他脱裸的胸膛,仿佛看到强劲慓悍的血液在他黝黑的皮肤下川流不息。高粱梢头,薄气袅袅,四面八方响着高粱生长的声音。风平,浪静,一道道炽目的潮湿阳光,在高粱缝隙里交叉扫射。奶奶心头撞鹿,潜藏了十六年的情欲,迸然炸裂。奶奶在蓑衣上扭动着。余占鳌一截截地矮,双膝啪哒落下,他跪在奶奶身边,奶奶浑身发抖,一团黄色的、浓香的火苗,在她面上哗哗剥剥地燃烧。余占鳌粗鲁地撕开我奶奶的胸衣,让直泻下来的光束照耀着奶奶寒冷紧张、密密麻麻起了一层小白疙瘩的双乳。在他的刚劲动作下,尖刻锐利的痛楚和幸福磨砺着奶奶的神经,奶奶低沉喑哑地叫了一声:"天哪……"就晕了过去。

奶奶和爷爷在生机勃勃的高粱地里相亲相爱,两颗蔑视人间法规的不羁心灵,比他们彼此愉悦的肉体贴得还要紧。他们在高粱地里耕云播雨,为我们高密东北乡丰富多彩的历史上,抹了一道酥红。我父亲可以说是秉领天地精华而孕育,是痛苦与狂欢的结晶,毛驴高亢地叫着,钻进高粱地里来,奶奶从迷荡的天国回到了残酷的人世。她坐起来,六神无主,泪水流到腮边。她说:"他真是麻风。"爷爷跪着,不知从什么地方抽出一柄二尺多长的小剑,噌一声拔出鞘,剑刃浑圆,像一片韭叶。爷爷手一挥,剑已从高粱秸秆间滑过,两颗高粱倒地,从整齐倾斜的茬口里,渗出墨绿色的汁液。爷爷说:"三天之后,你只管回来!"奶奶大惑不解地看着他。爷爷穿好衣。奶奶整好容。奶奶不知爷爷又把那柄小剑藏到什么地方去了。爷爷把奶奶送到路边,一闪身便无影无踪。

三天后,小毛驴又把奶奶驮回来。一进村就听说,单家父子已经被人杀死,尸体横陈在村西头的湾子里。

奶奶躺着,沐浴着高粱地里清丽的温暖,她感到自己轻捷如燕,贴着高粱穗子潇洒地滑行。那些走马转蓬般的图像运动减缓,单扁郎、单廷秀、外曾祖父、外曾祖母、罗汉大爷……多少仇恨的、感激的、凶残的、敦厚的面容都已经出现过又都消逝了。奶奶三十年的历史,正由她自己写着最后的一笔。过去的一切,像一颗颗香气馥郁的果子,箭矢般坠落在地,而未来的一切,奶奶只能模模糊糊地看到一些稍纵即逝的光圈。只有短暂的又粘又滑的现在,奶奶还拼命抓住不放。奶奶感到我父亲那两只兽爪般的小手正在抚摸着她,父亲胆怯的叫娘声，让奶奶恨爱递灭、恩仇并泯的意识里，又溅出几束眷恋人生的火花。奶奶极力想抬起手臂，爱抚一下我父亲的脸，手臂却怎么也抬不起来了。奶奶正向上飞奔，她看到了从天国射下来的一束五彩的强光，她听到了来自天国的、用唢呐、大喇叭、小喇叭合奏出的庄严的音乐。

奶奶感到疲乏极了，那个滑溜溜的现在的把柄、人生世界的把柄，就要从她手里滑脱。这就是死吗？我就要死了吗？再也见不到这天，这地，这高粱，这儿子，这正在带兵打仗的情人？枪声响得那么遥远，一切都隔着一层厚重的烟雾。豆官！豆官！我的儿，你来帮娘一把，你拉住娘，娘不想死，天哪！天……天赐我情人，天赐我儿子，天赐我财富，天赐我三十年红高粱般充实的生活。天，你既然给了我，就不要再收回，你宽恕了我吧，你放了我吧！天，你认为我有罪吗？你认为我跟一个麻风病人同枕交颈，生出一窝癞皮烂肉的魔鬼，使这个美丽的世界污秽不堪是对还是错？天，什么叫贞节？什么叫正道？什么是善良？什么是邪恶？你一直没有告诉过我，我只有按着我自己的想法去办，我爱幸福，我爱力量，我爱美，我的身体是我的，我为自己做主，我不怕罪，不怕罚，我不怕进你的十八层地狱。我该做的都做了，该干的都干了，我什么都不怕。但我不想死，我要活，我要多看几眼这个世界，我的天哪……

奶奶的真诚感动了上天，她的干涸的眼睛里，又滋出了新鲜的津液，奇异的来自天国的光辉在她的眼里闪烁，奶奶又看到了父亲金黄的脸蛋和酷似爷爷的那两只眼睛。奶奶嘴唇微动，叫一声豆官，父亲兴奋地大叫："娘，你好了！你不要死，我已经把你的血堵住了，它已经不流了！我就去叫俺爹，叫他来看看你。娘，你可不能死，你等着我爹！"

父亲跑走了。父亲的脚步声变成了轻柔的低语，变成了方才听到过的来自天国的音乐。奶奶听到了宇宙的声音,那声音来自一株株红高粱。奶奶注视着红高粱,在她朦胧的眼睛里,高粱们奇谲瑰丽,奇形怪状。它们呻吟着,扭曲着,呼号着,缠绕着,时而像魔鬼,时而像亲人,它们在奶奶眼里盘结成蛇样的一团,又忽喇喇地伸展开来,奶奶无法说出它们的光彩了。它们红红绿绿,白白黑黑,蓝蓝绿绿,它们哈哈大笑,它们嚎啕大哭,哭出的眼泪像雨点一样打在奶奶心中那一片苍凉的沙滩上。高粱缝隙里,镶着一块块的蓝天,天是那么高又是那么低。奶奶觉得天与地、与人、与高粱交织在一起,一切都在一个硕大无朋的罩子里罩着。天上的白云擦着高粱滑动。也擦着奶奶的脸。白云坚硬的边角擦得奶奶的脸窸窣作响。白云的阴影和白云一前一后相跟着,闲散地转动。一群雪白的野鸽子,从高空中扑下来,落在了高粱梢头。鸽子们的咕咕鸣叫,唤醒了奶奶,奶奶非常真切地看清了鸽子的模样。鸽子也用高粱米粒那么大的、通红的小眼珠来看奶奶。奶奶真诚地对着鸽子微笑,鸽子用宽大的笑容回报着奶奶弥留之际对生命的留恋和热爱。奶奶高喊:我的亲人,我舍不得离开你们!鸽子们啄下一串串的高粱米粒,回答着奶奶无声的呼唤。鸽子一边啄,一边吞咽高粱,它们的胸前渐渐隆起来,它们的羽毛在紧张的啄食中参起。那扇状的尾羽,像风雨中幡动着的花絮。我家的房檐下,曾经养过一大群鸽子。秋天,奶奶在院子里摆一个盛满清水的大木盆,鸽子从田野里飞回来,整齐地蹲在盆沿上,面对着清水中自己的倒影把膆子里的高粱吐噜吐噜吐出来。鸽子们大摇大摆地在院子里走着。鸽子!和平的沉甸甸的高粱头颅上,站着一群被战争的狂风暴雨赶出家园的鸽子,它们注视着奶奶,像对奶奶进行沉痛的哀悼。

奶奶的眼睛又朦胧起来,鸽子们扑楞楞一起飞起,合着一首相当熟悉的歌曲的节拍,在海一样的蓝天里翱翔,鸽翅与空气相接,发出飕飕的风响。奶奶飘然而起,跟着鸽子,划动新生的羽翼,轻盈地旋转。黑土在身下,高粱在身下。奶奶眷恋地看着破破烂烂的村庄,弯弯曲曲的河流,交叉纵横的道路;看着被灼热的枪弹划破的混沌的空间和在死与生的十字路口犹豫不决的芸芸众生。奶奶最后一次嗅着高粱酒的味道,嗅着腥甜的热血味道,奶奶的脑海里忽然闪过了一个从未见过的场面:在几万发子弹的钻击下,几百个衣衫褴褛的乡亲,手舞足蹈躺在高粱地里……

最后一丝与人世间的联系即将挣断,所有的忧虑、痛苦、紧张、沮丧都落在了高粱地里,都冰雹般打在高粱梢头。在黑土上扎根开花,结出酸涩的果实,让下一代又一代承受。奶奶完成了自己的解放,她跟着鸽子飞着,她的缩得只如一只拳头那么大的思维空间里,盛着满溢的快乐、宁静、温暖、舒适、和谐。奶奶心满意足,她虔诚地说:

"天哪!我的天……"

九

汽车顶上的机枪持续不断地扫射,汽车轮子转动着,爬上了坚固的大石桥。枪弹压住了爷爷和爷爷的队伍。有几个不慎把脑袋露出堤面的队员已经死在了堤下。爷爷怒火填胸。汽车全部上了桥,机枪子弹已飞得很高。爷爷说:"弟兄们,打吧!"爷爷啪啪啪连放三枪,两个日本兵趴到了汽车顶上,黑血涂在了车头上。随着爷爷的枪声,道路东西两边的河堤后,响起了几十响破烂不堪的枪声,又有七八个日本兵倒下了。有两个日本兵栽到车外,腿和胳膊挣扎着,直扎进桥两边的黑水里。方家兄弟的大抬杠怒吼一声,喷出一道宽广的火舌,吓人地在河道上一闪,铁砂子、铁蛋子全打在第二辆汽车上载着的白口袋上。烟火升腾之后,从无数的破洞里,哗哗啦啦地流出了雪白的

69

大米。我父亲从高粱地里,蛇行到河堤边,急着对爷爷讲话,爷爷紧急地往自来得手枪里压着子弹。鬼子的第一辆汽车加足马力冲上桥头,前轮子扎在朝天的耙齿上。车轮破了,咻咻地泄着气。汽车轰轰地怪叫着,连环铁耙被推得咔哒咔哒后退,父亲觉得汽车像一条吞食了刺猬的大蛇,在痛苦地甩动着脖颈。第一辆汽车上的鬼子纷纷跳下。爷爷说:"老刘,吹号!"刘大号吹起大喇叭,声音凄厉恐怖。爷爷喊:"冲啊!"爷爷抢着手枪跳起,他根本不瞄准,一个个日本兵在他的枪口前弯腰俯背。西边的队员们也冲到了车前,队员们跟鬼子兵搅和在一起,后边车上的鬼子把子弹也射到天上去。汽车上还有两个鬼子,爷爷看到哑巴一纵身飞上汽车,两个鬼子兵端着刺刀迎上去,哑巴用刀背一磕,格开一柄刺刀,刀势一顺,一颗戴着钢盔的鬼子头颅平滑地飞出,在空中拖着悠长的嚎叫,噗通落地之后,嘴里还吐出半句响亮的鸣叫。父亲想哑巴的腰刀真快。父亲看到鬼子头上凝着脱离脖颈前那种惊愕的表情,它腮上的肉还在颤抖,它的鼻孔还在抽动,好像要打喷嚏。哑巴又削掉了一颗鬼子头,那具尸体倚在车栏上,脖颈上的皮肤突然褪下去一节,血水咕嘟咕嘟往外冒。这时,后边那辆车上的鬼子把机枪压低,打出了不知多少发子弹,爷爷的队员像木桩一样倒在鬼子的尸体上,哑巴一屁股坐在汽车顶上,胸膛上有几股血蹿出来。

父亲和爷爷伏在地上,爬回高粱地,从河堤上慢慢伸出头。最后边那辆汽车吭吭吭吭地倒退着,爷爷喊:"方六,开炮!打那个狗娘养的!"方家兄弟把装好火药的大抬杠顺上河堤,方六弓腰去点引火绳,肚子上中了一弹,一根青绿的肠子,嗞溜溜地钻出来。方六叫了一声娘,捂着肚子滚进了高粱地。汽车眼见着就要退出桥,爷爷着急地喊:"放炮!"方七拿着火绒,哆哆嗦嗦地往引火绳上触,却怎么也点不着。爷爷扑过去,夺过火绒,放在嘴边一吹,火绒一亮。爷爷把火绒

70

触到引火绳上,引火绳吱吱地响着,冒着白烟消逝了。大抬杠沉默地蹲踞着,像睡着了一样。父亲想它是不会响了。鬼子汽车已经退出桥头,第二辆第三辆汽车也在后退。车上的大米哗哗啦啦地流着,流到桥上,流到水里,把水面打出了那么多的斑点。几具鬼子尸体慢慢向东漂,尸体散着血,成群结队的白鳝在血水中转动。大抬杠沉默片刻之后,呼隆一声响了。钢铁枪身从河堤上跳起老高,一道宽广的火焰,正中了那辆还在流大米的汽车。车下部,刮喇喇地着起了火。

那辆退出大桥的汽车停住了,车上的鬼子乱纷纷跳下,趴到对面河堤上,架起机枪,对着这边猛打。方六的脸上中了一弹,鼻梁被打得四分五裂,他的血溅了父亲一脸。

起火汽车上的两个鬼子,推开车门跳出来,慌慌张张蹦到河里。中间那辆流大米的汽车,进不得退不得。在桥上吭吭怪叫,车轮子团团旋转。大米像雨水一样哗哗流。

对面鬼子的机枪突然停了,只剩下几只盖子枪在叭勾叭勾响。十几个鬼子,抱着枪,弯着腰,贴着着火汽车的两边往北冲。爷爷喊一声打,响应者寥寥。父亲回头看到堤下堤上躺着队员们的尸体,受伤的队员们在高粱地里呻吟喊叫。爷爷连开几枪,把几个鬼子打下桥。路西边也稀疏地响了几枪,打倒几个鬼子。鬼子退了回去。河南堤飞起一颗枪弹,打中了爷爷的右臂,爷爷的胳膊一踉,手枪落下,悬在脖子上。爷爷退到高粱地里,叫着:"豆官,帮帮我。"爷爷撕开袖子,让父亲抽出他腰里那条白布,帮他捆扎在伤口上。父亲趁着机会,说:"爹,俺娘想你。"爷爷说:"好儿子!先跟爹去把那些狗娘养的杀光!"爷爷从腰里拔出父亲扔掉的勃朗宁手枪,递给父亲。刘大号拖着一条血腿,从河堤边爬过来,他问:"司令吹号吗?"

"吹吧!"爷爷说。

刘大号一条腿跪着,一条腿拖着,举起大喇叭,仰天吹起来,喇叭口里飘出暗红色的声音。

"冲啊,弟兄们!"爷爷高喊着。

路西边高粱地里有几个声音跟着喊。爷爷左手举着枪,刚刚跳起,就有几颗子弹擦着他的腮边飞过,爷爷就地一滚,回到了高粱地。路西边河堤上响起一声惨叫。父亲知道,又一个队员中了枪弹。

刘大号对着天空吹喇叭,暗红色的声音碰得高粱棵子索索打抖。

爷爷抓住父亲的手,说:"儿子,跟着爹,到路西边与弟兄们汇合去吧。"

桥上的汽车浓烟滚滚,在哔哔叭叭的火焰里,大米像冰雹一样满河飞动。爷爷牵着父亲,飞步跨过公路,子弹追着他们,把路面打得噗噗做响。两个满面焦糊、皮肤开裂的队员见到爷爷和父亲,嘴咧了咧,哭着说:"司令,咱们完了!"

爷爷颓丧地坐在高粱地里,好久都没抬起头来,河对岸的鬼子也不开枪了。桥上响着汽车燃烧的爆烈声,路东响着刘大号的喇叭声。

父亲已经不感到害怕,他沿着河堤,往西出溜了一段,从一篷枯黄的衰草后,他悄悄伸出头。父亲看到从第二辆尚未燃烧的汽车棚里,跳出一个日本兵。日本兵又从车厢里拖出了一个老鬼子。老鬼子异常干瘦,手上套着雪白的手套,腚上挂着一柄长刀,黑色皮马靴装到膝盖。他们沿着汽车边,把着桥墩,哧溜哧溜往下爬。父亲举起勃朗宁手枪,他的手抖个不停,那个老鬼子干瘪的屁股在父亲枪口前跳来跳去。父亲咬牙闭眼开了一枪,勃朗宁嗡地一声响,子弹打着呼哨钻到水里,把一条白鳝鱼打翻了肚皮。鬼子官跌到水中。父亲高叫着:"爹,一个大官!"

父亲脑后一声枪响,老鬼子的脑袋炸裂了,一团血在水里噗啦啦散开了。另一个鬼子手脚并用,钻到了桥墩背后。

鬼子的枪弹又压过来,父亲被爷爷按住。子弹在高粱地里唧唧咕咕乱叫。爷爷说："好样的,是我的种!"

父亲和爷爷不知道,他们打死的老鬼子,就是有名的中岗尼高少将。

刘大号的喇叭声不断,天上的太阳,被汽车的火焰烤得红绿间杂,萎萎缩缩。

父亲说："爹,俺娘想你啦,叫你去。"

爷爷问："你娘还活着?"

父亲说："活着。"

父亲牵着爷爷的手,向着高粱深处走。

奶奶躺在高粱下,脸上印着高粱的暗影,脸上留着为我爷爷准备的高贵的笑容。奶奶的脸空前白净,双眼尚未合拢。

父亲第一次发现,两行泪水,从爷爷坚硬的脸上流下来。

爷爷跪在奶奶身旁,用那只没受伤的手,把奶奶的眼皮合上了。

一九七六年,我爷爷死的时候,母亲用她缺了两个指头的左手,把爷爷圆睁的双眼合上。爷爷一九五八年从日本北海道的荒山野岭中回来时,已经不太会说话,每个字都像沉重的石块一样从他口里往外吐。爷爷从日本回来时,村里举行了盛大的典礼,连县长都来参加了。那时候我两岁。我记得在村头的白果树下,一字儿排开八张八仙桌,每张桌子上摆着一坛酒,十几个大白碗。县长搬起坛子,倒出一碗酒,双手捧给爷爷。县长说："老英雄,敬您一碗酒,您给全县人民带来了光荣!"爷爷笨拙地站起来,灰白的眼珠子转动着,说:"喔——喔——枪——枪。"我看到爷爷把那碗酒放到唇边,他的多皱的脖子梗着,喉结一上一下地滑动,酒很少进口,多半顺着下巴,哗哗啦啦地流到了他的胸膛上。

我记得爷爷牵着我,我牵着一匹小黑狗,在田野里转。爷爷最喜欢去看墨水河大桥,他站在桥头上,手扶着桥墩石,一站就是半个上午或半个下午。我看到爷爷的眼睛常常定在桥石那些坑坑洼洼的痕迹上。高粱长高时，爷爷带我到高粱地里去，他喜欢去的地方也离着墨水河大桥不远。我猜想，那儿就是奶奶升天的地方，那块普普通通的黑土地上，浸透奶奶的鲜血。那时候，我们家的老房子还没拆，爷爷有一天绰起一把镢头，在那棵楸树下刨起土来。他刨出了几个蝉的幼虫，递给我，我扔给狗，狗把蝉的幼虫咬死，却不吃。"爹，您刨什么？"我的要去公共食堂做饭的娘问。爷爷抬起头，用恍若隔世的目光看着娘。娘走了，爷爷继续刨土。爷爷刨出了一个大坑，斩断了十几根粗细不一的树根，揭开了一块石板，从一个阴森森的小砖窖里，搬出了一个锈得不成形的铁皮匣子。铁匣子一落地就碎了。一块破布里，露出了一条锈得通红的、比我还要长的铁家伙，我问爷爷是什么，爷爷说："喔——喔——枪——枪。"

爷爷把枪放在太阳下晒着，他坐在枪前，睁一会眼，闭一会眼，又睁一会眼，又闭一会眼。后来，爷爷起身，找来一柄劈木柴的大斧，对着枪乱砍乱砸。爷爷把枪砸成一堆碎铁，然后，一件件拿开扔掉，扔得满院子都是。

"爹，俺娘死了？"父亲问爷爷。

爷爷点点头。

父亲说："爹！"

爷爷摸了一下父亲的头，从屁股后掏出一柄小剑，砍倒高粱，把奶奶的身体遮起来。

堤南响起激烈的枪声、喊杀声和炸弹爆炸声。父亲被爷爷拽着，冲上桥头。

桥南的高粱地里，冲出一百多个穿灰布军衣的人。十几个日本鬼子跑上河堤，有的被枪打死，有的被刺刀捅穿。父亲看到，腰扎宽皮带，皮带上挂着左轮手枪的冷支队长在几个高大卫兵的簇拥下，绕过着火的汽车,向桥北走来。爷爷一见冷支队长,怪笑一声,持枪立在桥头不动了。

冷支队长大模大样地走过来,说:"余司令,打得好!"

"狗娘养的!"爷爷骂。

"兄弟晚到了一步!"

"狗娘养的!"

"不是我们赶来,你就完了!"

"狗娘养的!"

爷爷的枪口对准了冷支队长。冷支队长一使眼色,两个虎背熊腰的卫兵就以麻利的动作把爷爷的枪下了。

父亲举起勃朗宁,一枪打中了撕掳爷爷的那个卫兵的屁股。

一个卫兵飞起一脚,把父亲踢翻,用大脚在父亲手腕上跺了一下,弯腰把勃朗宁捡到手里。

爷爷和父亲被卫兵架起来。

"冷麻子,你睁开狗眼看看我的弟兄!"

公路两侧的河堤上,高粱地里,横七竖八地躺着死尸和伤兵。刘大号断断续续地吹着喇叭,鲜血从他的嘴角鼻孔往外流。

冷支队长脱掉军帽,对着路东边的高粱地鞠了一躬,对着西边的高粱地鞠了一躬。

"放开余司令和余公子!"冷支队长说。

卫兵放开爷爷和父亲。那个挨枪的卫兵手捂着屁股,血从他的指缝里滴滴答答往下流。

冷支队长从卫兵手里接过手枪,还给爷爷和父亲。

冷支队长的队伍络绎过桥,他们扑向汽车和鬼子尸体。他们拿走了机枪和步枪、子弹和弹匣,刺刀和刀鞘、皮带和皮靴,钱包和刮胡刀。有几个兵跳下河,抓上来一个躲在桥墩后的活鬼子,抬上了一个死老鬼子。

"支队长，是个将军！"一个小头目说。

冷支队长兴奋地靠前看了看，说："剥下军衣，收好他的一切东西。"

冷支队长说："余司令，后会有期！"

一群卫兵簇拥着冷支队长往南走。

爷爷吼叫一声："站住，姓冷的！"

冷支队长回转身，说："余司令，谅你不会打我的黑枪吧！"

爷爷说："我饶不了你！"

冷支队长说："王虎给余司令留下一挺机枪！"

几个兵把一挺机枪放在爷爷脚前。

"这些汽车，汽车上的大米，也归你了。"

冷支队长的队伍全部过了桥，在河堤上整好队，沿着河堤，一直向东走去。

夕阳西下。汽车烧毕，只剩下几具乌黑的框架，胶皮轱辘烧出的臭气令人窒息。那两辆未着火的汽车一前一后封锁着大桥。满河血一样的黑水，遍野血一样的红高粱。

父亲从河堤上捡起一张未跌散的拤饼，递给爷爷，说："爹，您吃吧，这是俺娘擀的拤饼。"

爷爷说："你吃吧！"

父亲把饼塞到爷爷手里，说："我再去捡。"

父亲又捡来一张拤饼，狠狠地咬了一口。

第 二 章

高粱酒

一

高密东北乡的红高粱怎样变成了香气馥郁、饮后有蜂蜜一样的甘饴回味、醉后不损伤大脑细胞的高粱酒？母亲曾经告诉过我。母亲反复叮咛我：家传秘方，决不能轻易泄露，传出去第一是有损我家的声誉，第二万一有朝一日后代子孙重开烧酒公司，失去独家经营的优势。我们那地方的手艺人家，但凡有点绝活，向来是宁传媳妇不传闺女，这规矩严肃得像某些国家的法律一样。

母亲说，我家的烧酒锅在单家父子经营时，就有了相当的规模，那时的高粱酒虽也味道不差，但绝对没有后来的芳醇，绝对没有后来的蜂蜜一样甘饴的回味。真正使我们家的高粱酒具有了独特的风味，在高密县几十家酿酒作坊里独成翘楚的，还是我爷爷杀掉了单家父子、我奶奶经过短暂的迷惘和恐惧、挺直腰杆、天才迸发、顶起了门面之后的事。正像许多重大发现是因了偶然性、是因了恶作剧一样，我家的高粱酒之所以独具特色，是因为我爷爷往酒篓里撒了一泡尿。为什么一泡尿竟能使一篓普通高粱酒变成一篓风格鲜明的高级高粱酒？这是科学，我不敢胡说，留待酿造科学家去研究吧。后来，我奶奶和罗汉大爷他们进一步试验，反复摸索，总结经验，创造了用老尿罐上附着的尿碱来代替尿液的更加简单、精密、准确的勾兑工艺。这是绝对机密，当时只有我奶奶、我爷爷和罗汉大爷知道。据说勾兑时都是半夜三更，人脚安静，奶奶在院子里点上香烛，烧三佰纸钱，然后抱着一个卡腰药葫芦，往酒缸里兑药。奶奶勾兑时，故意张扬示众，做出无限神秘状，使偷窥者毛发森森，以为我家通神入魔，是天助的买卖。于是我们家的高粱酒压倒群芳，几乎垄断了市场。

二

奶奶回到娘家，倏忽三天，眼见着又是回婆家的日子了。三天里她茶饭不思，精神恍惚，外曾祖母做了好菜好饭，说着甜言蜜语，我奶奶置之不理，宛若木人一样。奶奶在那三天里，虽然进食很少，但脸色却很好，她雪白的额头，酡红的双颊，暗黑的眼圈包围着眼睛，眼睛如晕中的明月。外曾祖母唠唠叨叨："小祖宗哟，你不吃不喝，是成了仙还是化了佛？你把娘难受死了哟！"外曾祖母看着像静坐的观音一样的我奶奶，两滴细小的、雪白的泪珠从眼眶里跳出来。奶奶从眼缝里漏出两道困惑迷惘的光芒，觑着她的娘，好似从高高的堤岸上，打量着河水中趴伏着的黑黢黢的老鱼。外曾祖父在奶奶回家的第二天，方才从醉乡中清醒过来，他没有忘掉的第一件事就是单廷秀答应送他一头毛眼新鲜的大黑骡子。他耳边仿佛一直回响着骡子飞跑时，骡蹄敲打地面发出的有节奏的嗒嗒响声。那骡子。黑的，两眼如灯,四蹄如盅。外曾祖母焦急地说:"老东西,闺女不吃饭,你说怎么办?"外曾祖父乜斜着醉眼,说:"烧得她!烧得她不轻,她打的什么谱?"

外曾祖父站在我奶奶面前,气咻咻地说:"丫头,你打算怎么着?千里姻缘一线串。无恩不结夫妻,无仇不结夫妻。嫁鸡随鸡,嫁狗随狗。你爹我不是高官显贵,你也不是金枝玉叶,寻到这样的富主,是你的造化,也是你爹我的造化。你公公一开口就要送我一头大黑骡子呢,多大的气派……"

奶奶端坐不动,把眼睛也闭上了。她的湿漉漉的睫毛上像刷了一层蜂蜜,根根粗壮丰满,交叉着碰成一线,在眼睑间燕尾般剪出来。外曾祖父盯着奶奶的睫毛,怒气冲冲地说:"你不用爹煞着眼翅毛跟我装聋作哑,你除非死了,死了也是单家的鬼,戴家的坟茔里没有你的地盘!"

奶奶嗤嗤地笑了。

外曾祖父抬手搧了奶奶一巴掌。

奶奶腮上的红润欻拉一声退去,满脸都是青白。后来青白中又渐渐洇出艳色来,一个脸如同一轮初升的红太阳。奶奶明眸闪烁,咬牙切齿,冷笑一声,恶狠狠地看了她爹一眼,说:

"只怕你连一根骡子毛也甭想见到!"

奶奶低下头,抄起筷子,把尚有热气的几碗饭菜,风卷残云一般扒下去,然后,把一个碗向着空中抛起,碗在空中侧着身滴滴溜溜旋转,闪烁着混浊的瓷光。碗飞过房梁,沾着两条陈年的灰挂,缓慢地落下来,在地上打了一个滚,又转了半个圈,扣在地上,碗底儿朝着天。奶奶又把另一个碗摔出去,这个碗碰到墙壁上,在下落时破为双片。外曾祖父惊得口开须动,半晌不言语。外曾祖母说:"我的孩呀,到底是认食啦!"

我奶奶摔碗之后，放声大哭起来，哭声婉转，感情饱满，水分充沛，屋里盛不下，溢到屋外边，飞散到田野里去，与夏末的已经受精的高粱的绰绰声响融洽在一起。在悠长明亮的痛哭声中，奶奶思绪万千，她一遍又一遍地回忆着从乘上花轿离开家到骑着毛驴回到家这三天的经历。三天中的每一个画面、每一个音响、每一种味道都在她的脑子里重现……喇叭唢呐……曲儿小腔儿大……滴滴嗒嗒……哗哗哈哈……吗哩哇啦……咿咿呀呀……叽里欻啦……直吹得绿高粱变成了红高粱，响晴的天上雨帘儿挂，两个霹雷一个闪，乱纷纷雨如麻，闹嚷嚷心如麻，拥拥挤挤雨脚横斜，一忽儿又直上直下……奶奶想起在蛤蟆坑路遇劫路人时，那个年轻轿夫的英武举动，他是众轿夫里的渠魁，宛若狗群里的领袖。他顶多二十四岁吧，那结结实实的脸上没有一点皱纹。奶奶想起那阵儿他的脸离着自己那么近，两片像蚌壳一样坚硬的嘴唇是怎样钳住了自己的嘴唇。那会儿奶奶心中的血一下子壅住了，又一下子决堤般涌出，冲激得每一根细微血管微微震颤。奶奶的脚趾痉挛，腹肌狂跳不止。当时为他们的革命行动呐喊助威的是生气蓬勃的高粱，高粱们散布的几乎无法察觉的花粉弥漫在奶奶和轿夫头上的空间里……奶奶千遍万遍地想留住那青春激荡的时刻，但总是留不住，总是一闪即逝，而那个像窖藏的腐烂萝卜一样的男人脸却重复出现。他的十指勾勾像鸟类的爪子。还有那个头梳小辫子的老头儿，那一串挂在他腰带上的黄澄澄的铜钥匙。奶奶静坐着，虽然离那儿几十里，但那股浓郁的高粱酒味和酸溜溜的酒糟气息也仿佛在嘴边飘荡。她记得那两个充当女人的男人像两只从酒里捞上来的醉鹅，每一个毛孔里都往外渗着酒……他用那柄刃子浑圆的小剑，削断了那么多高粱，断高粱茎整齐倾斜的马蹄状茬口里，渗出粘稠墨绿的汁液，好像高粱的血。奶奶想起他说过：三天之后，你只管回来！奶奶记得他说这话时，漆黑的细眯的长眼里射出剑刀一样的光芒。奶奶已经预感到了,等待着自己的,将是一场非同寻常的大变故。

在某种意义上,英雄是天生的,英雄气质是一股潜在的暗流,遇到外界的诱因,便转化为英雄的行为。我奶奶当时年仅一十六岁,从小刺花绣草,精研女红,绣花的尖针,铰花的剪刀,裹脚的长布,梳头的桂花油等等,女孩儿的玩意伴她度日过年。她接触的也不过是东邻姐姐,西邻妹妹,何以生成了后来她处理重大变故的能力和胆魄?何以锻炼出她临危虽惧,但终能咬牙挺住的英雄性格?这都是难以说清的事。

奶奶在长久的恸哭中并不感到有多少锥心的痛楚,反而领会到一种发泄胸中郁闷的快感。她一边哭着,一边重温着过去的幸福与欢乐,痛苦与忧伤,哭声好像不是由她嘴中发出,而是来自远方的为她头脑中重重叠叠出现的美丽与丑恶画面配伴的音乐。最后,奶奶想,人生一世,不过草木一秋,豁出去一条命,还怕什么?

"该走了啊,九儿。"外曾祖父呼叫着奶奶的乳名说。

走走走!

奶奶要来一盆水洗了脸,涂了白粉,又抹红胭脂。她对着镜子,解开脑后的发网,那一大团沉甸甸的头发哗啦啦散开,遮住了奶奶的背。奶奶站在炕上,那一匹绸缎般的头发直泻到腿弯处。她右手持着梨木梳子,左手把头发绕过肩头,揽在胸前,一绺绺、一节节地梳理。奶奶的头发茂盛得出奇,乌黑油亮,到了顶梢儿,才略有些淡黄。奶奶把梳顺的头发紧根儿扎住,挽成几个大花,塞进黑丝线编织成的密眼发网里用四根银簪子叉住。额前的刘海用剪刀修齐,紧切着眉毛上沿。奶奶又重新裹脚,套上高筒白洋线袜子,扎紧裤腿,套上绣鞋,特别地突出了那双小脚。

奶奶最先吸引了单廷秀目光的是这双小脚,奶奶最先唤起了轿夫余占鳖心中情欲的也是这双小脚。奶奶为自己的脚自豪。只要有一双小脚，即便满脸麻子也不愁嫁；只要有一双大脚，哪怕你脸如天仙也没人要。奶奶脚小脸俊，是当时的美女典范。——我觉得，在极长的一段历史时期里，女人的脚，异化成一种准性器官，娇小玲珑的尖脚使那时的男子获得一种包含着很多情欲成份的审美快感——奶奶收拾整齐，咯噔咯噔走出屋。外曾祖父拉出毛驴，驴背上搭上一条被子。小毛驴水汪汪的眼睛里，映出奶奶的倩影。奶奶看到小毛驴注视着自己，澄澈的驴眼里，漾出聪颖灵悟理解人类的光辉。奶奶骗腿上驴。她不是按着女人骑骡子骑马骑驴的规矩偏着坐，而是把毛驴的脊梁夹在双腿之间。外曾祖母要奶奶偏坐，奶奶用脚后跟一磕驴腹，小毛驴抬蹄就走。奶奶昂首挺胸，目光平视前方。

奶奶一去不回头，起初驴缰绳是由外曾祖父牵着。一出村，奶奶就把驴缰绳夺过来自己挽着。外曾祖父跟在驴后，踢踢踏踏地走。

三天里又曾经下过一场雷雨，奶奶看着路右侧有一块碾盘那么大的高粱，叶子枯萎，于一片深绿中呈现一点显眼的枯白。奶奶知道那儿起了一个贴地沉雷，奶奶想起去年曾有一个贴地沉雷殛杀了她的同伴倩儿，一个十七岁的姑娘，头发都焦糊了，衣服撕得丝丝缕缕，背上花纹纵横，有人说那些花纹是天上的蝌蚪文。人们风传倩儿图财害命，把一个大姑娘生的孩子给毁了。说得有鼻子有眼哩。说倩儿去赶集，听到路口有小孩哭，过去一看是个婴儿褴褓。抖擞开一看，褴褓里一个赤红的男孩，还有一张纸条，那纸条上写着：爹十八，娘十七，月亮正晌参正西，生了个孩子叫路喜。爹已娶了西村大脚张二姐，娘就要嫁给东村疤眼子，忍痛抛掉亲骨肉，爹擤鼻涕唏唏唏，娘抹眼泪唏唏唏，堵着嘴巴不敢哭，怕被路上行人知。路喜路喜路上喜，谁家捡着谁家儿，包上绫罗一丈一，送上大洋整二十，求告好心行路人，救条性命积阴骘。人们说倩儿取了绫罗，拿了大洋，却把男孩给扔到高粱地里,于是遭了天打雷轰。奶奶与倩儿是知心好友,当然不信这些传说,但一想到人生在世,生死难卜,心里又难免悲凉惆怅。

雷雨过后的路面还很潮湿,被激烈的雨水抽条过的路面粗砺干净,低凹处凝着一层细软的油泥。小毛驴又一次把清晰的蹄花印在路上,那星星点点的矢车菊开得有些老了,花上叶上都挂着雨点溅起的泥土。螽斯在草茎上、在高粱叶上伏着,颤抖着丝状的长须,剪动着透明的前翅,发出凄凉的叫声。长夏将尽,大气里已透露出严肃的秋的味道,一群群感觉到秋气的蚂蚱,从高粱地里,拖着籽粒饱满的肚子,开始向坚硬的路面上集中了,它们要将屁股扎进坚硬的路面上产卵。

外曾祖父折来一根高粱秸子,在走得疲沓的毛驴的腚上抽了一下,毛驴夹夹尾巴,疾走几步,又恢复了不紧不慢的步伐。外曾祖父一定是心中得意,在驴后哼起流行于高密东北乡的"海茂子腔",外曾祖父胡编瞎唱:武大郎喝毒药心中难过……七根肠子八叶肺上下哆嗦……丑男儿娶俊妻家门大祸……啊——吔——吔——肚子痛煞了俺武大了——只盼着二兄弟公事罢了……回家来为兄伸冤杀他个乜斜……

听着外曾祖父的胡唱,奶奶怦然心动,一阵寒颤从心里往外抖。三天前那个年轻人手握短剑、横眉立目的形象凸然出现。他是什么人?他要干什么?奶奶想,自己和这个强悍的男人素不相识,但已经鱼水相喋,一场遭遇战来也匆匆,去也匆匆,似梦非梦,似醒非醒,神魂迷乱,见鬼见魅。听天由命吧,奶奶想着,不由长叹一声。

奶奶信驴由缰,耳听着她爹爹颠倒唱来的武大郎咏叹调,风一程,火一程,不觉来到了蛤蟆坑。小毛驴低头抬头,鼻孔紧闭,四蹄原地踏跳不肯前进。外曾祖父用高粱秸子抽打着它的屁股,抽打着它的后腿:"走啊,杂种! 走啊,你这个驴杂种!"高粱秸子打得驴屁股噗唧噗唧响,毛驴不但不前进,反而往后退缩起来。这时,奶奶闻到了那股惊心动魄的臭气。奶奶跳下驴来,用袖子掩着鼻,拉着毛驴的缰绳往前拽。毛驴仰着头,咧着嘴,满眼泪水。奶奶说:"驴啊,咬咬牙,过去吧,没有上不去的山,没有过不去的河。"毛驴被我奶奶的话感动了,它噢噢一叫,仰起头,向前飞跑,拖得奶奶脚不点地,衣裾翻卷,如红云飘动。越过劫路人尸首时,奶奶侧目一视,污秽扎眼,一百万只肥胖的蛆虫把那人吃得只剩下些残渣余孽。

奶奶拉着毛驴逃过蛤蟆坑,重新上驴。渐渐嗅到了东北风送来的高粱酒气。奶奶千遍万遍地为自己壮胆,但临近结局,心中还是十分惶恐。太阳升高,燃得很旺,地上升起袅袅白烟,奶奶感到脊背阵阵透凉。单家所在村庄遥遥在望,在愈来愈浓的高粱酒香里,奶奶感到脊椎里的骨髓仿佛冻结。路西边高粱地里,有一个男子,亮开坑坑洼洼的嗓门,唱道:

> 妹妹你大胆地往前走
>
> 铁打的牙关
>
> 钢铸的骨头
>
> 通天的大路九千九百九十九
>
> 妹妹你大胆地往前走
>
> 从此后高搭起红绣楼
>
> 抛撒着红绣球
>
> 正打着我的头
>
> 与你喝一壶红殷殷的高粱酒

"哎,唱戏的!你出来,你茂不茂,旦不旦,什么歪腔邪调!"外曾祖父对着高粱地喊。

84

三

　　我父亲吃完了一张拤饼，脚踏着被夕阳照得血淋淋的衰草，走下河堤，又踩着生满茵茵水草的松软的河滩，小心翼翼地走到河水边站定。墨水河大石桥上那四辆汽车，头辆被连环耙扎破了轮胎，呆呆地伏在那儿，车栏杆上、挡板上，涂着一滩滩蓝汪汪的血和嫩绿的脑浆。一个日本兵的上半身趴在车栏杆上，头上的钢盔脱落，挂在脖子上。从他的鼻尖上流下的黑血滴滴答答地落在钢盔里。河水在呜呜咽咽地悲泣。高粱在滋滋哑哑地成熟。沉重凝滞的阳光被河流上的细小波涌颠扑破碎。秋虫在水草根下的潮湿泥土中哀鸣。第三第四辆汽车燃烧将尽的乌黑框架在焦焦地嘶叫皲裂。父亲在这些杂乱的音响和纷繁的色彩中谛视着，看到了也听到了日本兵鼻尖上的血滴在钢盔里激起的层层涟漪和清脆如敲石磬的响声。父亲十四岁多一点了。一九三九年古历八月初九的太阳消耗殆尽，死灰余烬染红天下万物，父亲经过一天激战更显干瘦的小脸上凝着一层紫红的泥土。父亲在王文义妻子的尸体上游蹲下，双手掬起水来喝，粘稠的水滴从他的指缝里摇曳下落，落水无声。父亲焦裂的嘴唇接触到水时，泡酥了的嘴唇一阵刺痛，一股血腥味顺着牙缝直扑进喉咙，在一瞬间他的喉管痉得笔直坚硬，连连嗝呃几声后，喉管才缓解成正常状态。温暖的墨水河河水进入父亲的喉管，滋润着干燥，使父亲产生了一种痛苦的快感，尽管血腥味使他肠胃翻腾，但他还是连连掬水进喉，一直喝到河水泡透了腹中那张干渣裂纹的拤饼时，他才直起腰来舒了一口气。天确凿地要黑了，红日只剩下一刃嫣红在超旷的穹窿下缘画着，大石桥上，第三辆和第四辆车上发散的焦糊味儿也有些淡薄。咕咚一声巨响，使父亲大吃一惊，抬头看，见爆炸后破碎的汽车轮胎像黑蝴蝶一样在河道上飘飘下落,被震扬起的黑黑白白的东洋大米也唰唰啦啦地洒在板块般的河面上。父亲转身时看到了趴在河水边,用鲜血流红了一片河的王文义的小个女人。爬上河堤,父亲大声喊:

"爹!"

爷爷直立在河堤上,他脸上的肉在一天内消耗得干干净净,骨骼的轮廓从焦黑的皮肤下棱岸地凸现出来。父亲看到在苍翠的暮色中,爷爷半寸长的卓然上指的头发在一点点地清晰地变白,父亲心中惊惧痛苦,怯生生地靠了前,轻轻地推推爷爷,说:

"爹! 爹! 你怎么啦?"

两行泪水在爷爷脸上流,一串喀噜喀噜的响声在爷爷喉咙里滚。冷支队长开恩扔下的那挺日本机枪像一匹老狼,蹲伏在爷爷脚前,喇叭状的枪口,像放大了的狗眼。

"爹,你说话呀,你吃饼呀,吃了饼你去喝点水,你不吃不喝会渴死饿死的。"

爷爷的脖子往前一折,脑袋耷拉到胸前。他的身体仿佛承受不住脑袋的重压,慢慢地、慢慢地矮。爷爷蹲在河堤上,双手抱头,唏嘘片刻,忽而扬头大叫:"豆官! 我的儿,咱爷们,就这样完了吗?"

父亲怔怔地看着爷爷。父亲的双眼大睁,从那两粒钻石一样的瞳孔里,散射出本来属于我奶奶的那种英勇无畏、狂放不羁的响马精神,那种黑暗王国里的希望之光,照亮了我爷爷的心头。

"爹,"父亲说,"你别愁,我好好练枪,像你当年绕着水弯子打鱼那样练,练出七点梅花枪,就去找冷麻子这个狗娘养的王八蛋算账!"

爷爷腾地跳起,咆哮三声,半像恸哭半像狂笑。从他的嘴唇正中,流出一线乌紫的血。

"说得是! 儿子,说得好!"

爷爷从黑土大地上捡起我奶奶亲手制造的拤饼,大口吞吃,焦黄的牙齿上,沾着饼屑和一个个血泡沫。父亲听到爷爷被饼噎得嗷嗷地叫,看到那些棱角分明的饼块从爷爷的喉咙里缓慢地往下蠕动。父亲说:

"爹,你下河喝点水把肚子里的饼泡泡吧。"

爷爷趔趔趄趄走下河堤,双膝跪在水草上,伸出长长的颈,像骡马一样饮着水。喝完水,父亲见爷爷双手撑开,把整个头颅和半截脖子扎进河水里,河水碰到障碍,激起一簇簇鲜艳的浪花。爷爷把头放在水里泡了足有半袋烟的工夫——父亲在堤上看着像一个铜铸蛤蟆一样的他的爹,心里一阵阵发紧——爷爷呼拉拉扬起了浸透了的头,呼哧呼哧地喘着粗气,站起来,上了河堤,站在父亲面前。父亲看到爷爷的头上往下滚动着水珠。爷爷甩甩头,把四十九颗大小不一的水珠甩出去,如扬撒了一片珍珠。

"豆官,"爷爷说,"跟爹一起,去看看弟兄们吧!"

爷爷跟跟跄跄地在路西边的高粱地里穿行着,父亲紧跟着爷爷走。他们脚踩着残断曲折的高粱和发出微弱黄光的铜弹壳,不时弯腰俯头,看着那些横卧竖躺、龇牙咧嘴的队员们。他们都死了,爷爷和父亲搬动着他们,希望能碰上个活的,但他们都死了。父亲和爷爷手上,沾满了粘乎乎的血。父亲看到最西边两个队员,一个含着土枪口,后颈窝那儿,烂乎乎一大片,像一个捅烂的蜂窝;另一个则俯在地上,胸口上扎进了一把尖刀。爷爷翻看着他们,父亲看到他们被打断了的腿和打破了的小腹。爷爷叹了一口气,把土枪从那个队员口里拔出来,把尖刀从那个队员胸口里撕出来。

父亲跟着爷爷走过因天空的灰暗而变得明亮起来的公路,在路东边那片同样被扫射得七零八落的高粱地里,翻看着那些东一个西一个的弟兄们。刘大号还跪在那里,双手端着大喇叭,保持着吹奏的姿势。爷爷兴奋地大叫:"刘大号!"大号一声不吭。父亲上去推了他一把,喊一声:"大叔!"那根大喇叭掉在地上,低头看时,吹号人的脸已经像石头般僵硬了。

在离开河堤几十步远,伤损不太严重的高粱地里,爷爷和父亲找到了被打出了肠子的方七和另一个叫"痨痨四"的队员(他排行四,小时得过肺痨病),"痨痨四"大腿上中了一枪,因流血过多,已昏迷过去。爷爷把沾满人血的手放在他的唇边,还能感到从他的鼻孔里,喷出焦灼干燥的气息。方七的肠子已经塞进肚子,伤口处堵着一把高粱叶子。他还省人事,见到爷爷和父亲,抽搐着嘴唇说:"司令……我完了……你见了俺老婆……给她点钱……别让她改嫁……俺哥没有后……她要走了……方家就断了香火啦……"父亲知道方七有一岁多的儿子,方七的老婆有一对葫芦那么大的奶子,奶汁旺盛,灌得个孩子又鲜又嫩。

爷爷说:"兄弟,我背你回去。"

爷爷蹲下,拉着方七的胳膊往背上一拖,方七惨叫一声,父亲看到那团堵住方七伤口的高粱叶子掉了,一嘟噜白花花的肠子,夹带着热乎乎的腥臭气,从伤口里蹿出来。爷爷把方七放下,方七连声哀鸣着:"大哥……行行好……别折腾我啦……补我一枪吧……"

爷爷蹲下去,握着方七的手,说:"兄弟,我背你去找张辛一,张先生,他能治红伤。"

"大哥……快点吧……别让我受啦……我不中用啦……"

爷爷眯着眼,仰望着缀着十几颗璀璨星辰的混沌渺茫的八月的黄昏的天空,长啸一声,对我父亲说:"豆官,你那枪里,还有火吗?"

父亲说:"还有。"

爷爷接过父亲递给他的勃朗宁手枪,扳开机关,对着焦黄的天光,看了一眼,把枪轮子一转。爷爷说:"七弟,你放心走吧,有我余占鳌吃的,就饿不着弟媳和大侄子。"

方七点点头,闭上眼睛。

爷爷举着勃朗宁手枪,像举着一块千斤巨石,整个人儿,都在重压下颤栗。

方七睁开眼,说:"大哥……"

爷爷猛一别脸,枪口迸出一团火光,照明了方七青溜溜的头皮。半跪着的方七迅速前栽,上身伏在自己流出来的肠子上。父亲无法相信,一个人的肚子里竟然能盛得下那么多的肠子。

"'痨痨四',你也一路去了吧,早死早投生,回来再跟这帮东洋杂种们干!"爷爷把勃朗宁手枪里仅存的一颗子弹,打进了命悬一线的"痨痨四"的心窝。

杀人如麻的我爷爷,打死"痨痨四"之后,勃朗宁手枪掉在地上,他的胳膊像死蛇一样垂着,再也无力抬起来了。

父亲从地上捡起手枪,插进腰里,扯扯如醉如痴的爷爷,说:"爹,回家去吧。爹,回家去吧……"

"回家,回家?回家!回家……"爷爷说。

父亲拉着爷爷,爬上河堤,笨拙地往西走去。八月初九的大半个新月亮已经挂上了天,冰冷的月光照着爷爷和父亲的背,照着沉重如伟大笨拙的汉文化的墨水河。被血水撩拨得精神亢奋的白鳝鱼在河里飞腾打旋,一道道银色的弧光在河面上跃来跃去。河里泛上来的蓝蓝的凉气和高粱地里弥散开来的红红的暖气在河堤上交锋汇合,化合成轻清透明的薄雾。父亲想起凌晨出征时那场像胶皮一样富有弹性的大雾,这一天过得像十年那么长,又像一眨麻眼皮那么短。父亲想起在弥漫的大雾中他的娘站在村头上为他送行,那情景远在天边,近在眼前。他想起行军高粱地中的艰难,想起王文义被流弹击中耳朵,想起五十几个队员在公路上像羊拉屎一样往大桥开进,还有哑巴那锋利的腰刀,阴鸷的眼睛,在空中飞行的鬼子头颅,老鬼子干瘪的屁股……像凤凰展翅一样扑倒在河堤上的娘……拤饼……遍地打滚的拤饼……纷纷落地的红高粱……像英雄一样纷纷倒下的红高粱……

爷爷把睡着走的我父亲背起来，用一只受伤的胳膊，一只没受伤的胳膊，揽在我父亲的两条腿弯子。父亲腰里的勃朗宁手枪硌着爷爷的背，爷爷心里一阵巨痛。这是又黑又瘦又英俊又有大学问的任副官的勃朗宁手枪。爷爷想到这支枪打死了任副官，又打死了方七、"痨痨四"，爷爷恨不得把它扔到墨水河里，这个不祥的家伙。他只是想着扔，身体却弓一弓，把睡在背上的儿子往上颠颠，也是为了减缓那种锥心的疼痛。

爷爷走着，他已经感觉不到自己的腿在何处，只是凭着一种走的强烈意念，在僵硬的空气的浊浪中，困难地挣扎。爷爷在昏昏沉沉中，听到从前方传来了浪潮一样的喧嚷。抬头看时，见远处的河堤上，蜿蜒着一条火的长龙。

爷爷凝眸片刻，眼前一阵迷蒙一阵清晰，迷蒙时见那长龙张牙舞爪，腾云驾雾，抖擞着满身金鳞索落落地响，并且风吼云嘶，电闪雷鸣，万声集合，似雄风横扫着雌伏的世界；清晰时则辨出那是九十九支火把，由数百人簇拥着跑过来。火光起伏跳荡，照亮了河南河北的高粱。前边的火把照着后边的人，后边的火把照着前边的人。爷爷把父亲从背上放下，用力摇晃着，喊叫着：

"豆官！豆官！醒醒！醒醒！乡亲们接应我们来了，乡亲们来了……"

父亲听到爷爷嗓音沙哑。父亲看到两颗相当出色的眼泪，蹦出了爷爷的眼睛。

四

　　爷爷刺杀单廷秀父子时,年方二十四岁。虽然我奶奶与他已经在高粱地里凤凰和谐,在那个半是痛苦半是幸福的庄严过程中,我奶奶虽然也怀上了我的功罪参半但毕竟是高密东北乡一代风流的父亲,但那时奶奶是单家的明媒正娶的媳妇,爷爷与她总归是桑间濮上之合,带着相当程度的随意性偶然性不稳定性,况且我父亲也没落土,所以,写到那时候的事,我还是称呼他余占鳌更为准确。

　　当时,我奶奶痛苦欲绝对余占鳌说,她的法定丈夫单扁郎是个麻风病人,余占鳌用那柄锋利的小剑斩断了两颗高粱,要我奶奶三天后只管放心回去,他的言外之意我奶奶不及细想,奶奶被爱的浪潮给灌迷糊了。他那时就起了杀人之心。他目送着我奶奶钻出高粱地,从高粱缝隙里看到我奶奶唤来聪明伶俐的小毛驴,踢醒了醉成一滩泥巴的外曾祖父。他听到我外曾祖父舌头僵硬地说:"闺女……你……一泡尿尿了这半天……你公公……要送咱家一头大黑骡子……"

　　奶奶不管她的胡言乱语的爹,骗腿上了驴,把一张春风漫卷过的粉脸对着道路南侧的高粱地。她知道那年轻轿夫正在注视着自己。奶奶从撕肝裂胆的兴奋中挣扎出来,模模糊糊地看到了自己的眼前出现了一条崭新的、同时是陌生的、铺满了红高粱钻石般籽粒的宽广大道,道路两侧的沟渠里,蓄留着澄澈如气的高粱酒浆。路两边依旧是坦坦荡荡、大智若愚的红高粱集体,现实中的红高粱与奶奶幻觉中的红高粱融成一体,难辨真假。奶奶满载着空灵踏实,清晰模糊的感觉,一程程走远了。

　　余占鳌手扶着高粱,目送我奶奶拐过弯去。一阵阵倦意上来,他推推搡搡地回到方才的圣坛,像一堵墙壁样囫囵个儿倒下,呼呼噜噜地睡过去。直睡到红日西沉，睁眼先见到高粱叶茎上、高粱穗子上，都涂了一层厚厚的紫红。他披上蓑衣，走出高粱地，路上小风疾驰，高粱嚓嚓做声。他感到有些凉意上来，用力把蓑衣裹紧。手不慎碰到肚皮，又觉腹中饥饿难忍。他恍惚记起，三天前抬着那女子进村时，见村头三间草屋檐下，有一面破烂酒旗儿在狂风暴雨中招飐。腹中的饥饿使他坐不住，站不稳，一壮胆，出了高粱地，大踏步向那酒店走去。他想，自己来到东北乡"婚丧嫁娶服务公司"当雇工不到两年，附近的人不会认识。去那村头酒店吃饱喝足，瞅个机会，干完了那事，撒腿就走，进了高粱地，就如鱼儿入了海，逍遥游。想到此，迎着那阳光，徜徉西行，见落日上方彤云膨胀，如牡丹芍药开放，云团上俱镶着灼目金边，鲜明得可怕。西走一阵，又往北走，直奔我奶奶的名义丈夫单扁郎的村庄。田野里早已清静无人，在那个年头里，凡能吃上口饭的庄稼人都是早早地回家，不敢恋晚，一到夜间，高粱地就成了绿林响马的世界。余占鳌那些天运气还不错，没碰上草莽英雄找他的麻烦。村子里已经炊烟升腾，街上有一个轻俏的汉子挑着两瓦罐清水从井台上走来，水罐淅淅沥沥地滴着水。余占鳌闪进那挂着破酒旗的草屋，屋子里一贯通，没有隔墙，一道泥坯垒成的柜台把房子分成两半，里边一铺大炕，一个锅灶，一口大缸。外边有两张腿歪面裂的八仙桌子，桌旁胡乱搡着几条狭窄的木凳。泥巴柜台上放着一只青釉酒坛，酒提儿挂在坛沿上。大炕上半仰着一个胖大的老头。余占鳌看他一眼，立即认出，老头人称"高丽棒子"，以杀狗为业。余占鳌记得有一次在马店集上见他只用半分钟就要了一条狗命，马店集上成百条狗见了他都戗毛直立，咆哮不止，但绝对不敢近前。

"掌柜的，来斤酒！"余占鳌坐在条凳上说。

胖老头一动也不动，只把那两只灰色的眼珠子转了转。

"掌柜的！"余占鳌喊。

胖老头掀开狗皮下了炕。他盖着一张黑狗皮,铺着一张白狗皮。余占鳌还看到墙上钉着一张绿狗皮,一张蓝狗皮,一张花狗皮。

胖老头从柜台的空洞里摸出来一个酱红色的大碗,用酒提儿往碗里打酒。

"用什么下酒?"余占鳌问。

"狗头!"胖老头恶狠狠地说。

"我要吃狗肉!"余占鳌说。

"只有狗头!"胖老头说。

"狗头就狗头!"余占鳌说。

胖老头揭开锅盖,余占鳌看到锅里煮着一条整狗。

"我要吃狗肉!"余占鳌喊。

胖老头不理他,找了一把菜刀,噼里啪啦对着狗脖子乱剁,剁得热汤四溅。剁下狗头,用一根铁签插着,递到柜台外。余占鳌满肚皮的气,骂骂咧咧地说:"老子要吃狗肉!"

胖老头把狗头往柜台上一掼,怒冲冲地说:"吃就吃,不吃就滚!"

"你敢骂我?"

"安稳地坐着去,后生!"胖老头说,"你也配吃狗肉? 狗肉是给花脖子留的。"

花脖子是高密东北乡有名的土匪头子,余占鳌听到他的名字,心里吃了一惊。风传着花脖子打的一手好枪,号称"凤凰三点头",行家一听枪声,就知道是花脖子来啦。余占鳌心中虽有些不服气,但也只好忍气吞声。他一只手端着酒碗,一只手持着狗头,喝一口酒,看一眼虽然熟透了仍然凶狠狡诈的狗眼,怒张大嘴,对准狗鼻子,赌气般地咬了一口,竟是出奇地香。他确实是饿了,顾不上细品滋味,吞了狗眼,吸了狗脑,嚼了狗舌,啃了狗腮,把一碗酒喝得馨尽。他盯着尖瘦的狗骷髅看了一会,站起来,打了一个嗝。

"一块大洋。"胖老头说。

"我只有七个铜板。"余占鳌抠出七个铜板,摔在八仙桌上。

"一块大洋!"

"我只有七个铜板!"

"后生,你到这里来吃俏食?"

"我只有七个铜板。"余占鳌起身欲走,胖老头跑出柜台,拉住了余占鳌。正撕掳着,见一个高大汉子走进店来。

"高丽棒子,怎么不点灯?"那汉子问。

"碰上一个吃俏食的!"胖老头说。

"割了他的舌头去! 点灯!"那汉子阴沉沉地说。

胖老头松开余占鳌,走进柜台,打火吹绒,点亮了豆油灯盏。荧荧灯光照着那人靛青色的脸。余占鳌见那人穿一身黑缎子。裤子上密密一排布扣,一条肥大的灯笼裤子,裤脚用黑布小带扎得绷紧,脚上穿一双双鼻梁布鞋。那汉子长了一条又粗又长的脖子,脖子上有一块巴掌大的白皮肤。余占鳌猜出来了:这是花脖子。

花脖子打量着余占鳌,突然伸出左手的三个指头按在额头上。余占鳌莫名其妙地看着他。

花脖子失望地摇摇头,说:"不在帮?"

余占鳌说:"我是赁行里的轿夫。"

花脖子轻蔑地说:"吃杠子饭的。怎么,想跟我吃拤饼吗?"

余占鳌说:"不。"

"滚出去吧,看你年轻留你条舌头好跟女人亲嘴!"花脖子说,"出去少说话。"

余占鳌倒退着走出酒店,心里说不出是恼是惧。他虽然具备了一个土匪所应具备的基本素质,但离真正的土匪还有相当的距离。他之所以迟迟未入绿林,原因很多。概而言之,大概有三:一,他受文化道德的制约,认为为匪为寇,是违反天理。他对官府还有相当程度的迷信,对通过"正当"途径争取财富和女人还没有完全丧失信心。二,他暂时还没遇到逼上梁山的压力,还可以挣扎着活,活得并不窝囊。三,他的人生观还处在青嫩的成长阶段,他对人生和社会的理解还没达到大土匪那样超脱放达的程度。在六天前那场打死劫路抢人的候补小土匪的激烈战斗中,他虽然表现了相当的勇气和胆略,但那行动的根本动力是正义感和怜悯心,土匪精神的味道很淡。他在三天前抢我奶奶到高粱地深处,基本上体现了他对美好女性的一种比较高尚的恋爱,土匪的味道也不重。高密东北乡是土匪猖獗之地,土匪的组成成份相当复杂,我有为高密东北乡的土匪写一部大书的宏图大志,并进行过相当程度的努力——这也是先把大话说出来,能唬几个人就唬几个人。

余占鳌对土匪头子花脖子的做派有隐隐的敬佩感,同时又有憎恨感。

余占鳌出身贫寒,父亲早丧,他与母亲耕种三亩薄地度日。他的叔叔,做贩卖骡马生意的余大牙偶尔也接济他们母子一下,但数额有限。他十三四岁时,母亲与天齐庙里的和尚有了来往,和尚生活富裕,常来送米送面。和尚每次来,母亲都把他指派出去,然后关门。他听到屋里传出的戏谑之声,心中怒火万丈,恨不得一把火把房子点着。他十六岁时,和尚与母亲来往愈频,乡里秽传很多。同村朋友程小铁匠送他一柄小宝剑,他在一个春雨之夜,把那和尚刺死在梨花溪畔。那条小溪边上长满梨树,刺死和尚时,正是梨花开放时节,霏霏细雨中,氤氲着梨花的幽香。杀了和尚,他逃离村庄,三教九流都沾过边,后来迷上了赌钱,赌技日新月异,精益求精,铜板上的锈迹把双手都染绿了。曹梦九牧高密县时,日夜捉赌,他在一个坟茔里被抓,挨了二百鞋底,穿着一条红腿一条黑腿的裤子,被罚在县城扫街两个月。释放后,他游荡到东北乡,进赁行。他听说和尚死后母亲也在门框上吊死了,他夜里回家看过一次。后来就出了高粱地里与我奶奶的事。

余占鳌走出小酒店,退到高粱地里,遥望着小酒店透出的昏黄豆油灯火,一直等到新月升起又落下。空中一片星光闪烁,高粱上的凉露一点点落下来,地上浮游着冰冷的寒气,半夜时分,他听到小店的门吱呀一声响,一片灯光扑出来,一个胖大的黑影子到灯光里,四顾后,又退了回去。余占鳌认出了那是胖老头。胖老头进了屋,那个高大的花脖子土匪才非常疾速地闪出来,隐没在黑影里。胖老头关门熄灯后,星光下显出那个破烂酒旗像招魂幡一样抖着。花脖子土匪沿着路边走过来,余占鳌屏声息气不敢动弹。恰恰在他面前,花脖子土匪立定撒尿。臊气扑鼻。余占鳌捏着小剑,想,只要往前一撺,就能把这个大名鼎鼎的土匪头子干掉。他的肌肉都绷紧了。他只想,自己与花脖子无冤无仇,花脖子与县长曹梦九抗衡作对,曹梦九打过自己二百鞋底,杀死花脖子实在没有道理。但他想:"我本来是可以杀死这个大名鼎鼎的花脖子土匪的,我故意不杀死他。"

花脖子土匪当然不知道他面对着的危险,更不知道两年后,自己就要赤条条地被这个小伙子打死在墨水河里。他撒完尿,提拎着裤子走了。

余占鳌跳起来,进了静悄悄的村子。他翘腿蹑脚地走,没有惊动家家皆养着的狗。来到单家大院时,他屏气定神,仔细察看地形。单家一排二十间正房,中间一堵墙隔成两个院落,院墙连成一圈,开了两个大门口。东院是烧酒作坊;西院是主人住处。西院里有三间西厢房。东院里有三间东厢房,住着烧酒伙计。东院里还搭着一个大厦棚,厦棚里安着大石磨,养着两匹大黑骡子。东院还有三间南屋,开着一个冲南的小门,屋里卖酒。余占鳌看不到院里的光景,院墙太高了,伸手踮脚,还摸不着墙头。他猛一蹿跳,墙壁沙沙响,院子里的狗就大叫起来。他退出半箭远,蹲在单家收购翻晒高粱的场院边上打着主意。场上码着一堆高粱秸子,一堆高粱叶子。高粱叶子是新劈下来晒干的,散发着一股怪好闻的的清香味儿。他在高粱秸子垛边蹲下,掏出火镰火石火绒,在垛后打着火,点燃了高粱秸子,火刚要旺时,他猛然想起了什么,伸手把火捂灭。后来他点燃的是那个离开高粱秸子垛二十几步远的高粱叶子垛。高粱叶子松软,着得快,也灭得快,那天晚上无风,天河横亘,星斗灿烂,一把大火直上直下,映得半个村庄亮如白昼。

余占鳌大喊几声:"救火啊——救火——"就跑到单家院墙西侧拐角的黑影里躲起来。火舌直舔着天,咚咚咚连声巨响,满村的狗咬成一片。单家东院里的烧酒伙计们从梦中惊醒,一齐高声喊叫。大门哐啷一声开了,挤出十几个衣衫错乱的汉子。西院门也开了,那个头梳干枯小辫子的干巴老头跌到大门外,嘴里叫苦不迭。两条黄毛大狗扑出院,围着火堆疯了般叫嚷。

"救火……救火……"干巴老头哭腔哭调地叫着。烧酒的伙计们急匆匆跑回去,拿了扁担水桶往水井那儿跑。老头子自己也跑回家,提了一个乌亮的大瓦罐,跑到井边去。

余占鳌脱掉蓑衣,溜着墙根,一闪身进了西院。他站在单家的影壁墙后,看着外边那些乱纷纷跑动的人。一个伙计搬起一桶水,对着火焰泼过去。那道水在火光中像一匹白亮的绸子,被烧得卷卷曲曲。伙计们往火里连连泼水,水瀑一会如弧,一会如线,交叉成一幅极美的图画。

一个老成智慧的声音说:"掌柜的,别救了,由着它烧吧。"

"救……救……"那老头子哭叫着,"你们快救啊……这是一冬的骡草……"

　　余占鳌顾不上去看外边的景致,悄悄进了屋。一进屋就感到潮气逼人,他的头发根子一齐参起来。从西边那间房里,传出一个湿漉漉的带着霉烂味儿的声音:

　　"爹……烧了什么……"

　　乍由火光里进来,余占鳌两眼漆黑,他伫立不动,使眼睛适应黑暗。那个声音还在问,他循声进屋去,火光洞烛窗纸,通亮一片。他看到了那颗搁在枕头上的扁长的脑袋。他伸手按住那个头,头在他手下惊叫:"谁……你是谁……"两只弯弯勾勾的爪子也向他的手背上抓过来。余占鳌抽出小剑,对着那条细长的白脖子用力一抹。一股阴凉的气从脖子的断处直扑到他的手腕子上。接着,热乎乎的粘血便溅满了他的手。他感到一阵恶心涌到喉头。他恐惧地松开手。那个皱皱巴巴的扁脑袋还在枕头上乱扑楞。金黄色的血一股股地往外喷。他把手放在被子上擦着,越擦越觉粘腻恶心。捏着那柄滑溜溜的小剑他跑到堂屋,从锅灶里掏出几把草木灰搓手、搓剑,剑刃熠熠发光,剑像活了一样……

　　从好友程小铁匠那里得到这把剑后,他每日都偷偷把玩。每当和尚与母亲发出喋喋之声时,他就把小剑在鞘里来回抽动。村子里不知有多少人当面奚落他是小和尚,他都以沁血的眼睛怒视。后来,那剑在枕下,似乎每夜都发出尖啸,使他难以入眠。他知道到时候了。那一夜本该有大大的月亮,但铅色的厚云遮了月。村人入睡光景,竟渐渐沥沥地落起雨来,雨点很白,很稀,渐渐湿了地皮,低凹处有了烂银似的水汪。和尚推门进来,打着一把黄油布伞。他躺在自己那间小屋里,看到和尚收伞,光头影影绰绰地亮。和尚不紧不忙地在门槛上刮着鞋底上的泥巴。他听到母亲问:"怎么这会儿才来?"和尚说:"西村'大咬人'的娘七日坟,去念了几遍经。""我道是怎么来这么晚,寻思着你不会来了呢。""怎么会不来!""下雨啦。""下刀子顶着锅也要来。""快进来吧。"和尚进房门时悄声问:"肚子还痛?""不怎么觉得了,嘻……""你愁什么?""他爹就到了十年坟了……我又成了这个样,真是上也难不上也难。""上吧,我来念经。"

那一夜他一直睁着眼,听着枕下的小剑的鸣叫和窗外零落的雨声,听着和尚熟睡时发出的均匀的呼噜和母亲在梦中的呓语。猫头鹰在近处的树上怪笑一声,惊得他折身坐起。他穿好衣服,提着小剑,站在和尚与母亲的房门口谛听片刻,心里一片白茫茫的荒原似的寥远空荡。他轻轻拉开屋门,走到院子里,抬头看天,铅云有些淡薄,透出一片熹微的黎明之光。春雨依然如昨晚那样,淅淅沥沥,不紧不慢地落着,雨点落到土地上时滋润无声,落到水汪里时发出轻弱的破碎声。他沿着那条通往天齐庙的弯弯小路走去,这条小路有三里长,横过一条潺潺湲湲的小溪流,溪水里摆着几块踏脚的黑石头。白天,溪水是异常清澈的,细沙的溪底上鱼虾历历可数。现在小溪灰蒙蒙的,罩着一层薄雾,雨点落水声,使人倍觉凄惶。黑石头湿漉漉的,水花激溅。他站在石头上,低头看着溪水怎样在石头前冲起浪花,看了很久。溪边是平坦的沙地,栽着一片梨树,梨花正开放。他跳过小溪,拐进梨林。树下的沙地坚韧有弹性,时有大粒水珠下落。梨花在朦胧中白得有些扎眼。清冽的空气里,并无梨花幽香。

在梨林深处,他找到父亲的坟墓。坟墓上生着几十篷枯草,老鼠在草间钻出十几个粗大的洞口。他用力回忆着父亲的模样,恍恍惚惚地记着一个瘦长的黄皮汉子,嘴上一圈焦干的黄胡子。

他回到过溪的小路边,隐在一棵树下,眼巴巴地看着溪中那几块黑石头前那几簇雪白的浪花。天色更淡更亮,云漫漫平平,小路轮廓已清晰可辨。他看到和尚打着黄油布伞从路上急匆匆走来了。他看不到和尚的头,和尚的头被雨伞遮着。和尚的青色偏衫上有一点点的斑驳湿处。过溪时，他撩着长长的偏衫襟，高高地举着伞，微胖的身体扭动着。这时他看到了那张略有些浮肿的白白净净的脸。他攥紧了小剑，他又听到了小剑的尖啸。他的手腕子又酸又麻，手指都有些痉挛。和尚过了小溪，放下衣襟，跺跺脚，跺脚时有两个泥点溅到衣襟上，他抻直衣襟，用手指弹着泥点旁边的布，把泥点掸掉了。这个白和尚永远整整洁洁，清清爽爽，身上散着一股怪好闻的皂角味儿。

他嗅着那股皂角味儿，看着和尚收起雨伞——收收撑撑，把伞上的雨水抖掉——夹在腋下。和尚头皮青白，头顶上那十二个圆圆的疤点闪闪烁烁。他记得母亲曾经双手摩挲着和尚的头，像摸弄着一件珍重的法宝，和尚把头伏在母亲膝上，像一个安静的婴儿。和尚近在眼前，他听到了他的喘息声。剑在手里像条滑溜溜的泥鳅一样几乎攥不住，他满手是汗，目眩头晕，几乎要栽倒。和尚过去了。和尚吐了一口污秽的痰，挂在一茎草上，粘粘地垂着，激活了他若干丑恶的联想。他窜过去，脑袋胀得像鼓皮一样，太阳穴像擂鼓一样咚咚响。仿佛是那小剑自己钻进了和尚的软肋。和尚踉跄两步，手扶一棵树站定，回过头来看了他一眼。和尚的眼神是痛苦的、可怜的，他一时感到非常后悔，和尚什么也没说，慢吞吞地扶着树倒了。

他从和尚肋下拔出剑来，和尚的血温暖可人，柔软光滑，像鸟类的羽毛一样……梨树上蓄积的大量雨水终于承受不住，噗簌簌落下，打在沙地上，几十片梨花瓣儿飘飘落地。梨林深处起了一阵清冷的小旋风，他记得那时他闻到了梨花的幽香……

杀了单扁郎，他不后悔也不惊愕，只是觉得难忍难挨的恶心。火势渐弱，但依然极亮，墙壁青幽幽的影子在地上瑟瑟地抖动。狗叫如潮，淹没了村庄。水桶的铁鼻子吱吱勾勾地响。水泼进火里被烧灼得滋滋啦啦乱叫。

六天前那场滂沱的大雨里，他和轿夫们被浇成落汤鸡，那姑娘也湿了正面,背面半干。他和轿夫吹鼓手们就站在这个院子里,脚踩着混浊的雨水,看到竟是两个邋邋遢遢的半老汉子把那姑娘搀进屋去。偌大的村庄,竟无一人前来看热闹。始终不见新郎的踪影。屋子里散出锈蚀青铜的臭气。他和轿夫们顿悟:那个躲着不露面的新郎,定是个麻风病人了。吹鼓手们见无人来看热闹,便偷工减料,随便呜啦了一个曲子拉倒。那个干巴老头端着一小笸箩铜钱出来,干叫着:"赏钱!赏钱!"把铜钱抓起,扬到地上。轿夫和吹鼓手眼瞅着那些铜钱噗哧噗哧落在水里,但无人去捡。老头睃了众人一眼,又弯下腰,把那些铜钱从泥里水里,一枚枚捡起来。他当时就萌生了在那老头的瘦脖子搡一刀的念头。现在大火照耀庭院,照着洞房门上贴着的对联。他粗识几个文字,读罢,一股不平的怒火把心里的凉意驱除干净。他为自己开脱辩解。他想,积德行善往往不得好死,杀人放火反而升官发财。何况已经对那小女子许下了愿,何况已经杀掉了儿子,留着爹不杀,反而使这个爹看着儿子的尸体难过,索性一不做,二不休,扳倒葫芦流光油,为那小女子开创一个新世界。他暗暗念叨着:"单老头,单老头,明年今日,便是你的周年!"

火一点点低下去,终于天昏地暗,又看到了满天星辰。火堆上还有一些暗红的余烬。伙计们往那余烬上继续泼水,雪白的蒸气夹杂着大粒的火星上冲到十几米高才熄灭。伙计们提着水桶,摇摇晃晃的都有些站立不稳,朦胧的大影子投在地上。

"掌柜的,别难过啦,破财消灾。"那个老成智慧的声音说。

"天理良心……天理良心……"单廷秀絮絮叨叨地说着。

"掌柜的,让伙计们回去歇了吧,明日一早还得干活。"

"天理良心……天理良心……"

伙计们都跌跌撞撞地进了东院。余占鳌躲在影壁墙后,听到扁担水桶响过一阵后,东院里便静寂无声。单廷秀在大门外唠叨了半天天理良心，终于觉得无趣，拎着瓦罐，走进院子。两匹大狗先他进院，可能是过度疲乏，看见了余占鳌，呜了两声，便趴进窝去，一声也不吭了。余占鳌听到了东院里大骡子的磨牙顿蹄声。三星偏西，已是后半夜了。他抖擞精神，手持小剑，觑着那单廷秀离门口三五步远时，便迎面扑上去。因用力过猛，连剑柄都攮进了老头的胸膛里。老头往后一展双臂，做一个奋飞的姿势——瓦罐落地开花叽里喀喳——便慢慢地仰天倒地。那两匹大狗呻吟般地叫了三五声，便不再理睬。余占鳌拔出剑来，在老头衣服上蹭了两下，抽身欲走，他没走。

　　他把单扁郎的尸首也拖到院子里，从墙根处找来扁担绳子，捆住两个死人的腰，用力挑起来，上了街。尸首软不拉塌，脚尖画地，画出一些白色的花纹；尸首上的伤口流着血，在地上滴出一些红色的花纹。余占鳌把单家父子挑到村西头大水湾子边。那时候，湾子里水平如镜，映出半天星斗，几枝白色睡莲像幻景中的灵物，袅袅婷婷静立。十三年后，哑巴枪崩余占鳌的亲叔叔余大牙时，湾子里已经没有多少水，这几株睡莲尚在。余占鳌把两具尸首扔到湾子里，砸出很响的水声。尸首沉到水底，涟漪散尽，又是满湾天光。余占鳌在湾子里洗手洗脸洗剑，洗来洗去，总洗不掉那股血腥味和霉烂味。他忘记了到单家西墙外去拿蓑衣，沿着道路一径往西去了。离开村子约有半里之遥，他拐进了高粱地。高粱秸子轻轻绊他一下，他便倒下。这时，他感到极度疲乏，也不顾地湿露寒，翻了一个身，从高粱缝里望了一眼天上的星，便睡了过去。

五

　　庄长单五猴子知道夜里那把火烧得蹊跷，本想起身救火，尽尽庄长之职。却被私卖大烟土的女人"小白羊"紧紧搂住不放。小白羊肥硕白皙,双眼日日乜斜着,水汪汪的眼珠子勾魂摄魄,曾使两伙土匪为她动刀动枪,行话叫"争窝子"。

一九二二年,北洋政府干员曹梦九任高密县长不到三年,三把火正在旺头上。

曹梦九是高密县历史名人之一,其名声勋业较之高密人晏婴(齐国宰相)、郑玄(东汉大学者)当然大大不行,但较之"文化大革命"期间的高密县要员却要出色得多。曹因喜好以鞋底充刑具,得绰号"曹二鞋底"。他读过五年私塾,当过几年兵。曹视土匪、鸦片、赌博为乱世之源,声称欲治乱必先清匪、禁毒、禁赌。他有相当多的邪门歪道,行为荒诞,让人琢磨不透。他的轶闻极多,高密人口碑流传,至今不绝。曹是一个相当复杂的人物,很难用"好"、"坏"等字眼来评论。他与我的家族有很多重大联系,故而插入一节,作为继续后文的"挂钩"。

曹梦九的三把火是禁赌、禁烟、清匪,执行两年,颇有成效。但东北乡距县遥远,虽有严刑酷令,但三害横行之势明里疲软,暗里炽旺。单五猴子搂着小白羊睡到天亮。小白羊先起,点燃豆油灯,用银签子插着一个烟泡在灯上烧着,烧到火候,按到银烟枪里,递给五猴子。五猴子弯曲着身体,吸了一分钟,只见那烟泡在枪里亮成一个白点,憋了两分钟,从鼻子嘴里喷出一股淡淡的蓝烟。这时,单家一个小伙计惊惊诧诧地打门报案:

"庄长!庄长!了不得啦,杀人啦!"

单五猴子跟着小伙计,走进单家大院。众多的伙计跟着。

单五猴子循着血迹找到村西大湾子边,更多的人跟着看。

单五猴子说:"一定是在湾里了!"

众人不语。

"谁敢下去把人捞上来?"五猴子大声问。

众人面面相觑，无一个说话的。

湾子里的水绿如翡翠，没有一丝皱处，那几株白色睡莲安祥镇定，几点露珠凝在紧贴水面的莲叶上，像珍珠般圆润。

"一块现大洋，谁下？"

仍然没人吱声。

湾子里泛上来一股腥气，湾边的水草上，一滩紫血被高粱地后散射的红光映照，显得非常恶浊。日头从高粱地里冒出来，上宽下窄，像一个盛高粱的囤子形状；上白下绿，汩汩漓漓像烧得半烂不烂的钢铁。贴着与地平线同等意义的高粱平线，有一道乌黑的线状云辐射出极远，其规整的程度令人疑心重重。湾子里的水金光闪烁，白色睡莲挺立在金光中，更不似凡间俗物。

"谁下去捞？一块现大洋！"五猴子大声喊。

——我们村那个年已九十四岁的老太太对我说："亲娘人家！谁敢下去捞？满湾子麻疯血，下去一个烂一个，下去两个烂一双，管多少钱也没人敢下……都是你奶奶和你爷爷做的孽呐！"这老太婆竟把责任推到我爷爷和我奶奶身上，我挺不高兴，可是面对九十四岁老人的陶罐般悠久的头颅，我只能淡然一笑。

"都不下去？都他娘的不敢下去，那就让他爷儿俩在水里先凉快着吧！老刘，刘罗汉，你是他家的长工头子，去县里找曹二鞋底报案吧！"

刘罗汉大爷草草吃了一点饭，从酒缸里舀了半瓢酒，咕咕咚咚灌下去。他拉出一匹黑骡子，在骡子背上捆了一条麻袋，搂着骡子脖子，他爬上了骡子背，沿着一挺往西的道路直奔县城。

罗汉大爷那天早晨面色严肃，看不出是怨是怒。老东家少东家双双遭杀是他最先发觉。夜里那把火烧得他心中犯疑，清晨即起，想去探探究竟,忽见西院门大开,心里有些奇怪,进院即见一滩血,进屋又见更多血。他吓呆了,但在呆立中他也明白了杀人与放火是一场戏。

罗汉大爷和伙计们知道少东家有麻疯病,轻易不愿过院来,过院来必先喝几口酒往身上喷喷。罗汉大爷说高粱酒能消千种病毒。单扁郎娶亲村里没人肯来帮忙,是罗汉大爷和另一个老伙计把我奶奶挽下花轿。罗汉大爷挽着我奶奶的胳膊。侧目看到我奶奶那两只娇秀金莲,那一段肥藕般的手腕,嗟叹不已。单家父子遭杀,罗汉大爷在强烈的惊讶中,脑袋里不断地闪现出我奶奶的瘦脚肥腕。看过那些血,他不知该痛苦还是该欢呼。

罗汉大爷不断地拍打骡臀,恨不得让黑骡插翅往城里飞,他知道后边还有精彩节目。明天上午,那个如花似玉的小媳妇就要骑驴归来。单家的偌大家产,将落谁人之手?罗汉大爷想,就只好由着曹县长发落了。曹梦九牧高密三年,已被人称为"曹青天",风传他断案如神,雷厉风行,正大光明,六亲不认,杀人不眨眼。罗汉大爷又拍了黑骡一掌。

黑骡的腚闪闪发光,它在西通县城的土路上飞跑,骡体一蹿蹿地上前,前腿蜷曲时,后腿伸直蹬地;后腿蜷曲时,前腿绷直。联贯起来,四个蹄子擂鼓般打着地,节奏分明过度,看去竟似杂乱无章。在闪闪烁烁的骡蹄铁下,一簇簇尘土遍地开花。日头东南晌时,罗汉大爷骑骡赶到胶济铁路。大黑骡不肯过铁路,罗汉大爷跳下骡背,死劲牵拽,骡子倔犟地后退。罗汉大爷终究不是骡子的对手,坐下,气喘吁吁地想主意。两道铁轨从东爬来,被太阳照得贼亮,刺目。罗汉大爷脱下裆子,蒙住骡子的眼,牵着它原地转了几圈,又牵它走过铁路。

县城北门,站着两个黑衣警察,每人挂一根汉阳造步枪。那天正逢高密大集,推车的,挑担的,骑驴的,步行的,络绎不绝过城门。黑衣警察不管不问,只顾轱辘着眼珠子看俊俏女人。

钻出城门洞,悄悄上了一个高坡,又下了一个高坡,罗汉大爷牵骡走上了那条铺了长条青石的官道,骡蹄子弹得青石板击磬般脆响。骡子初走官道,有些羞羞答答。路上行人稀疏,面孔僵硬。青石官道南侧那一片大空场上,却是人山人海。三教九流诸色人等,都在那儿讨价还价,吆三喝四,买东卖西。罗汉大爷没心去看热闹,牵着骡子,来到县政府大门前。县政府竟是一副破刹败寺情景,几排破瓦房,瓦楞里生着黄草绿草,红大门油漆脱落,斑斑驳驳。门口左侧戳了一个兵,兵拄着一杆枪。门口右侧伛偻着一个赤膊的人,双手扶着一根木棍,棍下安放一个臭气逼人的屎罐。

罗汉大爷拉着骡子,走到那兵面前,弯腰鞠了一躬,说:"老总,俺要找曹县长告状。"

那个兵说:"曹县长带着颜爷赶集去了。"

罗汉大爷问:"县长什么时候回来?"

那兵说:"这怎么知道,你有急事,上集去找他就是。"

罗汉大爷又鞠一躬说:"多谢总爷指点。"

大门右侧那个怪人见罗汉大爷要走,忽然动作起来。他用双手提着木棍,一上一下地杵着屎罐子,一边杵一边喊:"都来看都来看大家都来看,我叫王好善,假造契约把人骗,县长罚我杵屎罐……"

罗汉大爷牵着骡子,挤进集市。集上有卖炉包的,卖小饼的,卖草鞋的,抽书的,摆卦的,劈头要钱的,敲牛胯骨讨饭的,卖金枪不倒药的,耍猴的,敲小锣卖麦牙糖的,吹糖人的,卖泥孩的,打鸳鸯板说武二郎的,卖韭菜黄瓜大蒜头的,卖刮头篦子烟袋嘴的,卖凉粉的,卖耗子药的,卖大蜜桃的,卖小孩子的——专门有个"孩子市",出卖的孩子,脖领子上都插了一根干草。黑骡子不时把头扬起来,弄得铁嚼环哗啦啦地响。罗汉大爷生怕骡子踩了人,前后招呼着,天近正午,日头毒辣,他汗水淋淋,一件紫花布褂子溻得透湿。

在鸡市上,罗汉大爷见到了曹县长。

曹县长红脸膛,暴凸眼睛,方口,唇上两撇八字胡。他身穿藏青色中山服,头戴咖啡色呢礼帽,手持一根文明棍。

曹县长正在处理一起纠纷,围着众多的人看,罗汉大爷不敢造次上前,牵着骡子,挤在人圈外。千头攒动,遮挡视线,看不到人圈里的节目。罗汉大爷灵机一动,跳上骡背,居高临下,把圈里的一切都看得清清楚楚。

曹县长是个大个子,他身边站着一个精悍的小个子,罗汉大爷猜想,这一定是那兵士说的"颜爷"了。曹县长面前,两男一女垂手拱立,都流汗满面。中间那个女人除了流汗还流泪。一只肥大的老母鸡,坐在那女人脚前。

"青天大老爷,"那女人哭哭啼啼地说,"俺婆婆得了血山崩,没钱抓药,才来卖这只下蛋的母鸡……他硬说这鸡是他的……"

"这鸡就是俺的,这女人来赖,县长不信,俺的邻居做证。"

曹县长指着那个戴瓜皮小帽的男人问:"你能做证?"

瓜皮小帽说:"县长大人,小人是吴三老的邻居,他家这只鸡天天跑到俺家,去跟俺的鸡抢食,俺老婆为这事还老大不高兴呢。"

那女人急得嘴扭鼻动,说不出话,捂着脸大哭起来。

曹县长摘下礼帽,用中指挑着,摇了几圈,又戴到头上。

曹县长问吴三老:"今天早上,你家的鸡喂的什么食?"

吴三老转转眼珠,说:"喂的谷糠,还拌着麸皮。"

瓜皮小帽说:"不假不假,我去他家借斧子,亲眼看见他老婆在那儿拌鸡食呢。"

曹县长问那哭着的女人:"这位乡下女子,别哭,我问你,你家的鸡今天喂的什么食?"

那女人抽泣着说："喂的高粱。"

曹县长说："小颜，杀鸡！"

小颜手脚异常麻利地割开鸡嗉子，用手一挤，挤出一滩粘粘糊糊的高粱米粒。

曹县长枭笑两声，说："好一个刁民吴老三，这鸡是为你杀的，你拿钱吧。三块现大洋！"

吴三老胆战心惊，掏出两块大洋又二十个铜板，说："县长老爷，俺身上就这么多钱啦！"

曹县长说："便宜你！"

曹县长把大洋和铜板都给了那女子。

那女人说："县长大老爷，俺的鸡不值这么多钱，多了俺不要。"

曹梦九双手加额，啊呀一声，说："好一个善良忠厚的良家女子，曹梦九向你致敬！"他双腿并拢，摘下礼帽，对那女子鞠了一躬。

那乡下女人愣了，只把一双泪眼瞅着曹梦九。半晌，她才清醒过来，跪到地上，连呼："青天大老爷！青天大老爷！"

曹梦九用文明棍挑着那女人的胳膊，说：

"起来，起来。"

乡下女人站起来。

曹梦九说："看你衣衫褴褛，面黄肌瘦，进城卖鸡为婆母治病，一定是个孝顺媳妇，本县长最重孝道，奖罚分明。快快拿着钱，回家为你婆婆治病。带着这只鸡，褪毛开膛，煮给你婆婆吃。"

那女人拿着钱，提着鸡，千恩万谢地走了。

赖鸡的吴三老和做伪证的瓜皮小帽在大太阳底下，瑟瑟地打抖。

曹梦九说："刁民吴三老，把裤子扒下来。"

吴三老忸忸怩怩地不肯脱。

曹梦九说："你青天白日之下，欺压良家妇女，还有什么廉耻？你知道'羞'多少钱一斤？扒下裤子来！"

吴三老把裤子脱了。

曹梦九脱下一只鞋，扔给身边的小颜，说："打他二百，四瓣分瓜！"

小颜提着曹县长的厚底布鞋，一脚踢倒吴三老，对准那朝天的屁股，左打五十，右打五十，打得吴三老哭爹叫娘，告饶不迭，那两瓣屁股眼见着就膨胀起来。打完屁股又打脸，也是左五十，右五十，吴三老连叫也不叫了。

曹梦九用文明棍戳着吴三老的额头问："刁民，还敢不敢胡作非为了？"

吴三老的嘴被肿胀的腮帮子挤得开张困难，在地上捣蒜般连连叩头。

"还有你！"现梦九指着伪证人说，"你编造谎言，舔腚拍马，世上这种人最无耻，本县长不想打你，怕你那腚臊肉脏了我的鞋底。赏你点甜头，让你好再去舔富汉子的腚——小颜，去买碗蜂蜜来。"

小颜紧着往外走，围观的人闪开一条路。伪证人跪地磕头，连瓜皮小帽都磕掉了。

曹梦九说："起来起来起来，我一不打你，二不罚你，买蜂蜜给你吃，你还求得哪家子的饶！"

小颜端着蜂蜜回来。曹梦九指指吴三老，说："涂到他腚上！"

小颜按翻吴三老，找了一块木片，把一碗蜂蜜均匀地涂在吴三老肿胀的屁股上。

曹梦九对伪证人说："舔吧，你不是想舔腚吗？舔吧！"

伪证人磕头嘭嘭响，叫着："县长老爷，县长老爷，小人再也不敢了……"

曹梦九说："小颜，准备鞋底，给我狠狠地打。"

伪证人说:"别打,别打,我舔。"

伪证人跪在吴三老腚后,伸出舌头,一点一点地舔那些粘粘稠稠拉着透明丝儿的蜂蜜。

围观的人脸上都热汗涔涔,表情难描难画。

伪证人紧舔慢舔,一边舔一边呕吐,把吴三老的屁股作弄得柳暗花明。曹梦九看看时机已到,喊一声:"住嘴吧,畜生!"

舔腚人把褂子往上一掀蒙住了头,趴在地上不起来了。

曹梦九带着小颜扬长欲去,瞅着这机会,罗汉大爷跳下骡子,高叫一声:"青天大老爷! 有冤枉——"

六

奶奶刚要下驴,就被庄长五猴子喊住:"少奶奶,甭下驴啦,县长大人要你去。"

两个兵提着大枪,一左一右,跟在驴后,押着我奶奶往村西大水湾子边上走。我外曾祖父腿肚子转筋,当场不会动了。一个兵在他背上捣了一枪托子,他腿肚子上的筋又转回来,筛糠般地跟着毛驴走。

奶奶看到湾子边的小树上,拴着一匹小黑马,鞍鞯鲜明,马额上有一绺缨络,红的。马前几丈远的地方,摆着一张方桌,桌上摆着茶壶茶碗。桌旁坐着一个人,奶奶不知道他就是名声赫赫的曹县长。桌旁还站着一个人,奶奶不知道他就是县长的亲信,干练的打手捕快小颜爷颜洛古。桌子前,站着全村的人,人们都怕冷似地紧着往里挤。二十几个士兵星星般洒在人群周围。

罗汉大爷站在八仙桌子前,浑身湿透。

单家父子的尸体摆在柳树下两扇门板上,离那匹小黑马不远。尸体已经发臭,门板边缘上流着黄色的浊水。几十只乌鸦在柳树上

110

跳来跳去。树冠像一个沸腾的汤锅。

罗汉大爷这时才算看清了我奶奶的脸。我奶奶脸庞丰腴,长眼吊梢眉,脖子又白又长,那一大嘟噜子头发在脑后兜着,显得很有分量。毛驴停在八仙桌前,奶奶骑在驴上,腰直胸挺,风姿夺人。罗汉大爷看到严肃的曹县长那两只大黑眼在我奶奶脸上胸前巡睃不止。一个念头像闪电般在罗汉大爷脑袋里一亮:老少东家就死在这个女人手里!一定是她勾通奸夫,放了一把大火,调虎离山,杀了单家父子,拔了萝卜地面宽,从今后她就可恣意妄为……

罗汉大爷看了一眼驴上的我奶奶,又对自己的想法怀疑。大凡杀人的人,再怎么掩饰,也掩不住凶相,可驴上的女人……我奶奶像个蜡制的美人一般塑在驴上,挑衅地翘着两只尖脚,脸上表情庄重安恬悲凄,不似菩萨,胜过菩萨。在驴旁边抖擞着的我外曾祖父以动衬静、以老衬少、以灰暗鲜明,更加增添了我奶奶的光彩。

曹县长说:"那个女子,下驴来答话。"

我奶奶骑在驴上不动,庄长五猴子蹭过去,大声咤斥:"下驴!县长老爷让你下驴!"

曹县长一抬手,镇住了五猴子。他站起来,慈祥地说:"那女子,下驴,下驴,本县长有话问你。"

外曾祖父把我奶奶拖下驴来。

"你姓甚名谁?"曹县长问。

奶奶桩立,双目微闭,不言。

外曾祖父颤颤抖抖地说:"回大老爷,小女姓戴名凤莲,小名九儿,生她那天是六月初九。"

"啰唆!"曹县长喊。

"谁让你说话啦?"庄长五猴子斥问外曾祖父。

"可恶!"曹县长一拍桌子,吓得五猴子和外曾祖父都矮了不少。

111

县长又换上那副慈善面孔，用手指指柳树下门板上的单家父子，问："那女子你可认识这两个人？"

我奶奶斜目瞥去，面色凄凄，摇头无语。

"那是你丈夫和你公公，被人杀啦！"曹县长猛喝一声。

我奶奶晃荡几下，一头栽倒在地。众人上前扶起，手忙脚乱，碰掉了绾发的银簪，一团乌云，如瀑下泻。奶奶满面金黄，呜呜呜哭几声，嘻嘻嘻笑几声，一行鲜血，从下唇正中流下来。

曹县长一拍桌子，说："各位听着，本县长判决：戴氏女子，弱柳扶风，大度端庄，不卑不亢，一听到亲夫罹难，大痛攻心，吐血半斗，乌云披散，为亲示孝。这样的良善女子，怎能勾通奸夫，杀害亲夫？庄长单五猴子，我看你满面菜色，定是烟鬼赌棍，身为庄长，带头违犯本县律令，已属不赦，又兼污言秽语，诬陷清白，更是罪上加罪。本县长明察善断，任何奸邪之徒，也难逃法眼。单廷秀父子被杀，定是你所为。你一慕单家财产，二贪戴氏芳容，所以巧设机关，哄骗本官。你简直是鲁班门前抢大斧，关爷面前耍大刀，孔夫子门前背'三字经'，李时珍耳边念'药性赋'，给我拿下啦！"

上去几个士兵把五猴子反剪双手，捆了起来。"冤枉啊，冤枉啊，青天大老爷……"五猴子狂叫不止。

"鞋底掌嘴！"

小颜从腰里拔出一只特制大鞋，对着五猴子的嘴巴连抽三鞋底。

"是不是你杀的？"

"冤枉冤枉冤枉……"

"不是你杀的又是谁杀的？"

"是……哎哟，我不知道，我不知道……"

"方才你跟我说的头头是道，现在又说不知道，鞋底掌嘴！"

小颜对准五猴子的嘴抽了十几鞋，打得五猴子双唇翻裂，满嘴血沫,呜呜噜噜地说:"我说……我说……"

"是谁杀的?"

"是……是……是土匪,是花脖子!"

"是不是你招来的?"

"不是!是是是,亲爹,别打我啦……"

"众位听着,"曹梦九说,"本县长上任以来,致力于三件大事:禁烟、禁赌、剿匪,禁烟禁赌已大见成效,唯有剿匪一项,收效不大。东北乡乃本县土匪猖獗之地,本县号召良民,与政府通力合作,通风报信,检举揭发,共致地方太平!戴氏系单家明媒正娶,单家财产,由她继承,凡有欺侮弱女,图谋不轨者,概以土匪论处!"

我奶奶上前三步,跪在曹县长面前,把一个粉脸仰着,叫一声:"爹!亲爹!"

曹县长说:"我不是你爹,你爹在那儿牵着毛驴呢!"

我奶奶膝行上去,搂住曹县长的腿,连连呼叫:"爹,亲爹,你当了县长就不认女儿啦?十年前,你带女儿逃荒要饭,把女儿卖了,你不认识女儿,女儿可认识你……"

"咦!咦!咦!这是哪里的话?纯属一派胡言!"

"爹,俺娘的身子骨还硬朗吧?俺弟弟十三岁了吧?念书识字了吗?爹,你卖我卖了二斗红高粱,我拉着你的手不放开,你说:'九儿,爹闯荡好了就回来接你'……你当了县长,就不认你女儿啦……"

"这女子,疯了,你认错人啦!"

"没错!没错!爹!亲爹!"我奶奶搂着曹县长的腿摇来摇去,满脸珠泪莹莹,一嘴玉牙灼灼。

曹县长拉起我奶奶,说:"我认你做个干女儿吧!"

"亲爹!"我奶奶又要下跪,被曹县长架住了胳膊。奶奶捏着曹县长的手,撒娇撒痴地说:"爹,你什么时候带我去看俺娘?"

"就去,就去,你松手,你松手……"曹梦九说。

奶奶松开曹县长。

曹县长掏出手帕揩着脸上的汗。

众人都睁着怪眼看着曹县长和我奶奶。

曹梦九摘下礼帽,放在中指上摇着,他磕磕巴巴地说:"乡亲们——乡亲们——本县长一贯主张——禁烟——禁赌——打土匪——"

曹县长一语未了,就听到"啪啪啪"三声枪响。从湾子后高粱地里射来三发子弹,把他中指上挑着的咖啡色礼帽打出三股青烟。那礼帽像着了魔似地从曹县长中指上飞走,落在地上还转圈。

枪声一响,人群里一声嗯哨,有人趁机高喊:"花脖子来啦!"

"'凤凰三点头'来啦!"

曹县长钻到桌子底下,大呼:"镇静!镇静!"

众百姓哭爹叫娘,乱哄哄作鸟兽散。

小颜从柳树上解下小黑马,拖出曹县长,扶上马鞍,在马腚上用力拍了一鞋底。小黑马直竖着鬃毛,挖挲着尾巴,驮着曹县长,一溜烟跑了。几十个兵对着高粱地胡乱开几枪,一窝蜂般追着曹县长的马腚而去。

湾子边出奇的安静。

奶奶严肃地板着脸,手按着毛驴脑袋,面对着子弹射来的方向。外曾祖父钻到驴肚皮底下,双手捂着耳朵,一动也不动,罗汉大爷还站在原地,衣服上蒸发着白汽。

湾子里水平坦如砥,几株白色睡莲雍容大度,每个花瓣儿都如象牙般坚挺。

被鞋底打得鼻青脸肿的庄长五猴子尖声嚎叫起来:

"放开我!放开我!花脖子,救救我!"

迎接着单五猴子呼叫的,又是三声紧凑的枪响。奶奶亲眼见到三发子弹打在庄长后脑勺上的情景。庄长的头发在枪响时,耸了三耸,接着一头扎倒,嘴啃着地,脑勺子朝着天,流着花白的液体。

奶奶神色不变,继续凝视着射来子弹的高粱地,好像等待着什么。一阵风吹过,湾水波纹荡漾,睡莲轻轻震颤,光线弯曲折射。柳树上的乌鸦有一半落在单家父子尸体上,有一半立在树上,麻木地聒噪着。它们的尾羽被风吹得像扇面般散开,纷纷不定地露着青蓝色的屁股疙瘩。

高粱地里走出来一个高大的人。他沿着湾边绕过来。他身穿及膝的大蓑衣,头戴一顶高粱篦片编成、刷了一层桔黄色桐油的大斗笠。斗笠绳用翠绿的玻璃珠儿串就。脖子上扎着一条黑绸子。他走到五猴子尸体旁,看了一眼。又走到曹县长那顶礼帽前,捡起用匣枪挑着,转了几圈,用力一甩,礼帽平行旋转着,划着弧形的轨迹,飞到湾子里。

那人直逼着我奶奶看,奶奶与他对视着。

“单扁郎睡过你了?”那人问。

“睡了。”奶奶说。

“他娘的!”那人骂一声,转身向高粱地走去。

罗汉大爷被眼前发生的一连串事情弄得蒙头转向,一时都分不清东南西北。

老少掌柜的尸体已被乌鸦遮盖。乌鸦们操着坚硬的铁青色长喙,啄食着尸首的眼睛。

罗汉大爷想起昨天在高密大集上喊冤报案。曹县长领他进县府。在大堂上点着蜡烛东扯西聊。每人啃了一个青萝卜。一大早他骑着黑骡带路直奔东北乡。县长骑着小黑马。黑马后边跟着小颜和二十几个兵丁。赶到村子时是辰巳时分。县长查看了现场。叫来了庄长单五猴子集合起众百姓。组织打捞尸首。

那时候湾子里锃明一片，湾水深得似乎不可测底。县长令单五猴子下去捞人，单五猴子说不识水性，一边说一边往后缩。罗汉大爷自告奋勇说："县长，他们是小人的东家，还是小人下去捞。"罗汉大爷吩咐一个伙计跑回去提来半瓶烧酒，周身擦了一遍，便跳下湾去。湾水有一杆子深。罗汉大爷屏气下潜，方用脚尖沾到湾底松软温暖的淤泥。他扎着猛子瞎碰乱撞，毫无收获。后来，他憋足一口气潜入下层，水比上层凉一些。他睁开眼，眼前黄澄澄一片，耳朵里嗡嗡地响。朦朦胧胧有一个大物游来，他伸过手去，指尖像被蜂蜇着一般痛。他一叫，咕嘟呛了一大口血腥味十足的水。罗汉大爷什么也不去管了，手脚并用、浮上水面，挣命般游到湾边，爬上岸，坐在地上，大口小口喘不迭的气。

"摸着了吗?"县长问他。

"没……没有……"他焦黄着脸说，"湾里……有怪……"

曹县长看着湾水，摘下礼帽，放在中指上挑着摇了两圈。他扣帽上头，转回身，叫过两个士兵，说："往里扔炸弹!"

小颜把百姓们赶到离开湾边二十几步远。

曹县长退到桌边上坐下。

那两个士兵在湾子边趴下，把步枪放在身后，各人从腰里摸出一个小甜瓜状的黑炸弹，拔掉一个铁销子，在枪盖上一磕，扔进了湾子。黑炸弹打着滚落水，砸出无数同心圆。两个兵赶紧把头低了。全场鸦雀无声。不知过了多久，湾子里全无动静，炸弹落水时砸出的同心圆早扩散到湾子边缘，水面像铜镜般神秘混沌。

曹县长咬牙切齿地说："再扔!"

两个兵又摸出炸弹，按照同样的步骤把炸弹扔下水。黑炸弹在飞行中嗤嗤地叫着,拖着两道雪白的硝烟。炸弹落水片刻,就有两声闷响从水底传上来。湾子里腾起两股水柱,有三五米高,顶端蓬松,雪树一般,凝固瞬息,又哗啦啦地落下。

曹县长跑到水边,百姓们也围拢上来。湾子里那两团水还在沸沸地翻动,良久方止。一串串水泡噼噼啪啪地破碎着,十几个虎口长的青脊鲢鱼肚皮朝天涌上来。水波渐渐消尽,湾子里漾着一股腥臊气。阳光又铺满水面,白色睡莲茎叶微抖,仪态大方,不乱方寸。阳光照耀众人,曹县长脸上开始放光,大家都板着脸等待着,一个个脖子抻长,看着愈来愈平静的湾水。

突然,湾子中央咕噜噜冒起两串粉红色的气泡。所有的人都屏住了呼吸,听着那些水泡一个连一个地破碎。阳光强烈,水面上罩着一层金子般的硬壳,眩得人眼迷乱。幸亏有一块黑云及时飘来,遮住了太阳,金色消褪,湾水碧碧绿。两个黑色的大物,从冒起过水泡的地方慢慢升起,接近水面时,运动速度突然加快,有两只屁股先凸出来,紧接着翻了一个个儿,单家父子膨胀的肚皮朝天,面部在水面上似露不露,好像害羞一样。

曹县长命令打捞尸体,烧酒锅的伙计们回去找来长木杆子,杆子上绑着铁铙钩。罗汉大爷用铙钩抓住单家父子的大腿——铙钩入肉时发出的噗哧声令人齿底生津,像吃了酸杏子一般——慢悠悠地拖过来。

……

小毛驴仰脸朝天,嘎嘎地叫了一阵。

罗汉大爷问:"少奶奶,怎么办?"

奶奶想了想,说:"吩咐伙计,去木货铺赊两口薄皮棺材,赶快入殓,寻地方埋掉,越快越好。完事后,你过西院来,我有话对你说。"

"是,少奶奶。"罗汉大爷恭恭敬敬地说。

罗汉大爷把老少东家装进棺材,埋在一块高粱地里。十几个伙计匆匆干活,谁也不说话。埋完死人时,红日平西。那些乌鸦在坟墓上空团团旋转,鸦翅上涂着紫红的阳光。罗汉大爷说:"伙计们,回去等着吧,看我的眼色行事,少说话。"

罗汉大爷过院来听我奶奶的指示。奶奶盘腿坐在驴背上卸下来的被子上。外曾祖父抱着一捆干草,一把把地抽着喂驴。

罗汉大爷说:"少奶奶,事办完了。这是老掌柜身上的钥匙。"

奶奶说:"钥匙你先拿着。我问你,这村里有卖包子的人家吗?"

"有。"罗汉大爷说。

奶奶说:"你去买两笼包子,分给伙计们吃,吃过,领他们到这院来。送二十个包子过来。"

罗汉大爷用一张鲜荷叶托过来二十个包子。奶奶伸手接住,对罗汉大爷说:"你到东院去招呼着他们快吃。"

罗汉大爷喏喏连声,倒退着走了。

奶奶把包子递到外曾祖父面前,说:"你一边走一边吃吧!"

外曾祖父说:"九儿,你可是我的亲生闺女!"

奶奶说:"快走,少啰唆!"

外曾祖父气汹汹地说:"我是你亲爹!"

奶奶说:"我没有你这样的爹,从今后不许你踏进这个门槛!"

"我是你爹!"

"我爹是曹县长,你没听到?"

"没那么便宜,有了新爹就想扔旧爹? 我和你娘弄出来你不是容易的!"

奶奶把手中的荷叶包子用力摔到外曾祖父脸上,热包子打在外曾祖父脸上,像放了一颗开花炸弹。

外曾祖父拉着驴，骂骂嚷嚷逃出大门："杂种！小杂种！六亲不认的小杂种！我要去县里告你，告你不忠不孝！告你私通土匪！告你谋杀亲夫！……"

在外曾祖父渐渐远去的叫骂声中，罗汉大爷带着十三个伙计走进院来。

奶奶抬手理理额发，伸手抻抻衣襟，大大方方地说："伙计们，辛苦了！俺年轻，初当家，不谙事，仰仗着大家伙帮助。罗汉大爷在俺家十几年，今后烧锅上的事还是靠您来挑头。老少东家撒手去了，咱抹抹桌子另摆席。县里头有俺干爹撑着，绿林里的朋友咱不得罪，村里的乡亲，来往的客商，咱一个不亏待，我断定咱这买卖能做下去。明日后日大后日，烧锅停火三天，大家伙帮我清扫房屋，老少东家用过的东西，能烧的就烧，不能烧的就埋。今晚就早歇了吧，罗汉大叔您看这样行不行？"

罗汉大爷说："听少奶奶的吩咐。"

奶奶说："有没有不愿干的？不愿干也不强留，如觉着跟我一个妇道人家没出息，就请另寻主儿。"

伙计们互相看看，都说："愿为少奶奶出力。"

奶奶说："那就散了吧。"

伙计们聚在东院的厢房里，嘀嘀咕咕地议论，罗汉大爷说："睡吧，睡吧，明日要早起。"

半夜，罗汉大爷起来给骡子添草，听到我奶奶在西院里啜泣。

第二天早晨，罗汉大爷早早起身，到大门外转了一圈。见西院大门紧闭，院子内静悄悄。他回到东院，踏着一条高凳，往西院里张望；我奶奶背靠院墙，坐在被子上睡着了。

那三天里，单家大院里天翻地覆，罗汉大爷和伙计们浑身淋了酒，把老少掌柜盖过的被褥，穿过的衣服，铺过的炕席，锅碗瓢盆，针头线脑,杂七拉八,统统清出来,搬到场院里,泼上烧酒,点火焚烧,烧剩的余烬,掘深坑埋了。

房子搬空后,罗汉大爷把那串铜钥匙用一个盛满高粱酒的碗端过来。罗汉大爷说:"少奶奶,这钥匙已经用酒烧过三遍了。"

奶奶说:"大叔,这钥匙,就由您掌管着,我的家产就是你的家产。"

罗汉大爷恐惶得说不出话来。

奶奶说:"大叔,不是推辞的时候,你快去买布买棉,一应家什置办全,被褥帐子,雇人去做,别怕花钱。另外,让伙计们挑酒来,把屋里屋外,墙角旮旯儿,全都泼一遍。"

"那要用多少酒?"罗汉大爷说。

"用多少算多少。"奶奶说。

伙计们挑着酒来,洒得铺天盖地。奶奶站在酒气里,抿着嘴微笑。

这一次大消毒,用了九缸酒。泼酒后,奶奶又让伙计们拿着新布,蘸着酒,把能擦拭的东西都擦拭了三五遍。然后墙上刷石灰,门窗上油漆,炕上铺新草,换新席,搞了个新天新地新世界。

事完后,奶奶赏给每个伙计三块现大洋。

烧酒生意在奶奶和罗汉大爷领导下,轰轰烈烈地做下去。

大消毒后第十天,屋子里酒气散尽,新鲜的石灰味道令人神爽。奶奶心里高兴,去村里杂货铺买了剪刀红纸,银针金线,诸多女人用物。回到家上了坑,面对窗棂上新糊的白纸,操起了剪刀铰窗花。奶奶心灵手巧,在娘家为闺女时,与邻居家姑嫂姐妹们剪纸绣花,往往能出奇制胜。奶奶是出色的民间艺术家,她为我们高密东北乡剪纸艺术的发展,做出了突出的贡献。

高密剪纸,玲珑剔透,淳朴浑厚,天马行空,自成风格。

奶奶拿起剪刀,铰下一方红纸。心中忽然如电闪雷鸣般骚乱。

身在炕上，一颗心早已飞出窗棂，在海一样的高粱上空像鸽子一样翱翔……奶奶自小大门不出，二门不迈，闷在家里，几乎与世隔绝。略略长成，又遵从父母之命，媒妁之言，匆忙出嫁。十几日来，千颠万倒，风吹转蓬，雨打漂萍，满池破荷叶，一对鸳鸯红。十几日来，奶奶一颗心在蜜汁里养过、冰水里浸过、滚水里煮过、高粱酒里泡过，已经是千种滋味，万条伤瘢。奶奶祈望着什么，又不知该祈望什么。她拿着剪刀，不知该铰什么，往日的奇思妙想，被一串串乱纷纷的大场面破坏。正胡思乱想着，奶奶听到从初秋的原野上，从漾着酒味儿的高粱地里，飘来一声声凄婉的、美丽的蝈蝈鸣叫。奶奶仿佛看到了那嫩绿的小虫儿，伏在已经浅红的高粱穗子上，抖动着两根纤细的触须剪动翅膀。一个大胆新颖的构思，跳出了奶奶的脑海：

一个跳出美丽牢笼的蝈蝈，站在笼盖上，振动翅膀歌唱。

奶奶剪完蝈蝈出笼，又剪了一只梅花小鹿。它背上生出一枝红梅花，昂首挺胸，在自由的天地里，正在寻找着自己无忧无虑、无拘无束的美满生活。

我奶奶一生"大行不拘细谨，大礼不辞小让"，心比天高，命如纸薄，敢于反抗，敢于斗争，原是一以贯之。所谓人的性格发展，毫无疑问需要客观条件促成，但如果没有内在条件，任何客观条件也是白搭。正像毛泽东主席说的：温度可以使鸡蛋变成鸡子，但不能使石头变成鸡子。孔夫子说："朽木不可雕也，粪土之墙不可圬也。"我想都是一个道理。

奶奶剪纸时的奇思妙想，充分说明了她原本就是一个女中豪杰，只有她才敢把梅花树裁栽到鹿背上。每当我看到奶奶的剪纸时，敬佩之意就油然而生。我奶奶要是搞了文学这一行，会把一大群文学家踩出屎来。她就是造物主，她就是金口玉牙，她说蝈蝈出笼蝈蝈就出笼，她说鹿背上长树鹿背上就长树。

奶奶，你孙子跟你相比，显得像个饿了三年的白虱子一样干瘪。

奶奶正剪着纸，忽听大门吱呀一声被推开，一个既熟悉又陌生的声音在院子里喊：

"掌柜的，雇不雇人？"

奶奶手中的剪刀掉到炕上。

七

父亲被爷爷晃醒，见河堤上一条弯曲的长龙，正飞也似地游动过来。火把下响着壮胆的吼叫。父亲难以说清这蜿蜒的火把怎么会把杀人不眨眼的我爷爷感动成那个样子。爷爷抽抽噎噎地哭着，嘴里喃喃地说着："豆官……我的儿……乡亲们来啦……"

众乡亲围拢上来，年轻老少，男男女女数百人。不执火把的都手持镢、锨、棍棒。父亲的好友们挤在最前边，举着高粱秸子扎成、顶端绑着破絮、蘸了豆油的火把。

"余司令，打胜了！"

"余司令，乡亲们杀猪宰羊摆宴席，等着弟兄们回去。"

爷爷对着那一片把弯弯曲曲的河水把浩浩荡荡的高粱照得庄严神圣的火把，双膝跪倒，泣不成声地说："乡亲们，我余占鳌是千古罪人，中了冷麻子的奸计……弟兄们……全都阵亡啦！"

火把集中得更加密集，油烟冲天，火苗子跳动不安，一滴滴燃烧着的豆油"滋悠滋悠"怪叫着下落，划出一条条垂直的红线，落地后继续燃烧。河堤上，众人的脚下，遍开着灼热的小花朵。高粱地里传来狐狸的鸣叫。河水中的鱼群趋光而来，水中鱼鸣呷呷。大家都说不出话来。在火苗子猎猎卷动声中，似有一种深沉的巨大声响从远方的高粱丛中滚滚而来。

一个老头子,面如黑漆,胡子雪白,一个眼很大,一个眼很小。他把手中的火把交给身边的人,弯腰,双手扶着我爷爷的胳膊,说:"余司令,起来,起来,起来。"

众人齐叫:"余司令,起来,起来,起来。"

爷爷慢慢站起,老头子热乎乎的双手使他胳膊上的肌肉感到极大的温暖。爷爷说:"乡亲们,到桥上去看看吧。"

爷爷和父亲前导,后边火把簇拥。火热的光明一步步照亮了朦胧的河道和高粱的原野,直逼到大桥附近的阵地上。八月初九血红的、悲壮的大半个月亮边上,护卫着几朵绿色的云。火把照亮大桥,那几辆破烂汽车鬼影幢幢。尸体横陈的战场上血气冲鼻,夹杂着焦糊味,夹杂着背景深厚广大的高粱味和源远流长的河的气息。

几十个女人齐声恸哭起来,高粱火把上掉下来的燃烧的油滴落到人的手上、脚上。火把下的男人脸都像烧灼过的热铁一样。雪白的大石桥红彤彤一条,像一道被压直了的彩虹。

那个黑脸白胡子老头儿高声叫道:"哭什么?这不是大胜仗吗?中国有四万万人,一个对一个,小日本弹丸之地,能有多少人跟咱对?豁出去一万万,对他个灭种灭族,我们还有三万万,这不是大胜仗吗?余司令,大胜仗啊!"

我爷爷说:"老爹,你这是给我吃宽心顺气丸。"

老头儿说:"不对啊,余司令,铁铁的大胜仗,你快下命令,你说怎么办就怎么办,中国别的没有,就是人多。"

爷爷挺起来,说:"你们,把弟兄们的尸体收起来吧!"

人群散开,把公路两侧高粱地里的队员尸体抬到桥西侧的河堤上,一律脑袋冲南,脚跟冲北,排成长长的一溜。爷爷拉着我父亲,一一地过目点数。父亲看到了王文义、王文义的妻子、方六、方七、刘大号、"哑哑四"……一大串熟悉的面孔和不熟悉的面孔。爷爷的脸抽搐不止,满脸的横皱竖纹,两眼泪汪汪,在火把映照下,像两汪化开的铁水。

爷爷说:"哑巴呢? 豆官,看到你哑巴大叔了吗?"

父亲立刻想起哑巴用那把锋利的腰刀把鬼子头削掉、鬼子头在空中鸣叫着飞行的情景。父亲说:"在汽车上。"

几柄火把拢到汽车周围,跳上车三个男子,把哑巴抬起送到车栏杆外。爷爷跑过去,扛住哑巴的背,立刻又有两个人,一个托着哑巴的头,一个扶着哑巴的腿,跌跌撞撞,爬上河堤。哑巴的尸首放在一溜尸首的最东头。哑巴的腰弯曲着,手里还攥着那柄血迹斑斑的长刀。他双眼圆睁,大口洞开,像要吼叫。

爷爷跪下,按住哑巴的膝和胸,用力一压,父亲听到哑巴的脊椎骨叭叭叭几声响,在响声中哑巴的身体伸直了。爷爷去拿那柄刀,怎么也拿不出,只好把他的胳膊往里收拢,让腰刀紧贴着他的腿。一个妇女跪下,去揉哑巴圆睁的眼睛,她揉着,说着:"大兄弟,你闭上眼吧,闭上眼吧,有余司令给你报仇呐……"

"爹,俺娘还在高粱地里……"父亲哭着说。

爷爷挥挥手,说:"你去……领着乡亲们抬来吧……"

父亲钻进高粱地,几个举火把的人跟着他。密集的高粱秸子碰得火把四处溅油,那些半干的高粱叶子,着了油,委委屈屈地燃烧起来。高粱们在火之上,低垂着沉重的头,发出暗哑的哭泣。

父亲一把把搋开高粱棵子,露出了平躺着、仰面朝着幽远的、星光灿烂的高密东北乡独特天空的奶奶。奶奶临逝前用灵魂深处的声音高声呼天,天也动容长叹。奶奶死后面如美玉,微启的唇缝里、皎洁的牙齿上、托着雪白的鸽子用翠绿的嘴巴啄下来的珍珠般的高粱米粒。奶奶被子弹洞穿过的乳房挺拔傲岸、蔑视着人间的道德和堂皇的说教,表现着人的力量和人的自由、生的伟大爱的光荣,奶奶永垂不朽!

爷爷也过来了。奶奶尸体周围燃着几十根火把,被火把引燃了的高粱叶子滋溜溜地跳着,一大片高粱间火蛇飞窜,高粱穗子痛苦万端,不忍卒视。

"抬走吧……"爷爷说。

一群年轻女人,簇拥着奶奶的身体,前有火把引导,左右有火把映照,高粱地恍若仙境,人人身体周围,都闪烁着奇异的光。

奶奶被抬上河堤,放在一行尸首的最西边。

黑脸白胡子老头儿问爷爷:"余司令,一时上那儿去筹措这么多棺材?"

爷爷沉思片刻,说:"不要往回抬了,也不要棺材,先埋在高粱地里丘着,等我重整旗鼓后,再为弟兄出一场回龙大殡!"

老头儿颔首称是。吩咐一些人,赶回去捆扎火把送来,准备连夜埋葬。爷爷说:"顺便牵些牲口来,把那辆汽车拖回去。"

人们在火光下开掘墓穴,半夜方成。爷爷又令人砍来高粱秸子,垫在墓穴里,尸首放好后,再盖高粱秸子,然后填土成丘。

奶奶是最后一个入土,那一棵棵高粱,又一次严密地包裹了她的身体。父亲眼见着最后一棵高粱盖住了奶奶的脸,心里一声唢响,伤疤累累的心脏上,仿佛又豁开了一道深刻的裂痕。这道裂痕,在他漫长的生命过程中,再也没有痊愈过。第一锨土是爷爷铲下去的。稀疏的大颗粒黑土打在高粱秸子上,嘭咚一响弹起后,紧跟着是黑土颗粒漏进高粱缝隙里发出的窸窸窣窣的声响。恰似一声爆炸之后,四溅的弹片划破宁静的空气。父亲的心在一瞬间紧缩一下,血也从那道也许真存在的裂缝里飞溅出来。他的两颗尖锐的门牙,咬住了瘦瘦的下唇。

奶奶的坟丘也修起来了。高粱地里,出现了五十多个尖尖的坟墓。那老者说:"乡亲们,下跪吧!"

全村父老,齐齐跪倒在一片新坟前,一时哭声震动四野。火把奄奄欲熄。一颗硕大的陨星从南边的天空坠落下来,一直触到了高粱梢头才消失灼目的光芒。

后来又换了火把,已是平明时分,雾腾腾的河道上,已可见乳白色的水光。半夜牵来的十几匹马骡驴牛,混杂在一起,咯崩咯崩嚼高粱秸子,嚟啦嚟啦吃高粱穗子。

爷爷下令把连环耙收起,把被铁耙扎瘪了轮胎的第一辆汽车推到公路上,掀到东侧路沟里。爷爷找来一支土枪,对准汽油箱,开了一枪。巨大的气体把几百个高粱米粒大的铁砂子吹到油箱上,打得油箱千疮百孔,汽油呲呲地喷出。爷爷从村民手里接过一根火把,退几步,瞄个亲切,投过去。一股白火苗像大树一样炸起来,汽车框架也毕剥燃烧,钢骨铁板都在火焰中扭曲变形。

爷爷招呼着众人,把第二辆装满大米完好无损的汽车推上桥头,推上公路。把第三第四辆烧残了的汽车架子掀下河流。退到桥南公路上去的第五辆汽车,油箱上也挨了一土枪,扔了一火把,顷刻间也烧成一团冲天大火。大桥上只残留着一些焦尘炙粉,再没有大物。河南河北,两堆大火冲天,偶有散弹烧爆,噼叭响一声。车上的鬼子尸体被烧得滋滋冒油,在凶恶气味中竟散出烤肉的香昧,让人喉痒胃乱。

老头儿问爷爷:"余司令,鬼子尸体咋整治?"

爷爷说:"埋在地里? 臭了我们的地! 扔到火里? 脏了我们的天! 扔他们下河,让他们漂回东洋国。"

三十几具鬼子尸体被乡亲们用铁钩拖到桥上,连同那个被冷支队剥走了将军服的老鬼子。

爷爷说:"女人们回避。"

爷爷掏出小剑,逐一豁开鬼子兵的裤裆,把他们的生殖器统统割下来。又叫来两个粗野汉子,把那些玩意儿,是谁的就塞进谁嘴里。然后,十几个汉子,两人一伙,把这些也许是善良的、也许是漂亮的,但基本上都年轻力壮的日本士兵抬起来,悠三悠,喊一声:"东洋狗——回老家——"同时撒手。一个个口衔传家宝的日本兵,展翅滑翔下大桥,落在河水中,鱼贯向东去了。

　　晨光熹微,众人都疲乏无力。两岸火势渐弱,黝黑色的高天,在火光映照不到的地方,显出了蓬勃的宝蓝色。爷爷吩咐人们套好骡马驴牛,长绳短索,拴在那辆载满大米基本完好的汽车前杠上。爷爷让男人们轰赶牲口牵曳汽车前行。畜牲们一齐用力,绳索绷紧,汽车底下的大轴吱吱哟哟地叫唤着,汽车像个笨拙的大甲虫缓缓蠕动。车前轮东扭西歪,不走正道。爷爷让停住牲口。拉开车门他钻进驾驶楼,学着司机的样子,扭动着方向盘。车前牲畜一齐用力,绳索蹦跳。爷爷把着方向盘,体会揣摸,明白了开汽车没有三篇文章。汽车笔直前进,乡民们战战兢兢地跟着。他一手扶着方向盘,一手抠抠摸摸,啪哒弄响了一个机关,两道白光直射出去。

　　"睁眼啦!睁眼啦!"有人在车后喊。

　　灯光照亮了极长一段道路,照得骡马驴牛背上的毳毛根根分明。爷爷开心极了,把那些钮儿把儿的逐个揿按提拉,忽听吱吱一声尖响,汽笛长鸣,骡马惊得削耳耸起,拼命前蹿。爷爷想:你还会叫!他恶作剧般地胡折腾,天凑地巧,汽车肚子里轰轰轰响一阵,汽车发疯般往前蹿去,撞倒了驴牛,拖翻了骡马,吓得他汗透胸背,骑虎难下。

　　众人都愣了,见那汽车拖得牛仰马翻,驴骡颠倒。汽车冲出几十米,一头扎到西侧路沟里,哞哞哞喘粗气,一侧车轮悬空,风车般旋转。爷爷打破玻璃钻出来,满手满脸都是血。

　　爷爷怔怔地看着这个魔物,突然凄凉地笑了。

乡亲们搬走了车上的大米,爷爷又对着油箱放了一土枪,又扔了一个火把,烧起一场冲天火。

八

十四年前,余占鳌背着一个小铺盖卷儿,穿着一身浆洗得板板铮铮的白洋布裤褂,站在我家院子里,喊一声:"掌柜的,雇人不雇?"

奶奶百感交集,一时本性迷失,把铰花的剪子掉在炕席上,身体一软,仰倒在新缝制的暄腾腾的紫花布被褥上。

余占鳌闻到了屋子里新鲜石灰水味和女人的温馨气息,大着胆子推开房门。

"掌柜的,雇人吗?"

奶奶仰在被褥上,目光迷离。

余占鳌扔掉铺盖卷,慢慢移到炕边,上身倾过来,对着我奶奶。他的心那时多么像一个温暖的池塘。池塘里游动着戏水的蟾蜍,池塘上飞动着点水的雨燕。就在他那青色的下巴离着奶奶的脸只有一张薄纸时,奶奶抬手在他青白的光头上搧了一耳刮子。奶奶笔直挺起,捡起剪刀,厉声喝斥:"你是谁? 这样无理! 不认不识,闯进人家屋子,做出这副轻薄样子来!"

余占鳌大吃一惊,退后几步,说:"你……你当真不认识我啦?"

我奶奶说:"你这个人好没道理,俺从小大门不出,二门不迈,嫁过来也不过十天半月,谁认识你!"

余占鳌笑笑,说:"不认也罢,听说您烧酒锅上缺人手,想来寻点活干,混点饭吃!"

奶奶说:"行,不怕吃苦就行。你姓什么? 叫什么? 多大年纪?"

"姓余,名占鳌,二十四岁。"

奶奶说:"背上你的铺盖卷,出去吧。"

余占鳌顺从地出了大门,站在那儿等候。阳光灿灿照着无际的原野,那条往西通县城的道路,夹在两边的高粱里,显得那么狭窄细长。大火烧掉高粱叶子垛的痕迹犹在,当时情景如在眼前。他在大门外等了足有半个时辰,心中烦躁不安,欲要闯进去与那女子理论,又止脚踌躇。他杀死单家父子那天,并没远遁,而是潜在高粱地里,看着湾子边发生的精彩好戏。我奶奶的超凡表演,震得他连连惊叹。他知道我奶奶年纪虽小,但肚里长牙,工于心计,决不是一盏省油的灯。今天这样对待自己,也许正是为了掩人耳目。又等了半晌,还不见我奶奶出来,院子里静悄悄的,有一只喜鹊蹲在屋脊上叫唤。余占鳌一股恶恨上心头,气汹汹闯进院,正要发作,就听到我奶奶在窗纸里说:"到东院里柜上说去!"

余占鳌猛然醒悟,知道不应该越级请示,于是气消心平,背着铺盖卷走到东院,见院子里酒缸成群,高粱成堆,作坊里热气腾腾,所有的人都在忙。他进了那个大厦棚,问那个踩着高凳往悬在磨盘上方吊斗里倒高粱的伙计:"哎,伙计,管事的在哪儿?"

伙计斜了他一眼,倒完高粱,从凳子上下来,一手提着簸箕,一手把凳子拉出磨道,吆喝一声,骡子眼上蒙着黑布罩,听到吆喝,转着圈疾走。磨道被骡蹄子踩成一个圈凹。磨声隆隆,急雨一样的高粱碎屑从两片石磨盘的中缝里,哗哗啦啦地流出,流到托着磨的木盘上。伙计说:"管事的在店里。"伙计朝着大门西侧那三间屋子噘了噘嘴。

余占鳌提着铺盖卷,从后门进了屋。见那个熟悉的老头儿正坐在柜后拨拉算盘子,算盘旁放着一把青瓷小酒壶。他不时地端起壶来呷一口酒。

余占鳌说:"掌柜的,用人不用?"

罗汉大爷看一眼余占鳌,似有所思,问:"长干还是短干?"

余占鳌说："那就看柜上的方便啦，我倒是想多干些日子。"

罗汉大爷说："要是干个十天八日的，我就做主了；要是打着长远的谱，还得要女掌柜的点头。"

余占鳌说："那你快去问。"

余占鳌走到柜台外，拣一条板凳坐下。罗汉大爷放下挡柜板，转身从后门走，出了门又回转来，拿一个粗瓷大碗，盛了半碗酒，放在柜台上，说："喝碗酒，解解渴。"

余占鳌喝着酒，想着那女子的鬼心计，叹服不止。罗汉大爷进来对他说："掌柜的要看看你。"

到了西院，罗汉大爷说："你先等着。"

奶奶出了门，大方端庄，派头十足，天南海北地把余占鳌盘问了一遍，最后，挥挥手，说："带过去吧，试一个月看看，工钱从明天算起。"

余占鳌成了我家烧酒锅上的伙计。他身体结实，手把灵巧，活儿干得出色。罗汉大爷多次在奶奶面前夸他。一个月过后，罗汉大爷把他叫到柜上，对他说："掌柜的对你挺满意，留下你啦。"罗汉大爷递给他一个布包，说："这是掌柜的赏给你的。"他拆开布包，包里是一双新布鞋。他说："二掌柜的，告诉女掌柜的，就说余占鳌多谢她啦。"罗汉大爷说："去吧，好好干。"

余占鳌说："我会好好干。"

转眼又是半月，余占鳌渐渐有些按捺不住，女掌柜的每天都到东院里转一圈，但只是跟罗汉大爷问这问那，很少搭理汗流浃背的伙计们。余占鳌感到十分委屈。

单家父子经营这买卖时，烧酒锅伙计们的饭食包给了村里几家小饭铺。奶奶接手之后，雇来了一个三十多岁的女人，人称大老刘婆子，一个十三四岁的小姑娘，名叫恋儿。这两个女人住在西院，专门负责做饭。除了原先养的两条大狗，奶奶又买来三条半大狗，一条黑的，一条绿的，一条红的。这样西院里就有三个女人五条狗，热热闹闹自成一方世界。夜里，有一点风吹草动，五条狗齐声吠叫，不被它们咬死也要被它们吓死。

余占鳌在烧酒锅上干到两个月头上，已是九月光景，遍野高粱成熟。奶奶让罗汉大爷雇来几个短工，整理场院和露天粮食囤，准备收购高粱。那些日子天高气爽，阳光明媚，奶奶穿一身雪白的绸衣，脚蹬一双红缎子小鞋，手提一根指头粗细的剥了绿皮的柳木棍，身后跟着一群走狗，在场院里转来转去，引逗得村里人挤眉眨眼做怪模样，但无人敢放一个屁。余占鳌几次与我奶奶套近乎，我奶奶面孔严肃，不跟他多说一个字。

那天晚上，余占鳌多嘡了几碗酒，不觉有几分醉意，躺在通屋大炕上，翻翻覆覆难以入睡。一道道月光，从东边那两个窗户里射进来。有两个伙计，在豆油灯盏下，缝补破衣烂衫。

那个会拉板胡的老杜，把一根板胡拉得哭哭啼啼，人心在琴弦上颤抖。也是该出事——那两个缝补衣服中的一个，被老杜凄凉的板胡撩得喉咙发痒，沙哑着嗓子唱："光棍苦，光棍苦，衣衫破了没人补……"

"让女掌柜的给你补去！"

"女掌柜的？这块天鹅肉，不知哪个鹧子能吃到。"

"咱那老少掌柜的想吃天鹅肉，把小命都搭进去了。"

"哎，我听人说她为闺女时就私通着花脖子！"

"这么说，单父子真是被花脖子杀的？"

"少说话，少说话，'路边说话，草棵里有人'！"

余占鳌躺在炕上。冷笑了一声。

一个伙计问："小余，你笑什么？"

余占鳌仗着酒胆，脱口而出："是老子杀的！"

"你喝醉了！"

"喝醉了？你才醉了！就是老子杀的！"他折身起来，从吊在墙上的小衣包里抽出一柄小剑，拔剑出鞘，剑刃在月光中像条小银鱼儿一样。他硬着舌头说："告诉你们……俺跟女掌柜的……早就睡过了……在高粱地里……夜里来放火……一刀……又一刀……"

众人闭口无言，一个伙计吹出一口气，噗地灭了灯。满屋朦胧，那柄剑在白光里更显得明亮。

"困觉困觉困觉！明儿一早还要起来烧酒呢！"

余占鳌叨叨咕咕地说："你……你她妈的……提上裤子就不认人啦……让老子给你当牛做马……没那么容易……老子今夜就……宰了你……"他从炕上爬起来，握着小剑，跌跌撞撞往外走，伙计们在黑暗里大睁着眼睛，看着他手中利器发出的寒光，没有人敢吭声。

余占鳌走到院子里，见月色皎皎遍地，那一排排釉彩大缸闪闪烁烁，如同宝物。从田野里飘来的饱含着成熟高粱凄苦微甘气息的南风使他打了一个寒噤，西院里传来女人的嬉笑声。他钻进厦棚，搬出那张四脚高凳。他进厦棚时，拴在长槽后的黑骡子弹着蹄子迎接他，骡子粗大的鼻孔里打出响亮的嘟噜。他不理骡子，搬着凳子趔趄到高墙根上，踩上去，站直，墙头齐着他的胸口。他看到了灯火照着雪白的窗纸，窗纸上贴着通红的窗花。女掌柜正和那个恋儿小姑娘在炕上打闹。他听到大老刘婆子说："真是两个淘气的皮猴儿，睡吧，睡吧！"后来那老婆子又说："恋儿，你到锅里去看看面引子发起来了没有？"

余占鳌用嘴叼着小剑，攀上墙头，五条狗窜过来，昂着头吠叫。余占鳌吃一惊，头重脚轻栽到西院里。要不是我奶奶出来得快，只怕再有两个余占鳌,也早被五条猛狗给撕烂了。

奶奶斥退众狗,喊一声:"恋儿,点出灯笼来!"

大老刘婆子拄着一根擀面杖,挪动着两只半大脚,高声叫嚷:"抓贼!抓贼!"

恋儿挑着灯笼出来,照明了余占鳌跌得不成模样的脸,奶奶冷笑几声,说:"是你呀!"

奶奶捡起那柄小剑,翻来覆去看几眼,藏到袖筒里去,说:"恋儿,去把罗汉大爷喊来。"

恋儿一开大门,罗汉大爷就走进来,问:"掌柜的,怎么回事?"

奶奶说:"这个伙计醉了。"

罗汉大爷说:"是醉了。"

奶奶说:"恋儿,拿我的柳棍来!"

恋儿拿来奶奶那根雪白的柳棍,奶奶说:"我给你醒醒酒!"

奶奶抡圆柳棍,在余占鳌屁股上横抽竖打。

余占鳌在火辣辣的痛楚中,忽然感到一阵麻麻酥酥的快乐,这快乐冲到喉咙,启动牙齿,化作一连串胡言乱语:"亲娘亲娘亲娘……亲娘……亲娘……"

奶奶打累了,拄着柳棍,呼哧呼哧喘粗气。

"弄回他去吧!"奶奶说。

罗汉大爷去拉余占鳌,余占鳌赖在地上不起来。嘴里叫唤着:"亲娘……再来几棍吧……再来几棍……"

奶奶对准余占鳌的脖子,狠狠抽了两棍。余占鳌像小孩子一样,搓着脚满地打滚。罗汉大爷招呼来两个伙计,把余占鳌抬回厢房,扔到炕上。他在炕上打滚竖蜻蜓,满口污言秽语。罗汉大爷提来一壶酒,让几个伙计按住他的胳膊腿,把壶嘴插进他嘴里,一壶酒灌进去。伙计们松开手,他脖子一歪,无声无息。一个伙计惊叫:"灌死了吧?"

慌忙端灯来照,见他满脸挤动,猛力打了一个喷嚏,把灯喷灭了。

余占鳌睡到日上三竿方醒,脚底像踩着棉花一样走进作坊,伙计们都怪模怪样地看着他。他恍恍惚惚地记起了昨夜挨打的事,摸摸脖子屁股,却不觉得痛。他口渴,捞起一个铁瓢,从酒流子上接了半瓢热酒,仰着脖子喝了。

拉板胡的老杜说:"小余,让你娘一顿好打,还敢跳墙不?"

伙计们原本对这个阴沉沉的年轻人有几分惧心,但耳闻了夜里他那通穷叫唤,畏惧心一齐没了,四嘴八舌地把他当疯子戏谑。余占鳌也不答话,拉过一个小伙计,抢拳便打。伙计们挤挤眼,一拥而上,把他按倒在地,一阵拳打脚踢。打够了,又解开他的腰带,把他的头按到裤裆里去,反剪了手,推倒在地。余占鳌虎落平阳,龙上浅滩,一颗头在裤裆里乱挣扎,身体遍地做球滚。折腾了足有两袋烟工夫,老杜不忍,上前为他解开手,把他的头从裤裆里扯出来。余占鳌面如金纸,仰在劈柴堆上,像一条死蛇,好久才缓过气来。伙计们都手持家伙,防他报复。却见他晃晃悠悠奔向酒缸,抄铁瓢舀起酒,一阵狂喝乱饮。喝够了酒,他爬到劈柴堆上,呼呼地睡去。

从此之后,余占鳌每日嘡得烂醉,躺在劈柴上,似睁不睁一双蓝汪汪的眼,嘴角上挂着两种笑容:左边愚蠢,右边狡猾,或者右边愚蠢,左边狡猾。伙计们头两天还看着他有趣,渐渐地便生出怨言来。罗汉大爷逼他起来干活,他乜斜着眼说:"你算老几? 老子是真正掌柜的,女掌柜肚子里的孩子就是我的。"

那时候,我父亲在奶奶腹中已长到皮球般大小,奶奶清晨起来在西院里的干呕声,传到东院里来。懂事的老伙计们唧唧咕咕地议论。那日,大老刘婆子过来给伙计们送饭,一个伙计问:"大老刘婆子,掌柜的有喜了吧?"

大老刘婆子白他一眼,说:"当心割你的舌头!"

"单扁郎还真有能耐!"

"没准是老掌柜的。"

"别瞎猜了! 她那副烈性,能让单家爷们沾边? 保险是花脖子的。"

余占鳌从劈柴堆里跳起来,手舞足蹈地大喊:"是老子的! 哈哈! 是老子的!"

众人看着他,一齐大笑、臭骂。

罗汉大爷已经多次提议解雇余占鳌,我奶奶总是说:"先由着他折腾,待几天看我治他。"

这一日,奶奶挺着已见出硕大和粗笨的腰身,过院来跟罗汉大爷说话。

罗汉大爷不敢抬头,淡淡地说:"掌柜的,该开秤收高粱啦。"

奶奶问:"场院、囤底什么的,都弄好了?"

罗汉大爷说:"好啦。"

奶奶问:"往年什么时候开秤?"

罗汉大爷说:"也就是这时候。"

奶奶说:"今年往后拖。"

罗汉大爷说:"只怕收晚了收不足数。这半天里有十几家烧酒哩。"

奶奶说:"今年高粱长得好,他们吃不了那么多。你可先写出帖子去,就说家里没准备好。等到他们吃饱了,咱再收,那时候价钱咱说了算,再说,高粱也比现时干燥。"

罗汉大爷说:"掌柜的说的是。"

"这边还有什么事吗?"奶奶问。

"事倒没什么大事,就是那个伙计,见天醉得像滩泥,给他几个钱,撵走算啦。"

奶奶想了想,说:"你领我去作坊看看。"

罗汉大爷头前带路,领奶奶进了作坊。伙计们正往大甑里上发酵好了的高粱坯子。锅灶里劈柴样子着得呜呜响。锅里水沸沸响,强劲的蒸气从甑里直蹿上去。那大甑有一米多高,木制,罩在大锅上,甑底是一张密眼竹笔子。四个伙计,端着木锨,从大缸里铲出一块块生着绿色松花霉点、发散着甜味儿的高粱坯子,往那热气蒸腾的大甑里一点点抖落。热气压不住,寻着缝儿往上蹿。哪里蹿热气,高粱坯子就该往哪儿压。端着木锨的伙计们,大睁着眼睛用高粱坯子压热气。

伙计们看到我奶奶来啦,抖擞起精神干活。余占鳌躺在劈柴上,蓬头垢面,破衣烂衫,像个叫花子一样,用两只冰冷的眼睛盯着我奶奶。

奶奶说:"我今日要看看红高粱怎样变成高粱酒。"

罗汉大爷搬来一条凳子,请我奶奶坐下。

奶奶在场,伙计们倍受荣宠,手脚格外地麻利,人人都想露一手。烧火的小伙计,不停地往两个大锅灶里填着劈柴样子,火热汹涌,直托锅底。两口大锅里沸水潮动,蒸气在大甑里曲折上升的嗞嗞声与伙计们的喘息声混成一片。大甑里装满了料,顶上盖一块与甑口同大的圆盖,盖上钻满蜂眼。又烧了一会,那些蜂眼里有哆哆嗦嗦的细小热气出现。伙计们又抬来一个锡制的、双层的、顶端带大凹的奇怪物件。罗汉大爷对奶奶说:这就是酒甑。奶奶起身近前,细看了酒甑的构造,也不问什么,又回到凳子上坐下。

伙计们把酒甑罩到木甑上,锅里的蒸气全没了。只听到火在灶里响,看到木甑在锅上一阵酥白一阵橙黄。一股淡淡的、甜甜的、似酒非酒的味儿从木甑里透出来。

罗汉大爷说:"上凉水。"

伙计们踩着高凳，往酒甑的凹槽里倒进两桶凉水，一个伙计拿着一块船桨状的木棍，踩着高凳，把凹槽里的凉水搅动得飞速旋转。过了约莫有半炷香工夫，奶奶嗅到了扑鼻的酒香。

罗汉大爷说："准备接酒。"

两个伙计，各提着一个细蜡条编成、糊了十遍纸、刷了百遍油的酒篓，放在两个大酒甑伸出来的鸭嘴状流子上。

奶奶立起来，紧盯着那出酒流子。小伙计挑选了几块饱含松油的劈柴棵子扔到灶里，两个锅灶里火声雷动，白亮一片，那白光从灶里射出来，映照着伙计们油汗淫淫的胸膛。

罗汉大爷说："换水。"

两个伙计跑到院子里，提了四桶井拔凉水来。站在凳上搅水的伙计把甑上开关一拧，已经温热的水咕嘟嘟流走，倒上了新打来的凉水，继续努力搅动。

高大的烧酒锅威武地蹲着，伙计们各司其职，有条不紊，奶奶看着这劳动的庄严神圣，心里不免激动。这时候，她突然感到我父亲在她腹中动了一下。她瞥了一眼躺在柴堆上，正用阴鸷的眼睛盯着自己的余占鳌，灼热的烧酒作坊里，只有他那两只眼睛是冷的，奶奶心里的激动冷却了。她平静地看着那两个手扶酒篓等待接酒的伙计。

酒香愈加浓烈，有细小的蒸气从木甑的接缝处逃逸出来。奶奶看到那白锡的酒流子上汪着一片亮，那亮凝集着，缓缓地动着，终于凝成几颗明亮的水珠，像眼泪一样，滚到酒篓里。

罗汉大爷说："换水，加急火！"

两个提水的伙计川流不息，提来凉水，锡甑上的换水龙头大开，凉水从上注，温水从下边流走，锡甑始终保持着凉冰冰的温度，蒸气在锡甑夹层里遇冷凝结，汇集成流，从酒流口喷出来。

初出流子的高粱酒灼热、透明、飞溢蒸气。罗汉大爷找一把干净的铁瓢,接了半瓢酒,递给我奶奶,说:"掌柜的,尝尝酒吧。"

奶奶闻着扑鼻的酒香,舌头在嘴里发痒,这时我父亲又在她腹中动了一下。我父亲想喝酒。奶奶接过酒瓢,先嗅了嗅,又伸出舌尖舔了舔,又用双唇嘬了一点,仔细地品咂滋味。酒非常香,也非常辣。奶奶喝了一口酒,在嘴里含着,觉得双颊柔软,如有丝棉擦拭,一松喉,那口酒便滑溜溜地到了喉咙深处。奶奶全身毛孔一参一闭,心里出奇地快活。她连喝了三大口,腹中似有一只贪馋的小手抓挠。奶奶仰起脖子,把半瓢酒全喝了,奶奶喝酒后,面色红润,眼睛明亮,更显得光彩夺目,灵气逼人。伙计们惊愕地看着她,忘了手里的活。

"掌柜的,您是海量!"一个伙计恭维道。

我奶奶谦虚地说:"我从来没喝过酒。"

"没喝过酒还这样,练练准能喝一篓。"那伙计加倍恭维。

哗啦哗啦接满一篓酒。哗啦哗啦又一篓。装满酒的篓子就摆在劈柴堆旁。余占鳌从劈柴堆上爬起来,解开裤子,对着一个酒篓撒尿。伙计们麻木地看着那道清亮的尿液呲到满盈的酒篓里,溅出一朵朵酒花。撒完了尿,余占鳌对着我奶奶咧嘴一笑,摇摇晃晃走上前来。奶奶满面红潮,立着不动。余占鳌伸胳膊抱住了我奶奶,在她脸上亲了一口。奶奶的脸霎时雪白,站立不稳,跌坐在凳子上。

余占鳌气汹汹地说:"你肚里的孩子,是不是我的!"

奶奶流着眼泪说:"你说是你的,就是你的……"

余占鳌双眼放光,全身肌肉紧绷,像打滚后爬起来的骡马。他脱得只穿一条裤头,对我奶奶说:"你看着我出甑!"

烧酒作坊里最苦的活儿是出甑。酒流干了,锡甑搬掉,揭掉蜂眼木盖,露出满木甑高粱酒糟。高粱酒糟酱黄色,热气灼人。余占鳌站在一条方凳上,手持短把木锨,把酒糟铲出来,拍到筐子里。他动作很小,几乎只靠小臂运动。热气喷得他半身赤红,脊背上的汗水流成小河。他的汗水里有一股强烈的酒味。

我爷爷余占鳌干净利索的活儿,使全体伙计和罗汉大爷从心里佩服。潜藏数月的爷爷崭露锋芒。爷爷出完甑,喝着酒,对罗汉大爷说:"二掌柜的,我还有一高招。你看,酒从流子里喷出时,热气蒸发,要是能在流子上安装一个小甑,必定能收得上等好酒。"

罗汉大爷摇着头说:"恐怕不行吧?"

我爷爷说:"不行割我的头!"

罗汉大爷看着我奶奶,奶奶抽泣几声,说:"我不管,我不管,他愿意怎么折腾就怎么折腾。"

奶奶哭着回了西院。

从此,爷爷和奶奶鸳鸯凤凰,相亲相爱。罗汉大爷和众伙计被我爷爷奶奶亦神亦鬼的举动给折磨得智力减退,心中虽有千般滋味却说不出个甜酸苦辣,肚里终有万种狐疑也弄不出个子丑寅卯。一个个毕恭毕敬地成了我爷爷手下的顺民。爷爷的技术革新大功告成,从此,高密东北乡有了高档的小甑酒。爷爷撒过尿的那篓酒,伙计们不敢私自处理,搬到院子里一个墙角上放着。有一天傍晚,天阴沉沉的,东南风刮得挺急,伙计们在闻惯的高粱酒味中,突然嗅到了一种更加醇朴浓郁的香气。罗汉大爷嗅觉灵敏,循味而去,竟发现散出倾城倾国之香的竟是那篓加尿高粱酒。罗汉大爷没说什么,悄悄地把酒篓子搬到店里去,关上前后门,堵严前后窗,点燃豆油灯,挑大灯草,开始研究工作。罗汉大爷找一个酒提,从那酒篓里打上一提酒来,又慢慢地往篓里倒,酒散成一个嫩绿色的帘儿,直挂进酒篓。酒浆落到篓里的酒面上时,打出十几朵花儿,像一朵菊花形状。那股芳醇味儿在打花的过程中更加积极地挥发。罗汉大爷舀起一点酒,用舌尖尝了尝。他果断地喝了一大口。他找了点凉水漱了漱口,又从酒缸里舀了普通高粱酒喝了一大口。他扔下酒提,敲开西院大门,直冲到窗前,大喊一声:"掌柜的,大喜!"

九

外曾祖父被我奶奶一顿热包子打出大门之后,牵着毛驴回了家。一路上他骂不绝口,回到家后,又在我外曾祖母面前颠颠倒倒地把我奶奶如何认曹县长做干爹,如何转眼不认亲爹的事说了一遍。外曾祖母也忿忿大骂。老两口对着生气,像一对拼死争夺树上蝉的老蛤蟆,后来外曾祖母说:"老头子,你甭气啦,'大风刮不了多日,亲人恼不了多时',缓两天你再去找她,她承受了万贯家财,从指头缝里漏漏就够咱老两口子吃的。"外曾祖父说:"也罢,待个半月二十日,我再去找这个小杂种。"

住了半个月,外曾祖父骑着毛驴,来到了我家,奶奶紧闭大门,任他在大门外吵闹,他吵得累了,骑着毛驴走了。

外曾祖父第二次来时,我爷爷已在烧酒锅上工作了,奶奶那五条狗也团结一致,形成了一股强大力量。外曾祖父一敲响大门,那群狗就在院子里狂吠。大老刘婆子开了门,群狗冲出,包围着外曾祖父,只叫不咬。外曾祖父背靠小毛驴,对着狗连连作出友好动作。小毛驴在他背后瑟瑟地抖。

大老婆子问:"你是谁?"

外曾祖父气汹汹地说:"你是谁?我来看俺闺女!"

"谁是你闺女?"

"你家掌柜的是俺闺女!"

"你等着,我进去说说。"

"你就说她亲爹来啦!"

大老刘婆子拿着一块大洋出来,说:"老头,俺掌柜的说了,她没有爹,送你一块大洋,让你去买炉包吃。"

外曾祖父怒骂:"小杂种,你给我滚出来!发了财就不认亲爹啦,成什么道理!"

大老刘婆子把银钱扔到地上,说:"好一个犟老头,快走吧,惹恼了俺掌柜的,可够你受的。"

外曾祖父说:"我是她爹!她杀了她公公,还敢杀她亲爹不成?"

大老刘婆子说:"走吧,走吧,再不走我就让狗咬你啦!"

大老刘婆子嗾一声狗,群狗蜂拥而上。那条绿狗在驴腿上咬了一口。毛驴长鸣一声,挣脱缰绳,尥着蹄子跑了。外曾祖父弯腰捡起那块大洋,连滚带爬追驴去了。狗们叫着,跳着,一直把他撵出了村。

外曾祖父第三次来找我奶奶,索要一头大黑骡子,外曾祖父对奶奶说这是她公公生前答应过的,人死了债不能死。赖账不还就要去县府里告状。

奶奶说:"我压根儿就不认识你这个人。你三番五次来扰乱治安,我正要去告你哩。"

我爷爷被外曾祖父吵得心烦意乱,从屋里趿拉着鞋出来,几膀子把他搡到大门外。

外曾祖父找人写了一张状纸,骑着毛驴进了县城,找到曹县长,把我奶奶告下了。

曹县长上次下东北乡,被花脖子三颗子弹打得灵魂出窍,回家生了一场大病。一看这状子又牵扯那桩杀人命案,不由得汗从腋下流出。

他问:"老头儿,你告你闺女私通土匪,有什么证据吗?"

外曾祖父说:"县长大老爷,那土匪现在就睡在俺闺女炕上,就是那个三枪打飞了你礼帽的花脖子。"

曹县长说:"老头儿,你可知道,如果此事属实,你闺女性命难保?"

外曾祖父说:"县长,我大义灭亲……只是……俺闺女那份家产……"

县长怒喝:"好一个贪财的老混蛋!为了一点家产,不惜诬陷亲生女儿,怪不得你闺女不认你,你这样的爹还算什么爹!打他五十鞋底,轰出去!"

外曾祖父状没告成,反挨了五十鞋底,屁股被打得粘糊糊的,驴也骑不成了,牵着毛驴,一瘸一拐地走着,心里说不出来的苦。走出县城不远,听到背后马蹄响,回头一看,见有人骑着曹县长那匹小黑马追了上来。外曾祖父心想这番性命难保,双膝一软,就跪在了地上。

来人是曹县长的心腹随从颜爷。他说:"老头儿,起来起来,县长说啦,你的女儿是他的干女儿,沾亲带故三分情。打你鞋底,是教你好好做人。县长说抽大烟拔豆芽,一码归一码。赏你十块大洋,让你回家做个小本生意,别再起那暴发横财的坏心。"

外曾祖父双手接了大洋,跪在地上千恩万谢,直到小黑马跑过铁道,他才爬起来。

曹县长独坐县府大堂,想了半点钟。小颜送银钱回来交差,他把小颜拉到密室,说:"我断定现在睡在戴氏炕上那个人,必是花脖子无疑。花脖子是高密东北乡土匪的大旗,抓住他,东北乡土匪就树倒猢狲散。今日公堂打老头,是为了掩人耳目。"

小颜说:"县长神机妙算。"

曹县长说:"那日我可是被那戴氏女子蒙骗住了。"

小颜说:"智者千虑,难免一失。"

曹县长说:"你今夜带上二十个弟兄,骑上快马,去东北乡把这个土匪头子擒来。"

"连那女人一块抓？"

县长说："不，不，不，万万不能抓那女子，一抓，不就丢了曹某人的面子了吗？再说，那日断案，我也有意成全她。想她一个如花美女，嫁给一个麻疯病人，也是大不幸，勾通奸夫，情有可恕。算了，抓了花脖子，留下那女子，让她好好过富贵日子去吧。"

小颜说："单家高墙大院，又养着恶狗，想那花脖子警觉异常，深更半夜打门跳墙，不是明明去喂花脖子的枪口吗？"

曹县长说："头脑简单啊，头脑简单！我早有妙计在心。"

遵照县长的妙计，小颜与二十个士兵半夜出城，一路小跑，向高密东北乡进发。时令已是十月深秋，遍地高粱杀伐净尽，高粱秸子丛成一个个大垛，星散在田野里。马队赶到我们村西头时，已是平明时分，衰草苍苍，白露为霜，秋气砭人肌肤。士兵们下了马，等候着小颜命令。小颜命令把马匹牵到一个高粱秸子大垛后，马缰绳相连结，由两个人照管。余下的人俱紧衣换装，准备行动。

太阳冒红了，黑土大地白茫茫一片，人的睫毛眉毛上，马的唇边长毛上，结着一层毛茸茸的霜花。马抽着垛上的高粱叶子嚓啦啦响。

小颜掏出怀表看看，说："行动！"

十八个士兵紧跟着他，悄悄向村里走。他们一色短枪，都上着顶门火儿。走到村头，两个士兵埋伏下。走到一条巷口，又是两个士兵埋伏下。又走到一条巷口，又埋伏下两个士兵。到我家大门口时，只剩下小颜和六个庄户人打扮的士兵。一个大个子兵挑着两个空酒篓。

大老刘婆子开了大门，小颜丢一个眼色，挑酒篓的大个子士兵就挤了进去。大老刘婆子怒气冲冲地问："你们是干什么的？"

挑酒篓的士兵说："找你们掌柜的。俺前天趸了你家两篓酒，回去喝死了十个人，你家的酒里下了什么毒药？"

小颜和其他几个人也乘机挤进去,隐身墙角门口不动。那群狗围着那个挑酒篓的士兵狂叫。

我奶奶睡眼惺忪,结着衣扣出来。奶奶气愤地说:"有事到柜上说去。"

那大个子士兵说:"你家酒里加了毒药,毒死了我们十个人,这事非找掌柜的不行了。"

奶奶怒喝道:"你胡说什么? 我家的酒卖到九州十八府,还没毒死过人,怎么单单毒死你家的人?"

趁着那大个子士兵和我奶奶和五条狗胡搅蛮缠时,小颜一声暗号,与五个士兵飞扑进屋。挑篓士兵扔掉酒篓,从腰里抽出枪来,指住了我奶奶。

我爷爷正在穿衣,被小颜他们按在炕上,用绳反剪了胳膊,架到了院子里。

那群狗见我爷爷被抓,扑上去相救,被小颜他们一阵乱枪打倒,狗毛遍地,狗血四溅。

大老刘婆子瘫在地上,屎尿拉了一裤裆。

我奶奶说:"兄弟们,往日无仇,近日无冤,要钱要粮,直说就是,何必动刀动枪?"

小颜说:"少说废话,带走!"

奶奶眼珠一转,认出了小颜,忙说:"您不是俺干爹的部下吗?"

小颜说:"与你不相干,好好过你的日子吧!"

罗汉大爷听到西院枪响,从店里跑出来,刚一露头,就有一发子弹紧贴着他的耳朵梢子飞过去。吓得他赶紧缩回头。街上静悄悄的没有人影,全村的狗都在狂叫。小颜和士兵们押着我爷爷走上大街。那两个看守马匹的士兵已经把马赶了过来。村头、巷口上埋伏着的士兵见这边得手,也一齐跑过来,各人跨上各人的马。我爷爷被绑在一匹紫马上,肚皮朝下,正压着马脊。小颜呼喊一声,马蹄杂沓,向着县城飞跑去了。

马队跑到县政府大院前,士兵们把我爷爷从马上卸下来。曹县长手捋着八字胡,笑盈盈地走上前来,说:"花脖子,你三枪打掉了本县的帽子,本县今日回报你三百鞋底。"

我爷爷被马脊硌得骨散肉离,头晕眼花,呕吐不止,卸下马来,像个半死人一样。

"开打!"小颜说。

几个士兵上来把我爷爷踢翻,抡起绑在木棍上的特制大鞋底,噗噗哧哧一阵乱揍。打得我爷爷先是咬牙切齿,后是叫爹叫娘。

曹梦九问:"花脖子,知道曹二鞋底的厉害了吗?"

我爷爷被打醒了,连声高叫:"抓错了,抓错了,我不是花脖子……"

"还敢狡辩!再打三百鞋底!"曹县长怒吼。

士兵们又把我爷爷按倒,鞋底雨点般落下。爷爷的屁股上已失去知觉,他从地上撅起头,大叫:"曹梦九,人称你曹青天,原来是个糊涂狗蛋官!花脖子脖子上有块花皮,你看看我脖子上有花皮吗?"

曹梦九吃了一惊,一挥手,提着鞋底的士兵退到一边。两个士兵把我爷爷架起来,曹县长凑上来看我爷爷的脖子。

"你怎么知道花脖子脖子上有块花皮?"曹县长问。

"我亲眼见过他。"我爷爷说。

"你认识花脖子,必是土匪无疑,本县没有抓错!"

"东北乡人认识花脖子的成千上万,难道都是土匪不成?"

"你半夜三更,睡在寡妇炕上,不是土匪也是恶棍,本县没有抓错!"

"那是你干闺女愿意。"

"是她愿意?"

"是她愿意。"

"你是什么人?"

"我是她家的伙计!"

"唉呀呀!"曹梦九说:"小颜,先押起来吧。"

这时,我奶奶和罗汉大爷骑着我家那两头大黑骡子跑到了县府门口。罗汉大爷牵着骡子站在大门外,奶奶哭天抢地,直闯进大门。站岗兵士横枪来拦,被奶奶啐了一脸唾沫。罗汉大爷说:"这是县长的干女儿。"士兵哪里还敢拦挡,由着奶奶闯进大堂去了……

当天下午,县长派人叫来一辆挂暖帘的轿车子,把我爷爷送回村庄。

爷爷趴在奶奶炕头上养了两个月伤。

奶奶又骑骡进了一趟县城,给干娘送去了一包沉甸甸的礼物。

十

一九二三年腊月二十三日,辞灶。花脖子帮里人绑走了我奶奶。上午绑走的人,下午传过话来,让烧酒锅上拿一千元大洋去赎活人。舍不得花钱就到李岗庄村东头土地庙前抬死人。

我爷爷翻箱倒柜,凑了两千块大洋,用面袋子装好,让罗汉大爷备上骡子驮着送到接头地点。

罗汉大爷问:"不是只要一千块吗?"

爷爷说:"少说话,让你送你就送。"

罗汉大爷赶着骡子走了。

傍晚时,罗汉大爷用骡子把我奶奶驮回来了。有两个土匪骑马背枪护送我奶奶回来。

那两个土匪见了我爷爷,说:"掌柜的,俺当家的说了,从今以后,你就敞开着大门睡觉吧!"

爷爷让罗汉大爷提来一篓加了尿罐碱的小甄酒,让土匪带上,爷爷说:"带给当家的尝尝。"

爷爷执着两个土匪的手,一直送到村外。

爷爷回家,关上大门。关上堂屋门。关上房门。与我奶奶抱成一团。爷爷问:"花脖子没对你无礼?"

奶奶摇摇头,眼泪滚出眶外。

"怎么? 你被他坏啦?"

奶奶把脸埋到爷爷胸膛里,说:"他……他摸了我的奶……"

爷爷忿忿地站起来,说:"孩子没事吧?"

奶奶点了点头。

一九二四年春天,爷爷赶着一匹骡子,偷偷地去了一趟青岛,买回了两支匣子枪,五千粒子弹。两支匣枪一支是德国造"大腰鼓",一支是西班牙造"大鹅头"。

买回枪,爷爷关在屋里,三天没出门,把两支枪拆得稀烂,又装起来。春天,湾子里化了冻,在冰下憋了一冬的瘦鱼呆头呆脑地上来晒太阳。爷爷提着一支匣枪,挎着一篮子弹,转着湾边打鱼。爷爷打了整整一春天鱼,大鱼打光了就打小鱼。有人围看时,爷爷连个鱼毛也沾不着,无人观看时,爷爷枪枪打碎鱼的头,夏天,高粱长起来了。爷爷找了一把铁锉,把两只匣枪上的准星全锉掉了。

七月初七晚上,天降暴雨,电闪雷鸣。奶奶把已快满四个月的我父亲交给恋儿抱着,自己跟着我爷爷来到东院酒店里,关上门堵上窗,让罗汉大爷点亮灯。奶奶在柜台上摆了七个铜板,摆成梅花形状,然后退到一边。爷爷在柜台外大模大样地走着,走着,突然一个急转身,两支匣枪一先一后从腰里拖出来,两臂前推后拥,啪啪,啪啪,啪啪啪,七声枪响,柜台上摆着的七枚铜板飞到墙上,三枚弹跳着落地,四枚钻进墙里。

奶奶和爷爷同时走到柜台前,举着灯照看,木柜台上连一丝枪伤也没有。

这就是爷爷苦练成功的"七点梅花枪"。

爷爷骑着黑骡子,来到村东头小酒店里。店门紧闭,门框上结着几架蛛网。爷爷撞开门进去,一股腐尸味道直冲脑腔。爷爷用袖子掩着鼻子仔细看着,胖老头儿坐在房梁下,腿弯子下压着一条窄板凳,老头儿脖子上围着一圈棕色的绳子,瞪着眼睛,伸到嘴外的长舌头乌黑。他头上悬着那半根断绳子在爷爷开门的气浪冲击下轻轻悠动。

爷爷啐了两口唾沫,拉着骡子在村头上立着,骡子不停地倒动着腿,光秃秃的尾巴甩动着,驱赶着黑豆大的蝇子。爷爷想了好久,最后还是骑上骡子,骡子把脖子执拗地向着家的方向扭着,但被塞进嘴里的坚硬冰凉的铁链子拉了回来。爷爷在它的腚上打了一拳头,它往前蹿了一步,就沿着高粱路径跑去。

那时候墨水河里的小木桥还完整无缺,正是伏雨季节,河水浩大,水面平地着桥面,一道田埂般的雪白浪花翻到桥面上来。水声响亮。骡子有些怵,在桥头上捯动着蹄子不肯前进。爷爷捣了它两拳,它依然踌躇,只有当爷爷欠起屁股,用力在鞍子上墩了一下时,它才塌着腰,一溜小跑跑到木桥中央。爷爷勒住嚼子,使它停下来。桥面上流动着浅浅的清水,一条胳膊长的红尾鲤鱼从桥西跃起,画了一道彩虹,跌到桥东去了。爷爷骑在骡上,望着从西滚滚而来的河水。骡子的蹄子淹没在水里,蹄腕上那些黑毛被流水冲洗得干干净净。它试试探探地把嘴唇触到那道翻腾的浪花上去,浪花溅湿了它的狭长的脸,它紧闭着鼻孔,呲着雪白的整齐的牙齿。

河堤南正挑着单旗的绿高粱坦坦荡荡,像阔大浩渺的瓦蓝的死水湖面。爷爷骑着骡子沿着河堤一直往东走。正午时分,爷爷拉着骡子进了高粱地。被雨水泡稀了的黑土像浆糊一样,陷没了骡子的四蹄,陷没了爷爷的脚背。骡子扭动着沉重的身体挣扎着,四个蹄子沾满烂泥,像泡胀了的人头。骡子粗大的鼻孔里呼哧呼哧喷着白色的气,喷着青色的粉沫。陈醋般的汗酸和踏烂的黑泥里飞出来的腥膻刺激得爷爷老想打喷嚏。稠密的柔软的绿高粱被爷爷和骡子撞出一条鲜明的胡同。爷爷和骡子走过不久,绿高粱又慢慢立直,不显半点痕迹。

爷爷和骡子走过的地方,从爷爷和骡子的脚印里渗出水,很快渗满水。爷爷的下身上和骡子的肚皮上溅满了大大小小的黑泥点子。噗哧噗哧的拔泥声在无风的闷热的疯长着的高粱们的集体里,显得嘶哑刺耳。不久,爷爷也气喘吁吁啦。爷爷喉咙干燥,舌头又粘又臭;爷爷想骡子也一定喉咙干燥,舌头又粘又臭。汗流光了,身体上流出了一层松油般的粘液,热辣辣地灼着皮肤。锐利的高粱叶子锯着爷爷的赤裸的脖子。骡子愤怒地摇摆着头,极力想腾跳到高粱平面上飞跑。我家的另一头大黑骡子那时候也许在蒙眼转圈拉着沉重的大磨,也许在槽边疲倦地吃着铡成半寸长的干高粱叶子和炒焦了的高粱。

爷爷信心坚定,胸有成竹地沿着垄沟,笔直地向前走。骡子不断地用被高粱叶子割得泪珠滚滚的眼睛,时而忧郁时而愤恨地瞅着强拉着它前进的主人。

高粱地里出现了一些新鲜的脚印。爷爷嗅到了一股盼望已久的味道。骡子明显地紧张起来,它不停地打着响鼻,庞大的身体在高粱棵子里摇摇晃晃。爷爷有些夸张地咳嗽着。前面，飘来一阵迷人的芳香。爷爷知道到了。爷爷凭着一种准确的猜想，几乎是没多走一步路，就闻到了他久已向往的地方。

那些脚印在爷爷和骡子面前，正在滋滋地向外渗着水。爷爷似乎不看那些脚印，却循着脚印前行，他忽然高声唱起来："一马离了西凉界——"

爷爷感到身后响起了脚步声，但依然像傻子一样往前走。一根硬梆梆的东西杵到了爷爷腰上。爷爷顺从地举起手。有两只手伸到他胸前，把两条匣枪拖走啦。一根窄窄的黑布条勒住了爷爷的双眼。

爷爷说："我要见当家的。"

一个土匪把爷爷拦腰抱起来，团团旋转了足有两分钟，然后猛一松手，爷爷一头扎到稀软的黑土上，额头上沾满了泥巴，双手按地时也沾满了泥巴。爷爷扶着高粱站起来，脑袋嗡嗡响着，眼前一阵绿一阵黑。爷爷听到身旁那个男子粗鲁的喘息声。土匪折了一根高粱秸子，一头递给爷爷，一头自己握着，说："走吧！"

爷爷听到身后一个土匪的脚步声和骡蹄从粘稠的黑泥里往外拔时发出的带着气体的响声。

土匪伸手扯掉爷爷眼上的黑布，爷爷捂着眼睛，流了几十颗泪水，才把手放下来。出现在爷爷眼前的是一个营地。一大片高粱被夷平了，空地上搭着两个大窝棚。十几个汉子披着大蓑衣站在窝棚外，窝棚口的木墩子上，坐着一个高大的人，他的脖子上有一块花皮。

"我要见当家的。"爷爷说。

"是烧酒锅掌柜的！"花脖子说。

爷爷说："是。"

"你来干什么？"

"拜师学艺。"

花脖子冷笑一声,说:"你不是天天在湾子边上打鱼吗?"

爷爷说:"总是打不准。"

花脖子拿起爷爷那两支枪,看看枪口,勾勾空机,说:"倒是两件好家什,你学枪干什么?"

爷爷说:"打曹梦九。"

花脖子问:"他不是你老婆的干爹吗?"

爷爷说:"他打了我三百五十鞋底!我可是替你挨的打。"

花脖子笑了,说:"你杀了两个男人,霸占了一个女人,该砍你的头。"

爷爷说:"他打了我三百五十鞋底!"

花脖子一抬右手,"啪啪啪"连放三枪,一抬左手,又是三枪。爷爷一腚蹲在地上,双手捂着脑袋叫唤。土匪们一齐大笑起来。

花脖子奇怪地说:"这小子,就这点兔子胆还能杀人?"

"色胆包天嘛!"一个土匪说。

花脖子说:"回去好好做你的买卖,高丽棒子死啦,往后,你家就是联络点。"

爷爷说:"我要学枪打曹梦九!"

"曹梦九小命在咱手心里攥着呢,什么时候收拾他都成。"花脖子说。

"那我白跑一趟?"爷爷委屈地说。

花脖子把爷爷的两只枪扔过来。爷爷笨拙地接住一支,另一支掉在地上,枪筒子插进泥里。爷爷捡起枪,甩出枪筒里灌进的泥,又用衣襟把枪面上的泥擦净了。

一个土匪又要给爷爷眼上蒙黑布,花脖子摆摆手,说:"免了吧。"

花脖子站起来,说:"走,去河里洗洗澡,正好陪掌柜的走一段。"

一个土匪替爷爷拉着骡子,爷爷跟在黑骡子腚后,花脖子和土匪们簇拥着爷爷身后。

走到河堤上，花脖子冷眼看着爷爷，爷爷揩着满脸的泥和汗，说："这一趟来得不合算，这一趟来得不合算，把人热死了。"

爷爷把身上泥污的衣服撕下来，把两支匣枪随便扔在脱下的衣服上，疾走几步，一步就扎下了河。爷爷一下河就扑楞起来，好像在沸油中翻滚的油条。他的头一会儿露上来，一会儿沉下去，双手扑楞着，好像捞着根稻草也要抓的样子。

"这小子，不会泅水？"一个土匪问。

花脖子哼了一声。

河里传上来我爷爷的挣扎喊叫和响亮的呛水声，滚滚的河水载着他慢慢向东流。

花脖子跟着河水向东走，

"当家的，真要淹死啦！"

"下去捞上他来！"花脖子说。

四个土匪跳下河，把肚子喝得像水罐一样的我爷爷抬上来。爷爷躺在河堤上，直挺挺的像死了一样。

花脖子说："把骡子牵过来。"

一个土匪拉着骡子跑过来。

花脖子说："把他抬到骡子背上去趴着。"

土匪们把爷爷抬到骡子背上去，爷爷鼓胀的肚子挤在鞍桥上。

花脖子说："打着骡子跑！"

一个土匪牵着骡子，一个土匪赶着骡子，两个土匪扶着我爷爷。我家的大黑骡子在河堤上飞跑。跑了约有两箭之地，爷爷的口里喷出一股圆圆的、浑浊的水柱。

土匪们把爷爷抬下骡背，爷爷赤条条地躺在堤上，翻着两只死鱼一样的白眼睛，看着高大的花脖子。

花脖子脱下大氅衣,和善地笑笑,说:"小子,你捡了一条命。"

爷爷脸色青白,腮上的肌肉痛苦地抽搐着。

花脖子和土匪们脱光衣服,噗咚噗咚跳下河。他们的游泳技术都很高超。墨水河里水花飞溅,土匪们调皮地打着水仗。

爷爷慢吞吞地爬起来,披好花脖子的氅衣,擤了擤鼻子,清了清嗓子,伸展了一下胳膊腿。骡鞍上沾满了水,爷爷拿起花脖子的衣服把鞍子擦得干干净净。骡子亲昵地把缎子一样光滑的脖子往爷爷身上蹭着。爷爷拍拍它,说:"老黑,等等,等等。"

爷爷把双枪提起时,土匪们都像鸭子一样向河边蹚进着。爷爷节奏分明地放了七枪。七个土匪的脑浆和血噗啦啦地散在墨水河冷酷无情的河水里。

爷爷又开了七枪。

花脖子已经爬上河滩。他的皮肤被墨水河水洗涤得像雪花一样白。他毫无惧色地站在河滩的萋萋绿草中,无限钦佩地说:"好枪法!"

灼热的、金子一样的阳光照着他满身的滚动着和静止着的水珠儿。

爷爷问:"老花,你摸过我的女人?"

花脖子说:"可惜!"

爷爷问:"你怎么干上了这一行?"

花脖子说:"你将来也死不到炕上。"

爷爷问:"不到水里去?"

花脖子往后退了几步,站在河边的浅水里,指指心窝说:"打这儿吧,打破头怪难看的!"

爷爷说:"好。"

爷爷的七发子弹一定把花脖子的心脏打成了蜂窝,花脖子呻吟一声,轻盈地仰到河水里,两只大脚在水面上翘了一会儿,后来就像鱼儿一样消沉了。

第二天上午,爷爷和奶奶各骑一匹黑骡,跑到外曾祖父家。外曾祖父正在化银子铸长命百岁锁,见到我爷爷奶奶闯进来,把银锅子都打翻了。

爷爷说:"听说曹梦九赏了你十块大洋?"

"贤婿饶命……"外曾祖父双膝跪了地。

爷爷从怀里掏出十块大洋,摞在外曾祖父光溜溜的脑门上。

"挺直脖子,别动!"爷爷厉声喊。

爷爷退后几步,"啪啪"两枪,打飞了两块大洋。

爷爷又开了两枪,撅走了两块大洋。

外曾祖父身体逐渐萎缩,没等爷爷开够十枪,就瘫在了地上。

奶奶从怀里掏出一百块大洋,撒得满地银光。

爷爷和父亲回到零落破败的家中,从夹壁墙里起出五十块大洋,化装成叫花子模样,混进县城。在火车站附近一个半挑着红灯笼的小铺子里,找到一个涂脂抹粉的女人,买了五百发子弹。然后,潜伏数日,费尽心机混出城门,准备找冷麻子算账。

爷爷和父亲赶着那只快要被尿憋死的小山羊赶到村子西头的高粱地里时,是墨水河大桥伏击战后第六天下午——一九三九年古历八月十五下午,日本鬼子四百多人,伪军六百多人,把我们的村庄包围得像铁桶一样。爷爷和父亲赶快撕开羊屁眼,小山羊拉出一公斤屎后,又拉出了几百发手枪子弹。父子二人不顾脏臭,赶紧武装起来，在高粱地里与侵略者展开悲壮战斗。虽射杀日本士兵数十人，伪军数十人，但终因势单力孤，无力回天。傍晚时，村里百姓往无枪声的村南"出水"，遭到日本机枪疯狂扫射。数百名男女死在高粱地里，辗转翻滚的半死的乡民，压倒了无数的红高粱。

鬼子撤退时，点燃了村里所有的房屋，冲天大火，经久不熄，把半个天都烧白了。那天晚上的月亮，本来是丰厚的、血红的，但由于战争，它变得苍白、淡薄，像艳色消褪的剪纸一样，凄凄凉凉地挂在天上。

"爹，我们到哪儿去？"

爷爷没有回答。

第 三 章

狗　道

一

　　光荣的人的历史里掺杂了那么多狗的传说和狗的记忆,可恶的狗可敬的狗可怕的狗可怜的狗! 爷爷和父亲在他们人生的十字路口踌躇徘徊时,数百条狗在我家黑狗、绿狗、红狗的率领下,在我们村南高粱地里的屠杀场上,用坚硬的脚爪踩出了一条又一条灰白的小道。我家原先养着五条狗,两条历尽沧桑的黄狗在我父亲三岁那一年同时去世。黑狗、绿狗、红狗成为狗群三领袖在屠杀场上显露才华时,都年近十五周岁,这对人来说还是少年,但对狗来说,已是不惑之年了。

　　大屠杀过后的日子里,汩漫的黑血毫不留情地涂盖了爷爷和父亲在墨水河桥头伏击战斗中刻在心头的痛苦记忆,好似黑云掩没了血红的太阳。但父亲对我奶奶的思念,总像阳光一样,挣扎着从云缝里射出来。被黑云遮掩的太阳一定是极端痛苦的,那些穿破重云射出来的阳光使我战栗不安;父亲在与吃尸疯狗的坚韧斗争过程中间歇发作的对奶奶的深切思念,更使我惶惶如丧家之犬。

一九三九年中秋节晚上的大屠杀,使我们村几乎人种灭绝,也使我们村几百条狗变成了真正的丧家之犬。爷爷对着那些趋着血腥味前来吃尸的狗,连连射击。"自来得"手枪在他手里声嘶力竭地叫着,枪体散着灼热的气息。枪筒发出暗红色,在白得如霜、凉得如冰的中秋月下。激战过后的高粱地,罩在皎洁的凄凉的月色里,显得分外清静。村子里的火焰烧得正旺,火舌乱纷纷地舔着低矮的天空,发出旗帜在急风中幡动的声响。日本军和皇协军攻破村庄后,点燃了村子里所有的房屋,然后从村子的北围子出口撤走了。这是三小时之前的事了,那时候爷爷在七天前受过伤的右臂金疮迸裂。胳膊像死去了一样不会动弹。父亲帮他捆扎伤口。爷爷的打得滚热的手枪扔在高粱根下潮湿的黑土上,滋滋地叫着。捆扎好伤臂,爷爷坐在地上,听着日本人的战马嘶哑地鸣叫,马蹄如旋风般响着,从村子里渐渐向村北聚拢,最终消逝在村北和平的高粱地里,连同驮炮骡子们的杂种腔调。连同皇协军们的疲惫不堪的脚步声。

父亲站在坐着的爷爷身旁,一直用力捕捉着日本大洋马的蹄声。下午,父亲被那匹冲他压过来的火红色的大洋马吓破了胆,他眼见着洋马面盆大的蹄子对准自己的脑袋搌过来,弧形的铁蹄像一道触目的闪电,在他的意识深处亮开。父亲不由自主地叫了一声爹,然后双手捂着脑袋,蹲在高粱棵子里。马肚子上浓烈的尿臊和汗酸味被马身带起的旋风漫卷着,沉重地糊涂在父亲的头上和身上脸上,久久拂不去。洋马肥胖的身体把高粱棵子闯得东倒西歪,苍老的、然而更加鲜红的高粱米粒像冰雹般打在父亲的头上,地上布着一层可怜的红高粱籽粒。父亲想起高粱籽粒打在仰面朝天躺在高粱地里的奶奶脸上的情景。七天前高粱成熟但未苍老,高粱米粒是靠着鸽子们的短嘴频频啄击才脱落下的,也不是如密集的冰雹,而是如温柔的稀疏的雨点。奶奶微开的血色褪尽的苍白双唇间亮着贝壳般牙齿,牙齿上托着五七粒钻石般闪烁的红高粱的生动图画迅速地出现在父亲眼前,又迅速地消逝。冲过去的那匹大洋马又困难地弯回来,高粱在马腔后痛苦挣扎着,有的断裂,有的弯曲,有的重新站起来,在秋风中像发疟疾涌来寒潮般颤抖。父亲看到大洋马因急促呼吸而圆睁的鼻孔和翻裂的肉红色厚唇,血红色的泡沫从咬得发乌的嚼铁中和雪白的牙齿中喷出来,沾在贪婪的下唇上。洋马的眼睛被高粱棵上抖散的白色粉尘刺激得眼泪汪汪。马通体发亮,高高在上的一个年轻英俊的日本士兵戴着一顶四方小帽的脑袋略略高出高粱穗子。在剧烈的运动中,高粱穗子毫不留情地抽着他、揉着他、刺痒着他、甚至是讨厌地嗝应着他。他不得不眯缝着眼。看来他恨透了、腻歪透了这些高粱,高粱把他的美丽的脸抽打得伤痕累累。父亲看到他愤怒地用马刀把高粱穗子劈下来,有的高粱无声无息地头颅落地,连站立的棵子都纹丝不动;有的高粱哗哗乱响,被砍折了的穗子暗哑地哀鸣着歪向一边,悬挂在茎叶抖颤的秸秆上;有的高粱则以极度的柔韧顺着刀前倾,又随着刀后仰,像粘在刀口上的一捆麻线。父亲看到那个日本军人纵着马、举着刀又一次冲了过来。他把早就不中用了的罪恶累累也战功累累的勃朗宁手枪对准长方形的马脸抛去,手枪笔直地飞到疾驰来的马额上,发出沉闷的撞击声。红马脖子一扬,双膝却突然跪地,嘴唇先吻了一下黑土,脖子随着一歪,脑袋平放地黑土上。骑在马上的日本军人猛地掼下马,举着马刀的胳膊肯定是扑断了,因为我父亲看到他的刀掉了,他的胳膊触地时发出一声脆响,一根尖锐的、不整齐的骨头从衣袖里刺出来,那只耷拉着的手成了一个独立的生命在无规律地痉挛着。骨头刺出衣袖的一瞬间没有血,骨刺白瘆瘆的,散着阴森森的坟墓气息,但很快就有一股股的艳红的血从伤口处流出来。血流得不均匀,时粗时细,时疾时缓,基本上像一串串连续出现又连续消失的鲜艳的红樱桃。他的一条腿压在马肚子下,另一条腿却跨到马头前,两条腿拉成一个巨大的钝角。父亲十分惊讶,他想不到高大英武的洋马和洋兵竟会如此不堪一击。爷爷从高粱棵子里哈着腰钻过来,轻轻唤一声:

"豆官。"

父亲局促不安地站起来,看着我爷爷。

日本的马队从高粱地深处又旋风一般刮出来,马蹄踩着松软的黑土的重浊声响与折断高粱的清脆声响对比鲜明地混杂一起。骑兵们漫无目标地横冲直闯,他们被我爷爷和父亲准确的冷枪折磨得十分恼火,所以不得不暂停对顽强抵抗着的村庄的攻击,在高粱地里拉网般冲袭。

爷爷搂住父亲,紧贴着黑土趴着,洋马的健壮的胸肌和粗大的蹄腿从他们的面前呼呼隆隆滚过去,被踩翻的黑土痛苦呻吟着,高粱棵子无可奈何地摇摆着,金红色的高粱籽粒星散遍地,深刻在地上的铁蹄印里,积满了高粱籽粒。

马队远去,高粱们的摇摆也渐渐停息。爷爷站起来。父亲从地上爬起来时,看到自己的膝盖在黑土上跪出的窝窝,才意识到爷爷压得他多么狠。

那个日本马兵没有死。他从尖锐的疼痛中苏醒过来,用没断的那只胳膊按着地,费力地把那条可能拉脱了臼的腿从马头前骗回去。他运动着那条好像不属于他的腿,发出一阵阵低沉的哮喘。父亲看到一片汗珠从日本马兵的额上冒出来。汗水冲刷着日本人脸上的黑土和枪烟。露出一道道惨白的脸皮。那匹洋马也没有死,它的脖子像蟒蛇一样扭动着,那只翠绿的眼睛悲哀地看着它陌生的高密东北乡的天空和太阳。日本马兵休息一会,又用力往外抽那条压在马腹下的腿。

爷爷走上前去,帮他把那条腿抽出来,然后抓住他的后颈窝把他提起来。日本马兵双腿无力,整个身体的重量都挂在爷爷的手上。爷爷一松手,他就像泡酥了的泥神一样瘫在了地上。爷爷捡起那柄锃亮的马刀,对准一行高粱。下斜着一劈,又上斜着一抢,二十几棵高粱轻俏地断了,水分不多的高粱秸子直立着戳在地上。

爷爷用日本马刀锋利的刀尖戳着日本马兵挺拔漂亮的白鼻子,压低了嗓门说:"东洋鬼!你的威风哪儿去啦?"

日本兵那两只漆黑的大眼睛不停地眨动着,嘴里吐出一串串圆溜溜的话,父亲知道他是在求饶。他用那只颤抖的好手,从胸兜里掏出一个透明化学夹子,递给我爷爷,他说:

"叽哩咕噜呜噜哇啦……"

父亲凑上去,看到那个化学夹子里装着一张涂着彩色的照片。照片上有一个年轻漂亮露着一条雪白胳膊的妇人,抱着一个胖墩墩的男孩子。孩子和妇人脸上挂着平和的笑容。

"这是你老婆?"爷爷问。

"呜哩哇啦叽哩咕噜……"

"这是你儿子?"爷爷问。

"呜啦咿呀吱唧唏嗤……"

父亲把头更近地凑上去,看着那个甜蜜微笑着的妇人和那个憨态可掬的孩子。

"畜生,你想用这个来打动我吗?"爷爷把化学夹子用力抛起,化学夹子像蝴蝶一样顶着阳光飞起又沐着阳光落下,爷爷抽回刀,对准那下落的化学夹子轻蔑地劈去,刀刃闪出一线寒光,化学夹子跳了一下,裂成两半,落在父亲的脚前。

父亲眼前一片漆黑，一阵冰凉的寒气贯通全身。绿色和红色的光线照射着父亲紧闭着的双眼。父亲感到心中痛苦万分。他不敢睁眼去看那个肯定被劈成了两半截的美丽温柔的妇人和那个天真无邪的男孩。

日本马兵困难地、急遽地爬到父亲脚前，用那只没有受伤但是也索索抖动的手抢起被马刀劈成两半的化学夹子，他一定想用那只受伤的手，那只手挂在胳膊桩子上，已经不服从他的指挥了。鲜血顺着焦黄指尖淅淅沥沥下滴。他笨拙地用单手拼凑着破碎的妻子和儿子，枯萎的嘴唇哆嗦着，从咯咯得得打着战的牙缝里，挤出了一些破破烂烂的话：

"啊呀……哇……吐……噜……嘀……喳……嘻……呜……"

两行清亮的泪水沿着他肮脏的清癯的面颊流出来。他把照片放在嘴上吻着，他的喉咙里吐噜吐噜地响着。

"畜生，你他妈的也会流泪？你知道亲自己的老婆孩子，怎么还要杀我们的老婆孩子？你挤圪着尿罐眼眼淌臊水就能让我不杀你吗？"爷爷大声吼着，举起了银光闪烁的日本马刀。

"爹——"我父亲长叫一声，双手抱住了我爷爷的胳膊，说，"爹，别杀他！"

爷爷的胳膊在父亲怀中哆嗦着，父亲仰着脸，用两只贮满泪水的可怜巴巴的眼睛祈求着他的杀人如麻、心如铁石的爹。

爷爷也垂下了头，日本迫击炮轰炸村庄的震耳巨响、日本机关枪扫射在土围子里坚持斗争的乡亲们的尖利呼啸又如浪潮般涌来，远处的高粱地里又响起了凶狠的日本洋马的嘶鸣和马蹄践踏黑土的破裂声。爷爷一抖胳膊，把父亲摔开。

"兔崽子！你怎么啦？你的眼泪是为谁淌的？是为你娘淌的？是为你罗汉大爷淌的？是为你哑巴大叔他们淌的？"爷爷厉声喝斥

着,"你竟为这个狗杂种流泪？不是你用勃郎宁打倒了他的马吗？不是他要用马蹄踩烂你要用马刀砍死你吗？擦干你的泪,儿子,来,给你马刀,劈了他！"

父亲退了一步,眼泪纷纷下落。

"来呀！"

"我不——爹——我不——"

"孬种！"

爷爷踢了父亲一脚,提着马刀退了一步,与日本马兵拉开了一点距离,然后高举起马刀。

父亲眼前一道强光闪烁,紧接着又是一片漆黑。爷爷刀砍日本马兵发出潮湿的裂帛声响,压倒了日本枪炮的轰鸣,使我父亲耳膜震荡,内脏上都爆起寒栗。当他恢复视觉时,那个俊俏年轻的日本马兵已经分成两段。刀口从左肩进去,从右肋间出去,那些花花绿绿的内脏,活泼地跳动着,散着热烘烘的腥臭。父亲的肠胃缩成一团。猛弹到胸膈上,一口绿水从父亲口里喷出来。父亲转身跑了。

父亲不敢看日本马兵圆睁着的睫毛上挑的眼,他的眼前不断地重复着人的身体在马刀下分成两半的情景。爷爷这一刀,仿佛把什么都劈成了两半。连爷爷也成了两半。父亲恍然觉得,有一把在空中自由飞旋的闪着血红光芒的大刀,把爷爷、奶奶、罗汉大爷、日本马兵、马兵的老婆和孩子、哑巴大叔、刘大号、方家兄弟、"痨病四"、任副官……如砍瓜切菜一般,通通切成两半……

爷爷扔掉了在刃口凝着一线透明血胶的马刀,去追赶在高粱棵子里乱钻的父亲。日本马队又像飓风一样刮了过来。迫击炮弹打着响亮的呼哨从高粱地里飞起,几乎是垂直地落进在围子后用土枪土炮顽强地抵抗着的村民中间爆炸。

爷爷捏住了我父亲,捏住他的脖子用力晃着:"豆官！豆官！你

162

个王八羔子！昏头了吗？你要去送死吗？你活够啦？"

父亲用力抓搔着爷爷坚硬的大手，尖利地叫喊着："爹！爹！爹！带我走！带我走！我不打仗啦！不打了！我看到俺娘啦！看到俺大叔啦！看到俺大爷啦！"

爷爷毫不留情地在父亲的嘴上搧了一巴掌。这一巴掌非常沉重，父亲的脖子一下子软了，脑袋晃晃荡荡地耷拉在胸前，嘴里流着掺着血丝的透明的涎线。

二

日本人撤走了。硕大的、单薄的像一片剪纸一样的圆月，在升上高粱梢头的过程中，面积凝缩变小，并渐渐放射出光辉。多灾多难的高粱们在月光中肃立不语，间或有一些高粱米坠落在黑土上，好像高粱们晶莹的泪珠。空气中腥甜的气息浓烈稠密，人血把我们村南这一片黑土地都给泡透了。村子里的火光像狐狸尾巴一样耸动着，时不时响起木头烧焦的爆裂声，焦糊味道从村子里弥散出来，与高粱地里的血腥味掺合一起，形成一种令人窒息的怪味。

爷爷胳膊上的老伤口累发了，疮面迸裂，流了那么多乌黑的花白的腥臭脓血。爷爷要父亲帮助他挤压伤口。父亲用冰凉的小手指，胆颤心惊地挤压着爷爷胳膊上的伤口附近青紫色的皮肤，挤一下，噗噗冒出一串红膜般的气泡，伤口里有一股酱菜般的腐败气息。爷爷从远处的一丘坟墓上，揭来一张用土坷垃压在坟尖上的黄表纸，他要父亲从高粱秸上刮下一些碱卤般的白色粉末放在纸上。父亲用双手托着放了一小堆高粱粉的黄表纸，献到爷爷面前。爷爷用牙齿拧开一颗手枪子弹，倒出一些灰绿色的火药，与白色的高粱粉末掺合在一起，捏起一撮，要往伤口上撒，父亲小声问：

"爹,不掺点黑土?"

爷爷想了一会,说:"掺吧。"

父亲从高粱根下挖起一块黑土,用手搓得精细,撒在黄表纸上。爷爷把三种物质拌匀,连同那张黄表纸,拍在伤口上,父亲帮着爷爷把那根肮脏不堪的绷带扎好。

父亲问:"爹,疼得轻点了吗?"

爷爷活动了几下胳膊,说:"好多了,豆官,这样的灵丹妙药,什么样的重伤也能治好。"

"爹,俺娘那会儿要是也敷上这种药就不会死了吧?"父亲问。

"是,是不会死……"爷爷面色阴沉地说。

"爹,你早把这个药方告诉我就好啦,俺娘伤口里的血咕嘟咕嘟往外冒,我就用黑土堵啊堵啊,堵住一会儿,血又冲出来。要是那会儿加上高粱白粉和枪子药就好啦……"

爷爷在父亲的细声碎语中,用那只伤手往手枪里压子弹;日本人的迫击炮弹,在村子的围子上炸起了一团团焦黄的烟雾。

父亲的勃朗宁手枪压在日本洋马肚子下边了。在下午最后的搏斗中,父亲拖着一杆比他矮不了多少的日本马枪,爷爷还用着那支德国造"自来得"手枪。连续不断地射击,使本来就过了青春年华的这支"自来得"迅速奔向废铁堆。父亲觉得爷爷的手枪筒子都弯弯曲曲的抻长了一节。尽管村子里火光冲天,但高粱地里,还是呈现出一派安恬的宁静夜色。更加凄清的皎皎月光洒在魅力渐渐衰退的高粱萎缩的头颅上。父亲拖着枪,跟着爷爷,绕着屠杀场走着,滋足了血的黑土像胶泥一样,陷没了他们的脚面。人的尸体与高粱的残躯混杂在一起。一汪汪的血在月下闪烁着。模糊的狰狞嘴脸纵横捭阖,扫荡着父亲最后的少年岁月。高粱棵子里似乎有痛苦的呻吟声,尸体堆中好像有活物的蠕动,父亲想唤住爷爷,去看看这些尚未死利索的

164

乡亲。他仰起脸来,看到爷爷那副绿锈斑斑、丧失了人的表情的青铜面孔,把话儿压进了喉咙。

在特别关键的时刻,父亲总是比爷爷要清醒一些,他的思想可能总是浮在现象的表面,深入不够,所以便于游击吧! 爷爷的思想当时麻木地凝滞在一个点上,这一点或许是一张扭歪的脸,或许是一管断裂的枪、一颗飞蹿着的尖头子弹。其他的景物他视而不见,其他的声音他听而不闻。爷爷这种毛病或特点,在十几年后,发展得更加严重。他从日本北海道的荒山僻岭中归国之后,双目深不可测,盯住什么就像要把什么烧焦似的。父亲却永远没达到这种哲学的思维深度。一九五七年,他历尽千难万苦,从母亲挖的地洞里跑出来时,双眼还像他少年时期一样,活泼、迷惘、瞬息万变。他一辈子都没弄清人与政治、人与社会、人与战争的关系,虽然他在战争的巨轮上飞速旋转着,虽然他的人性的光芒总是力图冲破冰冷的铁甲放射出来。但事实上,他的人性即使能在某一瞬间放射出璀璨的光芒,这光芒也是寒冷的、弯曲的,掺杂着某种深刻的兽性因素。

后来,爷爷和父亲绕着屠杀场转了十几个圈子的时候,父亲悲泣着说:"爹……我走不动啦……"

爷爷从机械运动中醒过来,他牵着父亲后退几十步,坐在没浸过人血的比较坚硬干燥的黑土上。村子里的火声加剧了高粱地里的寂寞清冷;金黄色的微弱火光在银白色的月光中颤抖。爷爷坐了片刻,像半堵墙样往后倒去。父亲把头伏在爷爷的肚子上,朦胧入睡。他感觉到爷爷那只滚烫的大手轻轻抚摸着自己的头,父亲想起十几年前在奶奶怀里吃奶的情景。

那时候他四岁,对奶奶硬塞到他嘴里的淡黄色乳房产生了反感。他含着酸溜溜硬梆梆的乳头,心里涌起一股仇恨。他用小兽一样凶狠的眼睛上望着奶奶迷幻的脸,狠狠地咬了一口。他感到奶奶的乳房猛一收缩,奶奶的身体往上一耸。一丝甜味的液体温暖着他的口腔。奶奶在他屁股上用力打了一巴掌,然后把他推出去。他跌倒了,坐起来,看着奶奶那个像香瓜一样垂着的乳房上一滴滴下落的艳红的血珍珠,眼中无泪,干嚎了几声。奶奶痛苦地抽搐着,眼泪乱纷纷溢出。他听到奶奶骂他是个恶狼崽子,跟那个恶狼爹是一样的畜牲。父亲后来才知道,就是他四岁那一年,爷爷在爱着奶奶的同时,又爱上了奶奶雇来的小姑娘——已经长成了漆黑发亮的大姑娘恋儿。父亲咬伤奶奶时,爷爷因厌烦奶奶的醋劲,在邻村买了一排房屋,把恋儿接去住了。据说我这个二奶奶也不是盏省油的灯,奶奶惧她五分——这都是以后一定要完全彻底说清楚的事情——二奶奶为我生过一个小姑姑。一九三八年,日本兵用刺刀把我小姑姑挑了,一群日本兵把二奶奶给轮奸了——这也是以后要完全彻底说清楚的事情。

爷爷和父亲都困乏极了,爷爷感到他臂上的枪伤在蹦蹦跳跳,整条胳膊火烫。爷爷和父亲都感到他们的脚胀满了布鞋,他们想象着让溃烂的脚晾在月光下的幸福,但都没有力气起身把鞋扒掉了。

他们躺着,昏昏沉沉似睡非睡。父亲翻了一个身,后脑勺子搁在爷爷坚硬的肚子上,面对星空,一缕月色照着他的眼。墨水河的暗哑低语一波波传来,天河中出现了一道道蛇状黑云,仿佛在蜿蜒游动,又仿佛僵化不动。父亲记得罗汉大爷说过,天河横缠,秋雨绵绵。父亲只见过一次真正的秋水,那时候高粱即将收割,墨水河水暴涨,堤坝决裂,洪水灌进了田地和村庄。在皇皇大水中,高粱努力抻着头,耗子和蛇在高粱穗子上缠绕盘踞着。父亲跟着罗汉大爷走在临时加高的土围子上,看着仿佛从天外涌来的黄色大水,心里惴惴不安。秋水经久不退,村里百姓捆扎起木筏子,划到高粱地里去,用镰刀割下生满绿色芽苗的高粱穗子。一捆捆湿漉漉的、暗红的、翠绿的高粱穗子,把木筏子压得随时都要沉底的样子。又黑又瘦赤脚光背戴着破烂斗笠的男人,十字劈叉站在筏子上,用长长的木杆子,一左一右地用力撑着,筏子缓慢地向土围子靠拢。村里街道上也水深及膝,骡马牛羊都泡在水里,水上漂着牲畜们稀薄的排泄物。如果秋阳夕照,水面上烁金熔铁,远处尚未割掉头颅的高粱们,凸出水面一层金红。大群的野鸭飞翔的高粱头上,众多的翅膀搧起阴凉的风,把高粱间的水面吹出一片细小的皱纹。父亲看到高粱板块之间,有一道明亮宽阔的大水在缓缓流动,与四周漶漫的黄水形成鲜明的界限,父亲知道那是墨水河。撑筏子的男人们大口喘着气,互相问讯着,慢慢地向土围子靠拢,慢慢地向爷爷靠拢。一个青年农夫的筏子上,躺着一条银腹青脊的大草鱼,一根柔韧的细高粱秸子穿住草鱼的腮。青年农夫把草鱼提起来向围子上的人炫耀。草鱼有半截人高,腮上流着血,圆张着嘴,用呆滞的眼睛悲哀地看着我父亲……

父亲想到,那条大鱼怎样被罗汉大爷买回,奶奶怎样亲手把鱼剖肚刮鳞,烧成一大锅鱼汤,鱼汤的鲜美回忆勾起父亲的食欲。父亲坐起来,说:"爹,你不饿吗? 爹,我饿了,你弄点东西给我吃吧,我要饿死啦……"

爷爷坐起,在腰里摸索着,摸出三夹零六颗子弹。爷爷从身边找到那支手枪,拉开枪栓,压进一条子弹,一松栓子弹上膛,勾一下机,啪啦一声响,一粒子弹飞出膛。爷爷说:"豆官,咱们……找你娘去吧……"

父亲一惊,尖利地说:"不,爹,俺娘死啦,咱还活着,我肚子饿,你带我去找点东西吃。"

父亲把爷爷拖起来。爷爷自言自语地说着:"到哪里去? 到哪里去?"父亲牵着爷爷的手,在高粱棵子里,一脚高一脚低,歪歪斜斜,仿佛是奔着挂得更高、更加寒如冰霜的月亮走。

尸体堆里,响起一阵猛兽的咆哮。爷爷和父亲立即转身回头,看到十几对鬼火一样闪烁的绿眼睛和一团团遍地翻滚的钢蓝色的影子。爷爷掏出枪,对着两只绿眼一甩,一道火光飞去,那两只绿眼灭了,高粱棵子里传来垂死挣扎的狗叫。爷爷连射七枪,一群受伤的狗在高粱丛中、尸体堆里滚来滚去。爷爷对着狗群打完了所有的子弹,没受伤的狗逃窜出几箭远,对着爷爷和父亲发出愤怒的咆哮。

爷爷的自来得手枪射出的最后几粒子弹飞行了三十几步远就掉在了地上。父亲看到弹头在月光中翻着筋斗飞行,缓慢得伸手就可抓住。枪声也失去了焦脆的青春喉咙,颇似一个耄耋之年的老头子在咳嗽吐痰。爷爷举起枪来看了一下子,脸上露出悲痛惋惜的表情。

"爹,没子弹啦?"父亲问。

爷爷和父亲从县城里用小山羊肚腹运载回来的五百发子弹,在十几个小时里已经发射完毕。好像人是在一天中突然衰老一样,枪也是在一天中突然衰老。爷爷痛感到这支枪越来越违背自己的意志,跟它告别的时候到了。

爷爷把胳膊平伸出去,仔细地看着月光照在枪面上反射出的黯淡的光彩,然后一松手,匣子枪沉重落地。

那些绿眼睛的狗又向尸体聚拢过来,起初还畏畏惧惧,绿眼睛里跳着惊惧的火花。很快,绿眼睛消失,月光照着一道道波浪般翻滚的蓝色狗毛,爷爷和父亲都听到了狗嘴的吧唧声和尸体的撕裂声。

"爹,咱到村里去吧。"父亲说。

爷爷有点犹豫,父亲拉他一把,他就跟着父亲走了。

村里的火堆多半熄灭,断壁残垣中,暗红的余烬发散着苦热,街上热风盘旋,浊气逼人,白烟和黑烟交织成团,在烧焦的、烘萎了的树梢间翻腾。木料在炭化过程中爆豆般响着,失去支撑的房屋顶盖塌下,砸起冲天的尘烟和火烬。土围子上、街道上、尸体狼藉。我们村子的历史又翻开了新的一页。它原先是一片蛮荒地,荆榛菁茅丛生,狐狸野兔的乐园,后来有了几架牧人的草棚,后来逃来了杀人命犯、落魄酒徒、亡命赌棍……他们建造房屋,开垦荒地,拓扑出人的乐园,狐狸野兔迁徙他乡,临别时齐声发出控诉人类的鸣叫。现在它是一片废墟了,人创造的,又被人摧毁。真正的现在的它是在废墟上建立起来的悲喜参半的忧乐园。当一九六〇年黑暗的饥馑笼罩山东大地时,我虽然年仅四岁,也隐隐约约地感觉到,高密东北乡从来就没有不是废墟过,高密东北乡人心灵里堆积着的断砖碎瓦从来就没有清理干净过,也不可能清理干净。

那天晚上,所有的房屋都烟飞火灭之后,我家那几十间房屋还在燃烧。我家的房子燃烧时放出一些翠绿的火苗和一股醉人的酒味,潴留多年的酒气,都在火中升腾起来。蓝色的房瓦在大火中弯曲变形,呈现暗红色,疾速地、像弹片一样从火中飞出来。火光照着爷爷花白的头发,爷爷的满头黑发,在短短的七天里,白了四分之三。我家的房盖轰隆隆塌陷下去,火焰萎缩片刻,又疯窜得更高。父亲和爷爷都被这一声巨响震荡得胸闷气噎。这几十间先庇护了单家父子发财致富后庇护了爷爷放火杀人又庇护着奶奶爷爷父亲罗汉大爷与众伙计们多少恩恩怨怨的房屋完成了它的所谓的"历史的使命"。我恨透了这个庇护所,因为它在庇护着善良、麻醉着真挚的情感的同时,也庇护着丑陋和罪恶。父亲,一九五七年,你躲在我家里间屋里那个地洞里时,你每日每夜,在永恒的黑暗中,追忆流水年月,你至少三百六十次想到了我们家那几十间房屋的屋盖在大火中塌落的情景。你想到你的父亲我的爷爷在那时刻想到了什么,我的幻想紧追着你的幻想,你的幻想紧追着爷爷的思维。

爷爷看到这房屋的塌陷的感觉,就像当初爱上恋儿姑娘后,愤然抛弃我奶奶另村去住,但后来又听说奶奶在家放浪形骸与"铁板会"头子"黑眼"姘上一样,说不清是恨还是爱,说不清是痛苦还是愤怒。

爷爷后来重返奶奶的怀抱,对奶奶的感情已经混浊得难辨颜色和味道。我们感情上的游击战首先把自己的心脏打得千疮百孔最后又把对方打得千疮百孔。只有当奶奶在高粱地里用死亡的面容对着爷爷微笑时,他才领会到生活对自己的惩罚是多么严酷。他像喜鹊珍爱覆巢中最后一个卵一样珍爱着我父亲,但是,已经晚一点了,命运为他安排的更残酷的结局,已在前面路口上,胸有成竹地对他冷笑着。

"爹,咱的家没了……"父亲说。

爷爷摸着父亲的头,看着残破的家园,牵着父亲的手,在火光渐弱月光渐强的街道上无目标地蹒跚着。

村头上,一个苍老淳朴的声音问:"是小三吗? 怎么没把牛车赶来?"

爷爷和父亲听到人声,倍觉亲切,忘了疲乏,急匆匆赶过去。

一个弓着腰的老头,迎着他们上来,把眼睛几乎贴到爷爷脸上打量着。爷爷对老头那两只警觉的眼睛不满意,老头嘴里喷出的铜臭气使爷爷反感。

"不是我家小三子。"老头子遗憾地晃晃脑袋,坐回去。他的屁股下边堆了一大堆杂物,有箱、柜、饭桌、农具、牲口套具、破棉絮、铁锅、瓦盆……老头坐在小山一样的货物上,像一只狼守护着自己的猎物。老头身后的柳树上,拴着两头牛犊子、三只山羊,一匹小毛驴。

爷爷咬牙切齿地骂道:"老狗! 你给我滚下来!"

老头子从货堆上蹲起,友善地说:"哎,兄弟,别眼红呔,俺这是不惧生死从火堆里抢出来的!"

"你给我下来,我操死你活妈!"爷爷怒骂。

"你这人好没道理,我一没招你,二没惹你,你凭什么骂人?"老头宽容地谴责着我爷爷。

"骂你? 老子要宰了你! 老子们抗日救国,与日本人拼死拼活,你们竟然趁火打劫！畜牲，老畜牲！豆官，你的枪呢？"

"扔到洋马肚子底下啦！"父亲说。

爷爷耸身跳上货堆，飞起一脚，把那老头踢到货堆下。

老头子跪在地上，哀求道："八路老爷饶命，八路老爷饶命……"

爷爷说："老子不是八路，也不是九路。老子是土匪余占鳌！"

"余司令饶命，余司令，这些东西，放到火里也白白烧毁了……俺村来'倒地瓜'的不光我一个，值钱的东西都被那些贼给抢光啦，俺老汉腿脚慢，拾掇了一点破烂……"

爷爷搬起一张木桌子，对准老头那秃脑门砸下去。老头惨叫一声，抱住流血的头，在地上转着圈乱钻。爷爷抓着他的衣领，把他提起来，对着那张痛苦的老脸，说："'倒地瓜'的好汉子！"然后猛力捣了一拳，老头脸上腻腻地响了一声，仰面朝天摔在地上，爷爷又走上前去，对着老头的脸，狠命踹了一脚。

三

母亲带着我三岁的小舅舅，蹲在枯井里已经一天一夜。昨天早晨，她担着两个小瓦罐去井台上打水，刚刚弯下腰，在平静的水面上看到自己的脸，就听到围子上一阵锣响，村里的更夫门圣伍老头扯着嗓子喊："鬼子围村喽——鬼子围村喽——"母亲吃了一惊，瓦罐扁担掉进井里。她转身往家跑，未到家门就遇上了端着土炮的我外祖父和抱着我小舅舅挽着小包袱的我外祖母。自从爷爷的队伍在墨水河桥头打了仗，村子里的人就预感到大祸即将降临，只有三五户人家躲出去了，其余的人，在惊惧不安中，依然眷恋着穷家破屋，眷恋着苦水井淡水井、冷被窝热被窝。这七天里，爷爷带着父亲去县城购买子弹，爷爷当时念念不忘的是买足子弹去跟坑苦了他的冷麻子算账，根本没想到日本人会来血洗村庄。八月初九晚上那个在清扫战场掩埋烈士尸体过程中发挥过核心作用的张若鲁老先生——他一只眼睛大，一只眼睛小，气度超凡，是念过私塾的高级知识分子——召集了一个村民大会，动员大家加固土围子，修理村口的破大门，夜里派人打更值班，鸣锣为号。一听锣响，全村男女老幼，一齐上围子。母亲说若鲁老先生说起话来嗓门宏亮，带嗡嗡的铜音。老先生说："乡亲们，人心齐泰山移，只要大家齐心，鬼子就进不了村。"

这时候，村外庄稼地里"嘎勾"一声枪响，更夫老门头顶开花，晃两晃，跌在围子下。街上人仰马翻，乱成一团。紧裤紧衫的若鲁老先生在街中心高呼着："乡亲们，别乱！按着原来划好的地盘，快上围子！乡亲们，别怕死，怕死必死，不怕死不死！死也不能放鬼子进村！"

母亲看到男人们都哈着腰爬到围子上，趴在围子坡上密匝匝的白蜡条丛里，外祖母双腿打战，双脚在原地捣动却迈不开步。她哭着喊："她爹，倩儿她爹，孩子怎么办？"外祖父提着枪跑回来，狠狠地训斥外祖母："哭什么？到了这步田地，死活是一样！"外祖母不敢出声，眼睛里泪珠乱滚。外祖父回头望望还没有接上火的土围子，一手拉住我母亲，另一只手拉住我母亲的母亲，跑到我家屋后那片种着萝卜大白菜的菜园子里。菜园子正中有一眼废弃的枯井，一架破旧的辘轳还支在井台上。外祖父往井里探头看看，对外祖母说："井里没水啦，先把孩子们藏在里头，等鬼子撤了再来弄她们。"外祖母木头人一样，一切服从着外祖父的安排。

外祖父从辘轳轴上解下绳子，拴住我母亲的腰——头上响起一声锐利刺耳的尖啸，一个乌黑的东西怪叫着落在邻家的猪圈里，一声惊天动地的巨响，仿佛什么都被撕破了，猪圈里腾起一棵淡薄的烟树，弹片、粪泥、猪的肢体，四溅出去，一根猪腿落在母亲面前，狗腿上的白筋像被热尿沚着的水蛭一样往里缩着——这是十五岁的母亲在她的一生中听到的第一声炮响。没炸死的猪疯狂地尖叫着，从高高的围墙里飞出来。母亲和小舅舅吓哭啦。外祖父说："鬼子打炮啦！倩儿，你十五岁了，什么事都懂，你在井下好好看着你弟弟，鬼子撤了，爹就来接你。"鬼子的炮弹又在村里爆炸了，外祖父绞着辘轳，把母亲顺下井。母亲的脚踩到了井底的碎砖头和坍下来的泥土，四壁漆黑，只有头上很远处，有一块磨盘大的光亮，光亮里出现外祖父的脸。母亲听到外祖父喊："把绳子解下来。"母亲解下腰里的绳子，看着绳子一抽一抽地升到井口。她听到爹娘在井口吵了起来，听到鬼子炮弹的轰鸣，听到娘的哭声。她又看到外祖父的脸出现在光亮里，外祖父在喊："倩儿，好好接着，你弟弟下去啦。"母亲看到被拦腰拴住的我的三岁的小舅舅四肢挥舞，嚎啕大哭着吊下来了，那根糟朽的绳子紧张地颤抖着。辘轳轴吱吱悠悠地叫着，外祖母把大半个上身都探到井里来，呼唤着挣扎嚎哭的我的小舅舅的名字："安子，我的小安子……"母亲看到外祖母脸上亮晶晶的泪珠，一滴连一滴地落到枯井里。绳子到底了，小舅舅脚着了地，挓挲着胳膊哭叫外祖母探到井里来的脸："娘，我要上去我不我不下来，我要上去娘娘娘……"

母亲看到外祖母用力往上拔着井绳，母亲听到外祖母哭着说："安子……我的心肝……我的亲儿……"

母亲看到外祖父的大手把外祖母拉起来，外祖母的手攥住井绳不放。外祖父用力搡了外祖母一把。母亲看到外祖母歪倒一边去，井绳垂直落下，小舅舅跌在她的怀里。

母亲听到外祖父吼叫着："混账女人！你让他们上来等死？快上围子，鬼子进了村，谁也活不成！"

"倩儿——安子——倩儿——安子——"母亲听到外祖母在很远的地方的喊叫声。又是一声炮响，井壁上的土簌簌下落。炮响之后，外祖母的声音听不见了，只有那块磨盘大的天，和天上那架旧辘轳，压在母亲和小舅舅头上。

小舅舅还在哭，母亲解开了拴在他腰上的绳子，哄着他："好安子，好弟弟，别哭啦，再哭就把鬼子哭来啦，鬼子红眼绿指甲，听到小孩哭就出来……"

小舅舅不哭了，瞪着两只乌黑的眼睛，看着我母亲的脸。他的嗓子里还"勾豆""勾豆"地打着嗝，两只滚烫的小胖手搂着他姐姐的脖子。天上的炮咕咚咕咚响着，机关枪步枪也响成一片，刮刮刮一阵，刮刮刮又一阵。母亲仰面看着天，用力谛听着井上的动静，她隐隐约约听到若鲁老大爷的吼声和村里人的吵嚷声。井底潮湿阴冷，井壁坍了一块，露出白色的土壁和一些树根。没坍的井壁砖头面上生着一层暗绿的苔藓。小舅舅在她怀里动了几下，又抽抽答答地哭起来，小舅舅说："姐姐……我要娘……我要上去……"

"安子，好弟弟……娘跟着爹打鬼子去了，打走了鬼子，就来接咱们上去……"母亲安慰着小舅舅，自己也忍不住抽泣起来，姐弟二人，紧紧搂抱着，哭成了一团。

母亲从渐渐亮起来的那块圆圆的天上，知道天又亮了，漫长的黑夜，终于过去。井里安静得令她害怕。她看到一道红光照着距离她非常高的井壁上，太阳出来了。她用力谛听着，村子里几乎和井底下一样安静，只是有时，像幻觉似的，从天上滚过去打雷般的轰隆声。母亲不知道在新的一天里，她的父亲和母亲会不会来到井边。把她和弟弟提上井去，提到阳光灿烂空气流通的世界里，提到没有阴沉的花颈蛇和黑瘦的癞蛤蟆的世界里。昨天早晨的事，仿佛已发生了很久很久，母亲觉得在井底已经呆了半辈子啦。她想，爹啊，娘啊，你们要是再不来，俺姐弟俩就要死在井里头啦。母亲非常恨她的爹娘，把闺女儿子往井里一扔，然后就不见影子啦，也不管孩子是死是活。母亲想,见了爹娘一定要大哭大闹一场,泄泄这满肚子的冤枉。母亲哪里知道,当她正想着恨着父母的时候,她的母亲我的外祖母,已经被日本人的铜壳迫击炮弹炸得四分五裂;她的父亲我的外祖父由于在围子上过多暴露身体,被日本人准确的射击掀掉了脑盖(母亲对我说过,一九四〇年前的日本兵都是神枪手)。

母亲不出声地祝祷着:爹!娘!你们快来啊,我饿了,渴了,弟弟病了,再不来,就毁了孩子啦!

母亲听到围子上也许不是围子上,响起一阵微弱的锣声,锣声过后,有人喊叫:"还有人没有——还有人没有——鬼子撤了——余司令来啦——"

母亲抱着小舅舅站起来,用已经哑了的嗓子拼命嚎叫着:"有——有人——我们在井里,快来救人啊——"母亲一边喊叫,一边腾出一只手晃动辘轳绳子,折腾了足有个把时辰,她抱着弟弟的胳膊不知不觉松开,弟弟掉在地上,有气无力地哼了几声,便无声无息了。母亲靠在井壁上,身体一滑到底,像死了一样坐在冰凉的碎砖头上。她绝望了。

小舅舅爬到她膝上,毫无感情地哼唧了一声:"姐……我要娘……"

母亲心里一阵悲酸,伸出双手把小舅舅搂在怀里,说:"安子……爹和娘不要咱啦……咱姐俩要死在井里啦……"

小舅舅浑身滚烫,母亲搂着他好像搂着一个炭炉。

"姐……我渴……"

母亲看到井底的一个角落里,有一小汪绿幽幽的脏水,那里很凹,比她坐着的地方更加黑暗。水里蹲着一个干瘦的癞蛤蟆,蛤蟆背上生满豆粒大的、漆黑的瘤子,蛤蟆嘴下那块浅黄色的皮肤不安地咕嘟着,蛤蟆凸出的眼睛愤怒地瞪着我母亲。母亲浑身肌肉抽搐,用力闭住眼睛。她也是口干舌燥，但是她想自己即便渴死也不会喝那点浸泡着癞蛤蟆的脏水。

小舅舅的发烧是从昨天下午开始的。他从下到井底就几乎没停过哭声，一直哭得嗓子失音，沙，沙，像一只要死的小猫在叫。

昨天上午，母亲是在惊恐与忙乱中度过的，惊恐来自村里村外的枪炮轰鸣，忙乱来自她弟弟的拼命折腾。母亲十五岁时身子骨还很单薄，平时抱着她的肉蛋子弟弟就有些吃力，何况他还一个劲地打挺上窜。母亲曾在他屁股上揍了一巴掌，我的混账透顶的小舅舅丝毫不客气地咬了我母亲一口。

小舅舅发烧之后，昏昏迷迷，软不拉塌，母亲抱着他坐着棱角分明的砖头，屁股被硌得麻木酸痛，双腿也失去知觉。枪声稀一阵，密一阵，但始终未停。阳光从西边井壁上慢慢旋转着，转到了东边壁上，井里阴暗起来。母亲知道，她已经在井里坐了整整一天，爹和娘总该来了吧？她用手摸摸小舅舅烫手的脸，感到她弟弟鼻子里呼出的气像火苗一样，她摸到她弟弟那颗飞速跳动的小心脏，听到弟弟胸脯子里咝咝地鸣叫着。在一瞬间她想到弟弟可能要死，浑身顿时发颤，于是她用力排挤这念头。她安慰着自己：快啦，快啦，天黑了，连麻雀燕子都归巢歇宿，爹和娘就要来了。

井壁上的阳光变成了桔黄色，又变成了暗红色，一只藏在砖缝里的蟋蟀唧唧唧唧地叫起来，一群伏在砖缝里的蚊子也发动机器，开始飞行。这时候，母亲听到围子附近连珠炮响，仿佛村子北面人喊马叫，紧接着村南边响起了刮风般的机枪声。枪声过后，人声马蹄声像潮水般涌进村。村子里乱成一锅粥，一阵阵的马蹄声和人的脚步声就在井台周围上跑来跑去，母亲听到了日本人咕噜咕噜地吼叫。小舅舅发出痛苦的呻吟，母亲捂住他的嘴，自己也屏住呼吸。她感到弟弟的脸正在她手下转来转去，她听到自己的心脏嗵嗵跳得像鼓声。

后来阳光消逝，母亲从井口望到烧得通红的一片天空。火声哔剥，焦尘在井口上浮悬着，火声里有孩子的哭叫声和女人的尖利嘶鸣，不知道是羊还是牛在哭着。母亲虽然坐在井里，还是嗅到了腥臭的焦糊味。

母亲也不知在火光下颤栗了有多久，时间的概念已经不属于她，但是她非常敏锐地感知到在过去的时间里发生的事情。她从渐渐灰暗的那一点天空中知道大火将要熄灭。井壁在虚弱的火光里一明一暗地跳动着。村子里起初还有零星的枪响和房屋倒塌的巨响，后来就只剩下静寂；母亲的那一圆天上，现出了几颗黯淡无光的星辰。

母亲在寒冷中睡着又在寒冷中醒来，她的眼睛已经适应了井底的黑暗，抬头看到早晨蔚蓝的天空和投到井壁上那一绺柔和的阳光时，她头晕目眩。井里的潮气把她的衣服弄得湿漉漉的，她透骨寒冷，便紧紧搂住弟弟，弟弟的高烧从后半夜时稍微退了些，但比她还要热得多。母亲从我小舅舅身上得到温暖，小舅舅从母亲身上得到凉爽，母亲和小舅舅在漫长的井底生活中真正做到了相依为命。那时候母亲并不知道外祖父外祖母早已死亡，还在时刻盼望着井口上出现父母的脸庞，时刻期望着熟悉的声音震荡井壁发出一连串回音。否则，母亲还能不能在枯井里坚持三天三夜，就只有鬼知道了。

回溯我家的历史，我发现我家的骨干人物都与阴暗的洞穴有过不解之缘。母亲是开始，爷爷是登峰造极，创造同时代文明人类长期的穴居纪录，父亲是结束，一个并不光彩——从政治上说——一个非常辉煌——从人的角度来衡量——的尾声。到时候父亲就会挥舞着那只幸存的独臂，迎着朝霞，向着母亲、哥哥、姐姐、我，飞跑过来。

母亲外表发冷，内里焦干如火，从昨天早晨到现在，她没有吃也没喝。干渴感从昨天晚上大火燃烧村庄里开始折磨她。半夜时饥饿感达到一个高潮。临近天亮时，肠胃仿佛凝成一团，除了一种紧缩的痛疼外,别的也就没有了。现在她想到食物时,竟有恶心的感觉。现在,最使她难以忍受的是干渴,她觉得自己的肺已像晒干的、枯萎的高粱叶子一样嚓嚓作响了,喉管也疼得笔直,痛楚难捱。小舅舅翕动着挑过水燎泡又开裂的嘴唇,又一次说:"姐……我渴……"母亲不敢看小舅舅干瘪的脸,她也没有什么言语可以安慰他了。一天一夜里,母亲对小舅舅许下的愿全都落了空,迟迟不来的外祖父母使母亲骗了她弟弟也骗了她自己。围子上的隐隐锣声早消逝了,村里狗叫声也没有。母亲想到,外祖父母也许已经死了,也许被日本鬼子抓走了。她眼窝酸辣,但是已无泪可流了。弟弟的可怜模样儿使母亲长大了。她短暂地忘记了肉体的痛苦,把弟弟放在砖头上,自己站起来,打量井壁。井壁当然是潮湿的,苔藓也显出旺盛的生机,但它们不能解渴,也不能吃。母亲蹲下,拉起一块砖头,又拉起另一块砖头,砖头沉甸甸的,好像饱含着水,一条鲜红的、生着数十条细腿的蜈蚣,摇头摆尾地从砖缝里钻出来,母亲跳到一边,看着那蜈蚣张扬着两排令人眼花缭乱的腿,爬到癞蛤蟆的上方,寻了一个砖缝,钻了进去。母亲再也不敢拉砖了,而且也不敢坐下了。因为,昨天上午发生的那件倒霉事儿,使她意识到自己已经是个女人。

我结婚之后,母亲对我的妻子谈起她在潮湿阴冷的枯井里第一次月经初潮的事,我妻子告诉了我,我们都对当时十五岁的母亲满怀同情。

母亲不得不把最后一线希望寄托在那汪浸着蛤蟆的脏水上,蛤蟆的丑恶形象使母亲极端恐惧、厌恶,但这个丑恶的家伙占据着一汪水。难忍的干渴、尤其是小舅舅因为缺水逐渐枯萎的生命,使她不得不再一次打那汪水的主意。一切如昨天,在这么长时间里,蛤蟆连一丝一毫都没动,它保持着昨天的姿势和威严,用昨天那样瘆人的癞皮嗝应着她,用昨天那样阴沉的眼睛仇视着她。母亲勇气陡然消失,她

178

感到蛤蟆的眼睛里射出两支剧毒的刺，扎在自己的身上。她连忙别过脸去，脑子里还难驱除掉蛤蟆的让人恨不得大吵大叫的阴影。

母亲转过脸来，转过脸来她看到要死不死的小舅舅，她感到火在自己的胸腔里燃烧，喉咙成了火苗上窜的炉道。她忽然发现，在两块砖头搭起的罅隙里，生着一簇乳白色的小蘑菇。母亲激动得心都要停跳，她小心翼翼地揭开砖头，把蘑菇采下来。一见食物，肠胃顿时绞成一团，发出干硬的疼痛。她把一个蘑菇塞进嘴里，不嚼碎就咽了下去。蘑菇味道鲜美，勾得她饥饿大发作。她又把一个蘑菇填到嘴里。小舅舅哼了一声。母亲安慰自己：这两个蘑菇本该先给弟弟吃，但我怕蘑菇有毒，所以自己先尝尝。是不是啊？是的。母亲把一个蘑菇塞到小舅舅嘴里。小舅舅的嘴僵着，眯着两只凝滞的眼睛，看着母亲。母亲说："安子，吃吧，姐姐找到好东西啦，你吃吧。"母亲把手里捧着的蘑菇在小舅舅面前晃晃。小舅舅腮帮子动了几下，好像在咀嚼。母亲又把一颗蘑菇塞进他嘴里，他咳嗽了一声，把蘑菇喷了出来。小舅舅的嘴唇上裂遍了血口子，躺在凸凹不平的砖上，他只剩下一丝丝游气了。

母亲狼吞虎咽地吃完了那十几个小蘑菇，本来处在半休眠状态的肠胃又疯狂地蠕动起来，腹部痛疼难忍，发出咕噜噜的响声。母亲流了下井来的最大一次汗也是最后一次汗，单薄的衣服溻得精湿，胳肢窝里和腿蝈窝里粘腻腻的。她感到膝盖酸麻，浑身打颤，井里的阴冷空气直刺骨髓。母亲不由自主地软在她弟弟身旁，她在下井后的第二天中午晕了过去。

母亲醒过来时，下井后的第二个黄昏降临了。她从东边井壁上看到西斜落日的紫红光辉。破旧的辘轳沐着夕阳，透出一种远古的、末日来临的矛盾情调。她的耳朵里经常响起持续的蜂鸣声，井外响起的扑蹋扑蹋的脚步声伴着蜂鸣，也不知是真是假。她已经没有力量呐喊呼叫,醒来后,干渴把她的胸腔都快烤焦了。她甚至不敢大口喘气,一喘气就痛疼难忍。小舅舅已经无痛无乐了,躺在那堆砖头上,正在逐渐变成一张枯黄的皮。母亲一看到他那两只深凹在眼窝里的青白的眼睛,就感到自己的双眼发一阵乌,黑暗的死亡阴影开始笼罩枯井。

　　井下的第二个夜晚过得很快,母亲在半昏迷半清醒的状态下度过了这个星月灿烂的夜晚。她好几次梦见自己生着翅膀,旋转着向井口奋飞,井筒子深得无边无际,她飞着,飞着,然而离井口总是那么远,她飞得越快井筒延伸得也越快。半夜时她有过一次短暂的清醒,她触到了弟弟冰冷的身体,她不敢想弟弟已经死去了,她一定是自己发烧了。一帘折射进井底的月光,照亮了那汪绿水,癞蛤蟆像个宝物一样,眼睛和皮肤都放出宝玉光泽,那汪水也像翡翠一样绿得可爱。母亲感到在那一刹那里她改变了对蛤蟆的看法,她觉得自己可以和神圣的蛤蟆达成一个协议,从蛤蟆身下,取一捧水吃,母亲想蛤蟆要是愿意,她可以把它像抛石头一样抛出井口。母亲想,明天要是再听到井上面有脚步声,一定要往上抛掷砖石,哪怕井上面走动的是日本兵,是皇协军,她也要往上抛掷砖石,向他们传递人的信息。

　　天又亮了的时候,母亲已经能够非常清楚地辨别井底的微小事物,井下的世界也变得宽广宏大。趁着早晨好精神,她剥了一片苔藓,放在嘴里嚼着,苔藓里有一股腥气,但还算好吃。只是她的咽喉已干硬得不会蠕动,吃到喉头的苔藓又溢了出来。她把目光投向那汪水,癞蛤蟆又恢复了本来面目,用邪恶的眼睛逼视着她。她受不了蛤蟆这种流氓式的挑衅目光的逼视,转过头,又气又惧地哭了。

　　中午,她真的听到了沉重的脚步声,而且还有人的对话声。巨大的喜悦冲激着她,她摇摇晃晃地站起来,用力喊叫,像有人卡住了她的喉咙一样,她什么也喊不出来了。她抓起一块砖头,想抛上井去,她刚把砖头举到腰际,砖头就滑脱了。完了,她听着脚步声和人语声远去了。她颓丧地坐在弟弟身旁,看一眼弟弟青白的脸,她知道弟弟死了。她把手放在他冰凉的脸上,立即感到极度厌恶,死亡把她和他隔开了。他的半睁着的眼睛里射出的光线是属于另一个世界的。

这天夜里,她处在极端的恐怖中。她觉得自己看到了一条像镰刀把子那么粗的蛇,蛇身是黑色的,脊背上星散着一些黄色的花点子。蛇头扁扁的,像个饭铲头,蛇颈上有一圈黄。井里阴森森的凉气是从蛇身上散出来的。她有好几次觉得那条蛇缠到了身上,扁扁的蛇嘴里吐着鲜红的信子,喷着咝咝的凉气。

后来,母亲果然在蛤蟆上方井壁上那个洞穴里,看到了这条笨拙的黄蛇,它从洞里伸出一个头,头两侧那两只阴鸷的、固执的眼睛,呆呆地盯着她看。母亲捂住眼,用力往后靠着。那汪上有毒蛇监视下有癞蛤蟆看守的脏水,母亲再也不想喝了。

四

父亲,王光(男,十五岁,身材矮小面孔黝黑)、德治(男,十四岁,身材细长,黄面皮,黄眼珠)、郭羊(男,四十余岁,瘸子,腋下夹两只木拐)、瞎汉(姓名年龄不详,怀抱一把破旧的三弦琴)、刘氏(四十余岁,高大身材,腿上正生疮),六个在这场大劫难中活下来的人除了瞎子外,都痴呆呆地看着我爷爷。他们站在围子上,初升的太阳照着他们被浓烟烈火烘烤得变形的脸。围子里围子外狼藉着英勇抵抗者和疯狂进攻者的尸体。围子外蓄着浑水的壕沟里,泡着几十具肿胀的尸体和几匹打破了肚腹的日本战马。村里到处是断壁残垣,白色的焦烟还在某些地方缭绕着。村外是被踏得乱糟糟的高粱地。焦糊味、血腥味,是那天早晨的基本味道;黑色和红色是那天早晨的基本色调;悲与壮是那天早晨的基本氛围。

爷爷的眼睛通红,头发几乎全部变白,他驼着背,两只肿胀的大手局促不安地垂到膝上。

"乡亲们……"爷爷哑着嗓子说,"我给全村人带来了灾祸……"

众人唏嘘起来,连瞎子干枯的眼窝里也滚出晶莹的泪珠。

"余司令,怎么办?"郭羊从双拐上把上身挺直,凸着一嘴乌黑的牙齿,问我爷爷。

"余司令,鬼子还会来吗?"王光问。

"余司令,你领俺们跑了吧……"刘氏哭哭啼啼地说。

"跑?跑到哪里去?"瞎子说,"你们跑吧,我死也要死在这个地方。"

瞎子坐下,把破琴抱在胸前,叮叮咚咚地弹起来,他的嘴歪着,腮扭着,头像货郎鼓一样摇晃着。

"乡亲们,不能跑,"爷爷说,"这么多人都死啦,咱不能跑,鬼子还会来的,趁着有工夫,去把死人身上的枪弹拣来,跟鬼子拼个鱼死网破吧!"

父亲他们散到田野里去,从死鬼子身上把枪弹解下来,一趟一趟地往围子上运。拄拐的郭羊、生疽的刘氏也在近处寻找。瞎子坐在枪弹旁,侧耳听着动静,像个忠诚的哨兵。

半上午光景,大家都集合在土围子上,看着我爷爷清点武器。昨天的仗打到天黑,鬼子没来得及清扫战场,这无疑便宜了爷爷。

爷爷他们捡到日本造"三八"盖子枪十七支,牛皮弹盒三十四个,铜壳尖头子弹一千零七颗。中国仿捷克式"七九"步枪二十四支,黄帆布子弹袋二十四条,"七九"子弹四百一十二颗。日本造花瓣小甜瓜手榴弹五十七颗。中国造木柄手榴弹四十三颗。日本造"王八"匣子枪一支,子弹三十九颗。马牌撸子枪一支,子弹七发。日本马刀九柄。日本马枪七支,子弹二百余颗。

清点完弹药,爷爷跟郭羊要过烟袋,打火点着,吸了一口,坐在围子上。

"爹,咱又能拉一支队伍啦!"父亲说。

爷爷看着那堆枪弹,沉默不语。吸完烟,他说:"孩子们,挑吧,每人挑一件武器。"爷爷自己把那支装在鳖盖子一样的皮枪套里的匣子枪披挂起来,又提起一支上好的刺刀的"三八"式。父亲抢到了那只马牌撸子,王光和德治每人一支日本马枪。

"把撸子枪给你郭大叔。"爷爷说,"这种枪打起仗来不中用,你也拿支马枪去。"

郭羊说:"我用支大枪吧,撸子枪给瞎子。"

爷爷说:"嫂子,你想法弄点饭给我们吃吧,鬼子快来了。"

父亲挑了一支"三八"式,劈里啪啦地熟悉着枪的开合进退。

"小心,别捣鼓走了火。"爷爷不经意地提醒父亲。

父亲说:"没事,我会。"

瞎子压低了声音说:"余司令,来啦,来啦。"

爷爷说:"快下去!"

大家都伏在土围子漫坡的白蜡条丛中,警觉地注视着壕沟外的高粱地。瞎子坐在那堆枪旁,摇头晃脑地弹起弦子来。

"你也下来啊!"爷爷喊。

瞎子的脸痛苦的抽搐着,嘴巴蠕动着,好像咀嚼着什么东西。那把破旧的三弦琴重复着一个曲调,好像急雨不停地抽打着破铁桶发出的连绵不断的声音。

壕沟外没有人影,几百条狗从几个方向向高粱地里的尸首扑过去,它们贴地飞跑着,各色的皮毛在阳光中跳动,跑在最前头的是我家那三只大狗。

好动的父亲有些不耐烦起来,瞄准狗群开了一枪,子弹"嘎勾"一声飞上了天,远处的高粱棵子一阵骚动。

初得钢枪的王光和德治瞄着那些晃动不安的高粱棵子,啪啪地放着枪。他们打出的子弹,有的上了天,有的入了地,完全无目标。

爷爷怒冲冲地说:"不许开枪! 有多少子弹够你们糟踏的!"爷爷翘起一条腿,在父亲撅得老高的屁股上端了一下子。

高粱地深处的骚动渐渐平息,一个宏亮的嗓门在喊:"不要开枪——不要误会——你们是哪个部分的——"

爷爷喊:"是你老祖宗那部分的——你们这些黄皮子狗!"

爷爷把"三八"枪往前一顺,对着喊话的方向,啪啦就是一枪。

"朋友——不要误会——我们是八路军胶高大队——是抗日的队伍——"高粱地里那个人又在喊,"请回话——你们是哪一部分!"

爷爷说:"土八路,就会来这一套。"

爷爷带着他的几个兵从白蜡丛中钻出来,站在土围子上。

八路军胶高大队的八十多个队员,从高粱棵子里猫着腰钻出来。他们一个个破衣烂衫,面色焦黄,畏畏惧惧的像惊枪的小野兽。他们多半徒着手,腰里揣着两颗木柄手榴弹。头前走的十几个人每人端着一支老汉阳步枪,也有端着土枪的。

父亲昨天下午看到过这伙八路军,他们躲在高粱地深处,对着进攻村庄的鬼子放过冷枪。

八路军的队伍开到围子上来。领头的一个高个子说:"一中队派岗哨警戒! 其余的原地休息。"

八路军坐在围子上,一个俊俏青年,站在队伍前,从挎包里掏出一张土黄色的纸片,挥着胳膊打着节拍,教唱一支歌曲:风在吼——俊俏青年唱——风在风在风在风在吼——队员们夹七杂八地唱——注意,看我的手,唱齐——马在叫——马在叫——黄河在咆哮黄河在

咆哮黄河在咆哮黄河在咆哮——河南河北高粱熟了河南河北高粱熟了青纱帐里抗日英雄斗志高青纱帐里抗日英雄斗志高端起土枪土炮端起土枪土炮挥起大刀长矛挥起大刀长矛保卫家乡保卫华北保卫全中国——

父亲非常羡慕地看着八路军苍老面孔上的年轻表情,听着八路军的歌唱,他的喉咙也发痒。他蓦然记起,爷爷队伍里那个任副官也是年轻俊俏,也会舞动着胳膊指挥队伍唱歌。

他和王光、德治一起,提着枪凑上去,看八路军唱歌。八路军羡慕地看着他们挂着的崭新的日本三八枪和马枪。

胶高大队大队长姓江,个子很大,脚很小,人称"江小脚"。他带着一个十六七岁的男孩子,走到爷爷面前。

江队长腰里别一支匣子枪,戴一顶瓦灰粗布帽,帽檐上钉着两个黑扣子。他有一口雪白的牙齿。他操着一口不太纯正的京腔,说:"余司令,英雄啊!我们昨天看到了您与日寇英勇战斗的场面!"

江队长伸出一只手,爷爷冷冷地看他一眼,鼻子里哼了一声。

江队长有点尴尬地缩回手,笑笑,接着说:"我受中国共产党滨海特委的委托,来与余司令商谈。中共滨海特委对余司令在这场伟大民族解放战争中表现出的民族热忱和英勇牺牲精神,表示十分赞赏。滨海特委指示我部与余司令取得联系,互相配合,共同抗日,建设民主联合政府……"

爷爷说:"妈的,我全不信你们,联合,联合,打鬼子汽车队时你们怎么不来联合?鬼子包围村庄时你们怎么不来联合?老子全军覆灭了,百姓血流成河啦,你们来讲联合啦!"

爷爷怒气冲冲地把一粒黄澄澄的步枪弹壳踢到壕沟里去。瞎子还在拨弄三弦琴,咚——咚——咚——,像雨后瓦檐上的滴水落在洋铁皮水桶里。

江队长被爷爷骂得狼狈不堪,但他还是振振有词地说:"余司令,你不要辜负我党对你的殷切期望,也不要瞧不起八路军的力量。滨海区一直是国民党的统治区,我党刚刚开辟工作,人民群众对我军还认识不清,但这种局面是不会太久的,我们的领袖毛泽东早就为我们指明了方向。余司令,我作为朋友劝你一言,中国的未来是共产党的。我们八路军最讲义气,决不会坑人。您的部队与冷支队打伏击的事,我党全部了解。我们认为冷支队是不道德的,战利品的分配是不公道的。我们八路军从来不干坑害朋友的事情。当然,目前我们的装备不行,但我们的力量一定会在斗争中壮大起来的。我们是真心实意为人民大众干事情的,是真打鬼子的。余司令,你也看到了,我们昨天,靠着这几支破枪,在青纱帐里,与敌人周旋了一天,我们牺牲了六名同志。而那些在墨水河战斗中得到大批枪支弹药的人,却在一边坐山观虎斗,对于数百乡亲的惨遭屠杀,他们是有大罪的。两相对照,余司令,您还不明白吗?"

爷爷说:"你打开天窗说亮话,要我干什么?"

江队长说:"我们希望余司令加入八路军,在共产党的领导下,英勇抗战。"

爷爷冷笑一声,说:"让我受你们领导?"

江队长说:"您可以参加我们胶高大队的领导工作。"

"让我当什么官?"

"副大队长!"

"我受你的领导?"

"我们都受共产党滨海特委的领导,都受毛泽东同志的领导。"

"毛泽东?老子不认识他!老子谁的领导也不受!"

"余司令,江湖上说,'识时务者为俊杰','良禽择木而栖,英雄择主而从',毛泽东是当今的盖世英雄,你不要错过机会啊!"

爷爷说:"你还有话没说出来!"

江队长坦率地笑笑,说:"余司令,什么事也瞒不住您。你看,我部空有一群热血男儿,但几乎赤手空拳,这些武器弹药……"

爷爷说:"休想!"

"我们暂时借用,等到余司令拉起新队伍,如数奉还。"

"呸,把我余占鳌当三岁小孩?"

"不对,余司令。国家兴亡,匹夫有责,抗日救亡,有人的出人,有枪的出枪,让这些枪弹躺在这儿睡大觉,您会成为民族罪人的。"

"你少给我啰唆,老子不尿你这一壶。有种就从日本人手里夺去!"

"昨天我部也参加了战斗!"

"你们放了几挂鞭炮?"爷爷冷冷地说。

"枪也放啦,手榴弹也放了,我们牺牲了六个同志! 武器,起码应该分给我们一半!"

"在墨水河桥头我全军覆没,只得了一挺破机枪!"

"那是国民党的部队!"

"你共产党的部队还不是照样见枪眼红? 从今以后,谁也别想让老子上当。"

"余司令,你可要仔细啊!"江队长说,"我们可是做到了仁至义尽!"

"怎么,要动抢的吗?"爷爷把手按到王八匣子枪盖子上,阴沉沉地说。

江队长转怒为笑,说:"余司令,您误会啦,我们八路军绝对不从朋友碗里抢饭吃,咱们是买卖不成仁义在。"

江队长走到队伍前,说:"打扫战场,掩埋乡亲们的尸体,注意捡着子弹壳。"

胶高大队的队员们散到高粱地里捡子弹壳去了。在掩埋尸体的过程中,发疯的狗群与活人展开争夺战,把好多具尸体撕扯得破破烂烂。

江队长说:"余司令,我们的处境非常困难,我们没有枪,没有子弹,我们拣回弹壳,送到特区兵工厂换回翻新子弹,十粒里有五粒打不响。国民党顽匪挤我们,皇协军剿我们,余司令,不管怎么说,你要把这武器分给我们一部分。你不要瞧不起我们八路军。"

爷爷看看那些在高粱地里抬着尸首的八路队员,说:"马刀归你,'七九'步枪归你,木柄手榴弹归你。"

江队长抓住爷爷的手,大声说:"余司令,够朋友!……木柄手榴弹我们自己能造,这样吧,余司令,我们不要手榴弹,你给我们几支'三八'式。"

爷爷说:"不行。"

"就要五支。"

"不行!"

"三支,行啦行啦,就三支。"

"不行!"

"两支,两支总可以了吧?"

"他妈的,"爷爷说:"你这个土八路,像牲口贩子一样。"

"一中队长,过来几个人领枪。"

"慢着,"爷爷说,"你们靠远点站着!"

爷爷亲手把二十四条仿捷克"七九"步枪连同帆布子弹袋分出来。犹豫半天,又扔过去一支'三八'式盖子枪。

爷爷说:"行喽,马刀不给你们了。"

江队长说:"余司令,你亲口说给我们两支'三八'式。"

爷爷红了眼说:"你再磨缠我连一支也不给!"

江队长摆摆手说:"好好好,别生气,别生气!"

得到钢枪的八路队员们都喜笑颜开。胶高大队的队员们在清扫战场的过程中又找到几支步枪,爷爷扔掉的"自来得"匣子枪和父亲扔掉的"勃朗宁"手枪也被他们捡到了。每个队员的口袋都撑得满满的,里边装满了黄铜子弹壳。一个矮个黑小伙子——他是个兔唇嘴——抱着两根迫击炮筒子,含含糊糊地说:"江队长,俺拣了两管大炮!"

江队长说:"同志们,赶快掩埋尸体,准备撤退,鬼子很可能要来搬运尸体,如果能打,我们就打他一下。黑兔儿,把炮筒背好,送到兵工厂去修修看。"

胶高大队在土围子上集合准备撤退的时候,村东头那条土路上疾驰来二十多辆自行车,车圈锃亮,辐条播弄着光线。江队长一声令下,队伍散到围子两侧伏起来。那伙骑车人搬着车子上了土围子,大摇大摆地对着爷爷骑过来。他们一色灰军装,打绑腿,穿布鞋,方棱帽上镶着一个齿轮般的白太阳。

这是冷支队长的车子队。骑车人都使着短枪,全是好手。据说冷麻子骑车技术非常高,可以沿着单股铁轨骑五华里。

江队长喊一声,胶高大队全体队员从树丛里钻出来,摆成纵队,站在爷爷身后。

冷支队的车子队员们,慌忙跳下车,推着走过来,在围子上支住车子。一群短枪手簇拥着冷支队长往前走。

爷爷一见冷麻子,伸手就攥住了手枪把子。

江队长从后边捅了一下爷爷,说:"余司令,冷静,冷静。"

冷支队长笑容满面伸手与江队长握手,连手套也不摘。江队长也满面笑容。同冷支队长握完了手,他把手伸进裤腰里,摸出一个胖大的灰褐色虱子,用力摔到壕沟里去。

冷支队长说:"贵军消息灵通啊!"

江队长说:"我部从昨天下午就在这儿与敌军周旋。"

"想必是战果辉煌吧?"冷支队长问。

"我部与余司令配合,击毙日军二十六名,伪军三十六名,战马九匹。"江队长说,"不知昨天贵军的精兵猛将游击到何处去啦?"

"昨天我们骚扰了平度城,迫使鬼子仓惶撤退,这是'围魏救赵之计'吧,江队长?"

"冷麻子,我操你亲娘!"爷爷破口大骂,"睁眼看看你救的赵吧!全村的人都在这里啦!"

爷爷指指围子上的瞎子和瘸子。

冷支队长的浅白麻子涨红了,他说:"我部昨天在平度城浴血奋战,做了最大的牺牲,我问心无愧。"

江队长说:"贵军既然知道敌军围攻村庄,为何不前来援救? 何必舍近求远,到远在百里之外的平度城去骚扰呢? 贵军并非摩托部队,即使急行军,那么骚扰平度城的部队也还在撤退的途中,可我看支队长神清气爽,纤尘不沾,这场大战,不知您是如何指挥的?"

冷支队长面红耳赤,说:"姓江的,我不跟你斗嘴! 你是为什么来的我知道,我是为什么来的你也知道。"

江队长说:"冷支队长,我认为贵军昨日攻打县城是指挥错误。如果是我指挥贵部,那么我即使不来解村庄之围,也要把部队埋伏在公路两侧的老墓田里,凭借坟墓,架好贵部从墨水河伏击战中缴获的八挺机枪,打鬼子的伏击。日本人激战一天,人困马乏,子弹将尽,地形不熟,天气又黑,他们在明处,你们在暗处,贵部八挺机枪一齐开火,这股敌人还往哪里逃? 这样,一是为民族立大功,二是为贵部谋大利,冷支队长在墨水河伏击战的光荣上,再加上公路伏击战的光荣,该是何等的辉煌! 遗憾啊,冷支队长,坐失良机! 不去谋大利,立大功,却来这里与孤儿寡妇争蝇头小利,江某素无廉耻,也为冷支队长脸红!"

冷支队长满脸赤红,张口结舌地说:"姓江的……你小瞧了老子……等老子打一场大仗给你们看……"

江队长说:"到时兄弟一定拼死相助!"

冷支队长说:"不要你帮助,老子自己打。"

江队长说:"佩服!佩服!"

冷支队长骑车要走,爷爷上前一把揪住他的胸膛,杀气腾腾地说:"姓冷的,等打完了日本,咱俩再算旧账!"

冷支队长说:"冷某不怕你!"

他骗腿上了自行车,一溜烟去了,二十几个护兵紧跟着他,都把自行车骑得像狗撵着的兔子一样快。

江队长说:"余司令,八路军永远是你的忠实朋友。"

江队长把手伸给爷爷,爷爷别别扭扭地伸出手让他握了一下。爷爷感到江队长那只大手又硬又温暖。

五

四十六年后。爷爷、父亲、母亲与我家的黑狗、红狗、绿狗率领着的狗队英勇斗争过的地方。那座埋葬着共产党员、国民党、普通百姓、日本军人、皇协军的白骨的"千人坟",在一个大雷雨的夜晚,被雷电劈开坟顶,腐朽的骨殖抛洒出几十米远,雨水把那些骨头洗得干干净净,白得全都十分严肃。那时候我正在家里度暑假,听到"千人坟"被劈开的消息,慌忙去看,家养的蓝色小狗跟在我后边。天上还落着零星小雨,蓝狗跑到我前边去,结结实实的爪子把一汪汪混浊的雨水踩得呱唧呱唧响。我们很快就碰到了那些被爆炸的气浪抛出来的骨头,蓝狗把鼻子凑上去闻闻,丝毫不感兴趣地晃晃脑袋。

　　裂开的大坟周围站着一些人,一个个面露恐怖之色。我挤进圈里,看见了坟坑里那些骨架,那些重见天日的骷髅。他们谁是共产党、谁是国民党、谁是日本兵、谁是伪军、谁是百姓,只怕省委书记也辨别不清了。各种头盖骨都是一个形状,密密地挤在一个坑里,完全平等地被同样的雨水浇灌着。稀疏的雨点凄凉地敲打着青白的骷髅,发出入木三分的刻毒声响。仰着的骷髅里都盛满了雨水,清冽,冰冷,像窖藏经年的高粱酒浆。

　　乡亲们把飞出去的骨殖捡回来,扔回坟墓中的人的头骨堆里。我眼前一眩,定睛再看时,坟坑里竟有数十个类狗的头骨。再后来,我发现人的头骨与狗的头骨几乎没有区别,坟坑里只有一片短浅的模糊白光。像暗语一样,向我传达着某种惊心动魄的信息。光荣的人的历史里掺杂了那么多狗的传说和狗的记忆、狗的历史和人的历史交织在一起。我也参加了捡骨殖的工作,为了卫生,我戴上一双雪白的手套。乡亲们都愤怒地盯着我的手。我慌忙摘下手套,塞进裤兜。在捡骨殖的道路上,我走得最远。我走到了离大坟百米远的高粱地边缘。那里的挂满雨水的绿色矮草中,躺着一个半圆形的破碎头盖骨,那平展宽阔的额头,说明死者绝非等闲之辈。我用三个指头把它捏起来,踉踉跄跄往回走。那边草丛中又有一线微弱的白光。这是一个狭长的头颅,咧着的口腔里残存着的数颗利齿,使我马上意识到我没有必要捡它。它是跟在我后身的蓝色小狗的同类。它也许是一条狼。也许是狼与狗杂交的产物。但它分明是被爆炸的气浪掀出来的,它沾带着的土屑和它崭新的颜色说明它在大坟里安睡过数十年。我终于把它也提起来。乡亲们把死人的骨骸毫不珍惜地扔进墓穴,骨殖相碰,断裂破碎。我把那半个人头骨扔下去。我提着硕大的狗头骨犹豫着。一个老人说:扔下去吧,那时候的狗,不比人差。

我把狗头骨扔进裂开的坟墓。重新修筑好的"千人坟"和没劈开前一模一样。为了安慰被惊动的鬼魂，母亲在坟墓前，烧了一刀黄表纸。

我参加了修筑坟墓的工作，并随着母亲，朝着墓中的一千多具尸骨，恭恭敬敬地磕了三个头。

母亲说："四十六年啦，那时我十五岁。"

六

那时我十五岁，日本人包围了村子，你外祖父和外祖母把我和你小舅舅吊进枯井，再也没见个踪影。后来才知道，他们当天上午就被打死啦……

我不知道自己在井下蹲了多少个日子了，你小舅舅死了，尸体有了味道。癞哈蟆和黄脖颈毒蛇一天到晚盯着我，我快要吓死了。那时候我想一定要死在井里头了。后来。你父亲和你爷爷他们来啦……

爷爷把十五支"三八"式大盖枪用油纸包起来，用绳子捆起来，扛到了枯井边。爷爷说："豆官，四下里望望去，看有人没有。"

爷爷知道冷支队和胶高大队还在打这些枪的主意。昨天夜里，在围子下临时搭起的窝棚里，爷爷他们正睡觉，瞎子坐在窝棚口，听着动静。半夜时，瞎子听到围子的漫坡上，白蜡条树丛被碰得索索细响。后来，又有非常轻微的脚步声往窝棚这边靠过来，瞎子辨别出这是两个人，一个胆大，一个胆小。他听到了这两个人的呼吸声，他把那只马牌撸子枪攥紧，大吼了一声："站住！"他听到那两个人慌慌张张地趴在地上，并且倒退着往后爬，他估摸方向，一搂枪机，子弹嗖地一声飞出去。他听到那两个人打着滚退到围子边，钻进白蜡条树丛里。他对着响声，又开了一枪，有个人叫了一声。爷爷他们被枪声惊醒,提枪追赶,看到两条黑影蹿过壕沟,钻进了高粱地里。

"爹,没有人。"父亲说。

爷爷说:"记住这个井。"

父亲说:"记住了,这是倩儿家的井。"

爷爷说:"要是我死啦,你就把枪起出来,拿着当晋见礼,去投八路吧,这伙人比冷支队要好一些。"

父亲说:"爹,我们谁都不投,我们自己拉队伍! 我们还有挺机关枪呢。"

爷爷苦笑一声,说:"儿子,不容易啊! 爹乏透了。"

父亲把破辘轳上的绳子绞上来,爷爷扯过绳子头,把枪拦腰捆住。

"是枯井吗?"爷爷问。

"是,我和王光下去藏过猫猫的。"父亲说着,把身子探进井口,父亲看到黑咕隆咚的井里有两团灰黯的影子。

"爹,井里有人!"父亲大叫。

父亲和爷爷跪在井台上,用力往黑暗中看。

"是倩儿!"父亲说。

"好好看看,还活着吗?"爷爷说。

"好像还鼓搭鼓搭喘气——有一条大长虫在她身边盘着——还有她弟弟安子——"父亲说,父亲的声音在井里回响着。

"你敢下去吗?"爷爷问。

"我下去,爹,我跟倩儿可好啦!"父亲说。

"小心那条蛇。"

"我不怕蛇。"

爷爷把辘轳绳子从枪上解下来,拴住父亲的腰,把父亲顺进井。爷爷按着辘轳把子,让绳子慢慢地下滑。

"小心点。"父亲听爷爷在井上喊。他寻了一块高砖踏住,立住了脚。那条黑花蛇猛地扬起头,敏捷地吐着分叉的舌头对着父亲喷凉气。父亲在墨水河里捕鱼捉蟹时,练就了一手降服蛇的本领。他还吃过蛇肉,跟罗汉大爷一起,用干牛屎烧着吃的,罗汉大爷说,蛇肉能治麻疯病。吃了蛇肉后,父亲和罗汉大爷都感到浑身燥热。父亲站着不动,等着花蛇一垂下头,他伸手拽住了蛇尾巴,用力抖动着,蛇身上的骨节叭叭地响着。父亲又攥住蛇颈,用力拧了两下子,然后高喊一声:"爹,我扔上去了。"

爷爷往旁边侧身,一条半死的蛇飞上来,像根肉棍子一样跌在井口旁边的空地上。爷爷感到毛骨悚然,骂一句:"这鳖羔子,贼一样的大胆!"

父亲扶起我母亲,喊:"倩儿! 倩儿! 我是豆官,救你来啦!"

爷爷小心翼翼地绞动辘轳,把我母亲绞出井。把我小舅舅的尸体绞出井。

"爹,把枪绞下来吧!"父亲说。

"豆官,你靠边站着。"爷爷喊。

辘轳绳子嘎嘎吱吱响着,把那捆枪吊到了井底。父亲把绳子解开,捆住了自己的腰。

"绞吧,爹。"父亲喊。

"你捆好了吗?"爷爷问。

"捆好了。"

"好好捆紧,别马虎。"

"绞吧,爹。"

"系的是活扣还是死扣?"

"爹,你怎么啦? 倩儿不也是我捆住绞上去的吗?"

父亲和爷爷看着躺在地上的倩儿,她的脸皮紧贴在骨头上,眼窝深陷,牙床凸出,头发上像扑了一层白粉。她的弟弟的手指甲盖是青色的。

七

母亲在刘氏的精心照料下，身体渐渐复原。她与我父亲原来就是好朋友，添上井底相救这层关系，更像姐姐弟弟一样亲切。爷爷得了一场严重的伤寒病，生命几近垂危。后来，他在昏迷状态中闻到了一股高粱米饭的香气，父亲他们立刻采集来高粱米，刘氏当着爷爷的面，把高粱米饭煮熟了，煮烂了。爷爷吃了一碗高粱米饭，鼻子里血管迸裂，淌了好多黑色的鼻血，从此竟有了食欲，身体慢慢复原。到了十月中旬，竟能拄着棍子慢慢挪到围子上，晒一晒深秋里温暖的阳光了。

在这段时间里，听说冷麻子的队伍与江小脚的队伍在王干坝附近发生了一次磨擦。双方都有很大损失，爷爷病得死活不顾，也无心思去想其它的事了。

父亲他们，在村子里搭起了几间临时住处，他们从废墟里寻来了日用家具，又到田野里采集了够吃一冬春的高粱米。从八月底开始，秋雨绵绵，高粱地里黑土成泥，被雨水沤烂了的高粱秸有一半倒在地上。脱落的高粱米粒都扎根发芽，高粱穗子上的米粒也一齐发芽，在衰朽的灰蓝色和暗红色的缝隙里，拥挤着娇嫩的新绿。高粱穗子像蓬松的狐狸尾巴一样高扬着，或是低垂着。夹杂着大量水分的铅灰色乌云从高粱地上空匆匆忙忙飘过去，高粱地里滑动着一团团朦胧的暗影。坚硬的冰凉雨点打得高粱秸秆刷啦刷啦响。一群群老鸹困难地搧动着湿漉漉的翅膀，在村前的洼地上空盘旋。在那些日子里，阳光像金子一样珍贵，洼地里整日笼着粘腻的雾气，有时稀薄一些，有时厚重一些。

爷爷病倒后,父亲称王称霸,他率领着王光、德治、瘸子、瞎子、倩儿,持枪荷弹,与前来洼地里吃尸的狗展开了残酷的战斗。父亲的枪法,就是在打狗的战斗中练就的。

爷爷有时候有气无力地问几句:"小子,你打算干什么?"

父亲眉宇间凝结着恶狠狠的杀气,说:"爹,我们打狗!"

爷爷说:"不打也罢。"

"不行,"父亲说,"不能让这些狗吃人。"

洼地里集中了近千具尸首,八路们那天只不过把尸首聚拢成一堆罢了,根本没来得及认真掩埋。那些潦潦草草盖过几黑土的尸首,也被淅沥的秋雨把泥土冲刷掉,或是被狗扒出来。不紧不忙、下下停停的秋雨把尸首泡肿了,洼子里渐渐散出质量优异的臭气,乌鸦们、疯狗们瞅着机会,冲进尸堆,开膛破肚,把尸臭味折腾得更加汹涌地扩散。

狗的队伍极盛时,大概数字在五百条与七百条之间。狗队的三领袖是我家的红狗、绿狗、黑狗。狗队的基本力量是我们村庄里的狗,它们的主人,几乎都躺在洼地里散发着臭气。那些时来时去处在半疯状态的狗,是邻家有家可归的狗。

父亲和母亲一组、王光和德治一组、瘸子和瞎子一组,分散在洼地三个方向。他们伏在用铁锹挖出的掩体里,紧盯着从高粱地里延伸出来的三条被狗爪子踩出来的小路。父亲抱着"三八枪",母亲抱着马枪。"豆官,我怎么老是打不准?"母亲问。"你太着急,慢慢地瞄准了,慢慢地勾枪机,没有个打不准。"

父亲和母亲监视的路口是从东南方向爬过来的,小路有二尺多宽,弯弯曲曲,呈现灰白颜色,倒伏的高粱在路上支起屏障,狗们一钻进去,就消逝得无影无踪。在这条路上出没的狗队领袖是我家的红狗。尸体的丰富营养使它的厚厚的红毛灿灿生辉,不停运动使它的腿上的肌肉健壮发达,与人的斗争锻炼着它的智慧。

太阳刚刚冒红,三条狗安安静静,一股股雾气在路上缭绕着。经过一个多月的拉锯战,狗的队伍逐渐缩小,大概有一百多条狗被打死在尸体旁,二百多条狗开了小差。三股狗合起来约有二百三十条左右,狗群有合并的趋势。父亲他们的射击技术逐渐提高,狗们在每次疯狂的袭击中,都要扔下几十具尸首。在人与狗的斗争中,狗已明显地露出智力上和技术上的劣势。父亲他们是来等待这一天里狗群的第一次进攻的,它们在斗争过程中养成的规律难以改变,它们早晨进攻一次,中午进攻一次,傍晚进攻一次,好像人类按着钟点开饭一样。

父亲看到远处的高粱棵子耸动起来,便低声对母亲说:"准备,来了。"母亲悄悄扳开保险,把腮帮子贴在被秋雨打湿的枪托上。高粱棵子的耸动像浪潮一样滚动到洼地边缘,父亲听到了一片狗的喘息声。他知道,那几百只贪婪的狗眼齐齐盯着洼地里的残肢断臂,鲜红的狗舌头舔着唇边的余腥,狗胃咕噜咕噜响着,分泌着绿色的胃液。

像下了一道命令似的,二百余条狗从高粱地里狂叫着冲了出来。它们全把颈上的毛竖起来,发出愤怒的呜呜声。鲜明的狗毛在白色的薄雾和血红的阳光中闪闪烁烁。狗们把尸首撕咬得噗哧噗哧响。每个目标都在剧烈运动。王光和瘸子他们已经开火了,中枪的狗哀鸣着,未中枪的狗抓紧时机噬咬着。

父亲瞄准了一条黑狗笨拙的头颅,啪啦一枪,子弹打破了一只狗耳朵,它叫着,跑回高粱地里去了。父亲看到一条白花狗的脑袋开了一个花,它往前一栽,口里叼着一截黑色的肠子,连一声也没吭。"倩儿,你打中了!"父亲高声喊。母亲说:"是我打中的吗?"母亲兴奋地说。父亲把准星和标尺找成一线,瞄准了我家那条红狗,它跑起来肚皮贴地,从一簇高粱棵子,闪电般蹿到另一簇高粱棵子。父亲开了一枪,子弹贴着红狗的脊背飞走了。红狗叼起一条白胖的女人腿,它的尖利的牙齿把骨头嚼得咯崩咯崩响。母亲开了一枪,子弹打在它面前的黑泥上,泥点溅了一狗脸,它甩动了几下头,然后叼起半截白腿,打着滚撤走了。王光和德治的准确射击使好几条狗受了伤,狗的鲜血,溅到人的尸体上,受伤的狗的凄厉嚎叫,让人胆战心惊。

狗队撤了。父亲他们也集合起来,擦洗武器。他们的子弹已经不多了。父亲提醒大家要精确射击,尤其要击毙那三条狗头领。王光说:"滑得像泥鳅一样,不等套进枪口,它就溜走了。"

德治眨动着黄色的眼珠说:"豆官,咱们偷袭一次怎么样?"

父亲说:"怎么偷袭?"

德治说:"这群狗一定有一个休息的地方,我估计,这地方就是墨水河河滩,狗们吃了人肉,一定去那儿喝水。"

瘸子说:"德治说的有理。"

父亲说:"走吧。"

德治说:"别急,咱们回去带上手榴弹,用手榴弹炸它们。"

父亲、母亲、王光、德治,兵分两路,钻进了两条狗道,狗道上的泥巴被狗爪子踏得像橡皮一样柔韧。狗道果然通向墨水河,父亲和母亲听到了墨水河的喧哗和河边上狗的鸣叫。临近河堤时,三条狗汇集在一起,狗道加宽了一倍。父亲母亲与王光和德治汇合。

他们在临近河堤时,父亲看到,二百多条狗散在墨水河生满水草的滩地上。多数狗趴着,有的狗在啃着脚趾上粘着的坚硬光滑的黑土壳子,有的狗翘着腿往河里撒尿,有的狗站在河边,伸出长长的舌头舐着浑浊的河水。饱食人肉的狗打出一圈圈棕色的狗屁。草地上布满红色的和白色的狗屎,父亲他们从没闻到过这种气味的狗屎和狗屁。趴着的狗,都表现得相当安静。三条狗头领混在狗群里,但还是一眼就能辨别出。

王光说:"扔吧,豆官?"

父亲说："准备好了，一齐扔。"

他们每人摸出两颗花瓣小甜瓜手榴弹，拔掉销子，对着磕碰一下，父亲喊："扔！"八颗手榴弹远远近近地落进狗群里，狗们好奇地望着从空中飞来的圆溜溜的黑家伙，不由自主地蹲起来。父亲发现我家那三条狗精灵非常，狡猾地把身体死贴在地面上。八颗质量一等的日本手榴弹几乎同时爆炸，巨大的气浪挟带着黑豆般的弹片四处飞溅，起码有十几条狗被炸碎了，起码有二十几条狗受了伤。狗血、狗肉，飞扬到河道上空，冰雹般打到河水里。墨水河里嗜血成性的白鳝鱼群集起来，吱吱地叫着，争夺狗肉和狗血，受了伤的狗一齐哭叫，令人心悸。没受伤的狗四散逃窜，有的沿着河道狂奔，有的跳进墨水河，挣命般地往河对岸游去。父亲很遗憾没有带枪。有几只被崩瞎了眼睛的狗，嗷嗷叫着在河滩上推磨转圈，狗血满脸，让人心中不忍。我家的三匹大狗都游到对岸去了，跟着它们泅水过河的有三十几条狗，它们夹着尾巴爬上河堤，一个个狗毛贴身，狼狈不堪。它们抖动着身子，尾巴尖上、肚皮上、下巴颏上，都淅淅沥沥地滴下水来。我家的那条红狗对着我父亲恼怒地叫着，好像谴责着父亲他们破坏契约，一是侵入它们的宿营地，二是使用了这种凶狠的、不狗道的新式武器。

父亲说："再往对面扔！"

他们每人拿出一手榴弹，用力往对岸撒，群狗一见黑物越过河道飞来，齐声哭着爹叫着娘，打滚翻斤斗，下了河堤，钻到了河南岸的高粱地里。父亲他们身单力薄，手榴弹都落到河水里，炸起了四根白色的水柱，河面翻腾一阵，涌上了一片肥滚滚的白鳝鱼。

遭到突然袭击的狗群，两天没有光顾屠杀场。在这两天里，狗群和人群都没放松继续斗争的准备。

父亲他们认识到手榴弹的巨大威力，聚到一起，商量如何进一步利用手榴弹的问题。他们派出王光到河边去侦察过,王光说,河边有几条死狗,有一片狗毛狗屎,有扑鼻的腥臭,不见一个活狗。狗们转移了阵地。

德治判断,这群狗暂时被打散了,但是头领还在,短时间内就会重新聚合起来,前来争夺死尸。狗们的下一场反扑必定更加残忍,因为现在剩下来的狗,都具有丰富的斗争经验,一个顶一个。

最后,母亲出了一招,建议把木柄手榴弹拉开弦,埋在狗道上。母亲的计谋获得赞赏,大家立刻分头行动,把四十三颗一触即发的木柄手榴弹埋在三条狗道上。花瓣小甜瓜手榴弹原有五十七颗,在墨水河滩偷袭时用了十二颗,还剩下四十五颗。父亲不偏不倚,每个战斗小组分给十五颗。

这两天,狗群里发生分化瓦解,由于频繁战斗减员和大批动摇分子的逃跑,狗员总数降低到一百二十匹左右。队伍迫切需要整编,将原先三个大队,合并成一个精干的、团结一致的战斗集体。原先的宿营地被四个可恶的小杂种用屎克螂一样的怪物炸得乱七八糟,狗群沿着河堤,东行了三华里,在墨水河大石桥东侧河南边的滩地上,集中了起来。

这是一个具有决定性意义的上午,群狗心事重重,跃跃欲试,一路上进行着挑衅性的碰撞和嘶咬。各个队伍的狗,都偷偷地打量着自己的首领。我家的红狗、黑狗和绿狗都不动声色,互相用眼角瞥着,狭长的脸上挂着狡猾的笑容。

在大桥东侧,狗们围成一个大圆圈,用两条后腿坐着地、痉着脖子,对着阴沉沉的天空嗥叫。黑狗和绿狗浑身痉挛,脊背的毛像浪潮一样翻滚着。由于吞吃人肉,所有的狗的白眼球上都布满密密的血丝,几个月吞腥啖膻、腾挪闪跳的生活,唤醒了它们灵魂深处的被千万年的驯顺生活麻醉掉的记忆。现在它们都对人——这种直立行走的动物——充满了刻骨的仇恨。在吞吃他们的肉体时，它们不仅仅是在满足着的饥肠。更重要的是，在这个过程中，它们隐隐约约地感觉到，它们是在向人的世界挑战，是对奴役了它们漫长岁月的统治者进行疯狂报复。当然，把这种原始的朦胧冲动上升到理论的高度的、能够对这一系列行动进行理性思维的，还是我家的三条狗。这是它们被群狗拥戴的主要原因。当然，这三条狗健壮庞大的身体、灵活矫健的运动能力和凶猛突击的牺牲精神，也是它们征服群狗成为领袖的必不可缺少的条件。

人血和人肉，使所有的狗都改变了面貌，它们毛发灿灿，条状的腱子肉把皮肤绷得紧紧的，它们肌肉里血红蛋白含量大大提高，性情都变得凶猛、嗜杀、好斗；回想起当初被人类奴役时，靠吃锅巴涮锅水度日的凄惨生活，它们都感到耻辱。向人类进攻，已经形成了狗群中的一个集体潜意识。父亲他们的频频射杀，更增强了狗群中的仇人情绪。

从十几天前开始，三队狗之间就开始发生一些不团结的现象。事情并不大，一次是因为黑狗队里一个嘴唇上豁了一个口子，鼻子也裂了半边的贪婪家伙，偷吃了绿狗队里一个小白狗叼来的人胳膊。小白狗去跟豁鼻子理论，竟被豁鼻子咬断了一条后腿。豁鼻子的强盗行径激怒了整个绿狗队，在绿狗的默许下，群狗一哄而上，把那个豁鼻子的家伙咬得千疮百孔，连肠子都拖出来撕得零零碎碎。黑狗队对绿狗队这种过左的报复行为感到不可忍受，于是两个队里的二百多条狗咬成一团，一撮撮的狗毛被撕下来，在小风的吹拂下，沿着河道翻滚。红狗队里的狗趁火打劫，借咬架的机会各报私怨。我家的三条狗，不动声色地对坐着，目光冰冷，眼里都汪着鲜红的血。

这场激烈的战斗持续了有两个多小时，有七条狗永远也爬不起来了,有十几条狗受了重伤,躺在战场上,嘤嘤地哀鸣着。战后,几乎所有的狗,都坐在河道上,伸出沾着含有消毒生肌唾液的红舌头,舔舐着自己的伤口。

第二场战斗是昨天中午发生的。绿狗队里一个厚颜无耻、生着两片厚唇、鼓着两只鱼眼睛的公狗——它生着一身蓝黄夹杂的狗毛——竟然大胆调戏红狗队中与狗队长关系异常密切的一只漂亮的花脸小母狗。红狗怒不可遏,一膀子就把那只杂毛公狗撞到了河里。杂毛狗从水里跳上来抖擞着满身泥水,愤恨地叫骂着。红狗队里的狗们,嘲笑着这个既可厌又可怜的丑家伙。

绿狗队里的首领对着红狗吠叫几声,红狗不理它,又一膀子,再次把杂毛公狗撞下水去。杂毛狗在河水中露着两个圆鼻孔,像匹大老鼠一样游上岸来。花脸小母狗站在红狗身后,驯良地摇晃着尾巴。

绿狗对着红狗叫了一声,好像人类发出的一声冷笑。

红狗对着绿狗叫了一声,好像人类对冷笑回报的冷笑。

黑狗站在它昔日的两个伙伴之间,和事佬般地叫了一声。

狗群集合在新的休憩地点,有的舐水,有的舐伤口,缓缓流动的墨水河水面上跳动着古老的太阳光芒,一只半大的野兔子在河堤露了露头,吓得魂飞魄散,悄悄地溜走了。

狗群在暖和的深秋阳光下,都显出一些慵懒的态度。我家的三条狗坐成一个三角,半眯着眼,好像在回忆往昔岁月。

红狗想起,在为烧酒锅主人看家护院时的安宁生活,那时两匹老黄狗还在,五条狗之间虽有矛盾,但基本上能团结一致。它当时最瘦小,身上一度生过癞疮,被逐出狗窝。后来在东院的烧酒糠里打滚,治好了病,回去后就有些不合群。它讨厌黑狗和绿狗的欺贫爱富、谄肩摇尾的媚态,它知道今日必有一场争夺霸主地位的战斗。群狗因矛盾转移到三巨头之间反而变得平和,那条杂毛公狗屡教不改,在狗群里制造着流氓骚乱。

后来,终于有了契机,一条破耳朵的老母狗,用冰凉潮湿的鼻子嗅嗅黑狗的鼻子,然后转过身,对着黑狗摇尾巴。黑狗站起来,与它的老相好亲热。红狗和绿狗都看到这情形,红狗静静地卧着,拿眼角瞟着绿狗。绿狗用一个闪电般的蹿跳,把正在调情的黑狗压在河滩上。

所有的狗都站起来,看着牙齿和牙齿的斗争。

绿狗毫不迟缓利用发动突然袭击获得的优势,咬住了黑狗的脖颈、用力抖擞着,颈上绿毛戗立,喉咙里发出雷鸣般的咆哮。

黑狗被咬得晕头转向,用力撕出头颈,不惜丢掉一块巴掌大的肉皮。它站起来,剧烈的痛楚使它浑身发颤。它气疯了,它认为绿狗发动的进攻完全违犯狗道。暗下毒口,算不得好汉,赢了也不光彩!黑狗狂叫着,低着脑袋,猛钻到绿狗的前膛里,侧嘴啃住了绿狗的胸皮。绿狗咬住黑狗的伤口,一边咬一边连连蚕食进去,黑狗的嘴松了。绿狗松开口,胸脯上被黑狗撕下来的皮肤像门帘一样耷拉着。红狗慢吞吞地站起来,冷冷地瞅着绿狗和黑狗。黑狗脖颈半断,脑袋抬起来垂下,又抬起来又垂下,血像泉水一样往外冒,它不中用了。绿狗凶狠地盯着败在它嘴下的黑狗,骄傲地龇出尖利的狗牙,呜呜地叫着,它一侧目,看到了凝结着六月冰霜的红狗的长脸,身体立刻哆嗦起来。红狗凝眸一笑,猛往前一冲,用它惯用的伎俩把负伤的绿狗撞翻在地。不待绿狗爬起来,它早弯回头,咬住被黑狗撕开的绿狗皮,狠命地一扯,绿狗前胸上的肉都露了出来。绿狗站起来,狗皮绊在两腿间拖擦着地面,它发出了转节的叫声,它知道,一切都完了。红狗又一膀子,把勉强立住的绿狗撞得连翻了两个跟头,绿狗没等爬起来,就在群狗雨点般密集的撕咬下,变成了一堆狗破烂。

这时,消灭了强劲敌手的红狗高扬起尾巴,对着血迹斑斑的黑狗咆哮,黑狗嗷嗷地叫着,尾巴紧缩在后腿里,绝望的绿眼睛盯着红狗,眼睛里流露出乞怜的光芒。急于结束战斗的群狗发疯般扑过去,黑狗一头扎到河里,自杀了。它的头在水面上抻了抻,便沉下去。从河水下翻起几朵气泡,咕噜咕噜响。

群狗把红狗拥在中间,龇着雪白的牙齿对着难得晴朗的天上那个苍白太阳,发出庆典般的嗥叫。

狗群的突然失踪,使父亲他们紧张而有秩序的生活全部乱了套。窸窸窣窣的秋雨打着天下万物,发出同样单调的声音。失去了与疯狗斗争的刺激,父亲他们就像大烟鬼犯了瘾一样,鼻涕呵欠瞌睡,一齐缠了身。

狗群失踪的第四天早晨,父亲他们懒洋洋地集合在洼地边缘上,看着洼地上缭绕的雾气和臭气,七嘴八舌地议论。

瘸子已经把枪缴出,退出了猎狗的队伍,他到远村他表弟的饭铺里帮忙混饭吃去了。瞎子单人无法干事,坐在窝棚里,陪着病中寂寞的爷爷聊天。只剩下父亲、母亲、王光、德治。

母亲说:"豆官,狗不会来了,它们怕手榴弹。"母亲看着那三条神秘的狗道,她其实比谁都盼着狗来,暗藏在狗道上的四十三颗木柄手榴弹凝聚着她的智慧。

父亲说:"王光,你再去打探一下吧!"

"我昨天刚去了,狗在桥东咬了一仗,绿狗死了。它们一定散伙啦。"王光说,"我说咱也别在这耽误工夫啦,赶紧去投八路吧。"

父亲说:"不,它们一定会来,它们舍不得这些好吃的。"

王光说:"这年头哪儿还没有死尸?狗又不傻,它来找手榴弹轰?"

父亲说:"这儿的死人多,狗舍不得丢开。"

德治说:"要投也去投冷支队,他们的队伍神气,一色瓦灰军装、牛皮腰带。"

母亲说:"你们看那儿!"

大家俯下身,沿着母亲手指引的方向,往狗道那儿看。掩没了狗道的高粱棵子瑟瑟地动了起来,银亮的雨点儿线路清晰地斜着射下,打在那些抖动着的高粱棵子上。遍野的时令不对的纤细黄嫩的高粱芽苗与七倒八伏的老高粱秸子混杂一起,与雾与雨掺合在一起。青苗味、高粱秸子腐烂味、尸臭味、狗屎狗尿味,混杂一起。父亲他们面对着一个恐怖的、肮脏的、充满蓬勃的邪恶生机的世界。

"它们来啦!"父亲兴奋地说。

那三条道上的高粱都在瑟瑟抖着,手榴弹还没响。

母亲焦急地说:"豆官,怎么回事?"

父亲说:"别着急,会碰响的。"

德治说:"放一枪惊惊它们。"

母亲迫不及待地开了一枪。高粱地里一阵骚乱,几颗手榴弹同时爆炸,炸烂的高粱秸子与狗的肢体一同飞上天,伤狗在高粱棵子里哀号起来。更多的手榴弹炸响了,破碎的弹片和杂物在父亲他们头上的高空嗖嗖地飞着。

最后,有二十几条狗从三条狗道冲出来,父亲他们开了几枪,这些狗跑回去,又引起了几颗手榴弹爆炸。

母亲拍着手跳起来。

母亲她们不知道狗的队伍里的重大变化。足智多谋的红狗自从取得了领导权之后,把队伍拉出几十里远,进行了严格的整顿。它组织的这次进攻闪烁着辩证法的光辉,连智慧的人类也无可挑剔。红狗知道,与它们作对的,是几个刁钻古怪的小人儿,其中一个,还模模糊糊地认识。不干掉这几个小畜性,狗群就休想安享这满洼地的美餐。红狗让一条尖耳朵的杂种狗带领一半狗按着原先的路线进攻,一定要拼死进攻，不许后退。它自己率领六十只狗，迂回到洼地后边，来一个突然袭击，咬死那几个血债累累的小畜牲。临出发前，红狗卷着尾巴，用冰凉的鼻尖，与每一个同样冰凉的鼻尖相碰，然后，做出榜样，把脚爪上的硬泥壳子啃下来，其余的狗都跟着它学。

它刚刚迂回到洼地后边，看到掩体里那几个指手画脚的小人时，就听到洼地前的狗道上响起了手榴弹的爆炸声。它心中惊悸不安，见狗群中也慌乱起来；这种杀伤力极大的黑色屎克螂，使所有的狗都胆寒。它知道，如果自己一草鸡，就会全线崩溃。它回头，龇出尖利的牙齿，对着惶惶不安的众狗尖利地嘶叫一声，然后一狗当前，群狗奔腾，像一团光滑的、贴地飞行的斑斓云朵，涌到了我父亲他们的掩体后边。

"后边有狗！"父亲惊叫一声，掉回"三八"枪，不及瞄准就干了一家伙。一条相当大的棕毛狗中了枪弹，狗体倒地后又前冲了两三米，后边的狗踏着它的身体冲过来。

王光他们也连连射击，狗群前仆后继，冲进了掩体，一片狗牙闪烁，一对对狗眼，像熟透了的红樱桃。狗对人的仇恨，这时候达到顶点。王光扔掉枪，转身往洼地跑去，十几条狗围住了他。那个小人儿在顷刻间便消逝了。吃惯了人体的狗早就成了真正的野兽，它们动作麻利，技巧熟练，每人叼着一块王光大嚼，狗的牙齿把王光的骨头都嚼碎了。

父亲、母亲、德治三人靠着背站着，他们吓得腿肚子直哆嗦，母亲连裤子都尿湿了，他们往日远远射狗时的从容不迫早已灰飞烟灭。狗绕成一圈，围着他们团团旋转。他们不停地射击，打伤了几条狗，也打光了枪膛里的子弹。父亲的"三八"枪上好了刺刀，刀光闪闪，对狗造成极大的威胁，母亲和德治用的是短小的马枪，没有刺刀，更多的狗围着母亲和德治转。他们三人的背紧紧地贴在一起，彼此能感觉到颤抖，母亲低声叫着："豆官，豆官……"

父亲说："别怕,高声喊叫吧,叫俺爹来救咱们。"

红狗看出我父亲是个头脑人物,它斜着眼睛,轻蔑地瞄着父亲的刺刀尖。

"爹——救救我们——"父亲高喊。

"大叔——快来呀——"母亲哭叫着喊。

群狗发起一次冲锋,被父亲他们拼死打退,母亲的枪筒子捅到一条狗嘴里,捅掉了两只狗牙。一个冒冒失失扑到父亲面前的狗,被父亲的刺刀豁开了脸皮。群狗进攻时,红狗蹲在圈外,镇定地看着我父亲。

僵持了大概有两袋烟工夫,父亲感到双腿发软,胳膊酸麻,他再一次高呼爷爷救命。他感到我母亲的身体像墙壁一样倚在自己的身上。

德治悄声说:"豆官……,我把狗引开,你们跑。"

父亲说:"不行!"

德治说:"我跑啦!"

德治离开三人集体,飞速向高粱丛中钻,几十条狗一哄而起,追着他咬过去。父亲不敢看德治,因为那条红狗目不转睛盯着自己。

从德治跑去的方向,传来两颗花瓣日本手榴弹的爆炸声,气浪推得高粱棵子哗啦啦响,推得父亲腮帮子麻辣辣的,在狗残躯的落地声中,受伤的狗哀嚎起来。围困父亲和母亲的狗被爆炸声震得退出十几步远,母亲借着这个机会掏出一个花瓣手榴弹,对着狗群抛过去。群狗一见这黑色怪物滴零零旋转着飞过来,发声喊,不知什么腔调,乱纷纷落荒而逃。手榴弹没有响,母亲忘记了按手榴弹的发火机关,唯有红狗没跑,它趁着父亲歪头去照顾母亲时,闪电般一跳,狗体腾空。狗体在空中舒展开,借着灰银色的天光,亮出狗中领袖的漂亮弧线。父亲本能地一撤步,狗爪子在他脸上剐了一下。红狗的第一扑落了空。父亲的腮帮子被剜出一个嘴巴大的口子，血粘粘糊糊地流出来。红狗又一次扑过来，父亲举起枪抵挡，红狗两只前爪托住枪筒子，头低在刺刀下边，用力往父亲怀里钻。父亲看到红狗肚皮上那撮雪白的毛，飞腿踢去，没想到母亲一个前倾，把父亲闪得仰面朝天。红狗借势压过来，它机敏地对准父亲的裆间咬了一口。母亲抢圆枪托，打在红狗坚硬的头骨上。红狗退了几步，又要进攻，身体跳离地面三尺时，却一头栽下来，同时响了一枪，它的一只眼睛被打碎了。父亲和母亲看着左手拄着一根焦黑的木棍子、右手提着冒着缕缕青烟的日本匣子枪、形销骨立、弯腰驼背、白发苍苍的我爷爷。

爷爷对着远处的狗放了几枪，那些狗见大势已去，钻进高粱地里，各奔生路去了。

爷爷颤巍巍地走上前来，用棍子捣捣红狗的脑袋，骂一声："反叛的畜牲！"红狗的心还没死，肺还在呼吸，两条极端发达的后腿调皮地前蹬后踹，把黑土地上划出两条深沟，那身美丽富贵的红毛，像火苗一样熊熊燃烧着。

八

红狗这一口，咬得不是十分得力——也许是父亲沾了穿两条单裤的光——但也足够厉害，它把父亲的小鸡儿咬了一个对穿的窟窿，咬破了皮囊，使一个椭圆形的、鹌鹑蛋大小的卵子掉了出来，仅有的一条白色的细线与原先组织联络着。爷爷一动，那暗红色的小玩意儿就掉在父亲裤裆里了。

爷爷捡起它来，放在手心里托着。这小东西好像有千斤重，把爷爷腰都坠弯了。爷爷那只粗糙的大手好像被它烫得直发颤抖。母亲说："大叔，您怎么啦？"

母亲看到我爷爷脸上的肌肉痛苦地扭动着,那病后惨白的脸色又添了一层土黄,两绺万念俱灰的光芒从他眼里流露出来。

"完啦……这一下子真完了……"爷爷用与他的年龄相差甚远的苍老声音念叨着。

爷爷掏出枪来,大声说:"你毁了我啦!狗!"

爷爷对准那条苟延残喘的红狗,连开了几枪。

父亲自己爬起来,热血顺着他的大腿根子往下流,他并不感到有多么痛苦,他说:"爹,我们胜了。"

母亲喊:"大叔,快给豆官去上药吧!"

父亲看着我爷爷手心里托着的蛋丸,疑惑地问:"爹,这是我的吗?是我的吗?"

父亲感到一阵恶心,紧接着是目眩,他晕了过去。

爷爷扔掉木棍,撕来两个干净高粱叶子,把那东西轻轻包起来,交给我母亲。爷爷说:"倩儿,你好好拿着,咱去找张辛一先生去。"爷爷蹲下,把我父亲托起,困难地站立,踉踉跄跄往前走。洼地里被手榴弹炸伤的狗,还在凄凉地叫着。

张辛一先生五十多岁,梳一个乡下少见的中分头,穿一件藏青色长袍,面色青黄,瘦得见风就倒的样子。

爷爷把父亲托到这里,早累得腰弯如弓,面色如土。

"是余司令吗?您可是大变了样。"张先生说。

爷爷说:"先生,要多少钱都由着您。"

父亲被平放在那张木板床上。张先生说:"是司令的公子吗?"

爷爷点点头。

"就是在墨水河桥头打死日本少将的那个?"张先生问。

"我就这么一个儿子!"爷爷说。

"张某一定尽力就是!"张先生从药箱里拿出一把镊子,一把剪子,一瓶烧酒,一瓶红药水。说着,俯下身去,察看父亲脸上的伤口。

"先生,您先看下边。"爷爷严肃地说着,又回转脸,从我母亲手里把用高粱叶子包着的卵子接过来,放在木床旁边的榻板上,一放上去,高粱叶子就散开了。

张先生用镊子夹着父亲的那些乱精糟糟的东西看了看,他的被纸烟熏得焦黄的长手指哆嗦着,口齿含糊地说:"余司令……不是张某不尽心,只是令郎这伤……张某医术不精,又没有药物……司令另请高明吧……"

爷爷弓着腰,用两只混浊的眼睛逼视着张辛一,哑着嗓子说:"你让我到哪儿去请高明?你说,哪里还有高明?你让我去找日本人?"

张辛一说:"余司令,小人不是那个意思……令郎伤到要紧处,万一耽搁了,是灭人香烟的事情……"

爷爷说:"既来找你,就是信得过你,你就放手干吧。"

张辛一咬咬牙,说:"余司令既然这么说,那我就豁出去了。"

张辛一用棉花球蘸着烧酒,清洗了伤口,父亲被疼醒了。他翻身要往床下滚,爷爷扑上去按住了他。他的两条腿乱扑腾。

张先生说:"余司令,捆起他来吧!"

爷爷说:"豆官!是我的儿就忍着点,咬咬牙就挺过来啦!"

父亲说:"爹,疼啊……"

爷爷厉声喊:"忍着,想想你罗汉大爷!"

父亲不敢吭气啦,汗珠子从他额头上一片片冒出来。

张辛一找了一根针,用烧酒泡泡,认上线,开始缝皮囊。爷爷说:"把那个缝进去!"

张辛一看看榻板上那个用高粱叶子包着的丸子,难为情地说:"余司令……这没法缝进去……"

"你想断了我姓余的后代吗?"爷爷阴沉沉地说。

张先生瘦脸上挂着白亮的汗珠,说:"余司令……你想想……连着它的血管都断了,放进去也是个死的……"

"你把血管接上。"

"余司令,全世界都没听说能接血管……"

"那……就这么完了吗?"

"难说,余司令,没准还行,这边这个可是好好的……没准一个还行……"

"你说行?"

"可能行……"

"他妈的,"爷爷悲楚地骂着,"什么事都让我碰上了。"

治完了下边的伤,又治脸上的伤。张先生的背上溻湿了一大片衣服,他一屁股坐在凳子上,大口小口地喘着气。"多少钱,张先生?"爷爷问。

"别提钱啦,余司令,令郎能安然无恙,就是我张某的福气。"张先生有气无力地说。

"张先生,余占鳌眼下时运不济,有朝一日一定重重地谢你。"

爷爷托起父亲,走出张先生的家。

爷爷思虑重重地看着昏昏迷迷地躺在窝棚里的我父亲。父亲脸上蒙着白纱布,只露出一只鬼鬼祟祟的眼睛。张辛一先生又来过一次,他给父亲换过药后,对爷爷说:"余司令,伤口没发炎,这就是大喜。"爷爷问:"你说,只剩下一个子儿,还行吗?"先生说:"司令,眼下还顾不上那个,令郎是被疯狗咬了,能保住命就好。"爷爷说:"要是那个不中用了,保住条命又有什么用。"张先生见爷爷面露杀相,唯唯诺诺地退着走了。

爷爷心中烦乱，提着枪出去，到那洼子附近转悠。秋气肃杀，白霜遍地，黄绿色的高粱芽苗被霜打蔫了，湿水成洼的地方，有了一些细小的凌刺。爷爷想起，已是十月底了，寒冬即将来临，自己病体虚弱，儿子生死未卜，家破人亡，百姓涂炭，王光、德治又死了，瘸子郭羊远走他乡，刘氏腿上的疽还在流脓淌血，瞎子整日枯坐，倩儿姑娘什么也不懂，八路拉他，冷支队挤他，日本人又跟他结了怨仇……爷爷挂着棍子站在洼地边缘的一个土丘上，眄视遍野尸骨和毁弃在地的红高粱，思绪万千，心灰意懒。他的心里不断地闪出恩恩仇仇的往事，富贵荣华，娇妻美妾，宝马金枪，花天酒地，都像流云一样飘飘而去。几十年斗强使气，争风吃醋，换来的是眼下一副凄凉景象。他几次把手按在枪把上，又犹犹豫豫地放开。

　　一九三九年秋冬，是我爷爷的历史上一段非常困难的时期，队伍被消灭，爱妻被打死，儿子受重伤，家园被烧毁，病魔又缠身，战争把爷爷的一切，几乎全部毁掉了。他面对着人的尸首和狗的尸首，像对着一大团千丝百缕地交织在一起的乱麻线，越择越乱，怎么也理不出个头绪。他几次手按枪把，想告别这个混蛋透顶的世界，但强烈的复仇情绪战胜了他的怯懦。他恨日本人、恨冷支队，也恨八路的胶高大队。胶高大队从他这里拐走了二十多条枪，就消逝得无影无踪，并未听说他们与日本人去战斗，只听说他们与冷支队闹摩擦，并且，爷爷还怀疑，他和我父亲藏在枯井里后来突然不见的那十五条日本"三八"式盖子枪，也是被胶高大队偷走了。

　　四十出头年纪、面容还算俏丽的刘氏到洼子边上来找爷爷，她用怜爱的目光抚摸着爷爷银色的头颅，用粗糙的大手搀住爷爷的胳膊，说："兄弟，别坐在这苦想了……回去吧，古人说：'天无绝人之路'，猛吃猛喝猛喘气，养好了病再说……"

　　爷爷感动地看着这妇人慈善的面容，叫了一声："嫂子……"眼泪几乎滚出来。

刘氏抚摸着爷爷的弓背，说："瞧瞧，刚四十岁的人，给折磨成什么样子啦……"

刘氏搀着爷爷往回走，爷爷看着她微跛的腿，关切地问："你的腿好些了吗？"

刘氏说："疮口都收了，只是这条腿比那条腿细了。"

爷爷说："能长粗的。"

刘氏说："豆官的伤我看不大要紧啦。"

"嫂子，"爷爷问，"你说，一个子儿还行不行？"

刘氏说："我看行，独头蒜更辣。"

爷爷说："真行？"

刘氏说："俺那个小叔子生来就是一个子儿，还不是生男生女一大串。"

爷爷说："噢。"

夜里，爷爷将疲乏的头颅伏在刘氏温暖的怀里，刘氏用那只大手摩挲着爷爷瘦骨嶙峋的身体，细语绵绵地说："兄弟……你还行吗……还有劲吗……你别愁了，干干我，心里是不是轻快一点……"

爷爷嗅着刘氏嘴里喷出来的酸甜气息，一下子就睡熟了。

母亲总也忘不了张先生用镊子夹住那颗紫红色的扁球儿的情景。张先生把那球儿举到眼前看一阵，然后扔进盛着脏棉花球、破皮烂肉的污物盆里。豆官身上的一个扁球儿被张先生扔进污物盆里。昨天是宝贝，今天进了污物盆。母亲十五岁多了，渐省人事，她又羞又怕。她在照顾父亲时，看着父亲那被纱布缠住的鸡子，心里怦怦跳，脸一阵发烧，一阵发红。

后来她发现了刘氏跟我爷爷睡在一起。

刘氏对她说："倩儿,你十五岁了,不小了,你撩撩豆官的鸡儿看看,能挺起来,他就是你男人啦。"

母亲羞得差点哭了。

父亲的伤口拆了线。

父亲躺在窝棚里睡觉,母亲悄悄地溜进去,她轻手轻脚,脸皮滚烫。她在父亲身边跪下,轻轻地把父亲的裤子褪下来。在明亮的光线下,母亲看到父亲的鸡子因为受伤变得丑陋不堪,鸡头上带着生死不怕、疯疯癫癫的野蛮表情。她小心翼翼地用汗津津的手握住它,感到它渐渐热起来,渐渐在她手心里膨胀起来,并像心跳一样在她手里跳动着。父亲睁开了眼,乜乜斜斜地说:"倩儿,你干什么?"

母亲惊叫一声,撒腿就跑,与正要进窝棚的我爷爷撞了个满怀。

爷爷扳住她的肩头,问:"怎么啦,倩儿?"

母亲哇一声哭了。她挣脱爷爷的手,飞跑着去了。

爷爷钻进窝棚。

爷爷像发疯一样跑出窝棚,找到刘氏,抓住她的两个乳房,用力撕扯着,语无伦次地说着:"是独头蒜! 是独头蒜!"

爷爷对着天空,连放三枪,然后双手合十。大声喊叫:

"苍天有眼!"

九

爷爷用手巴骨敲打着墙壁,阳光斜射进来,照着擦得锃亮的炕桌上摆着的高密泥塑。白窗户上贴满了奶奶亲手剪出的构思奇巧、花样翻新的剪纸。五天之后,这里的一切都要在战火中化为灰烬。现在是一九三九年八月初十,爷爷蜷着一只伤臂,带着满身汽油味儿,从公路上归来。他和父亲一起把那挺歪把子机关枪埋在院子里的楸树下,又进屋来寻找奶奶藏下的银钱。

墙壁空空洞洞的响着,爷爷掏出枪,用枪把子砸墙壁,一下子砸出一个洞。爷爷伸手进去,拖出了一个红布小口袋,摇摇,哗啷响,倒在炕上一数,五十块银洋。

爷爷把银洋装好,说:"走吧,儿子。"

父亲问:"爹,去哪儿?"

爷爷说:"进县买子弹,跟冷麻子算账。"

父亲和爷爷走到县城北边时,太阳偏西,胶济铁路在高粱棵里乌青青如一条长龙,黑色的火车喀当喀当地爬来爬去。一团团焦黄的煤烟缭绕在高粱梢头,铁轨亮唧唧地刺眼,像龙的鳞片。火车尖利的嘶鸣使父亲心惊胆颤,他紧紧地抓住爷爷的手。

爷爷拖着父亲,走到一个高大的坟墓前,墓前有一块两人多高的白石碑,碑上扁扁的字迹已剥蚀得难辨横竖,墓四周有几颗双人难以合抱的老柏树,树冠黑森森的,无风也在呜呜的鸣叫。坟墓被血红的高粱包围着,像一个黑色的孤岛。

爷爷在墓碑前挖了一个坑,把自来得手枪放进去。父亲也把他的勃朗宁手枪放进去。

父亲和爷爷跨过铁道,望到了高大的城门洞子。城门楼子上高挑着一面日本旗,旗上的红日与西斜的红日相映着,显得鲜明又辉煌。门洞两侧站着两个岗哨,左边是日本兵,右边是中国兵。中国兵盘问搜查老百姓,日本兵持枪立着,看着中国兵搜查中国人。

爷爷一过铁道就把父亲背起来,低声说:"装肚子疼,哼哼起来。"

父亲哼哼了两声,悄声问:"爹,就这样哼哼吗?"

爷爷说:"动静再大一点。"

他们随着进城的人到了城门洞子。中国兵吼一声:"哪村的,进城干什么?"

爷爷死声死气地说:"城北鱼滩的,孩子得了绞肠痧,进城里找吴先生给治治。"

父亲光顾了听爷爷和岗哨对话,忘了哼哼。爷爷在他大腿上用力拧了一把,父亲嗷嗷地叫起来。

岗哨挥挥手,放爷爷进去了。

走到僻静处,爷爷愤怒地说:"混蛋,为什么不哼哼?"

父亲说:"爹,你拧人好疼啊!"

爷爷带着父亲,从一条铺满炉渣子的小斜街上往火车上方向插过去。黯淡的阳光。污浊的空气。父亲看到火车站破旧的站房边修筑着两座高大的炮楼。炮楼上的白色日本旗中心凝着一团红血,两个牵着狼狗的日本兵在站台上机械地走动,几十个要乘车的旅客有蹲有站,排在铁栅栏外边。一个身穿黑衣服的中国人提着一盏红灯,在站台上立着,从东边传来火车的鸣叫。父亲脚下的地皮都在哆嗦,那两条狼狗对着驰来的列车叫了两声。一个卖纸烟瓜子的小老太婆蹀蹀躞躞地在那些旅客旁边徘徊着。火车咚咚喘息着,在站上停下来。父亲看到火车拉着二十多个长盒子,前边十几个四四方方,有窗有门;后边十几个没有顶盖,一些楞八叉的东西用草绿色的大篷布遮着。车上站着几个鬼子,叽哩咕噜地跟站台上的鬼子打着招呼。

父亲听到一声尖锐的枪响,从铁路北面的高粱地里传来,货车上的一个高个鬼子,身体晃了晃,一头栽到了车厢下。炮楼上响起了狼嗥般的警报声,正下车的旅客和未上车的旅客四散奔跑,狼狗狂吠不止,炮楼上的机枪哗哗地往北扫射着。火车在忙乱中开动了,大团的黑烟飞散,站上煤炭飞扬。爷爷拉着父亲的手,飞快地拐进一条幽暗的小巷子。

爷爷推开了一扇半掩着的门,进了一个小院子。房檐下挑着一盏纸糊的小灯笼,红颜色,射出短而弱的神秘红光。一个涂脂抹粉的看不出年龄的女人倚门而立,腥红的唇里露出两排细密的白牙,一脸的笑容,蓬着黑鸦鸦的头发,鬓边斜插着一枝绢花。

"哥呀!"那女人娇滴滴地说,"当了司令就把妹妹给忘了。"她粘在爷爷身上撒娇。

"老实点,当着我儿子的面。"爷爷说。

"今天没空跟你啰唆! 五兄弟那边的线还扯着吧?"

那女人悻悻地出去,插上大门,又从房檐下落下红灯笼。进屋来,撇着嘴说:"五兄弟被警备局打啦!"

爷爷说:"警备局的宋顺不是五兄弟的把兄弟吗?"

女人说:"你以为这种酒饭朋友靠得住是怎么的! 青岛那边一出事,老娘这边就像坐在刀尖上过日子一样。"

"五兄弟不会供出你来,那小子牙关紧,当年在曹梦九那儿走过热螯子的。"爷爷说。

"你来干什么? 听说你打了日本的汽车队?"

"吃了大亏! 我操死冷麻子他亲娘。"

"你别跟他们纠缠,那些人一个个鬼精蛤蟆眼的,你斗不过。"

爷爷从腰里摸出那包银洋,摔到桌子上,说:"给五百颗,红屁股眼的。"

"还红屁眼蓝屁眼,五兄弟一出事,我这儿早干啦,老娘又不会下枪子。"

"你少给我卖关子! 这五十元你先花着,你想想,余占鳌亏待过你没有?"

"我的哥,"女人说,"你这是说的什么呀,妹妹跟你又不是外人。"

"你别惹我生气!"爷爷冷冷地说。

"你们出不了城。"女人说。

"你就别管了。给五百颗大粒的,再给五十颗小粒的。"

那女人走到院子里听听动静,一会儿进了屋。她推开墙上的一扇暗门,拿出了一盒子黄灿灿的手枪子弹。

爷爷找了一根袋子,装好子弹,捆在腰里,说:"走啦!"

女人拦住他,说:"你打算怎么走?"

爷爷说:"从火车站那儿,爬过铁道去。"

女人说:"不行,那儿有炮楼,有探照灯,有狗,有岗哨。"

爷爷冷笑着:"试试看吧,不行就回来。"

爷爷和父亲沿着黑暗的巷子,溜到火车站附近,这里没有城墙。他们躲在铁匠铺子的墙角上,看着灯火通明的站台,站台上岗哨林立。爷爷对父亲耳语一声,扯着父亲向西回转。站房西边是一个露天货场,铁丝网从站房那儿一直拉到城墙头上。炮楼上的探照灯来来回回扫着,照得十几道铁轨耀眼的明亮。货场上竖着一根高竿,竿上亮着一盏牛蛋子形状的大电灯,绿荧荧的,照得万物变色。

父亲趴在爷爷身边,看着铁丝网里边来回流动的岗哨。

一辆货车从西驰来,粗大的烟筒里喷着一簇簇强劲有力的暗红色火星子。车灯光像一道河,从远处哗哗地流过来,没被轧压的铁轨也嘎嘎吱吱地叫。

爷爷和父亲爬到铁丝网边上,用手掀动,想弄出个窟窿钻进去。铁丝绷得非常紧,一个铁蒺藜骨朵扎进了父亲的手掌。父亲低低地呻吟一声。

爷爷轻声问:"怎么啦?"

父亲轻声答:"扎手啦,爹。"

爷爷说:"过不去,回吧!"

父亲说:"有枪就好了。"

爷爷说:"有枪也出不去。"

父亲说:"有枪先把牛蛋子灯打碎!"

爷爷和父亲退到一个黑影里,爷爷摸起一块砖头,用力扔到铁道上。岗哨一声怪叫,开了一枪,探照灯立刻扫过来,刮风一样的机枪响声把父亲耳朵震得半聋,子弹头打得铁轨金星飞迸。

八月十五日,中秋节,高密县城大集。虽是战乱年代,老百姓还得活着,活着就要吃穿,就要买卖。出城的进城的,摩肩接踵。早晨八点钟,一个名叫高荣的小伙子到县城北门上了岗,他严格盘查着进出的人。他觉得对面的日本兵非常不友好地看着自己。

一个五十多岁的老头子和一个十几岁的小男孩,赶着一只小山羊从城里往外走,老头脸色漆黑,眼睛发青;小孩子的脸色则发红,流汗,好像很紧张的样子。

来往行人很多,都在门口被卡住,高荣一丝不苟地盘问检查。

"到哪里去?"

"出城,回家!"老头说。

"不赶集啦?"

"赶完了,买了只羊快病死了,便宜。"

"你什么时候进的城?"

"昨天下午就进了,住在亲戚家,一大早就买了羊。"

"现在到哪儿去?"

"出城,回家。"

"走吧!"

爷爷和父亲赶着那只小羊,出了城。小山羊肚子沉重,挪蹄艰难。爷爷用一根高粱秆子抽打着它的屁股,它咩咩地叫着,痛苦地扭动着尾巴,跑向通往高密东北乡的土路。

爷爷和父亲从墓碑下起出枪。

父亲说："爹,把山羊放了吧?"

爷爷说："不,赶着它走,赶回去杀了,咱爷俩过个中秋节。"

父亲和爷爷正晌午时赶到了村头,他们遥远地望到近年来修整过的环绕村庄的高高的黑土围子时,就听到了村里村外激烈的枪炮声。爷爷想起临去县城前村里尊长张若鲁老先生的担忧,想起自己连续几天来的预感,知道这桩祸事终于降临了。他暗暗庆幸一早出县城的正确,虽然担风险,但毕竟赶上了,能干点什么就干点什么吧。

爷爷和父亲把半死不活的小山羊抱进高粱地。父亲动手拆开缝住羊腔眼的麻绳。父亲拆着麻绳,想着在那女人往羊屁股里塞子弹的情景,五百五十发子弹,塞进小山羊的屁眼,把山羊肚子坠得下垂如弯月。父亲一路上直担心,一会儿担心子弹把羊肚子坠破,一会儿又担心山羊把子弹全部消化掉。

父亲撕开细麻绳,羊屁股像一朵梅花,猛然绽开,蓄积良久的羊屎豆子噼哩啪啦落下来。小山羊拉了一堆屎,瘫在了地上。父亲惊讶地说:"爹,坏啦,子弹都变成羊屎啦。"

爷爷提着羊角,使山羊直立起来,然后上上下下地墩着,光灿灿的子弹,从失去括约力的羊屁眼里,扑扑噜噜地冒出来。

爷爷和父亲捡起子弹,先压满枪膛,又装进口袋,也不顾山羊是死是活,从高粱地里,斜刺里往村子前边插过去。

鬼子已经把村子团团包围,村子里硝烟弥漫,有几处黑色的烟火在升腾。父亲和爷爷先看到藏在高粱地里的小炮阵地。共有八门迫击炮,炮筒子半人多高,炮口一拳头粗细。二十多个穿土黄色军衣的日本人正在放炮,一个精瘦的鬼子拿着小旗指挥着。每门炮后都有一个鬼子,劈着腿骑着小炮,双手抟着一个带翅膀的、明晃晃的小炮弹,瘦鬼子一劈小旗,鬼子们一齐松手,把炮弹掉到炮筒里。炮筒里一声响,炮口窜出一股火,炮筒子往后一缩,一个明晃晃的东西上了天,吱吱地叫着,落到围子里。围子里先冒起八股烟,接着传来八声合成一声的巨响。那些烟柱里,像开花一样溅着黑糊糊的东西。鬼子又放了一排炮弹。爷爷如梦中醒来,抢起匣枪,一枪就把那个挥小旗的日本人给放倒了。父亲看到子弹穿进瘦鬼子干萝卜一样的脑壳里,才意识到:战斗开始了。他懵头胀脑地开了一枪,子弹打在迫击炮的底板上,铮然一响,又向别处拐了弯。操炮的鬼子抓起枪,啪啪地打着,爷爷扯着父亲,钻着高粱空子溜了。

日本人和皇协军开始攻击了。皇协军在前,弯着腰,串着高粱空儿,漫天盖地的胡乱开着枪。日本兵跟在后边,腰也弯得很低。

好几挺机枪在高粱地里咕咕咕咕地叫着。围子上鸦雀无声。等到皇协军们冲到围子跟前时,围子里飞出了几十颗歪歪把子的手榴弹——爷爷不知道,这是若鲁老大爷集资去冷支队的兵工厂买回的次品手榴弹——手榴弹一齐爆炸,皇协军倒了几十个,没炸着的转身就跑,日本人也转身回跑。围子上蹦起几十个人,端着土枪土炮,急忙放了一阵,又赶紧缩下头。围子上又安静了。

后来,父亲和爷爷知道,村北、村东、村西,都进行着同样激烈、又同样具有荒唐色彩的战斗。

鬼子又开始打炮了,炮弹准确地打在那两扇包着铁皮的大门上,一炮一个洞,又一炮一个洞,咕咚咕咚一排炮,大门被炸得七零八落,门口开了一个大洞。

爷爷和父亲又袭击了鬼子的炮兵。爷爷放了四枪,有两个鬼子兵倒了。父亲放了一枪。父亲瞄准的是一个骑着炮筒、双手抿着炮弹的鬼子。为了保险,父亲用双手攥着勃朗宁,瞄着鬼子宽宽的背搂了火,但父亲看到子弹钻进鬼子腚眼里。鬼子一怔,身子前倾,压住炮口中,唿隆一声巨响。父亲在地上弹跳几下,头上一片窣窣乱响。那个鬼子被拦腰打断,迫击炮炸了膛,一个滚烫的枪栓,飞了几十米,落在了父亲头前,差一点没把父亲砸死。

多少年后,父亲都忘不了这战果辉煌的一枪。

村围子的大门被炸碎,一队日本马兵,挥舞着马刀,向村子里冲去。父亲三分胆怯七分羡慕地看着那些漂亮英武的大洋马。乱糟糟的高粱棵子绊着马腿、擦着马脸,洋马烦恼地乱跳,很难跑快。马队冲到大门洞时,所有的马拥挤在一起,踢踢蹋蹋,像进马圈一样。从门楼两边,飞下来无数的铁耙木犁,碎砖烂瓦,大概还有滚烫的高粱稀饭,马兵们一个个鬼叫着捂住了头,那些洋马惊得扬蹄顿足,有的窜进村庄,有的逃回来。

爷爷和父亲看到马兵进攻的惨象,脸上都绽开古怪的笑容。

爷爷和父亲的骚扰招来了成群结队的皇协军,后来马队也参加了清剿。有好几次,日本马刀在父亲头上闪着寒光劈下来,但都被高粱棵子挡住了。爷爷的头皮被一颗子弹犁开一条沟。密密匝匝的高粱救了爷爷和父亲的命。他们被追赶得像兔子一样贴着地皮窜。半下午的时候,爷爷和父亲跑到墨水河边。

爷爷和父亲清点了一下子弹,又钻进了高粱地。他们往前走了一里路左右,就听到前面一阵吼叫:同志们——冲啊——打倒日本帝国主义——

口号声过后,军号又嘀嘀哒哒吹起来。好像是两挺重机枪在高粱地里咕咕叫起来。

爷爷和父亲异常兴奋,扑着那重机枪声飞跑过去。到了眼前一看,人影没有一个,只见高粱棵子上拴着两只铁皮洋油桶,桶里有两挂鞭炮正在爆响。

军号声和口号声又在旁边的高粱地里响起来。

爷爷轻蔑地一笑,说:"土八路,就会来这一套。"

铁皮洋油桶咚咚响着,震得老熟的高粱粒子簌簌落下。

鬼子的马队和成群的皇协军一边打枪,一边包抄过来。爷爷拉着父亲往后退去。几个腰里掖着手榴弹的八路哈着腰跑过来。父亲看到一个持枪的八路跪在地上,对着被洋马撞得乱摇摆的高粱棵子开了一枪,枪声破破烂烂地像摔了一个瓦罐。开过枪的八路拉着大栓退弹壳,怎么也拉不动。一匹洋马冲上去,父亲看到马上的日本兵把贼亮的马刀耍了一个花,对着那个八路的脑袋劈下去。那个八路扔下枪就跑,洋马追上了他,日本马刀把他的脑袋一劈两半,脑浆子滋到了高粱叶子上。父亲双眼漆黑,软在地上。

父亲和爷爷被日本的马队冲散了。太阳已压住高粱梢头,高粱地里已出现大团大团的阴暗的影子,三只毛茸茸的小狐狸从父亲面前笨拙地移动过去,父亲伸手揪住一只小狐狸粗大可爱的尾巴,立刻听到高粱丛中发出一声气急败坏的嗥叫,一只红毛老狐狸闪电般跳出来,龇着牙,向父亲示威。父亲慌忙把小狐狸放掉,老狐狸带着小狐狸走了。

枪声都响到村子的东、西、北三个方向去了,村子南面显得异常安静。父亲先是轻声喊,后来就大声喊起来。爷爷没有回答。不祥的阴云爬上了我父亲的心头,他焦急地向着响枪的地方跑去。高粱地里的光线更弱了,沐着夕阳的高粱穗子恐怖地群集在他头上。父亲哭了。

父亲在寻找爷爷的过程中碰到了三个八路的尸体,他们都是被马刀砍死的,他们的死脸在晦暗中显得狰狞可怖。父亲闯进一群人里,他们都是土老百姓,拿着绳子扁担,战战兢兢地在高粱地里蹲着。

父亲问:"你们见俺爹没有?"

他们问:"小孩,村子打开没有?"

父亲听出了他们的胶县口音。父亲听到一个老头子絮絮叨叨地叮嘱他的儿子："银柱,银柱,记着,破棉花套子也要着,先去弄口八印锅,咱家那口早破了。"

那老头子混浊的眼睛像两滩鼻涕一样粘在眼眶里。父亲顾不上理他们,继续往北跑去。靠近村庄时,那个在奶奶的梦幻中、在爷爷的梦幻中、在父亲的梦幻中反复闪显过的情景出现了。村子东、北、西三面枪声爆响着,村里的男女老少,像一股喧闹的潮水,从围子门里涌出来,涌到村前低洼的高粱地里。

一阵狂风般的枪声就在父亲的眼前响起,父亲看到无数的子弹,飞蝗一样主宰了村前高粱地。跑出来的男女老幼,连同高粱棵子,全被打倒了。溅出的鲜血,把半个天空都染红了。父亲大张着嘴,坐在地上,他看到到处都是血,到处都是血的腥甜味。

日本人进了村庄。

沾满了人血的夕阳刚下了山,八月中秋血红的月亮便从高粱丛中冒出来。

我父亲听到我爷爷压低了嗓门的呼唤声:

"豆官——!"

第 四 章

高粱殡

一

残忍的四月里,墨水河里趁着灿烂星光交媾过的青蛙甩出了一摊摊透明卵块,强烈的阳光把河水晒得像刚榨出的豆油一样温暖。一群群蝌蚪孵化出来,在缓缓流淌的河水里像一团团洇漫的墨汁一样移动着。河滩上的狗蛋子草发疯一样生长,红得发紫的野茄子花在水草的夹缝里愤怒地开放。这天是鸟类的好日子。土黄色中星杂着白斑点的云雀在白气袅袅的高空中尖声呼啸。油亮的家燕子用红褐色的胸脯不断点破琉璃般的河水。一串串剪刀状的幽暗燕影在河水中飞快滑动。高密东北乡的黑色土地在鸟翼下笨重地旋转。灼热的西南风贴着地皮滚过,胶平公路上游击着一股股浑浊的尘埃。

这天也是我奶奶的好日子,参加了黑眼的铁板会并逐渐取代黑眼在铁板会中领导地位的爷爷,要给死去近两年的奶奶出大殡。这是爷爷在奶奶临时坟丘前许下的大愿望。出大殡的消息早在一个月前就传遍了高密东北乡的九庄十八疃。殡期定在四月初八,四月初七上午,就有远方的百姓赶着驴车牛车,车上载着妻子儿女,向我们村庄集中。小商小贩也赶来发财。村里的街道上,村头的树荫下,卖炉包的踩好了土灶,烤烧饼的支好了锅,卖绿豆凉粉的搭起了白布凉蓬。白发红颜,大男小女,熙熙攘攘挤满了我们的村庄。

一九四一年春,国民党的冷支队和共产党的胶高大队在互相的频繁摩擦中、在由爷爷筹划的铁板会绑票运动中和日伪的扫荡围剿中大伤了元气。据说冷支队逃遁到昌邑的三河山地区休养生息;胶高大队隐藏在平度的大泽山区舐舐伤口。爷爷和爷爷往昔的情敌共同领导的铁板会虽然在短短的一年多里发展成一支有二百多条钢枪、五十多匹精壮好马的武装力量,但由于行动诡秘,并带着浓厚的宗教迷信色彩,似乎并没有引起日伪的注意。一九四一年,就全国形势说,是抗日战争空前残酷的阶段,但高密东北乡却出现了短暂的安宁和平景象。活着的百姓们,在朽烂的高粱尸体上,播下了新的高粱。播种后不久就下了一场涓滴不流的中雨,肥沃的土壤潮湿滋润,阳光明媚兴旺,地温持续上升,高粱芽苗仿佛一夜之间齐齐地钻出来,柔弱的鲜红锥形芽尖上,挑着一点点纯净的露珠。离间苗初锄头还有一段时间,奶奶大出殡的日子,正逢着小农闲。

初七日傍晚,村子里被一九三九年八月十五日那场大火烧出来的断壁残垣里,已经挤满了人。浮土沸扬的街道上,停了几十辆卸掉了牲口的木轱辘车,树木上、车辕杆上,拴着毛驴和黄牛。夕阳照耀着牲畜褪尽肮脏的冬毛后露出来的光滑皮肤,还没有完全长大的树叶子被阳光染成血红,叶影像一枚枚古老的钱币,印在牲畜的脊背上。

太阳落山时,从村西的大道上,来了一个骑骡的郎中。他的乌黑的大鼻孔里。伸出两撮燕羽般的硬毛,一顶与闷郁的四月格格不入的破毡帽遮住了他的头和额,两道阴沉沉的目光从倾斜的眉毛下射出来。一进村庄,郎中就跳下瘦骨伶仃的骡子,一手摇着金光灿灿的铜铃,一手揽着青绿色的麻缰绳,大摇大摆地往村中央走。骡子已经老狠了,遍身死毛尚未褪尽,露出新毛的地方明亮,附着死毛的地方晦暗,看去像通体生了癞疮。它不时地卷一下松弛地下垂着遮不住紫色牙床的下唇,眼睛上方两个涡子深得能放进去两个鸡蛋。

郎中和他的瘦骡子招摇过市,引得看殡来的众百姓好奇地看着他。他和他的骡子搭挡成一骑,生出一种稀奇古怪的意味。那只相当辉煌的铜铃铛里晃出来的悦耳响声,像谜一般深奥莫测。一群人脚不由己地跟着他走,脚板踢起尘土上前冲去,落到郎中油汗淫淫的脸上和他的浑身发散汗馊味的骡子脊背上。他眨动着眼睛,搐动着鼻孔,鼻孔里那两撮黑毛怪模怪样地耸动着。郎中用力打出一个尖声喷嚏,瘦骡子放出一串响屁。人们愣愣神,随即狂笑一阵,乱嚷嚷走散,去找露宿的地方去了。

新月挂上树梢后,村子里布满朦胧的暗影。一绺绺清凉的风从田野里吹来,一阵阵响亮的蛙鸣从墨水河里传来,陆陆续续到来的看殡人往村子里汇集,村子里住不下,就宿在村外高粱地里。这场大殡之后,从我们村庄到墨水河边,有几千亩暄腾腾的高粱地被踩硬了,高粱芽苗被踩进泥土里去,变成一线浅绿色的汁液;一直等到五月里又一场大雨降临,板结的土地才重新发过来。残存的高粱苗在连绵的野草造成的荒芜中倔强地钻出利刃般的顶梢,高粱茎叶和野草造成的荫影遮蔽了一颗颗绿锈斑斑的黄铜弹壳。

骑骡郎中在幽暗的暮色里摇着铃铛游荡,鼻子里不时喷出夸张的喷嚏。他走完村中央的土路,又绕着爷爷的铁板会临时搭起的一片高大席棚转圈。席棚巍巍峨峨,气势逼人,是我们村子里从没出现过的高大建筑,奶奶的灵柩停放在中央席棚里,棚缝里射出一道道炽亮的蜡烛光亮。棚口站着俩斜挎盒子枪的铁板会会员,他们俩额头向后延伸、约占头皮四分之一部位的头发全部刮光,露着青溜溜的头皮。所有铁板会员的头颅都是这副模样,让人一见就生出三分怕意。二百多个铁板会会员分散住在围绕着停灵大席棚的卫星小席棚里,五十多匹膘肥体壮的战马拴在一溜树杆弯曲的垂柳树上。马前支着一长溜简易食槽,马打着响鼻,顿着铁蹄,尾巴拂着趋味而来的第一批蝇虫子。马伏往食槽里倒着草料,柳树下散着炒焦的高粱米粒的香气。

郎中的瘦骡子被芳香的草料诱惑,努力向马群那儿歪脖子,郎中用冷笑着的眼睛看着老骡子可怜巴巴的目光,像自言自语又像是对骡子说:"馋了吗?告诉你说吧,不是冤家不碰头,人为财死,鸟为食亡,少年休笑白头翁,花开能有几日红,得让人处且让人,让人不算痴,过后得便宜……"

牵骡郎中疯疯颠颠的话语和鬼鬼祟祟的行动引起了化装成看殡百姓的铁板会会员的注意。有两个铁板会会员跟踪着他,等他满嘴胡言乱语着、急一阵慢一阵地摇着破铃铛、又一次转到马群附近时,一个铁板会会员在前,一个铁板会会员在后,前后两支匣枪,硬梆梆地逼住了他。

郎中毫无畏惧,在幽暗里发出一声凄厉的笑声:两个握枪的铁板会会员手腕子不由自主地哆嗦起来。前边的铁板会会员看到郎中的两只眼睛像炭火一样燃烧着,后边的铁板会会员看到郎中在笑声中梗得又直又硬的黑脖子。瘦骡子狼忼的大影子像一堵倾圮的墙壁一样倒在地上,战马群里响起两匹马儿争食草料的嘶咬声。

中央大席棚里点着二十四根通红的羊油大蜡烛,烛光跳动不安,光影使席棚里的一切都惊恐不安地晃动着。奶奶的暗红色大灵柩停放在席棚中央,烛光在暗红上又染了一层流动的金光,平添无限神秘色彩。围绕着棺材摆放着白纸扎成的雪松雪柳,左一绿衣童男,右一红衣童女,侍立棺材两侧。童男女是乡里有名的纸扎匠宝恩用高粱秸杆和彩纸扎就,一些平常草木,经心灵手巧的宝恩一弄,竟变成生命活泼的灵物。棺材后立着奶奶的主位,主位上写着:显妣戴氏夫人神主孝男余豆官奉祀。主位前褐色香炉里,燃着杏黄色祭香,香烟袅绕,香灰挑在暗红色的火点上,经久不落。父亲脑门上,也剃出了一块光滑的头皮,标志着他是铁板会中人。爷爷的头顶上,也用剃刀刮出半轮明月,他和铁板会会长黑眼并排坐在席棚一侧的条案后,看着从胶县城请来的熟谙葬礼的司师爷在教练我父亲行三跪六揖九叩之大礼。司师爷有六十左右年纪,下巴上垂着一部银丝线一样的白胡子,牙齿雪白,口舌伶俐,一看就知道是个头脑清楚、办事干练的人。司师爷不厌其烦地教导着我父亲,父亲却渐渐不耐烦起来,所有的动作都偷工减料,马马虎虎。

爷爷在一旁严厉地说:"豆官,不能胡弄,为你娘尽孝别怕辛苦!"

父亲认真练了几下,见爷爷又侧过脸去跟黑眼谈话,动作立刻又潦草了。席棚外有人进来,要求向司师爷报销账目,司师爷得到爷爷允许,就随着那人走了。为出奶奶的大殡,铁板会耗费了成千上万的钱财。爷爷他们为了敛财,在冷支队和江大队撤走后,在高密东北乡发行了一种用草纸印刷的纸币,面额有一千元和一万元两种,纸币图案简单(一个似人非人的怪物骑着一只老虎),印刷马虎(用印年画的木板印刷)。当时,高密东北乡起码流通着四种货币。每一种货币的贬值与升值、疲软与坚挺,都与货币发行者当时的势力有关。大小武装靠枪杆子强制发行的货币,是对老百姓的无情盘剥。爷爷能为奶奶出大殡,就是依靠着这种变相的强取豪夺。那时候江大队和冷支队被挤走,爷爷的队伍印刷的草纸币在高密东北乡十分坚挺,但这种好光景只维持了几个月。奶奶的大殡之后,积压在老百姓手里的骑虎票子就变得一分不值了。

两个铁板会员押着骑骡郎中进了停灵大席棚,烛光刺得他们眼睛乱眨。

"干什么的!"爷爷欠了一下身,懊恼地问。

前头的那个铁板会员单膝跪地,双手捂住脑门上那块亮晶晶的头皮,说:"报副会长,捉到一个奸细!"

又黑又大的、左眼被一圈黑痣包围着的铁板会会长黑眼用脚踢了一下桌子腿,拉紧嗓门喊:"牵出去砍了,扒出心肝来下酒!"

"慢着!"爷爷对两个会员吼一声,又侧过脸来对黑眼说:"老黑,是不是先问清再杀?"

"问他娘的蛋!"黑眼把桌子上的泥茶壶一掌拂下地,站起来,掖掖从腰里窜上来的枪,怒冲冲地瞪着那个起始报告的铁板会员。

"会长……"那个会员惶恐地说。

"我操你活娘,朱顺! 你眼里还有会长? 狗娘养的,往后你别叫我看到你,你他妈的扎我的眼眶子!"黑眼愤怒地骂着,对着落在地上的泥茶壶踢了一脚,瓦片斜飞起来,穿进棺木两侧那些袅袅娜娜的雪柳中,发出一阵嚓嚓啦啦的响声。

一个和我父亲年龄相仿的半大小子,弯腰把碎茶壶捡起来,扔到席棚外去。

爷爷对那半大小子说:"福来,把会长扶回去歇息吧,他醉啦!"

福来上前搀扶黑眼的胳膊,被他搡了个趔趄。黑眼说:"醉了,谁醉了? 忘恩负义的东西! 老子开家立业,你来吃现成? 老虎打食喂狗熊! 小子,便宜不了你,黑眼眼里揉不进砂子去! 咱们走着瞧!"

爷爷说:"老黑,当着这么多兄弟,不怕丢你的身份?"

爷爷脸上挂着冷酷的笑容,嘴角上立着两道残忍的竖纹。

黑眼伸手至腰间,摸出匣枪的胶木把子,嗓子疲劳,发出艰涩的嘶鸣:"滚你妈的蛋! 带着你的狗崽子滚你妈的蛋!"

爷爷说:"请神容易送神难。"

黑眼把匣枪掏了出来,对着爷爷挥舞着。

爷爷端起酒杯,呷了一口酒,鼓起腮帮,漱漱口,然后往前一探颈,噗一声,把一口酒喷到黑眼脸上。爷爷手腕一扬,那个鸡蛋大的绿瓷酒盅子打在黑眼的匣枪苗子上,酒盅啪啦一声迸碎,破瓷片纷纷落地。黑眼的手腕子哆嗦着,枪口垂了下去。

"收起你的枪!"爷爷用磨擦铁石般的格涩声音说,"我还有一笔老账没跟你算清呐,老黑,你先别张狂。"

黑眼满脸是汗,嘟嘟哝哝地说着什么,把匣枪插进生牛皮腰带里,走回原来的位置坐下。

爷爷轻蔑地瞄了他一眼,他愤怒地回报了爷爷一眼。

脸上始终挂着一副冷嘲表情的骑骡郎中,忽然狂笑起来,笑得前仰后合,胳膊乱扭腿乱蹬,好像有人在拼命抓挠着他的胳肢窝。在他的七颠八倒的笑声中,席棚里人都变得局促不安,手脚无处安放。郎中只管狂笑,泪水从他灼热的眼窝里涌出来。

黑眼说:"笑什么! 操你的娘,笑什么?"

郎中的笑像闪电一样消逝了,他严肃地说:"操去吧,你去吗? 俺娘早死啦,埋到黑土里十年啦,你去吧!"

黑眼哑口无言,眼周的悲愍成绿叶一样颜色。他跳过桌凳,对着郎中的脸捣了七八拳。郎中的鼻子歪到一边,两线艳红的血沿着鼻孔里伸出的那两撮黑毛,嘀嘀嗒嗒下落,落到了他的嘴唇上和元宝一样翘起的下巴上。他甜蜜地巴咂着嘴,闪着白瓷光的牙齿被濡染得腥红。

"谁派你来的?"爷爷问。

"我的骡子呢?"郎中抻抻脖子,好像咽了一口血,继续说,"你们把我的骡子弄到哪里去啦？"

"一定是日本人的奸细！"黑眼说，"拿马鞭来，打这个狗娘养的！"

"我的骡子！你们还我的骡子！还我的骡子……"郎中惶恐地大叫着，飞快地往席棚口跑去，两个铁板会员拉住了他的胳膊，他疯狂地挣扎着。一个铁板会员腾出一只手，在他太阳穴上狠狠揍了一拳，他的脸皮呱唧一声响，脖子像折断的高粱茎子一样低垂下去，身体也软塌塌地坠下去。

"搜他的身！"爷爷命令道。

铁板会员把他的每个衣缝都搜遍了，搜出了两粒小孩子玩耍的玻璃球儿，一粒碧绿，一粒鲜红。球里边镶着两只猫眼状气泡儿。爷爷捏起玻璃球儿，对着烛光看着，玻璃球射出灿灿的彩光，十分夺目。爷爷莫名其妙地摇摇头，把玻璃球放在桌子上。我父亲溜到桌边，伸手把玻璃球抢走了。

爷爷说："给福来一粒。"

父亲不情愿地把手伸到黑眼会长的贴身随从福来面前，说："你要什么颜色的？"

福来说："我要红的。"

父亲说："不行，给你绿的！"

福来说："我要红的！"

"给你绿的！"父亲固执地说。

"绿的就绿的。"福来无可奈何地把绿玻璃球抓到手里。

郎中的脖子慢慢立起来，两眼凶光不减，丛生着血糊糊短髭的下巴倔强地翘着。

"说，是不是日本人的奸细！"爷爷问道。

郎中像执拗的孩子一样重复着："我的骡子！我的骡子！不把我的骡子牵来我什么也不说！"

233

爷爷淘气般地笑了,然后宽容大度地说:"牵进来,看看他要卖什么药。"

那匹老瘦骡被拉进席棚。耀眼的烛光、辉煌的棺材、阴森森的纸草,造成一种地狱般的气象,吓得骡子在席棚口畏缩不前。郎中上去,捂着它的眼睛,才把它牵进来。它站在爷爷他们面前,四条干柴棍子一样的瘦腿瑟瑟打抖,一串串的响屁对着奶奶的灵柩连放不止。

郎中抱着骡子的脖子,拍着它的木板般的额头,亲密地絮叨着:"伙计,你怕喽? 别怕,我告诉你别怕,砍掉脑袋碗大个疤瘌,别怕!"

黑眼说:"好大的碗!"

郎中说:"盆大的疤,也别怕,二十年后又是一条好汉!"

"说吧! 谁派你来的,来干什么?"爷爷问。

"俺爹的魂派我来的,派我来卖药。"郎中说着,从骡背上的褡裢里,掏出一包药,嘴里朗声读出歌谣:"一巴豆,二牛黄,三是斑蝥四麝香,七根葱七个枣,七粒胡椒七片姜。"

大家都愣了神,怔怔地看着郎中的脸和郎中的嘴,郎中的神情和气色,郎中的手和手里托着的药包。那匹老骡子渐渐适应了环境,四腿不抖了,安闲地捯动着破裂的、苍白的蹄子。

"什么药?"黑眼问。

"速效打胎药,"郎中狡猾地笑着,说,"哪怕你铜帮铁底钢栅栏,哪怕你铜头铁臂钢罗汉,一副药喝三遍,孩子下不来找我要钱!"

"他妈的,你这个缺德的杂种!"黑眼骂道。

"还有还有!"郎中又从褡裢里掏出一包药,举起来,唱道,"狗鞭为君羊鞭为臣,佐以黄酒太子参,杜仲狗脊腽肭兽,三月笋尖为药引。"

"治什么?"黑眼问。

"治男人阳萎不举,哪怕你蔫如抽丝的蚕,哪怕你软如弹过的棉,一副药喝三遍,钢枪不倒夜夜狗欢,干不成好事找我要钱!"

黑眼用手搔搔那块光头皮,淫邪地笑起来。

"娘的,你是个人种事不干一点的野先生!"黑眼昵骂着,要郎中拿药来看。

郎中从骡背上扯下褡裢,提着,走近爷爷和黑眼。他从褡裢里往外掏着药,边掏边报出一些稀奇古怪的药名。黑眼解开一包药,拿出一根枯树枝样的东西,放到嘴边嗅着,嗅一阵,说:"什么他妈的狗鞭!"

"是货真价实的黑狗鞭!"郎中说。

"老余,你认认,这明明是节枯树根!"黑眼把那物递给爷爷。爷爷只好接住,举得离火烛近些,眯缝着眼睛看。

骑骡郎中的身体突然筛糠般的颤栗起来,翘起的下巴得得地上跳着,没被鼻血濡染的地方露出了烂银般的光泽。父亲停止了玩耍玻璃彩球的游戏,心里别别地跳着,看着郎中逐渐收缩的身体。老黑骡子奄拉着头,红烛光照着它的呆板的脸,像笼罩着一个羞涩不安地坐在嫁床上的半老婆子。它的鼻孔里流着葱绿色的鼻涕,父亲想它一定得了老马伏讲过的那种鼻疽病。

郎中在乱颤中把左手探进褡裢,右手猛一扬,那包托在他手掌里的中药开花般地打在爷爷脸上。郎中左手里一道寒光闪过,父亲看到烛光照耀着一柄绿色的短剑。所有的人都目瞪口呆,安静地看着像黑猫一样敏捷的郎中把那道寒冷的绿光对准爷爷的喉咙扫过去。爷爷在遭到药包打击后一秒钟,本能地跳起来,并抡起了胳膊挡住了面。郎中衣袖搧起的凉风扑面而来。爷爷的胳膊隔开了短剑,但剑刃已经在他的大臂上豁开了一条长长的伤口。爷爷踢翻了桌子,并熟练地掏出了匣枪,随手打了三枪。辛辣的中药末子刺激得他睁眼困难,那些硬梆梆的狗鞭羊鞭打酸了他的鼻梁。爷爷一枪打中席棚;

一枪打中棺材,涂了几十层青油的棺材比铁石还要坚硬,子弹头进到一边,破成三五片,钻到席棚外去了;还有一颗子弹打断了瘦骡子的右前腿。它往前一扑,方大的头颅触到地上,但它立即又跳起来,哀伤地嘶鸣着,破碎的膝盖上流着白的和红的液体。它跳着圆圈向那些雪松雪柳中冲去,纸草哗啦啦响着,歪的歪,倒的倒,棺材盖子上的蜡烛被碰翻在地,蜡油和火烛立刻引燃了那些纸草。奶奶的灵位在片刻暗淡之后立刻变得格外辉煌起来,干燥的席棚卷曲着向火舌逼迫。铁板会员们猛醒过来,飞快地跑向窝棚口。火光中,皮肤像古老的青铜一样闪烁光彩的郎中又对着爷爷扑上去。父亲看到郎中手里的小剑像小蛇一样扭曲着逼近爷爷的喉头。黑眼手攥着匣枪,却并不开火,脸上似乎挂着几丝幸灾乐祸的笑容。父亲掏出了自己的马牌橹子枪,勾了一下枪机,一颗圆头子弹呼啸着射出打在郎中高耸的肩胛骨上。郎中高举着的胳膊猛然耷拉下去,小剑掉在桌子上。他的前身也倾在桌子上。父亲又勾了枪机,子弹贴壳。爷爷的眼睛血红,在火里燃烧着,他说:"别开枪!"

黑眼的匣枪啪啪啪一阵响,郎中的脑袋像煮过了头的鸡蛋一样炸裂了。

爷爷仇恨地盯了他一眼。

一群铁板会员涌进席棚。席棚里烟火升腾,席棚惊恐不安地爆响着,四面压迫下来。那匹被烧着的骡子遍地打滚,火被它的身躯压灭,但当它的身躯滚过去后,又立刻燃烧起来。烧焦骡皮的香味呛人喉咙。

棚里的人一窝蜂拥出。

黑眼大叫着:"救火!救火!快救火!抢出棺材来赏骑虎票子五千万!"

那时候春雨刚过,村头弯子里水光潋滟,铁板会员们、看殡百姓

236

们一齐动手,把燃烧得红云般烂漫的席棚推倒浇灭。

奶奶的棺材被绿色的火焰包围,几十桶水泼过后,火灭了,棺材上冒着绿幽幽的青烟。在幽暗的灯光下,它依然显得那么庞大坚固。黑骡子蜷曲的身体躺在棺材旁,焦臭味飞散开来,人人用衣袖遮鼻,耳朵里听得到棺材上冷却后的青油在啪啪爆响着破裂。

二

虽然夜里突遭变故,但为奶奶出大殡的日期决不更改。夜里铁板会里那个懂点医道的老马伕给爷爷包扎胳膊上的伤口时,黑眼讪讪地站在一边,建议殡期往后拖延。爷爷没看他,斜眼盯着插在蜡烛台上的红蜡流下的一串灰白的粘稠泪珠,斩钉截铁地否定了黑眼的意见。

爷爷一夜未眠,坐在一条方凳上,半睁半闭着血红的眼睛,冰凉的手按着盒子枪滞涩的胶木把子,一动不动,好像焊上了一样。

父亲躺在席棚上,瞄着爷爷,昏昏沉沉入了睡。黎明前他醒过来一次,偷眼看看在摇动的烛光中显得顽固不化的爷爷,看着爷爷臂上从白布中渗出来的黑色血迹,什么话也不敢说就闭上了眼睛。下午已赶来听差的五棚吹鼓手,因为同行嫉妒意见不和,互相用大喇叭骚扰着对方的睡眠,愤怒的喇叭声传到父亲睡的窝棚时,竟像古稀老人苍凉的叹息。父亲鼻子一酸,滚烫的泪水顺着眼角流进了他的耳朵。一转眼间,父亲想,我已经十六岁了。这动乱不安的日子,不知道何时才到头。父亲从朦胧中睨着他父亲渍血的肩头和蜡黄的面孔,一种不应该属于他的年龄的凄凉心情爬上了他瘢痂累累的心头。村里子遗的公鸡嘹亮地打鸣报晓了,黎明前的微风带着四月田野里的苦涩气息吹进窝棚,摇曳着冉冉欲灭的丑陋烛头。村庄里人语窃窃窈,战马在柳树下弹蹄喷鼻,宁静的晨风送来的寒意使父亲甜蜜地蜷缩起身体来。这时候他想到我未来的母亲倩儿,和理应做我的三奶奶的高大健壮的刘氏,她们在三个月前突然失踪。那时候父亲和爷爷随着铁板会转移到铁路南边一个僻静的小屯里去练兵。回来时发现人去棚空,一九三九年冬天搭起的土窝棚里挂满了一面面纤细的蛛网……

太阳刚一冒红,村子里就沸腾起来,卖吃食的小贩们拖腔拿调地喊着,包子炉上、馄饨挑里、烧饼锅里都冒着蒸气和香气。一个卖包子的小贩与一个买包子的麻脸农民争执起来,小贩拒收麻脸农民的八路发行的北海票子,麻脸农民又拿不出铁板会发行的骑虎票子。二十个包子已经进了麻脸农民的肚子,他说:"你要呢就是这,你不要呢就算把这二十个包子打发了花子吧。"围观的人劝那小贩收下北海票子,等到八路打回来,北海票子又值钱了。话说到这份上,围观的人立刻就散了,小贩收下北海票子,嘟嘟哝哝说了一句什么话,就扬起浩亮的嗓门喊:"包子!包子!刚出炉的大肉包子!"吃过饭的百姓们围绕着大棚满怀希望地等待着,但惮于荷枪实弹、脑门上露着一块青头皮的铁板会员的威风,无人敢近前。大棚在夜里的火焰中烧得残缺不全,郎中和他的老骡子烧成焦炭颜色,已被拖到离席棚五十步远的湾子边,那些吃惯了腐尸的乌鸦们又嗅臭而来。先是盘旋,后是破砖烂瓦齐齐落下,骡尸和人尸上覆盖着一大片钢蓝色的、活泼地参动着的羽毛。众百姓们想起昨天傍晚还是生龙活虎的骑骡郎中,几乎是一眨眼的工夫,就变成了乌鸦们的美餐,心里都是千头万绪,嘴里讷讷无声。

奶奶的棺材周围聚集着的席棚残骸,正被几个持帚操锹的铁板会会员清扫着,几个完整的酒盅子从灰烬中滚出来,被一个铁板会员用铁锹背拍得粉碎。奶奶的棺材在清晨明朗的光线下,显得狰狞可怖。原先覆盖着它的那层庄严神秘的紫红色已被火焰剥蚀,三指厚的细纱布青油被烧爆,裂开一条条纵横交叉的纹路。现在奶奶的寿器是乌黑展亮的,像涂了一层凹凸不平的臭油。奶奶的棺材罕见的巨大,十六岁的父亲站在翘起的棺材大头前,虽然棺材只齐着喉结,但父亲觉得它高大无比,压迫得他呼吸不畅。父亲想起去抢夺这棺材的情景……那个差不多有一百岁的、脑后梳着一条白小辫子的老头子手把着棺材头放声大哭。这是我的屋……谁也不能占……我是大清朝的秀才,连县太爷见了我都称年兄…… 你们先把我打死吧……你们这些强盗……老头子哭够了就骂。那天爷爷没有出面,是爷爷最亲信的马队队长带人去抬棺材,父亲跟着去的。父亲听说,这口棺材是用四块柏木板打成,板厚四市寸半。这棺材民国元年就打好了,每年缠一层细纱布涂一层清油,已经连涂了三十年……老头儿躺在棺材前像毛驴一样打滚儿,哭笑难分,明明是疯了。马队队长把四四方方一包袱铁板会印刷的骑虎票子扔在老头子怀里,马队队长竖着细长的眉毛说,老混蛋,我们给你钱买你的。老头子用双手撕扯着包袱,用几颗孤独的长牙啮咬着骑虎票子,骂着,土匪啊活土匪,连皇帝也不抢人寿器,你们这些强盗……马队队长说,老混蛋! 你听着,抗日救国,人人有责,你这副老毛驴胎子,找几捆高粱秸串成箔子,卷巴卷巴埋了就不错了,你哪里配用这样的棺材! 这棺材要给抗日英雄! 老头儿问,谁是抗日英雄? 马队队长说,是当年的余司令现在的余会长的原配夫人。啊呀呀,天地不容天地不容! 让一个女人睡我的屋……我不活了……老头儿弓着腰往棺材上撞去。他的脑袋笔直地撞在棺材头上,发出空洞的巨响。父亲看到老头儿细长的脖子缩进了腔子里,那颗撞扁了的脑袋夹在两座尖削地耸起的肩胛骨里……父亲想起老头儿圆大的鼻孔里那两撮花白的鼻毛和那副生着稀疏花白胡须的元宝一样翘起的下巴,心里突然有一道耀眼闪电照亮了一个黑暗的疑团……父亲非常想把这一瞬间的觉悟跟爷爷诉说,但一看到爷爷阴云密布的面孔,就把这念头压进了心底。

爷爷用一根黑布带子把受伤的右臂吊起来挂在脖颈上,瘦削的脸上堆满疲惫不堪的皱纹。眉毛细长的马队队长从马群那儿走过来,问了爷爷一句话。父亲站在夜里歇宿的小窝棚门口,听到爷爷说:"五乱子,不用我多说了,你去吧!"

父亲看到爷爷对着马队队长五乱子意味深长地瞥了一眼,五乱子心领神会地点了点头,转身向马群走去。

从另一个小窝棚里走出了黑眼。他叉开腿站在五乱子面前,挡住他的去路,忿忿地说:"干什么去?"

五乱子冷冷地说:"骑马踩道放哨。"

黑眼说:"我没让你去!"

"你是没让我去!"五乱子说。

爷爷走上前来,苦笑一声,说:"老黑,你成心要跟我过不去?"

黑眼说:"我不管,只不过随便问问。"

爷爷用那只好手拍了一下黑眼宽大厚实的肩膀,说:"出她的殡,也不是与你全没干系,咱老哥俩的账,等出完殡再算怎么样?"

黑眼没吱声,只把被爷爷拍过的那只肩膀斜扛着,对着远远地围成密集的圈子,努力往这里张望的众百姓们破口大骂:"站得远一点!你们的亲娘的!要抢孝帽子戴是不?"

五乱子站在拴马的柳树下,从怀里摸出一个黄色的铜哨子,吹了三声,五十个铁板会会员从离拴马柳不远的席棚里跑出来,各奔着自己的马去。那些马都激动不安地咆哮起来,弯弯曲曲的柳树被它们啃得露出一片片白色的树干。这五十余个铁板会会员个个精悍,武器轻便精良:人手一柄细俏的马刀,一支大背在肩上的日本马枪。五乱子和四个高大的汉子不背马枪,脖子上吊着一支俄国造花机关枪。

他们跳上马去，拥挤一阵后，就排成整齐的两路纵队，群马轻捷地翻动着蹄子，颠颠地小跑着，往村外那条直通墨水河大桥的土路驰去。马蹄上的各色距毛在晨风中颤动中，明亮的蹄铁反射出一道道柔和的银光，铁板会会员们在磨得乌黑光亮的马鞍子上有节奏地跃动着。五乱子骑着一匹精壮的小花马，跑在最前边，一阵杂沓的声响过后，父亲看到马队在平坦的黑色土地上，像一团浓密浑浊的阴云一样漂到远方去。

穿长袍马褂、有仙风道骨的司师爷站在一条高凳上，拖着长腔喊："吹手班子——"

一群黑衣红帽的吹鼓手好像从地里冒出来一样，飞跑着拥向竖在路边的吹鼓手楼子。楼子用木板和苇席扎成，约有五七米高的样子。街上人如蚁群，吹鼓手们从人缝里挤过去，踏着一级级木板，哆哆嗦嗦地爬上自己的高位。

司师爷叫一嗓子："起——"

喇叭、唢呐齐声鸣咽起来。看热闹的人群都拼命往前挤，一根根脖子都抻到最长，极力想看清圈里的光景。后边的人群像潮头一样涌上来，虚弱的吹鼓手楼子被挤得吱哟哟乱响，摇摇欲坠，吹鼓手们吓得纷纷做鬼叫，拴在路边树木上的牛、驴也被挤得喘粗气。

爷爷谦恭地说："老黑，怎么办？"

黑眼高声叫道："老三，把队伍拉出来！"

五十多个手持大枪的铁板会会员也像从地里冒出来一样出现在人圈里，他们抡着大枪，用枪筒子、枪托子捅着捣着身不由己往前挤的人群。拥挤在村子里看殡的不知有几万几千人，五十个铁板会员累得口吐白沫也阻挡不住涌上来的人潮。

黑眼掏出匣枪，对着天空放了一枪；又贴着黑鸦鸦的人头放了一枪。铁板会员们也对着天空啪啪地胡乱开了枪。枪声一响，挤进前面的人调头返身往后挤去,后边往前挤的人胡里胡涂,继续往前挤,中间的人突然高起来,像运动中的黑色尺蠖弓起的背。被踩翻在地的孩子尖叫起来。有两个吹鼓手楼子慢腾腾地倾倒了,楼子里的吹鼓手四蹄刨动,拐弯抹角地叫着,跌进人堆里。吹鼓手的尖叫与被砸的人的尖叫成为嘈杂的大潮里的最尖利的呼啸,一头夹在人缝里的毛驴像陷在沼泽泥潭里抻着脖子举着头,鸡蛋大的双眼铜铃一样凸出来,发着可怜的蓝光。在这场骚乱中,起码有十几个老弱病残被踩死,几个月后还有几条毛驴和黄牛的尸体躺在这儿发散臭气,招徕苍蝇。

在铁板会员们的弹压下,人群终于平静下来。几个妇女在人圈外的呼天号地,与重新爬到楼子上的狼狈不堪的吹鼓手奏出的咽气般的音乐相得益彰。有一大半自知挤不进垓心的群众撤向村外,站在通往奶奶墓穴的路边上等候大殡的仪仗。那里,年轻貌美的五乱子正带着他的马队来回奔驰。

惊魂甫定的司师爷又站上高凳,喊:"小罩——"

两个腰束白搭腰的铁板会会员把一乘天蓝色的小罩抬过来。小罩有一米多高,方形,起脊,翘着龙头般的角,罩尖上镶着一个血红的琉璃顶子。

司师爷喊:"请主位——"

我母亲告诉过我,主位就是灵位,后来我简单考证过,主位并不是供祭祀的灵位,而是专门供出殡时证明棺中人身份的,正确称呼是"神主",与仪仗最前边的旌表相互补充,交叉证明。奶奶的主位在席棚大火中烧毁了,临时赶制的主位墨迹未干,由两个面孔清丽的铁板会会员请出来。主位上竖写着:大清光绪卅二年五月五日辰时生中华民国廿八年八月九日午时卒 中华民国高密东北乡游击司令铁板会魁首余公占鳌原配戴氏行凡神主 享年三十有二葬于白马山之

242

阳墨水河之阴。

奶奶的神主上披着三尺白绫子，神采飘逸；铁板会员小心翼翼地把神主安放在小罩里，然后退到两旁，垂手侍立。

司师爷喊："大罩——"

在吹鼓手的鼓吹中，六十四个铁板会会员把那顶深红颜色、镶着西瓜般大蓝顶子的大罩抬了过来。罩前，有一个铁板会的小头目，手提一面铜锣，敲出分明的节奏，六十四个抬杠子的脚踏着锣声，颤颤悠悠地走着。人群里原有的唧喳声齐齐停了，只有吹鼓手们吹得那些管子笛子还在哀哀地鸣着，被踩死了孩子的女人绝望地哭着，号锣喤喤地叫着，众人目不转睛地看着那架像庙宇一样的大罩缓缓移动过来，一种严肃的空气在人群上空转动着压下来，巨大的漩涡把众人的思想绞在一起转动。

爷爷的伤臂周围始终有一只极端讨厌的马蝇子在纠缠，它总是想伏到爷爷伤口里渗出的那团黑血上去。爷爷挥手拍它，它就惊飞起来，围着爷爷的头颅愤怒地飞旋，并发出那么强烈的轰鸣。爷爷恨不得一巴掌把它打成肉酱，但总也打不着它，反把自己的伤臂打得像针扎般疼痛。

大罩颤颤巍巍地停泊在奶奶的棺材前边，红帮蓝顶子的和谐色彩、喤——喤——喤——号锣发出的紧揪人心的声响，唤起了爷爷对飞逝的往昔生活的缠绵缭绕的回忆。

爷爷杀死和尚时年方十八岁，逃离家乡四处流浪到二十一岁返回高密东北乡进"婚丧服务公司"吃杠子饭。那时他已经饱尝了人间疾苦，受过穿红黑裤扫大街的侮辱，心如鲠骨，体如健猿，已具备了大土匪的基本素质，他知道吃杠子饭的不容易，但他不怕。爷爷忘不了一九二〇年胶县城綦翰林家挨巴掌的耻辱。爷爷忘了那只骚乱得他神经错乱的马蝇子，它瞅准机会叮到爷爷臂上沾血的白布上，一边从嘴里往外吐唾沫，一边往嘴里吸食腥咸的血。在没有倒也倾斜着的吹鼓手楼子里，几缕炽烈的金黄色光线照着吹鼓手鼓得像皮球一样的腮帮子，汗水从他们脸上流到他们脖子上，喇叭和唢呐口的下边缘上，悬挂着通过弯弯曲曲的铜铁管道流下来的吹鼓手的口水。看殡百姓高翘着脚尖，成千上万只眼睛射出的光线像焦灼的月光一样笼罩着圈里的活人和纸人、古老灿烂的文化和反动落后的思想。父亲周身遍被着万恶的人眼射出的美丽光线，心里先是像紫红色的葡萄一样一串接一串愤怒，继而是一道道五彩缤纷的彩虹般的痛苦。父亲身穿一件厚厚的、长及膝盖的白布孝衫子，腰束一道灰白色麻辫子，一顶方方正正的孝帽子遮住了他剃光了半块的脑袋。人群里挥发出的汗酸和奶奶棺材上的焦油味儿混浊成一股恶浊臭气，熏得父亲立脚不稳。他粘汗遍体，心里却不断涌起一阵又一阵的阴凉，从吹鼓手嘴中乐器发出的凄厉鸣叫和锋利的金线中，从板块一般呆滞的看殡人群中，从那一只只圆溜溜的眼睛里，父亲脊椎里那些超敏的白色丝络里，发出了一阵阵轻微的、寒如三月冰霜的信号。奶奶的棺材一时间狰狞无比，斑斑麻麻的板面和前高后低的趴卧姿势以及那刀切般锐利地倾斜着的棺首，都使它具有了某种巨兽的昏愦颟顸的性格。父亲总感觉到它会在突然间打着哈欠站起来，向着乌鸦鸦的人群猛扑过去。黑棺材在父亲的意识里像云团般膨胀开来，包围在厚板和红砖粉末中的奶奶的遗骨清晰地展现在父亲的眼前。那天上午在墨水河边，爷爷用锨头掘开草芽泛绿的奶奶的坟墓，把一棵棵沤得糟烂了的高粱杆子扒出来，露出了奶奶栩栩如生的躯体时的情景鲜明地浮现在父亲的眼前。父亲像难以忘记奶奶仰望着通红的高粱归天时情景一样难以忘记奶奶从土穴中脱颖而出的面容，崭新的、幻景般出现的面容顷刻便溶化在温暖的春风里。父亲在执行着孝子的繁琐礼仪时，也一直在追思着这些辉煌的生活片断。被阳光晒出一副狼狈相的司师爷高声喊叫："打棺——"六十四个暂充罩伕的铁板会会员便蜂拥到庞大的棺材前，喊一声起，那棺材竟如生根似的纹丝未动，罩伕们围着棺材，像一群蚂蚁围绕着一具猪的尸体。爷爷轰跑那只苍蝇，鄙夷地看着对大棺材束手无策的罩伕们，招手唤来那个小头目，对他说："去弄几丈土棉布来，要不，折腾到天亮，你也难把它弄进罩去！"小头目惶惑地盯着爷爷的眼睛，爷爷却把眼睛移开了，好像去看横亘在黑土平原上的墨水河大堤……

胶县城綦家门前竖着两根朱色脱尽的旗杆斗子，这古老的朽木象征着綦家的荣耀门第，这个晚清的老翰林死了，跟着老头子享尽了人间富贵的子孙们，把丧事办得声势浩大。一切准备停当，但出殡的日子却迟迟不敢公布。綦家深宅大院，棺材停放在最后一排房子里；要把棺材弄到大街上，必须先通过七道狭窄的门口。十几家"婚丧服务公司"的经理人看过棺材和地势之后，都垂着头走了，尽管綦家出的价钱惊人。

消息传到高密东北乡"婚丧服务公司"。打出一口棺材可获五百元银洋的高额悬赏，像诱人的钓饵一样勾引得我爷爷他们一班杠子伕们心乱如麻，好像思春的少妇遇到向她眉目传情并抛置金钩的美貌才郎。爷爷他们去找管事人曹二老爷，发誓要杀出高密东北乡的威风，挣下五百元银洋。曹二老爷稳如磐石，端坐在太师椅上，连个屁也不放。爷爷他们只能看到他那颗聪明地转动着的冷酷的眼珠子。听到他双手捧着的水烟袋里冒出的扑鲁扑鲁的响声。爷爷他们又意气风发地吵嚷一阵：二老爷，不是为那几个钱！人活一世，不蒸馒头争口气！不要让他们小瞧我们，不要让他们认为高密东北乡无能人！这时候，曹二老爷才欠动屁股，慢慢地放了一个屁，说，你们回去歇了吧，弄出个三长两短，压死个把人事小，丢了高密东北乡的脸、砸了我的生意事大，你们要是缺钱花，二爷开恩赏你们就是了。曹二爷说完就闭上了眼睛,杠子伕们被撩得心头拉拉杂杂火起,齐声聒噪起来,二老爷,你不要灭自家威风长别家志气！曹二老爷说,没有弯弯肚子别吞镰钩刀子,你们以为这五百块大洋那么好挣！綦家有七道门,棺木厚重,内里填充的都是水银！水银！水银！你们动动你们的狗脑子,算算这个棺该有多重,曹二老爷骂完,冷冷地斜视着他的杠子伕们。众人互相观望一阵,脸上都有一种不甘罢休但又心怀畏惧的浑浊云雾。曹二老爷见状,从鼻孔里喷出两声冷笑,说:"回去吧,等着看英雄好汉去挣大钱吧！你们呐,小人打小谱,三十二十地挣吧,能给穷光蛋家抬抬薄皮棺材就不错了！"

曹二老爷的话像峻烈的毒药一样辛辣地刺激着杠子伕们的心。爷爷向前跨一步,率先喊叫:"曹二老爷,跟着你这样的窝囊班主干活,真他妈的憋气,兵熊熊一个,将熊熊一窝！老子不干啦！"

年轻气盛的杠子伕们应和着叫嚷起来,曹二老爷站起来,步履沉重地走到爷爷面前,用力拍拍爷爷的肩头,感情诚挚地说:"占鳌！是条好汉子！是高密东北乡的种。綦家赏标高悬,就是明欺负咱们吃杠子饭的弟兄,要是众位弟兄能同心协力打出棺来,一定会使我们东北乡英名远扬,千金难买片刻光彩。只不过这綦家是清朝的翰林家,规矩森严,要打出这口棺来,绝非易事,弟兄们夜黑睡不着觉,好好琢磨琢磨,怎样才能驾出那七道重门。"

好像是事先约定一样,杠子伕们正交口议论着,从门外进来两个冠冕堂皇的人,自称是綦翰林家的管事人,前来请东北乡的杠子伕去挣大钱。

綦家的管事人说明了来意,曹二老爷懒洋洋地问:"出多少钱？"

"五百现大洋！掌班的,这可是天下少有的价钱啦！"綦家管事人说。

曹二老爷把白银水烟袋往桌上一摔,冷冷地笑起来,说:"我们行里一不缺买卖做,二不缺银钱花,另请高手吧!"

蔡家管事人聪明地笑笑,说:"班主,我们可都是久做生意的人啦!"

曹二老爷说:"就是就是。这么高的赏钱,总有人抢着去抬。"

曹二老爷闭目养神。

两个管事人交换了一下眼色。头前一个说:"班主,别兜圈子了,要个价吧!"

曹二老爷说:"我犯不上为几块银洋赔上几条人命!"

管事人说:"六百! 六百块现大洋!"

曹二老爷像化石一样坐着。

"七百! 七百块啦,班主! 做买卖也得讲良心呐!"

曹二老爷撇了撇嘴角。

"八百八百,多了一个也不行啦!"

曹二老爷睁开眼,一口喝定:"一千块!"

管事人像牙痛一样把腮帮子鼓起来,痴呆呆地盯着曹二老爷残酷无情的脸。

"班主……这我们可不敢做主……"

"回去告诉你们当家的,一千块,少一个子儿也不干。"

"那好吧,您等着听信。"

第二天上午,管事人就骑着一匹紫马从胶县城跑来,说定了出棺的日期,并先付了五百大洋,另五百块打出棺材再付。那匹紫马跑得热汗畅畅,嘴角上沾满了白色泡沫。

到了殡期那天,六十四个杠子伕半夜起身,打火造饭,吃得贼饱,收拾好家什,踏着遍地星光,往胶县城里奔。曹二老爷骑着一匹黑叫驴,尾随在杠子伕们身后。

爷爷清楚地记得那天早晨天高星稀,露水冰凉,暗藏在腰间的铁抓钩沉甸甸地打着胯骨。赶到胶县城时，朝曦初开，看殡人群罗列街旁，把街都站窄了。爷爷他们走在街上听着人们的唧唧低语声，便昂首挺胸，竭力想表现出英雄气概，心里却七上八下，忐忑不安，沉重的忧虑像石头一样压在每个人心头。

綦家的瓦房连片，占了半条街。爷爷他们跟随綦家下人穿过三道门，在一个小院落里停下来。院里摆满雪树银花，纸钱遍地，香烟缭绕，阔绰的气派绝非寻常人家可比。

管事人领来綦家当家人，与曹二老爷引见了。綦家当家人五十左右年纪，面孔瘦削，一个小小的鹰钩鼻子离着阔大的嘴巴非常遥远。他用眼睛扫瞄曹二老爷带来的杠子伕时，爷爷看到他三角形的眼睛里光芒四射，灼灼逼人。

他冲着曹二老爷点点头，说："一千块有一千块的规矩。"

曹二老爷也点点头，随了当家人进了最后一道门。

曹二老爷从屋里走出来时，平时保养得油光闪闪的面孔变得纸灰般灰暗，留着长指甲的手指直劲儿哆嗦，他把杠子伕召集在墙角，咬牙切齿地说："伙计们，毁了！"

爷爷问："二老爷，怎么啦？"

曹二老爷说："诸位兄弟，那棺材与门口差不多同宽，棺材盖上还放了盈尖的一碗酒。綦家当家的说，洒出一滴酒，倒罚咱一百大洋！"

众人都惶惶不能言。灵堂里的哭声像唱歌一样悠扬。

"占鳌，你说咋办？"曹二老爷问。

爷爷说："事到临头，草鸡也不行，就是块生铁蛋子也要抬出来！"

曹二老爷低声说："伙计们，闯吧，闯过来是家子人家！这一千块大洋，曹某一块也不要，都是你们的！"

爷爷扫他一眼，说："你就少啰唆吧！"

曹二老爷说："那就收拾起来，占鳌、四奎，你们俩一前一后，把住海底绳。其余兄弟,二十个进屋,棺一离地,一齐往下钻,用脊梁把棺顶住。剩下的人,在门外照应着,听我的锣声挪步,众位兄弟,曹二多多拜谢了!"

平日作威作福的曹二老爷一躬到地,直腰抬头时,眼睛里泪光点点。

綦家当家人带着几个下人上来,冷笑着说:"慢着,搜身!"

曹二老爷怒冲冲地说:"这是什么规矩?"

"一千块大洋的规矩!"綦家当家人冷冷地说。

綦家的下人把爷爷他们暗藏的铁抓钩搜出来,扔在地上,铁抓钩碰撞时叮叮当当的声响,在杠子伕们脸上涂了一层层灰色的油彩。

綦家当家人盯着那些铁抓钩冷笑。

爷爷想,也好!依靠铁抓钩把住棺底不是好汉,一种如赴刑场般的悲壮感情从他的心头升起。他紧紧绑腿带子,又屏住气,把扎腰的搭布杀进了肚腹间。

杠子伕们一进灵堂,綦家围绕着棺材哭灵的大男小女,齐停了歌喉,一双双眼睛睁得溜圆,盯住杠子伕们和棺材顶上放着的那碗满得伸舌头的酒。灵堂里烟雾呛喉,浊气逼人,活人的脸都如狰狞的面具,漂浮在半空中盘旋。

綦老翰林的黑色大棺材像一艘大船停泊在四条矮凳上,杠子伕们心里咚咚地敲锣打鼓。

爷爷从背上卸下一把粗细的、用精麻纺成的海底绳,从棺材底下穿过去,海底绳两头是两个粗白布编成的襻带。杠子伕们把几十根一把粗细的精湿白布拴在海底绳上,分列在棺材两边,都齐齐地用手攥住了。

曹二老爷提起号锣,当,敲出一声破裂的响。爷爷蹲在棺材前头,爷爷蹲在最艰险、最重要、最伟大的位置上。棺材像船首般倾斜的前头逼得他无法直蹲,粗硬的棉布带子勒住他的脖颈和双肩,还未起立,他就感觉到棺材的重量。

曹二老爷又敲了三声锣,然后声嘶力竭地喊一声:"起!"

爷爷听到三声锣响后就屏住了呼吸,全身的气息和力量都运到双膝上,他是在朦胧中听到曹二老爷的号令的,他也是在昏昏沉沉中把压缩在双膝上的力量迸发出来的。爷爷幻想着包容着綦家老翰林尸体的棺材已经飘然离地,像轮船一样在缭绕的香烟里滑行,但猛然地蹲在方砖地上的屁股和剧痛了一下的脊椎把他的幻想粉碎了。

曹二老爷几乎没晕倒在地上,他看到那巨大的棺材像生根的大树一样纹丝没动,而他的杠子伕们却像猛力冲撞到玻璃上的麻雀一样,乱纷纷倒在地上,他们的脸色由淡红到青紫,又像流尽了颜色的猪尿泡一样,变成枯萎的灰白色。他知道毁了! 这一台戏砸了! 他看到血气方刚的余占鳌也像个死了孩子的老娘们一样表情麻木地坐在地上,他更知道这场戏就要完全彻底地砸了。

爷爷仿佛听到了浸泡在活泼善动的水银液体里的綦老翰林正对着他冷笑,綦家死去的和活着的人都只会冷笑而不会别的人类笑容和笑声。一种饱受侮辱的感觉、还有一种对庞然大物的愤怒、还有一种因脊椎痛楚而诱发的对死亡的恐惧,交织成一股污浊的水流、猛烈冲击着他的心头。

"兄弟们……"曹二老爷说,"兄弟们……不是为了我……为了高密东北乡……也要把它抬出去……"

曹二老爷一口咬破了自己的中指肚子,黑色的血咕嘟咕嘟涌流,他尖利地叫着:"兄弟们,为了高密东北乡!"

号锣又当当地响起来,爷爷感到他的心像裂开般疼痛,那锣槌子不是打在凸起的锣肚子上,而是打在他的心上,打在所有杠子伕们的心上。

这一次,爷爷闭着眼睛、疯狂地、撞头自杀般地往上蹿起(在混乱的起棺过程中,曹二老爷看到那个绰号"小公鸡"的杠子伕以非常迅速的动作把嘴插到碗里吸了一大口酒)。棺材摇摇晃晃地离开了板凳,满屋死静,杠子伕们的骨节像爆竹一样响着。

爷爷不知道在棺材升起那一霎,他的脸色像死人一样苍白,他只感到粗布背襻勒紧了他的咽喉,勒断了他的肩颈,他的脊椎上的"山楂葫芦"紧紧挤压在一起变成了一摞山楂饼。他的腰直不起来了,一种绝望的情绪只用半秒钟就瓦解了他的意志,腿弯子像烧熟的铁一样慢慢弯曲了。

爷爷的软弱使棺材里水银快速向前移动,棺材的巨大头颅低垂下来,拱到爷爷弯曲的背上。棺材盖子上的酒碗也倾斜起来,透明的酒浆欲流不流地戏弄着碗沿,綦家的人们都眼巴巴地盯着酒碗。

曹二老爷对准爷爷的脸狠抽了一巴掌。

爷爷记得自己的脑袋在挨巴掌后轰鸣了一声,腰、腿、肩、颈,全被排挤到感觉之外,不知道属于何方神鬼。他的眼前垂挂着一层乌黑的纱幕,一束束金色的火花溅到纱幕上,索索落落响。

爷爷直起了腰,棺材悬离地面三尺有余,六个杠子伕钻进棺底,四爪扒地,用脊背顶起棺材。爷爷这时才呼出一口粘滞的气体,随着出嘴的气体,他感到有一股温暖的热流沿着喉咙和气管,慢慢地爬上来……

棺材出了七道重门,移进了蓝汪汪的大罩。

白粗布背襻从身上刚卸下来,爷爷努力张开嘴巴,猩红的血从嘴里,鼻孔里箭杆般射出来……

干过绝活儿的爷爷,对围着奶奶棺材束手无策的铁板会会员们从心里瞧不起,但他不愿意再说什么,等到那个铁板会员抱着一捆用湾水浸湿的粗白布飞跑过来时,爷爷走上去,亲自动手,捆绑住棺材,又精选了十六个会员，安排停当，喊一声起，棺材就离了地……奶奶的棺材抬进了三十二杠大罩，爷爷又想起当年的情景……綦家大殡像白色的巨龙，从胶县城的青石板道上爬过，路旁行人顾不上去看那些高跷、狮子、火大人，都神色凄然地看着六十四个杠子伕死灰般的面孔，看着七八个杠子伕们鼻孔里淅淅沥沥滴答着血。那时候，爷爷被调换到棺材后头，抬着一根负荷最轻的杠子，满腹灼热，满嘴腥甜，坚硬的青石路面，像脂油般四处飞溅……

三

父亲手执长枪，披麻戴孝，站在高板凳上，面向西南方向。一下一下地，用蜡木枪杆子捣着地，高声喊叫：

"娘——娘——上西南——宽宽的大路——长长的宝船——溜溜的骏马——足足的盘缠——娘——娘——你甜处安身，苦处花钱——"

司师爷叮嘱父亲，要把这指路歌儿连喊三遍，在亲人的深情眷眷的喊叫里，欢送着灵魂向西南方向的极乐世界进发。但父亲只喊了一遍，就被酸麻的泪水堵塞了咽喉，他拄着长枪，再也不捣动，又一声长"娘"出嘴，便一发不可收拾，颤抖的、悠长的"娘"像一团扇般大的深红色蝴蝶——蝴蝶双翅上生满极端对称的金黄色斑点——一起一伏地向西南方飞去。那里是开旷的原野和缭绕的气流，四月初八日焦虑不安的太阳晒得墨水河道上腾起一道白色的屏障。"娘"无法飞越这虚假的屏障，徘徊一阵、掉头向东去，尽管我父亲欢送她往西南去寻找极乐，但奶奶不愿意，奶奶沿着她为爷爷的队伍运送拤饼的蜿蜒河堤，走走停停，不时回头注目，用她黄金一样的眼睛，召唤着她的儿子、我的父亲。父亲如果不是手拄长枪，早就头重脚轻栽倒到地上。莫名其妙的黑眼走上来，把我父亲从板凳上抱下来。吹鼓手们吹出的美丽乐声，人堆里发出的冲天臭气，殡葬仪仗的灿烂光彩，三合一成高级塑料薄膜一样的妖雾魔瘴，包裹住了父亲的肉体和灵魂。

二十天前，爷爷带着父亲去开掘奶奶的坟墓。那天可不是燕子们的好日子，低矮的天空下悬挂着十二块破絮般的烂云。云里洒一股臭鱼烂虾的味道，墨水河道里阴风习习，鬼气横生，头年冬天在人狗大战中被花瓣手榴弹炸死的狗尸在焦黄的水草尸体中融化得残缺不全，刚从海南岛迁徙来的燕子们畏畏惧惧地在河道上飞翔，那时候青蛙们就开始恋爱了，在漫长的冬眠里消耗得又黑又瘦的它们被爱的烈火燃烧得上窜下跳。

父亲看着燕子和青蛙，看着残留着一九三九年痛苦烙印子的墨水河大桥，心里涌起类似孤独与荒莽的情绪。蛰伏一冬的黑色百姓在黑土上播种高粱、石耧蛋子敲击耧仓的响声节奏分明，传得很远很远。父亲跟着爷爷和十几个持锹提镐的铁板会会员站在奶奶的坟墓前。奶奶的坟墓与爷爷的队员们的坟墓排成一条长蛇，坟墓上褪色的黑土中零乱地开放着第一批金黄色的苦菜花。

沉默三分钟。

"豆官，不会记错吧，是这个坟？"爷爷问。

父亲说："是这个，我忘不了。"

爷爷说："就是这个，挖吧！"

铁板会员们握着工具，迟迟疑疑不敢动手。爷爷接过一柄十字镐，瞄准乳房般丰满的坟头，用力一劈，沉重尖锐的镐头噗哧一声钻进土里，然后用力一掘，一大块黑土被掀起来，一滚到平地上，尖尖的坟头颓平了。

爷爷把镐头劈进坟头时，父亲的心脏紧缩成一团，在那时候他心里对残酷的爷爷充满了畏惧和仇恨。

爷爷把镐头扔到一边,有气无力地说:"刨吧,刨吧……"

铁板会员们围住奶奶的坟头,锨铲镐劈,一会儿工夫就把坟头铲平,黑土翻到四边,长方形的墓穴轮廓隐约可见,黑土非常松软,墓穴像一个巨大的陷阱。铁板会员们小心翼翼地用铁锨一层层地剥土。爷爷说:"大胆掘吧,还早着呢。"

父亲想起一九三九年八月初九日夜晚埋葬奶奶的情景,桥面上熊熊的火焰和围绕着墓穴的十几根火把把奶奶的死脸辉映得栩栩如生,后来这印象被黑土遮没了。现在铁器又在发掘这印象,土层越薄,父亲愈紧张,他仿佛隔着土层就看到了奶奶的亲吻死亡的微笑……

黑眼把我父亲抱到荫凉处,用巴掌轻轻地拍着我父亲的腮帮子,叫着:"豆官! 醒醒!"

父亲醒了,但不想睁眼,身上热汗如注心里却一片清凉,好像从奶奶墓穴里溢发出的凉气深入持久地冰镇着他的心……墓穴已经清晰地现出来了,铁锨刃儿碰着高粱秸秆发出滋儿滋儿的声响,会员们的手哆嗦起来。清理完覆盖着高粱秸秆的最后一锨土、他们齐齐地停住手,祈求宽恕般地望着爷爷和父亲。父亲看到他们都哭丧着脸,抽搐着鼻子。一股腐败的气息强烈地扑出来。父亲贪婪地嗅着那味道,好像嗅着奶奶哺乳他时胸脯上散出的奶腥味。

"扒呀! 扒!"爷爷毫无怜惜之意,黑着眼对那七八个愁眉苦脸的男人怒吼。

他们只好弯下腰去,把高粱秸秆一根根抽出来,扔到墓穴外,烂光了叶子的高粱秸上汪着一滴滴透明的水珠,秸秆被沤得颜色鲜红,表面光滑,好像润滋的玉。

渐渐下去,上窜的味道更加强烈,铁板会员们抬起衣袖捂住鼻孔和嘴巴,眼睛都像抹了蒜泥一样,眨巴眨巴地流泪。那股味道在父亲鼻子里化做高粱酒的浓郁芳醇，令他昏昏欲醉。他看到愈往下高粱秸秆上汪着的水愈多，颜色愈鲜红。父亲想也许是奶奶身穿的红色上衣染红了高粱，他知道奶奶流尽了最后一滴血，奶奶临死前的肉体像成熟的蚕体一样光亮透明，只能是那件红褂子的颜色染红了翠绿的高粱秸秆。只剩下最后一层高粱秆子了，父亲想尽快见到奶奶的面容又怕见到奶奶的面容。高粱秸秆愈薄，奶奶好像离父亲愈远，生的世界和死的世界之间有形的蔽障在拆除，但无形的隔膜却在加厚。在最后一层高粱秸秆里，突然发出一阵窸窸窣窣的巨响，铁板会员们有的惊叫有的惊得不会叫，仿佛有一股从墓穴深底突上来的巨大浪潮，把他们掀出墓穴。良久，他们的脸俱有菜色，在爷爷的催促下，才战战兢兢地往墓穴里探头。父亲看到有四只黄褐色的田鼠哧溜哧溜沿着穴壁上爬，有一只纯白色的田鼠蹲在墓穴正中一根漂亮无比的高粱秸秆掐着爪子算卦。大家眼睁睁地看着那几只黄老鼠爬上墓穴逃跑了，那只白老鼠傲岸不动，蹲着，用漆黑的小眼睛看人。父亲抓起一块土坷垃打下去，白老鼠纵身一跳，有二尺多高，未及穴沿，只好跌下去，沿着穴边疯跑。铁板会员们把满腹怨恨都集中白老鼠身上，大土坷垃雨点般砸下去，终于把耗子砸死在墓穴里。土坷垃打在最后一层高粱秸秆上的噗噗声响使父亲万分后悔，由于他开了头往下扔土坷垃，才引得铁板会员们往下扔土坷垃，这些土坷垃多半没打着耗子，却打在了奶奶的身上。

父亲始终认为，奶奶在出土的一瞬间，容貌像鲜花一样美丽，墓穴里光彩夺目，异香扑鼻，像神话故事里的情形一模一样。但在场的铁板会员们否认这种说法，他们每提到这事就面孔痉挛，绘声绘色描画奶奶的腐尸狰狞的形象和令人窒息的味道，父亲坚信他们是胡说八道。因为他记得自己当时神志清楚，亲眼看到最后一棵高粱秸秆被拿走后，奶奶面孔上的甜美笑容像热火一样燃烧得噼啪乱响。那股香气至今还在唇齿之间留有深刻的记忆。遗憾的是这一时刻太短暂了。奶奶的尸体一抬上墓穴,她的辉煌甜美与幽香便化为轻烟飘飘而去,剩下的只是一具雪白的骨架。父亲承认这时候他确实闻到了难以忍受的扑鼻恶臭,但他内心里根本否认这骨架是奶奶的骨架,自然,这骨架发出的恶臭也不是奶奶的气味。

那时候爷爷神色极其沮丧。刚把奶奶腐尸弄出墓穴的七个铁板会员全跑到墨水河里去,对着暗绿色的河水呕吐着暗绿色的胆汁。爷爷展开一块白色的大布,要父亲跟他一起把奶奶的尸骨抬到白布上。父亲被河道里的呕吐声传染,脖子像打鸣的小公鸡一样抻动,喉咙里发出呃呃咯咯之声。他特别不愿意动那些惨白的骨头,他当时就对这些骨头产生了极度的厌恶。

爷爷说:"豆官,连你娘的骨头你都嫌脏吗? 连你都嫌脏吗?"

父亲被爷爷脸上出现的少见的悲凄神色感动,弯下腰,试试探探地握住奶奶的腿骨。惨白的尸骨像冰一样凉,父亲不但感到身上冷,好像连五脏六腑都凝成一坨冰。爷爷握住的是奶奶的两块肩胛骨,只轻轻一抬,奶奶的骨架便四分五裂,横在地上成了一堆。缠绕着修长黑发的骷髅打着爷爷的脚面,两个曾经驻留过奶奶如水明眸的深凹里,两只红色蚂蚁在抖动着触角爬行。父亲扔掉奶奶的腿骨,掉过头去,放声大哭着逃跑了⋯⋯

四

正午时分,一切礼仪完毕,司师爷高喊:"起行!"看殡的人群便像潮水一样往田野里涌去。那些早就守候在村外道路上的看殡百姓,眼见着黑色的人群涌出村庄之后,又看到我们余家的大殡如巨大浮冰般缓缓漂来。道路两边,每隔二百米就有一个四面敞开的大席棚,席棚里摆设着豪华路祭,酸甜苦辣,热烘烘扑鼻,勾引得看客馋涎欲滴。五乱子率领的马队在道路两边的高粱地里兜着圈子跑。炎阳高挑中天,黑土地里青烟滚滚,战马都汗水淋漓,鼻孔张开,嘴边胡须上挂着泡沫,泡沫上沾着尘土。每匹马油光光水汪汪的臀上都反射着一片太阳。马蹄腾起的黑色尘埃冲起三五丈高,迟迟不敢消散。

大殡的最前头是一个左祖黄袍的胖大和尚。他手持一柄挂满响片的铁马叉,马叉啊喇喇响着,在他身上滚来滚去,时而又飞向空中,飞向看殡的人群,铁马叉上仿佛有根线,连着和尚的躯体,怎么飞也飞不走,怎么抛也不落地而落在和尚手里。看殡的群众里有一半认识这和尚,知道他是天齐庙里的穷光蛋,不烧香,不念佛,大碗喝烧酒,放胆吃鱼肉,庙里养着一个生育力出类拔萃的瘦小妇人,为他繁殖了一大群小和尚。和尚用他的马叉开辟着被人群壅塞住的道路,他把马叉向人头上抛出时,看殡人纷纷倒退。他脸上挂着愉快的微笑。

紧随着和尚的是一个铁板会会员,他举着一根长竿,竿上挑着招魂幡,由三十二根白纸条结扎着,暗合着奶奶的年龄。招魂幡在无风的天空中哗哗乱响。再后边是一幅高三丈的旌表,由一个身强力壮的铁板会会员擎着,旌表用白绫做成,下垂银丝流苏,旌表上数排黑墨大字:中华民国高密东北乡游击司令余公占鳌原配戴氏夫人享寿三十二岁之灵柩。旌表之后,小罩抬着奶奶的神主,神主之后,大罩抬着奶奶的灵柩。在号锣的悲凄鸣声里,六十四个铁板会员步伐一致,像六十四个牵线傀儡。紧随着棺材是数不清的旗罗伞扇,杂色奠幛,纸人纸马,雪松雪柳。父亲披麻戴孝,手持柳木哀杖,由两个剃光脑门的铁板会会员架着,一步一嚎地走。父亲是标准的干嚎,两只眼睛又枯又呆,光打劈雷不下雨,这种干嚎比湿哭更动人,无数的看殡百姓都被我父亲感动了。

爷爷和黑眼并膀走在我父亲身后，两人都板着脸，心事重重，谁也猜不透他们想的是什么。

二十几个手托步枪的铁板会员簇拥着爷爷和黑眼，贼亮的刺刀闪烁着青蓝色的光芒。他们神色紧张，如临大敌。在他们身后，高密东北乡的十几班吹鼓手合奏着优美的音乐，扮成神话中人物的高跷踩着鼓点胡蹦乱扭，还有两棚狮子在一个大头娃的逗引下摇尾晃头，遍路翻滚。

我家的大殡蜿蜒曲折，足有二里路长，人多路窄，挪步艰辛，更兼要沿棚谢路祭，每谢祭都要停灵焚香，由司师爷手持青铜爵，行一套古老的礼仪，所以队伍前进极慢。耍马叉和尚早累得满身臭汗，黄袍溻湿，马叉响声疲惫，飞不高也飞不远了。所有殡仪队中人，都感到精神和肉体的极大痛苦，盼着赶紧结束这场苦役。抬罩的铁板会员们，愤怒地盯着持爵行礼的司师爷，盯着他那副装腔作势慢条斯里有条不紊伴作悲壮的臭德行，恨不得扑上去零口啃了他祭牙。五乱子队长率领的马队最辛苦，他们穿梭般地从村庄跑到墓地，又从墓地跑到村庄，所有的马都气喘吁吁，马腿和马肚皮上，沾着厚厚一层黑土。

大殡离开村庄三里路，又一次停灵谢祭，司师爷还是那样精神饱满，严肃认真，大殡队伍前头，突然响了一枪，只见那个双手扶持旌表的铁板会员手扶竹竿慢慢坐在地上，旌表歪倒路边，砸在看殡群众头上。枪声一响，路两边顿时翻江倒海，人群像一堆堆蚂蚁纠缠成一个个黑蛋子，只见无数条腿在移动，无数只头颅在乱窜，哭声喊声惊叫声像洪水决堤般喧响。

在枪声响后，路两侧的人群里，飞来了十几颗乌溜溜的手榴弹，落在铁板会员们的腿缝里，哧哧地冒着白烟。

有人在路边高喊："老百姓卧倒！"

老百姓挤得身脚难动，只能看着铁板会员们卧倒在路，只能看着那些白木把子手榴弹颤抖着，嘶叫着，施放出深蓝色的死亡恐怖。

手榴弹接连着爆炸了，金色的扇面形气浪疾烈冲起，有十几个铁板会员被炸死炸伤，黑眼屁股上被崩出一个窟窿，哗哗地流着血。他手捂着屁股高叫："福来——福来——"与父亲差不多大小的福来根本无法回答他的喊叫，无法为他勤勤恳恳地服务了。昨天夜里从骑驴郎中衣袋里搜出一红一绿两粒玻璃球，父亲送他一粒绿的，他如获珍宝，一直把那球噙在嘴里，让它在舌尖上滚动。父亲看到那颗玻璃球停泊在福来嘴里流出的鲜血里，绿得如翡翠，绿得不能再绿了，绿光闪烁，像传说中的神狐吐出的仙丹。正在持爵行礼的司师爷被一块黄豆大的弹片崩断了脖子上的动脉，鲜红的血喷射出来，他脖子一歪就倒了，铜爵落地，酒浆洒在黑地上，化为一股轻烟。他的血像急雨一样抽打着黑土，把黑土沚出了一个拳大的凹坑，大罩被掀掉半边，露出了奶奶的黑色棺木。

路边人堆里又有人高叫："老乡们快趴下！"随着喊声，又一批手榴弹飞过来。爷爷搂住我父亲，就地一滚，进了路边的浅沟，几十只脚踹在爷爷的伤臂上，只有沉重的压迫感，并无痛楚。路上的铁板会会员们起码有一半扔掉大枪，抱头鼠窜；没扔枪的则傻乎乎地站着，静候着手榴弹爆炸。爷爷终于看到了一个扔手榴弹的人。爷爷觉得，这个人的脸像一条漫长的道路，路上铺满土黄色的傲慢灰尘，灰尘中弥漫着狡诈的狐狸气味。这张脸上打着鲜明的土八路印记，是胶高大队！江小脚的人！土八路！

手榴弹又一次猛烈爆炸，土路上硝烟滚滚，尘土冲天，飞蝗般的弹片尖啸着向路两边冲去，成群的看殡百姓像谷个子般倒下去。公路上的十几个铁板会员被巨大的气浪掀起来，断臂残腿，腥肠臭血，像冰雹般、像美丽温柔的爱情一般抛洒在老百姓头上。

爷爷别别扭扭地掏出枪，瞄得那在万千人头中沉浮的土八路脑袋,亲切地勾了一下枪机,子弹正中眉心,两颗绿色的眼球像蛾子产卵般顺畅地从他的眼眶里跳出来。

"同志们! 冲上去,抢夺武器!"八路在人群里大喊。

清醒过来的黑眼和铁板会员们对准人群,胡乱开枪,每发子弹都咬肉,每发子弹都连续钻透几个肉体才余兴未消地停留在肉体内或沮丧地划着漂亮弧线落在黑土上。

爷爷看到了,在乱纷纷的人海里,土八路脸上鲜明的特征。他们像溺水的人一样拼命挣扎着,他们脸上那种贪婪凶残的表情令爷爷心如刀绞。往日里慢慢滋生的对八路的好感变成了咬牙切齿的憎恨,爷爷准确地打碎了一张又一张这样的脸,他自信没有枉杀一人,而在后来的孤独岁月里,他想到,中了黑眼和铁板会会员的子弹倒在黑土地上的,全是善良的无辜百姓。

父亲从爷爷的腋窝里挣脱出来,掏出了他的橹子枪,喧嚣的声浪震得他眼花耳聋。他下意识地开了一枪。父亲遵照着他的习惯,追踪着他射出的第一颗子弹。他看到他的圆头子弹笔直地钻进一张洞开的嘴里。是一个二十多岁的、挽着小髻儿的年轻妇女的嘴,鲜艳的红唇,洁白的玉齿,丰满的下巴,都是构成一个女人美貌的重要因素。爷爷听到从那张嘴里发出青蛙一样的叫声,鲜血挟带着破碎的白牙溢出,那女人睁着两只柔情脉脉的灰绿色大眼睛,看着我父亲,然后,急遽地栽倒在黑土上,人流立刻把她淹没了。

村子里响起了冲锋号,爷爷看到,胶高大队的一百多个队员,挥舞刀枪棍棒,在大队长江小脚的率领下,呐喊着冲了过来。南边的高粱地里,五乱子用刀背砍着他那匹花马的屁股,率领马队,拼命往北跑。花马像痨病鬼一样喘息着,马脖子上的汗像蜂蜜一样又粘又稠。溃散的人流堵住了马队的进路,五乱子打马冲进人流,马队随后冲进,百姓无法止步,撞到马身上,马队像陷进了沼泽,马仰起脖子,发出绝望的嘶鸣。在五乱子身旁,有两匹马被发疯的人群撞倒了,骑马人随马歪倒,无数只黑色的脚从马身上、从骑马者身上践踏过去,罹难的马和人发出同样哀怨的绝望叫声。有一个举着匣枪但无法射击的胶高大队队员——也许就是他打死了扶持旌表的铁板会员——被人流裹挟着涌到五乱子马头前,五乱子漂亮的面孔刹那间痉挛出数道横血,那个队员开了火,子弹却飞到天上去,五乱子的日本马刀寒光一闪,八路留着小平头的脑袋就被削去了一个尖。那块头尖、像个黑色毡帽头一样飞到老百姓们的头上,十几个人的脸上都溅上了黑血。

道路上的铁板会员,已经在爷爷的厉声喝斥下集中起来,凭借着殡葬仪仗和路祭席棚,对着江小脚的队伍啪啪地射击。

胶高大队被爷爷绑了一票,元气大伤,他们没有几支好枪,但他们有勇往直前的牺牲精神。尽管铁板会的子弹不断地把他们打得倒栽葱猪啃地,但他们冲锋的速度不减,他们手里的原始武器只有肉搏才能发挥作用。他们前仆后继、英勇无畏的牺牲精神发挥出巨大威力,瓦解着铁板会的阵营。铁板会员们的子弹都飞到天上去。逼近了的胶高大队在冲锋中抛过来几十颗手榴弹,被炸怕了的铁板会会员拖枪便跑,无情的弹片追上了他们,撕裂了他们的肉体。这一排手榴弹,使滞留在道路两侧的吹鼓手、高跷、狮子倒了大霉。吹鼓手们为他人哭丧的喇叭唢呐伴随着他们残缺不全的肢体飞上了天,又悠悠晃晃落下地。踩高跷的人,腿脚绑在高木上,活动不便,一遇慌乱,多半被挤到路边,高跷腿像木桩子一样陷在黑土里,他们像枯树一样被栽在高粱地里。被弹片击中的踩高跷者,发出的叫声更加残忍。面部的恐怖表情更为出色。

五乱子眼见着道路上溃散的铁板会,心焦意乱,他愤怒地用刀砍着人,他胯下的花马像狗一样地啃着撞到它嘴边的人,在他的身前身后,响着用刀砍人体的明亮响声和被死亡吓坏了的百姓的爽朗的欢笑。

　　五乱子带着他的马队冲上道路,正逢上胶高大队撇过来的一大批木把手榴弹。多少年后,爷爷和父亲想起胶高大队使用手榴弹的熟练技巧,就像被臭棋手用臭不可闻的怪招儿战败了的棋王一样,嘴里不得不服输,但心里总觉得输得窝囊。那天在向墨水河边撤退时,父亲腔上中了胶高大队的破汉阳造步枪射出的翻新子弹。爷爷从来没有见过这样的枪伤。血糊糊一片,像被疯狗撕了一口。胶高大队子弹缺乏,每次战斗都把弹壳捡回去翻新,他们的子弹头不知用什么狗屁玩艺铸成,一出枪膛就融化,像滩灼热的鼻涕一样追着人膈应。父亲就中了这样一颗子弹。这一大批手榴弹把五乱子率领的马队给炸惨了,真正的人仰马翻。五乱子的花马嘶鸣着跳起后,像堵颓墙倒在路上,马腹上有一个拳头大的窟窿,先蹿出肠子后蹿出血。他被掼到浅浅的路沟里,刚爬起来就看到八路端着明晃晃的刺刀冲上来了。他把脖子上吊着的花机关枪摆正,射出了一梭子弹,十几个八路手舞足蹈地跌在他面前,十几个人马都没受伤的铁板会员冲进八路队里,他们砍杀八路,八路用枪刺、用扎枪头子捅他们的马肚子。一阵噼噼啪啪、噗噗哧哧的响声后,这十几个铁板会员与陪伴着他们的胶高大队队员一起,用脊背或是肚腹亲热着高密东北乡的黑色土地,再也站不起来了。在爆炸中侥幸逃脱的两匹马,扬着鬃毛向河边奔去,空空的脚蹬子不断地抽打着它们的肚腹,它们乍煞开的尾巴在黑色灰尘中飘拂着,显得潇洒奔放。

　　三个胶高大队队员咬牙切齿地把枪刺子扎进了罪恶累累的铁板会马队队长的肚腹和胸膛。五乱子用双手抓住了一杆枪灼热的筒子,身体往上一耸,眼珠子猛一翻转,黑眼球便在他的眼睑内消失了。长长的睫毛覆盖着他的银灰色的眼睛,从他的嘴里流出了热烘烘的血。胶高大队队员用力拔出被热血咬住了的枪刺。五乱子肃立了一秒钟,便缓缓地倒在路沟里,阳光照在他的细瓷般的眼白上,折射出两线微弱黯淡的光芒。三个胶高大队队员贪婪地扑在他身上,抢夺那支挂在他脖子上的俄国造花机关枪和插在他腰间的德国造驳壳枪。一只被万千只脚搓得丢魂落魄的蜥蜴,跑到了他的胸脯上,喘息不定地蹲着,血濡染了蜥蜴灰白的粗糙身体,它的冷滞的眼睛里,射出了爬行动物特有的那种令人心悸的光芒。

有一个腿被炸断的年轻的铁板会会员,把马枪、马刀扔在眼前,对着扑上来的胶高大队队员,举起了苍白的双手,他的刚刚钻出几十根细软胡须的上唇可爱地上噘着,细眯的双眼里盈着怕死的泪水,他哀求着:"大叔……别杀我……大叔……别杀我……"那个黄眼珠子的胶高大队队员犹豫了一下,把准备擂到水伙子头上的手榴弹收回去,弯腰捡地上的马枪和马刀,没等他抬直腰,就听到噗哧一声,一杆扎枪从小伙子的肚子进去,从脊背上出来,黄眼老队员看到眼前这个嫩黄瓜一样的漂亮小伙子浑身颤抖着,双手攥住了枪杆,嘴大张着叫了一声:"亲娘……"那颗年轻漂亮的头颅就搭拉在了他自己的双臂上。黄眼队员愤怒地转回身,看到腰部中了枪弹的同伴——一个面孔黧黑的中年人,正痛苦地伏在与小伙子连成一体的枪杆子上——他在把扎枪捅进铁板会会员肚子里的同时,铁板会受伤马兵的匣子枪子弹打穿了他左侧的肾脏。

马队的覆灭使铁板会斗志涣散,凭借殡葬仪仗的遮蔽顽强抵抗着的铁板会会员拖枪向南逃窜,爷爷和黑眼怎么吼叫也留不住会员们的兔子腿。爷爷长叹一声,只手携着我父亲,猫下腰,一边还击着,一边向墨水河方向逃跑。

英勇善战的胶高大队捡起了铁板会抛弃的武器,如虎添翼,一路欢呼着穷追不舍,大队长江小脚依然冲在最前边。爷爷捡起一条仓惶逃命的会员扔掉的日本造三八式大盖子枪,趴在一个粪堆后,拉了一下枪栓,把子弹送上膛——在第一声枪响之后,爷爷就把伤臂从脖子上摘下来——把枪托抵到因臂伤而酸麻肿胀的肩头上,疯狂跳动的心脏连着爷爷的肩头,江小脚的脑袋在枪口上跳来跳去。为了有把握,爷爷决定打他的胸腹。爷爷开了枪,枪响的同时,父亲看到江小脚双臂叕煞着往前扑倒了。得意忘形的胶高大队手忙脚乱地卧倒,趁着这机会,爷爷拉着父亲,踩着噗噗冒烟的黑土,去追赶溃散的队伍。

爷爷这一枪打伤了江小脚的踝子骨,卫生员爬上来为他包扎。中队长爬过来看他,他脸色蜡黄,满脸虚汗,但还是斩钉截铁地说:"快,别管我,去追赶! 去缴枪! 一支枪也不能放跑,冲啊! 同志们!"

伏在地上的胶高大队队员在江小脚的鼓励下,都跳起来,迎着零星射来的枪弹,生龙活虎地追上去。筋疲力尽的铁板会员们,干脆不跑了,他们扔掉枪弹,等着投降。

"打呀,开枪打呀!"爷爷怒吼着。

一个憨厚的铁板会员说:"会长,别惹他们了,他们就是想要枪,还他们吧,俺回家种高粱去。"

黑眼打了一枪,连个人毛也没碰到,却招来了胶高大队的三支花机关枪好一顿扫射,三个铁板会员挂了彩,一个铁板会员被打死。这三支花机关枪是爷爷绑了冷麻子的票换来的,换来了准备杀人,丢掉了,就变成了别人杀自己的工具。冷麻子从什么地方捣古来这些花机关枪,鬼都不知道。

黑眼还要开枪,被一个健壮的铁板会员拦腰抱住。那个会员说:"行啦,会长,别惹这群疯狗啦。"

胶高大队逼近了,爷爷看着这些坏得可爱的家伙,无可奈何地垂下了枪口。

这时墨水河大堤后，机关枪像狗一样叫起来。更残酷的战斗，早就在大堤后边等着铁板会和胶高大队。

五

阴雨连绵的一九三九年秋天之后，是一九三九年滴水成冰的寒冬。父亲、母亲伙同着他们机智勇敢的伙伴用枪弹打死、用手榴弹炸死的狗在潮湿的洼水洼地里与横倒竖卧的高粱棵子冻结在一起。墨水河道里被日本产花瓣手榴弹炸死的、因争风吃醋争夺领导权自相残杀死的狗与遍河道的枯萎水草冻结在一起。被饥饿折磨着的乌鸦用紫色硬喙啄击着冻得硬梆梆的狗尸体，它们像一团团黑色的云团，在河道与洼地之间来回漂移着。墨水河结了厚厚的冰，靠近狗尸的冰上，密布着乌鸦们排泄的绿屎。洼地里也结着一片片的白冰，洼地里水浅，冰块与土地连结在一起，走在这样的白冰上，白冰会啪啪地破裂。漫长的冬天里、颓败的村子里，蛰伏着爷爷、父亲、母亲和刘氏。刘氏和爷爷的关系已被父亲和母亲知道，他们对此毫无反感。刘氏在那段困难的日子里对爷爷、父亲和母亲的照顾，在几十年后，还被我们家里人牢记不忘。我们现在的"家堂轴子"上，辉煌地填写着刘氏的名字。她的名次排在恋儿之后，恋儿排在奶奶之后，奶奶排在爷爷之后。

父亲的一个卵子被我家红狗撕出之后，爷爷陷入极度绝望之中。刘氏安慰爷爷，说："独头蒜"更辣。倩儿——我母亲在刘氏的授意下，把父亲那个因受伤变得丑陋古怪的小鸡儿撩拨起来，证明了余家的香烟不会断绝，爷爷闻讯大喜欲狂，跑到窝棚外，仰望着淡蓝的天空合掌祝祷。——这都是深秋里的故事，那时候天空中出现了排着整齐队伍向南飞翔的雁群，洼地里开始出现狗牙状的冰凌，几场西北风刮过,历史上少见的寒冷冬天开始了。

　　爷爷他们栖身的窝棚里,塞满了干燥的高粱叶子;做饭的窝棚里,储存了大量的高粱米。为补充营养,增强体质,提高健康水平,爷爷和父亲经常出去猎狗。他们穿着刘氏缝制的狗皮裤子狗皮袄,戴着刘氏和母亲共同制作的狗皮帽子,趴在洼地后的土丘子上,打狗的伏击。前来洼地吃死人的,是些无组织无纪律的野狗。自从我家的红狗被击毙之后,高密东北乡的狗便成了散兵游勇,再没结成过大群。秋天里仿佛被狗主宰了的人类世界在冬天里又颠倒过来,人性战胜了狗性,群狗踩出的灰白小道也渐渐与四周的黑土地漫漶一色,只有凭着记忆和想象,才能依稀辨出争霸世界时留下的崎岖道路。

　　父亲和爷爷每隔两天猎一次狗,每次只打死一只。大热大补的狗肉保证了营养和热量,使第二年春天的父亲和爷爷精神饱满,体力充沛。扒下来的狗皮钉在村里的断壁残墙上,远远看着,犹如美丽的壁画。父亲在一九四〇年春天里,身体窜出了足有两拳头,主要是沾了吃狗肉的光。是肥胖的狗肉。吃着冰冻人尸的狗条条膘肥体壮;父亲吃了一冬天肥狗肉,等于变相地吃了一冬天死人肉。父亲后来长成一条彪形大汉,而且杀人不眨眼睛,是不是与变相地吃了这一冬天死人肉有关呢?

　　当然他们也偶尔调调口味。爷爷带父亲去洼地里猎雁。

　　太阳落山时他们动了身,躲在乱蓬蓬的死高粱棵子里,见一个大太阳像一个椭圆的血饼子慢慢坠落,洼地里的白冰上像喷了一层红血,原先半露出水面的人的尸骨或狗的尸骨现在半露出冰面,死狗龇牙咧嘴,死人也龇牙咧嘴。吃饱了肚腹的乌鸦晃动着金红的翅膀向村里飞,那里的高树上有他们的巢穴。洼地里的绿色鬼火闪闪烁烁地跳起来——几十年后,阴霾的白天里,都有鬼火闪烁,那时候是闹鬼火的高潮——只有那么十几朵,十分可爱。爷爷和父亲穿着一身狗皮,白茬子朝里,毛儿朝外,三分像人七分像狗。父亲食欲旺盛,大口地吃着高粱面饼,饼里夹着洒满盐粒的狗肉。爷爷让他轻点巴咂嘴,怕被正在低空盘旋的雁听到。爷爷说雁的听觉灵敏,顺风听十里逆风听五里。父亲不太相信,继续吃饼夹狗肉,但巴咂嘴的声音没了。太阳落下去了,天地间氤氲着一层紫色的薄雾,白冰闪烁着暗淡无神的光彩,那群鸿雁有四十多只,一边滑翔一边勾儿嘎儿的鸣叫。雁声凄凉,好凄凉,父亲想到我的奶奶他的娘。父亲的肛门里排出一股气,极臭。爷爷掩着鼻低声说:"你少吃点!"父亲笑着说:"臭狗屁。"爷爷拧了父亲一把,说:"搋你个小杂种!"雁群贴着冰面飞,抻着脖子耷拉着腿,不叫了,一片片翅羽摩擦着,刷啦刷啦响。爷爷和父亲都屏住呼吸,看着第一只雁落下后,一群雁尾随着落下。雁在冰上笨拙地移动,离着父亲和爷爷藏身的地方只有十步远。后来雁群聚了堆,果然有一只雁在群外孤零零地站着,昂着头挺着胸,好像执勤的哨兵。天地黄澄澄的,像桔子皮的颜色,后来又变成了铁灰色,后来就黑了。七八个星斗亮了,也是闪闪烁烁的,冰上的确看不到星火,雁群变成一团模模糊糊的暗影。爷爷把藏在铁筒里的点燃着的高粱秸秆一亮,值更的雁发警报,群雁惊醒,惊醒了就飞,根本不像传说中说的那样。传说中说:猎雁者藏好,将燃烧香火一亮,值更雁叫,群雁醒,观察一阵,见无动静,继续睡觉,如是者三,群雁以为值更雁谎报敌情,便一齐扑上去啄那雁,趁着混乱,猎雁人扑上去,可以活捉好多只雁。这个传说貌似有理,但实践证明根本不灵。也许一万次中能碰上一两次吧。这个传说挺好玩的,蛮精彩,但不如我父亲设计的"钓雁"术精彩,父亲在窝棚里对我母亲说:"倩儿,咱去钓大雁,用针弯一个大鱼钩,鱼钩上挂一块熟狗肉,钓钩连着长长的钓线,第一只雁吞了钩,从腚眼里拉出来,第二只雁吞了钩又拉出来,第三只第四只都这样,五只六只八只……然后一拉钩杆,把一群雁都钓住了,你说好不好?"母亲说:"你是吃狗肉撑昏了头!"群雁惊飞之时,父亲扑上去,似乎伸手就能扯住雁腿,终究未扯住。脸上感到了雁翅搧出来的凉风。第二天拿了枪去,片刻功夫就打了三只雁,拿回来撕净了羽毛,扒出了肚肠,下锅煮了。煮熟了,四个人围着饭锅吃雁肉,母亲把父亲的"钓雁术"讲了,大家一齐笑。这一夜有风,风从田野里刮过,吹得高粱秸子响,高空中有孤雁鸣声。远处有朦胧的狗叫。雁肉有一股清新的青草味道,肉很粗糙,味道极一般。

冬天过去,春天来了。温暖的东南风吹了一夜,第二天,墨水河里就响起了冰块坼裂的啪格声。垂柳树上突然萌发了米粒大的芽苞,桃花也绽开了粉红的骨朵,早来的燕子在洼地里、河道上飞翔,成群野兔子追逐着交配,草芽泛了绿。几场如烟如雾的春雨过后,爷爷和父亲脱掉了狗皮衣裳。高密东北乡的黑土地上,日日夜夜骚动着万物生长发动的声响。

肌肉饱满的爷爷和父亲在窝棚里呆不住了,他们游逛在墨水河大堤上,徘徊在墨水河石桥上,肃立在奶奶和爷爷的队员们的坟前。

爹,咱投八路去吧,父亲说。

爷爷摇摇头。

咱去投冷支队?

爷爷摇摇头。

那天上午,阳光空前明媚,天上没有一丝云,爷爷和父亲站在奶奶坟前,一句话也没得说。

远远地看到从桥东的北边河堤上,橐橐地跑过来七匹懒散的马,马上骑着七个满脸鬼气的人,都把脑门上一块头发剃光,为首的一个黑大汉,围着右眼生一圈黑痣。他就是高密东北乡铁板会头子黑眼。还在爷爷当土匪时,黑眼就声名赫赫。那时候土匪与铁板会是井水不犯河水,爷爷从心里瞧不起他。一九二九年初冬,爷爷和黑眼在烟尘茫茫的盐水河畔进行了一场生死格斗,基本上没分出胜负。

七匹马走到奶奶坟墓前的河堤上,黑眼勒住马缰,马停下来,抖抖鬃,低头去啃堤边的枯草。

爷爷的手不由自主地按住日本造王八匣子枪明亮的盖子。

黑眼稳稳地坐在马上,说:"是你呀,余司令!"

爷爷的手哆嗦着,说:"是老子!"

爷爷用挑战的目光死盯着黑眼。黑眼愚蠢地笑几声,从马上跳下来,居高临下地站在河堤上,望着奶奶的坟墓说:"死啦?"

爷爷说:"死啦!"

黑眼怒冲冲地说:"他娘的,多好的女人到了你手里也给毁了!"

爷爷的眼睛里喷出火来。

"当初,要是让她跟了老子,也不会有今天!"黑眼说。

爷爷把王八匣子枪抽出来,对着黑眼就要搂火。

黑眼不慌不忙地说:"有本事去给她报仇啊,打死我只能算你鸡肠小肚!"

爱情是什么? 每个人都有自己的答案。这件鬼事儿折磨死了无数英雄好汉、淑女才媛。我根据爷爷的恋爱历史、根据我父亲的爱情狂澜、根据我自己的苍白的爱情沙漠,总结出一条只适合我们一家三代爱情的钢铁规律:构成狂热的爱情的第一要素是锥心的痛苦,被刺穿的心脏淅淅沥沥地滴嗒着松胶般的液体,因爱情痛苦而付出的鲜血从胃里流出来,流经小肠、大肠,变成柏油般的大便排出体外;构成残酷的爱情的第二要素是无情地批判,互爱着的双方都恨不得活剥掉对方的皮,生理的皮和心理的皮,精神的皮和物质的皮,剥出血管、肌肉、蠢蠢欲动的内脏,黑色的或者红色的心,然后双方都把心向对方掷去,两颗心在空中碰撞粉碎;构成冰凉的爱情的第三要素是持久的沉默,寒冷的感情把恋爱者冻成了冰棍,先在寒风中冻,又在雪地里冻,又扔进冰河里冻,最后放在现代文明的冰柜里冻,挂在冷藏猪肉黄花鱼的冷藏室里冻。所以真正的恋爱者都面如白霜,体温二十五度,只会打牙巴鼓,根本不会说话,他们不是不想说话,而是已经不会说话,别人以为他们装哑巴。

所以,狂热的、残酷的、冰凉的爱情＝胃出血＋活剥皮＋装哑巴。如此循环往复,以至不息。

爱情的过程是把鲜血变成柏油色大便的过程,爱情的表现是两个血肉模糊的人躺在一起,爱情的结局是两根圆睁着灰白眼睛的冰棍。

一九二三年夏,爷爷把奶奶从驴背上抢下来,抱进高粱地里,放到大蓑衣上,这是他们的"胃出血"阶段的悲壮的开始。一九二六年夏,父亲三岁时,奶奶的使女恋儿姑娘作为第三者,把两条健美的大腿插在爷爷和奶奶之间,这是"活剥皮"的开始,他们的爱情,已由狂热的天国进入残酷的地狱。

恋儿姑娘比奶奶小一岁,一九二六年春,奶奶十九岁。十八岁的恋儿身体健壮,腿长脚大,黑魆魆的脸上生两只圆溜溜的眼睛,小巧玲珑的鼻子下,有两片肥厚的、性感的嘴唇。那时候我们家的烧酒作坊正值繁荣时期,优质高粱白酒像暴雨般洒遍九州十八县,酒香终年笼罩着我家的院落和房屋,在这种天长日久的熏陶中,我们家的男人女人都有了海一样的酒量。爷爷和奶奶就甭说了,连向来不沾酒的大老刘婆子,也能一次喝半斤。恋儿姑娘起初陪着奶奶喝酒,后来就到了一天无酒不能活的地步。酒使人性格豪爽,侠肝义胆,临危不惧,视死如归;酒也使人放浪形骸,醉生梦死,腐化堕落,水性杨花。那时候爷爷已经开始了他的土匪生涯,并不是他想钱财而是他想活命、复仇、反复仇、反反复仇,这条无穷循环的残酷规律,把一个个善良懦弱的百姓变成了心黑手毒、艺高胆大的土匪。爷爷用苦练出来的"七点梅花枪"击毙"花脖子"及其部下。吓瘫了爱财如命的外曾祖父，便离开烧酒作坊，走进茂密青纱帐，过起了打家劫舍的浪漫生活。高密东北乡的土匪种子绵绵不绝，官府制造土匪，贫困制造土匪，通奸情杀制造土匪，土匪制造土匪。爷爷匹骡双枪，将技压群芳的"花脖子"及其部下全部打死在墨水河里的英雄事迹，风快地传遍千家万户，小土匪们齐来投奔，于是，一九二五年至一九二八年间，出现了高密东北乡土匪史上的黄金时代，爷爷声名远扬，官府震动。

这段时间里，依然是难琢难磨的曹梦九任高密县长。爷爷牢记着曹梦九用鞋底打得他皮开肉绽的仇恨，瞅个空子就报复一下。敢于直接与官府作对，是使爷爷具有大土匪英名的重要因素。一九二六年初，爷爷带着两个人，在县府门口，绑走了县长曹梦九十四岁的独生儿子。爷爷胳肢窝夹着那个嚎哭着的俊俏男孩，一支匣枪提在手，大摇大摆地走在县府门前用青麻石板铺成的官道上，精明强干的捕快头子颜洛古小颜爷带着县兵追上来，干呐喊不敢近前。县兵胡乱放枪，子弹都离着爷爷很远。爷爷伫足扭身，用匣枪苗子顶着男孩的太阳穴，大声吼叫："姓颜的，滚回去吧，告诉曹梦九那条老狗，拿一万块大洋赎他的儿子，限期三天，过期撕'票'！"

小颜心平气和地问："老余，在什么地方接头。"

爷爷说："在高密东北乡墨水河木桥正中接头。"

小颜带着部队返回县府。

爷爷一行出城，那男孩哭爹叫娘、死命挣扎。男孩皓齿红唇。虽因哭嚎把五官扭曲，但还是十分可爱。爷爷说："别哭，我是你干爹，带你去见你干娘！"男孩哭得更凶，爷爷烦起来，掏出那柄明晃晃的短剑，在男孩面前一晃，说："不许哭，再哭就割掉你的耳朵！"男孩不哭了，双眼呆愣愣地，被两个小土匪架着走。

271

走出县城五里左右路，爷爷听到背后马蹄声响。急忙回头，见车路上尘烟滚滚，一群马飞驰而来。当头马上骑着精明强悍的小颜。爷爷见势不好，号令两个土匪撤身路边，三人紧挤在一起，都用枪戳着那孩子的头。

离爷爷他们一箭远时，小颜把马头一带，斜刺里跑进去年的高粱地。收割高粱后的高粱地里残存着一些高粱茬子，一冬天的风把浮土刮尽，田地平整坚硬。马队跟着小颜绕着大圈，跑到爷爷他们前边去，又拐上土路，一溜尘烟，向着高密东北乡跑去。

爷爷迷糊片刻，立刻觉悟。他用手拍着大腿，说："糟了，这个票算白绑了！"

两个小土匪不知奥妙，傻乎乎地问："他们去哪儿？"

爷爷不说话，对着马队开枪，但马队已跑得很远，匣子枪只能打中马蹄弹起的尘土和清脆悦耳的蹄音了。

精明的小颜率马队赶到东北乡，径奔我们村庄，直扑我家房子，他可是轻马熟路。这时爷爷正挪动双腿，向着家乡飞跑。曹梦九的儿子养尊处优惯了，哪里吃过这种苦？仅跑了一里路，他就躺在地上不动了。一个小土匪建议："撕了算啦，省得累赘。"爷爷说："小颜一定抓我的儿子去啦！"

爷爷把昏厥的曹公子抢上肩头，慢吞吞地走起来。小土匪催促，爷爷说："晚了，慢着点吧，只要这个小畜生活着，什么事都好办。"

小颜带着县兵闯进屋，把我奶奶和父亲抓出来，捆在了马上。

奶奶怒骂："瞎了狗眼！我是曹县长的干女儿！"

小颜狞笑着说："抓的就是你这个干女儿！"

小颜的马队在半道上与爷爷相遇。双方都用枪指着"票"，几乎是擦肩而过，谁也不敢轻举妄动。

爷爷看到了倒剪着双手，骑在马上的奶奶，和被小颜揽在怀里的我父亲。

小颜的马队擦着爷爷他们身边走过，马蹄声轻捷，马颈上的铜铃叮当，马上的人都面带微笑，只有奶奶满脸怒容，看着路边上满脸懊丧的爷爷，高声喊："占鳌，你快把我干爹的孩子放回去，把俺娘俩换回来。"

爷爷紧紧攥住男孩的手，他知道这孩子迟早要放，但不是现在。

双方交换人质的地点，还是定在墨水河的木桥上。爷爷动员了东北乡的几乎全部土匪，有二百三十多个，都荷枪实弹，或躺或坐，麇集在木桥北头。河里冰冻尚存，边缘部分已被春天的空气融解，化出两条绷带般的绿水，中央的冰块表层斑驳淋漓，沾染了一层北风吹来的黑土。

半上午时分，县府的马队从河南边堤上，逶迤而来。马队中夹着一乘小轿，由四个汉子抬着，颤颤悠悠地漂游。

县府里的人占着桥南头，双方答上话。与爷爷对话的，是仪表堂堂的县长曹梦九。他面带笑容，亲切和蔼地说："占鳌，你是我的干闺女女婿啊，怎么连小舅子都绑？缺钱花告诉你干爹一声就是啰！"

爷爷说："我不缺钱花，我忘不了那三百鞋底！"

曹梦九抚掌大笑道："误会，误会吆！不打不相识！贤婿，你翦除了'花脖子'，功莫大焉，我一定给你往上秉报，论功行赏。"

爷爷蛮横地说："谁要你论功行赏！"嘴里虽是这般说，心其实软了。

小颜挑起轿帘，奶奶抱着我父亲款款地出来。

奶奶走在桥头上，被小颜拦住。小颜喊："老余，你把曹公子弄到桥头，号令一下，同时放人。"

小颜喊一声："放啦！"

曹公子叫着爹往桥南头飞跑，奶奶抱着孩子往桥北头走。

爷爷的土匪部队都擎着短枪，县府兵都托起长枪。

奶奶和那男孩在木桥中相逢。奶奶弯腰想跟他说句话，他哭着，绕开奶奶，飞跑到桥南去了。

在这次游戏般的绑票中，县长曹梦九心中蕴育日久的一条"三国演义"式的妙计突然成熟了，这条妙计，残酷地结束了高密东北乡土匪们的黄金岁月。

这年三月，外曾祖母病死。奶奶抱着父亲，骑着一匹黑色骡子，回娘家办理丧事，原说是三天之后赶回来，谁知那苍天有意作乱，从奶奶动身第二日就开始下起大雨，雨脚直上直下，密不透风，天和地交融在一起。爷爷他们在青纱帐里待不住，便各自回了家，这样的天气，连燕子都躲在巢里梦呓般唧啾，县府里的兵更不会出动，况且自从春天那次荒唐的绑票之后，县长曹梦九似乎与爷爷达成了一种默契，高密县出现了兵匪一家的和平景象。土匪们回了家，把枪塞在枕底下，整日酣睡。

爷爷披着大蓑衣回到家，从恋儿姑娘嘴里，知道奶奶回家奔丧，想起几年前骑着黑骡子去吓唬那老财迷时情景，不由暗自窃笑。当初奶奶与外曾祖父、母积恶深重，大有永不往来之势，不想几年之后，又冒雨奔丧，可见是"大风刮不了多日，亲人恼不了多时"。

窗外雨声如潮，瓦檐上水流如瀑。浑浊的雨水积在院子里，足有半人深。雨水泡胀了土地，我家的院墙坍倒在雨水里，砸起几丈高的水花。院墙一倒，灰绿色的田野便扑进窗口，爷爷躺在炕上、蹲在炕上，都望得见这无边无涯的灰绿高粱的海洋，低矮的云团卧在高粱的浪潮上，喧哗的声浪持续不断，浓重的土腥味和青草的气息混杂在一起，灌满房屋。大雨使爷爷心烦意乱，麻木不仁，他喝酒睡觉，睡觉喝酒，搞得昼夜不分，天昏地暗，人家那头黑骡子挣断缰绳，从东院大厦棚里跑出来,站在奶奶的窗前,一动也不动了。爷爷瞪着被高粱酒烧红的眼睛,看着这个傻乎乎的家伙,一阵麻酥酥的感觉,像蚂蚁一样遍体爬动。雨水像箭杆般射到骡子身上,一部分飞溅出去,一部分沿着它灰暗的皮毛,汇集到肚皮底下,流到地上汪集的雨水里。焦虑不安的水面爆豆般跳动着,骡子一动不动,只偶尔睁一下那只鸡蛋大的眼睛,又立即闭上。爷爷感到从来没有过的烦。他把褂子撤掉,把裤子扒掉,只穿一条牛头裤衩子。他用手搔着胸脯上和大腿上卷曲的黑毛,越搔越痒。炕上处处都散发着女人的腥咸气息。爷爷把一只酒碗扔在炕上,碗坏了,一只虎口长的小耗子从柜子上跳下,嘲弄地看爷爷一眼,又轻捷地跳到后窗台上,用两只后腿支起身体,两只前爪举着,擦拭尖尖的嘴巴。爷爷把匣枪一甩,小耗子被打到窗外后,枪声才在屋子里炸响。

恋儿姑娘黑发蓬松着跑进来,看看抱着膝盖坐在炕上的爷爷,什么话也没说,弯腰捡起碎碗碴子,转身要走。

一股灼热的气流冲到爷爷的咽喉,他顿了一下喉,吃力地说:"你……站住……"

恋儿转回身,用洁白的牙齿咬了一下肥厚的嘴唇,嫣然一笑,灰暗的房子里像亮开了一团金色的光,窗外嘈嘈杂杂的雨声像被一道绿色的墙壁挡住了。爷爷看看恋儿蓬松的头发,半透明的精致的小耳朵,看着她鼓蓬蓬的胸脯子,说:"你长大了。"

恋儿把嘴角动一下,唇边上显出两条狡猾的皱纹。

"你干什么啦?"爷爷问。

"困觉啦!"恋儿打了一个哈欠说,"这死天,要下多久呢,天河的底子八成被捅漏了。"

"豆官和她娘被困在那儿啦,她们原说三天回来? 小老太婆差不多该烂啦!"爷爷说。

"还有事吗?"恋儿问。

爷爷低着头,想了一会,说:"没事了。"

恋儿又咬住嘴唇一笑,扭一个屁股,走了。

屋子里又暗了,窗外灰蒙蒙的雨幕更厚更重。黑骡还站在那儿,四条腿淹没在水里面。爷爷看到它动了动尾巴,大腿上有一块长条形的肉抽搐了一下。

恋儿又进来了,她倚着门框,目光迷离地看着爷爷。她原先清澈如水的眼睛里蒙着一层蓝色的烟雾。

雨声又退出很远,爷爷感到脚心里和手心里流出了汗水。

"你要干什么?"爷爷问。

恋儿咬着嘴唇,莞尔一笑。爷爷看到房子里又成了金黄色的一片。

"你喝酒吗?"恋儿问。

"你陪我喝?"

"啊,我陪你喝。"

恋儿提来一瓶酒,切了一碟咸鸡蛋。

窗外雨声雷动,黑骡子像一块黑石头一样透出一片凉气,漫进窗户,包围着爷爷赤裸的身体,他不由地打了个寒噤。

"你冷吗?"恋儿轻蔑地问。

"我热!"爷爷愤怒地回答。

恋儿倒了两碗酒,递给爷爷一碗,自己端起一碗。两只碗沿碰了一下。

空酒碗在炕上扔着。两个人直着眼睛看。

爷爷看到屋子里到处燃烧着黄金一样的火苗,在遍屋黄金火里,有两朵蓝色的小火苗跳跃着。黄金火烧着爷爷的身体,蓝火苗烧着爷爷的心。

……

"君子报仇,十年不晚!"爷爷把枪拍进枪套,冷冷地说。

站在河堤上的黑眼仰着身子走到奶奶的坟墓边,围着坟转一圈,踢踢坟上的土,感叹一声,说:"嗨,人活一世,草木一秋啊!老余,铁板会也要抗日啦,你入会吧!"

"入你那装神弄鬼的会?"爷爷撇着嘴说。

"你别他娘的充大,铁板会有神灵相助,上合天心,下合民意,收留你是抬举你!"黑眼在奶奶坟头上踹了一脚,说:"黑爷是看着她的情分来拉你一把。"

"我不要你他娘的来发慈悲,什么时候老子要跟你分出个公母来,你别以为事完了!"爷爷说。

"你以为老子怵你,"黑眼拍着挂在腰间的匣枪说,"老子也学会了使枪!"

大堤上又下来一个眉清目秀的铁板会员,他拉了一下爷爷的手,谦谦有君子风,风风流流地说:"余司令,铁板会的弟兄们都仰望您的英名,盼着您能入会,山河破碎,匹夫有责呀!为了打日本,大家都要捐弃前嫌。个人恩怨,打完了日本再说。"

爷爷颇感兴趣地看着这年轻人,他想起了自己的副官、因擦枪走火不幸死亡的青年英雄任副官,便嘲弄地问:"你是共产党?"

年轻人说:"我既不是共产党,也不是国民党。我既恨共产党,也恨国民党。"

爷爷说:"好样的!"

年轻人说:"我叫五乱子。"

爷爷拍了一下他的手,说:"认识啦。"

父亲站在爷爷身旁,好久没有动。他十分好奇地看着铁板会会员们的脑袋。脑门上剃去一片头发,是铁板会会员的标识,父亲不知道他们为什么要这样干。

六

恋儿与我爷爷疯狂地爱了三天三夜,她的肥厚的嘴唇肿胀起来,一丝一丝细血从唇上渗出来,流进嘴里和牙缝里。后来爷爷亲她时,总闻到她嘴里有一股令人发疯的血腥味。三天三夜雨脚如麻,房子里的金黄色和天蓝色溃散时,爷爷就听到原野里传来灰绿高粱刷刷啦啦的响声,小蛤蟆水音饱满的叫声和野兔子吱吱的叫声。腥冷的空气里夹杂着成千上万种味道,最突出最强烈的是那头黑骡子的味道。它一直站在那里,身体下陷了足有半尺。爷爷能闻到骡子味道时,总感到它是个巨大的威胁,爷爷想总有那么个机会到来,那时就用匣枪打碎它呆板的脑门。有好几次爷爷把枪都举起来了,但当它一举起枪时,金黄的火焰便在房子里熊熊燃烧起来。

第四天早晨,爷爷睁开了眼,发现了躺在他身边的恋儿形销骨瘦,闭着的双眼周围的两圈青紫的颜色,厚嘴唇上,裂着一片片干燥的白皮。这时候他听到了村子里房屋倒塌的巨响。慌忙穿好衣服,摇摇晃晃下了地,一下炕,他就莫名其妙地栽了一跤。趴在地上,他感到饥肠辘辘,用力撑着爬起来,有力无气地呼唤大老刘婆子,无人答应。他撞开素日恋儿和大老刘婆子住的房间的门,举目一看,炕席上卧着一只翠绿色的青蛙,大老刘婆子踪影也无。爷爷回到窗外有黑骡的房子,把几块压扁了的咸鸡蛋捡起来,连皮吃了。咸鸡蛋勾出了更强烈的饥饿,他扑到灶间,翻橱倒柜,一口气吃下去四个生满绿毛的饽饽,九个咸鸡蛋,两块臭豆腐,三棵枯萎的大葱,最后喝了一勺子花生油。

阳光像血一样地从高粱地里冒出来,恋儿还在酣睡,爷爷看着她像黑骡皮一样光滑的身体,眼前又哔哔剥剥地迸出金色的火星。窗户上的太阳红光把那些金色的火星吞没了。爷爷用匣枪捅捅恋儿的肚子,恋儿睁眼一笑,眼里又跳出蓝色火苗。爷爷跌跌撞撞地逃到院子里,见久未露面的太阳又大又圆,湿漉漉的像带血的婴儿,遍地汪汪的雨水通红,街上的水哗哗响着往田野里流。田野里的高粱半截泡在水里,像湖里芦苇。

院子里的水渐渐浅了,终于露出了松软的地面。东院与西院之间的隔墙也倒了,罗汉大爷、大老刘婆子、烧酒锅上的伙计们一齐跑出来看太阳。爷爷看到他们的手上、脸上都沾着一层绿色的铜锈。

"你们赌了三天三夜?"爷爷问。

"是赌了三天三夜。"罗汉大爷说。

"骡子陷在去年的老窖子里,找绳子杠子把它抬出来吧。"爷爷说。

伙计们用绳子在骡子肚皮上捆了两道,在背上挽了两个结,伸进去两根杠子,十几个人一齐发喊用力,把骡子的四条腿像胡萝卜一样拔出来。

雨过天晴,雨水很快渗下,地皮上汪着一层脂油般光滑的亮泥。奶奶骑着骡子抱着我父亲,从泥泞不堪的田野里走回来。骡子的腿上、肚皮上溅满稀泥。两匹分别数日的黑骡子一闻到彼此的气味就顿蹄扬颈,暗哑地嘶叫,拴到槽头上,又亲热地互相啃痒。

爷爷讪讪地迎着奶奶,把父亲接过来抱。奶奶眼皮红肿,身上有一股霉臭味。爷爷问:"料理完了?"

奶奶说:"今上午刚埋了,要是再下两天雨,非招蛆不行。"

"这雨,真是,八成是天河的底给捅漏了。"爷爷抱着我父亲说,"豆官,叫干爹!"

"还是'干爹呀''湿爹呀'!"奶奶说,"你抱着他,我去换换衣裳。"

爷爷抱着父亲在院子里转,指着骡腿陷进去的四个深坑说:"豆官,小豆官,你看这里,大黑骡子陷进去了,在这里它站了三天三夜。"

恋儿端着铜盆出来打水,她对着爷爷咬咬嘴唇,撇了撇嘴,爷爷会意地一笑,她却当浪着脸,一副不高兴的样子。

爷爷悄声问:"怎么啦?"

恋儿恨恨地说:"都怨这该死的雨!"

恋儿端水进屋,爷爷听到奶奶问恋儿:"你跟他说什么啦?"

恋儿说:"没说什么。"

"你怨该死的雨?"

"没有没有,这该死的雨,八成是天河的底给捅漏了!"恋儿说。

奶奶噢了一声,爷爷听到铜盆里的水哗浪哗浪响着。

恋儿出来倒水时,爷爷见她脸色发紫,眼神都散了。

三天后,奶奶说要去给外曾祖父烧纸钱。她抱父亲骑上黑骡子时,对恋儿说:"我今天不回来了。"

当天夜里,大老刘婆子又去东院里跟伙计们赌钱了,奶奶房子里,又燃起了金黄色的火苗。

奶奶骑着骡子星夜赶回来。她站在窗外听了一会,便破口大骂起来。

奶奶把恋儿饱满的脸抓出了十几道血口子,又对准爷爷的左腮打了一巴掌。爷爷笑了一声。奶奶又把巴掌举起来,但搁到爷爷的腮帮子附近时,那只手像死了一样,无力地擦着爷爷的肩头滑下去。爷爷一巴掌把奶奶打翻在地。

奶奶放声大哭。

爷爷带着恋儿走了。

七

铁板会会员腾出一匹马,让爷爷和父亲骑上。黑眼在最前边打马飞跑,口齿清楚的、既恨共产党又恨国民党的五乱子与爷爷并马缓行。五乱子胯下那匹小花马十分年轻,它看着跑到前头去了的五匹马,焦急地晃动着头,它想去追赶马群,主人却一再拉紧塞进它嘴里的铁嚼子,逼它把飞跑的欲念克制住。小花马满腹怨气,就用嘴咬爷爷胯下的黑马的把戏来发泄对主人的不满。黑马尥起蹄反抗花马的挑衅。爷爷把马一顿,把花马让到前头去,拉开几米距离,尾随在五乱子后边。温暖的灰蓝色的墨水河轻快地欢唱着,河水中散发出来潮湿的气体往河堤外的田野上游动。因为战乱没有拾掇利索的田野呈现出纷乱、颓丧的黄褐色。去年的高粱秸秆多半倒伏在地上,有零零星星的农人站在土地上发呆,也有聪明的农民在自家的田里放起了野火,干透了高粱秸子啪啪燃烧着,化成了灰烬,回归了生它出来的黑土地。

农民焚烧高粱秸秆的火焰在墨水河两岸宽广的田野里像暗红的破布一样抖动着,一团团青色的烟雾在澄澈如冰的晴空下缭绕,焦香的燃烧高粱的味道呛入爷爷的鼻腔和咽喉。一直高谈阔论着的五乱子从花马上掉过头来,问爷爷:"余司令,小弟说了半天了,还没听到你的议论呢。"

爷爷苦笑一声,说:"余某识不了二百个大字,要说杀人放火,我是行家里手;说起什么国家、什么党派,还不如宰了我痛快!"

"那你说打走日本后,中国的天下交给谁?"

"这与我没干系,反正谁也不敢把我的咬去!"

"让共产党得天下,你觉得怎么样?"

爷爷轻蔑地提了一下鼻梁，从一侧鼻孔里喷出一股气。

"还让国民党统治？"

"这群杂种！"

"就是就是，国民党奸猾，共产党刁钻，中国还是要有皇帝！我从小就看'三国''水浒'，揣摸出一个道理，折腾来折腾去，分久必合，合久必分，天下归总还要落在一个皇帝手里，国就是皇帝的家，家就是皇帝的国，这样才能尽心治理，而一个党管一个国，七嘴八舌，公公嫌凉，婆婆嫌热，到头倒弄成了七零八落。"

五乱子停住花马，待爷爷的黑马上来，他把身体侧向爷爷一边。诡秘地说："余司令，我自幼熟读'三国''水浒'，深谙谋略，胆大如鸡卵，苦无明主报效。原以为黑眼是条英雄好汉，便抛家弃舍，投奔他门下，原欲乘长风破万里浪，建功立业，封妻荫子，谁知这黑眼蠢如猪，笨如牛，无勇无谋，一心一意只想保全他在盐水口子那一亩三分地。古人云：珍禽择佳木而栖，良马见伯乐而鸣。我想来想去，偌大个高密东北乡，只有余司令您是个大英雄。因此我串通了数十个弟兄，一齐发难，要黑眼请您入会，这叫做引虎入室之计。你在会里效越王勾践，卧薪尝胆，争取同情和声望。尔后小弟伺机除掉黑眼，然后扶您为主，改换门庭，严饬纲纪，扩大队伍，先占住高密东北乡，尔后向北发展，占领平度东南乡，再占胶县北乡，三片连成一气。这时，就可以在盐水口子设都，亮出铁板国旗号，您就是铁板王。再以后，就派三路兵马，一路攻胶县，一路攻高密，一路攻平度，共产党、国民党、日本鬼子，统统剿灭，力拔三城之后，天下就算粗定了！"

爷爷几乎从马上掉下来，他惊讶地看着这个年轻貌美、满腹经纶的小伙子，一阵强烈的兴奋压迫得他心肺剧痛。爷爷勒住马，待眼前眩目的黑色光线消失之后，狼狈不堪地滚下鞍来，欲想跪拜，又觉不妥，便伸手抓住五乱子汗津津的手，牙巴骨哆嗦着说："先生！小王八蛋,怎么早不让我碰到你,相见恨晚。"

"主公不要瞎客气,让我们同心同德,共谋大业!"五乱子眼泪花花地说。

黑眼在一里开外勒马高叫:"哎——还走不走啦?"

五乱子把巴掌拢到嘴上喊:"就走——老余的马肚带断了,正在修呐!"

他们听到黑眼大骂了一句脏话,又见他在马腚上打了一鞭,那匹马一蹿一蹿的,像匹大兔子一样向前跑去。

五乱子看看端坐在马背上双眼晶亮的我父亲,说:"余公子,今天我与令尊的话,事关重大,万勿泄露!"

父亲用力点了点头。

五乱子松开了勒紧马口的嚼铁,小花马像抖手腕子一样把前蹄甩甩,尾巴根子一撅,便飞跑起来,蹄铁刮起的黑土,像弹片一样射到河里。

爷爷感到从来没有过的充实和明白。五乱子一番话像抹布一样擦亮了他的心,擦得他心如明镜,一种终于认清了奋斗的目标、预见到远大前程的幸福感一浪接一浪在心头奔涌。爷爷翕动着嘴唇,说出了一句连坐在他怀里的父亲都没听清楚的话,爷爷说:"天意!"

马急一阵慢一阵地跑着,中午时分,跑下墨水河大堤;下午,把墨水河抛在身后;傍晚时,爷爷坐在马上,望见了那条比墨水河窄一半,弯弯曲曲地爬行在碱土荒原上的盐水河。河水像灰色的毛玻璃,焕发着模模糊糊的光影。

八

县长曹梦九的一条妙计,把以我爷爷为首的高密东北乡土匪一网打尽,是一九二八年深秋里的故事。爷爷在日本北海道荒山野岭中,一遍又一遍地反复回忆这段惨痛的历史。他想起自己坐着乌黑的"雪佛莱"小轿车在东北乡的崎岖道路上颠簸时,是何等的得意洋洋,愚蠢无比。他想到自己就像一只鸟子一样,把八百个好汉子引进了罗网,他一想到这八百条汉子在济南府外一个偏僻河沟子里被机关枪打成八百个筛子底的景象就感到四肢冰冷。他披着一条破麻袋在一道浅浅的沙河里用坏网片捕鱼时,可以望到半月形海湾里田埂般奔涌追逐的灰蓝色浪潮,那时候他想到故乡的墨水河和盐水河,他点燃树枝烧着日本北海道沙河里的细鳞鲢子鱼时,想着他犯了严重错误葬送了八百个汉子的生命之后的惨淡经历……

爷爷在凌晨时分,踩着济南府警察署高墙上的破砖头,爬上了墙头,又贴着墙壁滑到聚集着破纸烂草的墙根,惊跑了两只闲逛的野猫。他溜进一户人家,用黑直贡呢军服换了几件破烂衣服,混迹在纷乱的市街,看着他的乡亲们、伙计们被一个挨一个地押进了闷罐子车。车站上岗哨林立,一派阴森杀气,闷罐车头上煤烟翻滚,排气管里窜出尖叫的蒸气……爷爷踩着两根锈迹斑斑的铁轨,一直向南走,走了一天一夜。平明时分,在一条干枯的河道附近,嗅到了浓烈的血腥。爷爷踩着中断的木桥,看到桥下苍白的乱石上,涂满鲜血和脑浆,高密东北乡八百多个土匪一层层叠着,叠满了半条河……爷爷感到无比的惭愧、恐惧、仇恨。站在断桥上,他的生存的愿望特别强烈,杀人、被人杀,吃人,被人吃,这种车轮般旋转的生活他厌烦透了。他想起了炊烟缭绕的宁静村庄,嘎嘎吱吱响着的辘轳把清亮的井水绞上来,一头紫茸茸驴驹子把嘴巴伸到桶里抢水喝,火红的公鸡站在生满酸枣棵子的土墙上迎着绚烂的朝霞引吭高歌……爷爷决定回家。他生下来一直在高密东北乡的地盘上转来转去,跑出这么远还是第一次,他感觉到家在天外般遥远。他们是乘着火车来济南的,当时记得车头一直往西开,那么现在只要沿着铁路往东走,就不愁走不到高密县。爷爷沿着铁轨走,有时候觉得铁轨伸向别的方向,他犹豫了,但立刻又清醒了。他想到长江大河都要拐弯,人修的铁路哪能不拐弯。铁路上有时出现翘着后腿撒尿的公狗,有时也出现蹲踞着撒尿的母狗。黑色的火车驰来时,他趴在路沟里或是路边庄稼地里,看着红色的或黑色的车轮哆哆嗦嗦地爬过,弯曲的路轨在车轮下扭曲;汽笛尖利的啸声通过翻卷叶片的庄稼和卷扬的尘土显出自己的形状。火车驰过,铁轨痛苦地恢复正常状态,乌黑、灰亮,好像一种不甘受压又无法逃避压迫的矛盾心情。客车上淋漓下的中国粪便和日本粪便挥发着同样的臭气,花生壳儿瓜子皮儿毛纸头儿镶嵌在枕木缝里……爷爷逢村讨饭,遇河喝水,不分昼夜向东奔。半个月后,他看到了高密火车站上那两座熟悉的大炮楼。火车站上,高密县的豪绅们正在欢送着荣升山东省警察厅长的原县长曹梦九。爷爷伸手摸了一下腰,腰里空空荡荡,他不知道用什么动作栽倒在地上,好久好久,他的扎到黑土里的嘴巴才嗅到血腥的黑土气息……

爷爷经过反复考虑决定还是不去看我奶奶和我父亲,尽管他在寒冷的梦境里多次梦到奶奶雪白的躯体,梦到我父亲古古怪怪的天真笑容,醒来后他肮脏的脸上沾着热乎乎的泪水,心脏像挨了拳头一样紧缩着钝痛。他知道,他仰望着满天的星斗知道自己对妻子和儿子的思念是多么深刻。但事到临头,站在熟悉的村头上,嗅着洋溢在暗淡夜色里的亲切的酒糟气息,他犹豫了。奶奶的一个半耳光,像一道冷酷的河流,把他和她隔开了。奶奶骂他:公驴!公猪!奶奶骂他时横眉立目,双手插在腰间,背驼着,脖子抻着,嘴里流着腥红的血……这丑恶的形象使他心乱如麻,他想到自己活了这么多年,还从未被一个女人这样凶狠地骂过,更没有被一个女人用耳光子搧过。尽管他与恋儿偷情时心怀愧疚,但遭到辱骂痛打后,愧疚消去,原先存在于他心中的那点进行自我批评的可能性,被一种强烈的报复心情代替。他理直气壮地带着恋儿出走,搬到与我们村子相隔十五里路的咸家口子,买了一栋房屋住下,那段时间里他知道自己过得很不顺遂,他从恋儿的弱点里发现了奶奶的优点……现在,死里逃生之后,是双脚把他带到了这里,他嗅着亲切的味道,心里感到悲凉,他想不顾一切冲进那个充满丑恶与美好回忆的院落去重温旧好,但那痛骂的声音,那个抻脖子驼背的丑陋形象像高大的栅栏,挡住了他的面前的道路。

半夜时分,爷爷拖着疲惫不堪的身体,来到咸水口子。他站在两年前买下的房屋前,见后半夜的月亮高高地挂在西南方向的高天上。天是银灰色的,月是桔黄色的,月是残缺的,但那残缺部分浅浅的轮廓清晰可辨。月亮周围凌乱地散布着十几颗孤寂的星辰。房屋上、街道上洒着月亮和星星的清冷的光辉。恋儿黑色的、结实的、修长的身躯浮现在爷爷眼前。爷爷想起围绕着她的躯体的金黄色的火苗和从她眼睛里迸出的蓝色火花,缠绵的、对肌肤之亲的狂荡思念使爷爷忘记了心灵和肉体的双重痛苦,他攀住镶瓦的墙头。耸身上墙,跳进院落。

爷爷敲着窗棂,压住激情,低声呼唤:

"恋儿……恋儿……"

屋子里一声惊呼后,是一阵恐怖的战栗声,后来又是断气般的抽泣。

"恋儿,恋儿,你听不出我来了?我是余占鳌啊!"

"哥……亲哥!你吓唬我我也不怕!你是鬼我也要见你!我知道你变了鬼,你变了鬼还来看我我心里高兴……你到底还是想着我……你来吧……来吧。"

"恋儿,我不是鬼,我活着,我活着逃出来了!"爷爷用拳头嘭嘭地打着窗户,说:"你听听,鬼能打响窗户吗?"

恋儿在屋里哇啦一声哭了。

爷爷说:"别哭,让人听到。"

爷爷走到门口,立脚未稳,赤条条的恋儿就像一条大狗鱼一样蹦到他怀里。

爷爷躺在炕上,望着纸糊的顶棚发呆。两个月里,他连门口也没出过,恋儿每天都把街上有关高密东北乡土匪的议论传给他听,因此他每天都沉浸在对这场大悲剧的追忆中。追忆到某些细节时,他就把牙齿恨得咯咯响。他想到自己打了一辈子雁到头来被雁啄瞎了眼睛。他完全可以有无数次机会要了曹梦九这条老狗的命,但终究饶了他。这时候他就联想到我奶奶。她与曹梦九那种半真半假的干爹干女儿的关系是促使他上当的一个重要原因,他因为恨曹梦九而恨她。也许她与曹梦九早就串通一气,共设圈套来坑他。尤其是听到恋儿说,恋儿对我爷爷说,亲哥,你忘不了她,她可早就忘了你,你被火车拉走后,她就跟着铁板会头子黑眼走了,在盐水口子住了有好几个月了,至今没回来。恋儿边说边揉搓着爷爷的肋骨。爷爷看着她不知厌足的黑色身体,一种隐隐约约的厌恶产生了。他从眼下的这个黑色肉体想到她的雪白的肉体,想到几年前那个闷热的下午,他把她抱到铺在高粱密荫下的大蓑衣上的情景。

爷爷折起身来,说:"我那支枪还在吗?"

恋儿惊恐地抱住爷爷的胳膊,说:"你要干什么?"

爷爷说:"我要去杀这些狗杂种!"

"占鳌! 亲哥,你可不能再去杀人啦! 你这一辈子杀了多少人啦!"恋儿说。

爷爷对着恋儿的肚子踹了一脚,说:"你少啰唆,把枪拿来!"

恋儿委屈地呜咽着,拆开枕头缝,把那支二把匣子枪摸出来。

爷爷和父亲共骑一匹黑马,跟在韬略在胸的铁板会青年会员五乱子身后,奔驰半天,望见灰蒙蒙发亮的盐水河,望见盐水河两岸白茫茫的碱土荒原时,尽管被五乱子一番大话撩拨得万分激动的情绪尚未冷静,但还是想起了与黑眼在盐水河边决斗的情景——

　　爷爷掖着匣枪,骑着一头大叫驴跑了一上午,赶到盐水口子。他把毛驴拴在村外一棵榆树上,让毛驴啃着树皮。他把破毡帽往下拉拉,遮住眉毛,大踏步往村里赶。盐水口子好大一个村庄,爷爷不问路,冲着村中那几排高大瓦房去。深秋初冬,村里有十几颗挑着累累的、焦黄的叶片的栗子树在风里抖。风不大,但利飕有劲。爷爷闯进瓦屋大院,正逢着铁板会集会未散。在一个方砖铺地的大堂里,迎面墙上挂一幅灰黄色的大画,画上画着一个面貌稀奇的老头骑着一头斑斓猛虎。画下面供着一些稀奇古怪的物件(爷爷后来才看清那些物件里有猴子脚爪、鸡的头骨、晒干的猪苦胆、猫的头、骡子的蹄子),香烟缭绕中,一个眼周带痣的人坐在一块圆圆的厚铁板上,用左手摩着头顶上那块光光的头皮,右手捂着腔沟子,高声嘹亮地念着咒语:"啊吗唻啊吗唻铁头铁臂铁灵台铁筋铁骨铁丹台铁心铁肝铁肺台生米铸成铁壁寨铁刀铁枪无何奈铁身骑虎祖师急急如敕令啊吗唻啊吗唻啊吗唻……"

　　爷爷认出了这就是高密东北乡大名鼎鼎、半人半妖的黑眼。

　　黑眼念完咒语,急匆匆起身,对着那个铁身骑虎祖师连磕了三个头,然后回到铁板上坐下,双手攥拳、把十个手指甲盖全藏在拳头里。他对着坐在大堂里的一片铁板会会员,点了一下下巴颏。铁板会会员都用左手摩头皮,右手捂腔沟子,闭上眼,齐声高叫,重复着黑眼念过的咒语。那"啊吗唻……啊吗唻……"的高喊,像歌唱一样洪亮动听,爷爷感到大堂里鬼气缭绕,心里的怒火不由消了一半——他原来想打黑眼黑枪的——对黑眼的极度憎恶掺进了几丝敬畏。

铁板会会员齐声诵过咒语，又齐齐地给骑虎老妖磕了头，然后站起来，自然形成两路密集的纵队，向黑眼面前移动。黑眼面前有一个酱红色的大缸，缸里泡着红高粱米，爷爷早就听说铁板会吃生米，现在终于看到。每个铁板会会员都从黑眼那里领一碗生米，呼噜呼噜喝下去，然后走到供桌前，依次拿起那些猴爪、骡蹄、鸡头骨在光头皮上摩擦。

等到铁板会的仪式完毕，白太阳掺了红颜色，爷爷对着那幅大画开了一枪，骑老虎老妖的脸上被打了一个洞。铁板会炸了营，清醒片刻，一齐跑出来，把爷爷围在垓心。

"你是谁，好大的贼胆！"黑眼高声叫骂。

爷爷退到一堵砖墙前，用冒烟的枪口把破毡帽往上捅了捅，说："你老祖宗余占鳌！"

黑眼说："你还没死？"

爷爷说："想看着你先死！"

黑眼说："你那玩意儿就能把我打死？伙计们，拿刀来！"

一个铁板会员提来把杀猪刀，黑眼憋一口气，对那会员示意。爷爷看到那把锋利的尖刀砍在黑眼祖露的肚皮上就像砍在硬木上一样，噼噼啪啪响，黑眼的肚皮上只留下一些白色的印痕。

铁板会会员们齐声诵咒："啊吗唻啊吗唻啊吗唻铁头铁臂铁灵台……铁身骑虎祖师爷急急如律令啊吗唻……啊吗唻……啊吗唻……"

爷爷心里暗暗吃惊，他从没想到这世界上还真有刀枪不入的人，他想到铁板会员的咒语里，全身都铁遍了，唯独没说铁眼睛。

"你的眼珠子能挡住我的子弹吗？"爷爷问。

"你的肚子能顶住我一刀吗？"黑眼反问爷爷。

爷爷知道自己的肚皮绝对顶不住那锋利的杀猪刀；他也知道，黑眼的眼睛也无法顶住匣枪子弹。

铁板会员们都从大堂里拿出刀枪剑戟，虎视眈眈地围住爷爷。

爷爷知道自己匣枪里只有九粒子弹，打死黑眼后，疯狗一样的铁板会员也会把自己剁成肉酱。

"黑眼，看你也算是个人物，爷爷给你留着那两个尿泡！你把那个娼妇交给我，咱俩就算完事！"爷爷说。

"她是你的吗？你叫她她答应吗？你明媒正娶了她吗？守寡的女人无主的狗，谁养着是谁的！你要识相就快滚，别怪黑爷不客气！"黑眼说。

爷爷把匣枪举起来。铁板会员们也擎起了冷光闪烁的兵器。爷爷看着那乱唇翕动着咒语的铁板会员，想，一命换一命！

这时候我奶奶在人群外一声冷笑。爷爷手中的枪口垂下去。

奶奶抱着父亲，站在一条石台阶上，沐着西斜的阳光，遍体生出光辉。她头发溜溜的亮，脸庞艳艳的红，眼睛灼灼的明，模样实实的可爱又可恨。

爷爷咬牙切齿地骂："婊子！"

奶奶毫不客气地说："公驴！公猪！下贱的东西，你只配和丫头子困觉！"

爷爷抬起枪口。

奶奶说："你打吧！你把我打死吧！把我儿子也打死吧！"

"干爹！"我父亲叫了一声。

爷爷的枪口又一次垂下。

他想起那个翠绿的高粱地里的火红的中午，想起那匹陷在窗外泥土里的黑骡子，想起白净的肉体躺在黑眼的怀抱里。

爷爷说："黑眼，咱们一对一，赤手对空拳，不是鱼死，就是网破

——我在村外河边上等你。"

爷爷把枪插进腰,分拨开木呆呆的铁板会员,没看我奶奶,只看了我父亲一眼,便大踏步走出村。

爷爷在盐水河一踏冒白烟的河滩上,扒掉了棉袄,扔掉了匣枪煞紧了腰,立在那等着。他知道黑眼不会不来。

盐水河混浊的流水那时就像灰蒙蒙的毛玻璃一样反射着金色的阳光,低矮碱蓬草麻木地直立着。

黑眼来了。

奶奶抱着父亲来了。奶奶的眼神是那样的。

铁板会会员们来了。

"文打还是武打?"黑眼问。

"文打怎么打? 武打怎么打?"爷爷问。

"文打,你打我三拳,我打你三拳;武打,乱打!"黑眼说。

爷爷斟酌片刻,说:"文打!"

黑眼胸有成竹地说:"是我先打你呢,还是你先打我?"

爷爷说:"听天由命,抽草,抽着长的先打!"

"谁来弄草?"黑眼问。

奶奶把父亲放在地上,说:"我来。"

奶奶掐了两段草梗,放到背后,然后把手拿到前边,说:"抽吧!"

她看了一眼爷爷。爷爷抽出一根草梗,奶奶张开手,亮出另一根草梗。

"你抽到了长的,先打吧!"奶奶说。

爷爷对准黑眼的肚子打了一拳。黑眼叫了一声。

挨过一拳的黑眼又挺起肚子,眼睛憋得瓦蓝,等待着新的打击。

爷爷又在他心窝里掏了一拳。

黑眼倒退了一步。

最后一拳,爷爷用尽生平气力,捣在黑眼的肚脐上。

黑眼倒退两步,脸色蜡黄,捂着胸膛咳了两声,一张嘴,吐出了一大口半凝固的红血。

他擦擦嘴,对着爷爷点点头。爷爷把全身的气都运到胸脯肚腹上。

黑眼挥着马蹄大的拳头冲上来,当拳头即将触到爷爷身体那刹,他却把胳膊缩回去了。

他说:"看在天的面子上,这一拳不打你!"

第二拳黑眼又虚幌了一枪,然后说:"看在地的面子上,这一拳也不打你。"

黑眼的第三拳把爷爷打得在空中翻了一个跟斗,像砣泥巴一样,呱唧一声摔在硬梆梆的碱土地上。

爷爷艰难地爬起来,拎起夹袄提起枪,脸上挂着一层黄豆大的汗珠。

爷爷说:"十年再见。"

河里漂着一块褐色的树皮,爷爷连发九枪,把那块树皮打成几十块碎片。把枪插进腰里,他跟跟跄跄地向碱土荒原走去。阳光照着赤裸的肩头,照着他开始弯曲的脊背,现出青铜般的光泽。

黑眼看着满河的碎树皮,又吐一口血,一腔坐在了地上。

奶奶抱起父亲,哭叫一声:"占鳌——"便跌跌撞撞地向爷爷追去。

九

墨水河大堤后的机关枪嘟嘟了三分钟,出现了一个短暂的间歇。刚刚还在高声呐喊着乘胜追击的胶高大队的队员们,成群结队地摔倒在干枯的道路上和焦燥的高粱地里。爷爷的那些面向胶高大队正准备投降的铁板会员们，像高粱一样被拦腰折断，他们当中有跟着黑眼装神弄鬼了十几年的老铁板会员，有刚刚扑着爷爷的英名入会的新铁板会员。脑门上剃出的青头皮，井水浸泡的生高粱米、骑着老虎的铁身祖师、摩擦头皮的骡蹄猴爪鸡头骨，都没有给他们的血肉之躯增添丝毫的铁壁障，飞速旋转的机枪子弹毫不客气地打断了他们的脊椎和腿骨，射穿了他们胸膛和肚腹。铁板会员破烂的躯体和胶高大队队员血污的尸体乱七八糟地交叉在一起，叠在一起，胶高大队队员的红血和铁板会员的绿血汇合成一汪汪紫色的血泊，滋养着黑土的田地和黑土的道路。多少年后，这些地方的土壤还是无比肥沃，种在这里的高粱长势凶猛，性格鲜明，油汪汪的茎叶上、凝聚着一种类似雄性动物生殖器官的逢勃生机。

胶高大队和爷爷的铁板会同样被打懵了，势不两立的仇敌转眼之间变成了一条散兵线上的战友。活着的和死去的在一起，痛苦呻吟着的和遍地翻滚的在一起，伤脚步的江小脚和伤臂的我爷爷在一起。爷爷的脑袋紧靠着江小脚裹着纱布的脚，爷爷发现江小脚的脚并不是太小，爷爷嗅到小脚上那股压倒血腥的臭脚丫子味道。

河堤后的机枪又哇哇地叫起来，子弹打在路面上和高粱地里，迸起一股强劲的尘土，弹头打中土地的焦焦声和钻击肉体的噗噗声，都同样可怕地啮咬着苟活者的神经。胶高大队队员和铁板会员都恨不得钻到地下去。

地形太糟了，漫漫平川，连棵蒿草都没有，子弹网像巨大的锋利铲刀在他们头上悠晃着，谁要抬高自己，谁就毁了自己。

又一次射击间隙到来。爷爷听到江小脚喊："手榴弹！"

机枪又响了。机枪又哑了。惯用手榴弹的胶高大队队员们把十几颗手榴弹扔到了河堤后去，一阵爆炸过后，河堤后的英雄也哭爹叫娘,一条招展着灰色布片的人胳膊摔到堤外来,爷爷看着那根短臂上的抽搐的手指,好像是说给江小脚听:"冷支队!是冷麻子这个杂种。"

胶高大队又扔了一排手榴弹,弹片飞进,河水啾啾地响,堤后立起十几根树状的烟雾。七八个生死不惧的胶高大队队员端着步枪往大堤上冲,刚冲到漫坡上,就被一阵枪弹打翻了,死的和活的难以分清你我追赶着滚到堤下去。

"撤!"江小脚喊。

胶高大队又扔一排弹,爆炸声刚起,便从死人堆里跳起来,边打着枪边向北逃跑。江小脚由两个队员搀扶着,跟在溃散队伍的后边。爷爷趴在地上不动,他预感到逃跑的巨大危险,要跑,但现在不是时候。有一部分铁板会员跟着胶高大队的败兵走了,有一部分蠢蠢欲动,爷爷压低声音说:"别动——"

河堤后硝烟翻滚着,传来炸伤者痛苦的嚎叫,爷爷听到一个熟悉的嗓门在声嘶力竭地喊:"打呀!机枪,机枪!"爷爷听出了冷麻子的声音,一丝凄凉的笑容挂在他的脸上。

爷爷带着父亲加入了铁板会,当天夜晚就按照规矩把脑门上的头发剃掉了。跪拜那个骑虎祖师爷时,爷爷看到祖师爷脸上修复后的枪疤,不由暗暗窃笑,当年情景宛然如昨。父亲也被剃了头,他看着黑眼手中的黑乎乎的剃刀,身上有些冷,十几年前的事,他也恍惚记得。剃完头,黑眼用那些骡蹄猴爪之类怪物,在他头上揉搓了几下。仪式结束,父亲感到浑身发硬、仿佛血肉之躯正在铁化。

铁板会会员们热烈地欢迎我爷爷,他们一遍遍要父亲讲墨水河伏击战的事。在五乱子的鼓舞下,会员们集体发难,要黑眼承认我爷爷为铁板会副会长。

得到副会长职位后,五乱子又撺掇着会员们请战。他说养兵千日用在一时,日寇横行,国破家亡,空练了一身铁板功夫不去杀倭寇更待何时?会员们多半是热血青年,对日本人恨之入骨,五乱子鼓动如簧之舌一撩,会员们欲上战场试试铁板功夫的愿望更如烈火浇油一般激烈。黑眼只好同意。爷爷私下问五乱子:你信这铁板功能顶得住子弹?五乱子狡狯一笑,什么也没说。

铁板会的第一次战斗规模很小,是与日伪军张竹溪团的高营在车路口打了一场遭遇战。铁板会想去偷袭夏店炮楼,高营抢粮归来,双方在路口相遇,都停住脚,互相打量。高营的抢粮队有六十几个人,穿杏黄色黄装,一色钢枪,斜背帆布子弹带。几十头驮着粮袋的骡子和毛驴夹杂在队伍中。铁板会会员一色黑衣,持着枪矛刀剑,只有十几个人腰里插着匣枪。

"哪一部分的?"高营里一个胖墩墩的头目骑在马上问。

爷爷把手插进腰里,抽手出腰时随着枪声高喊:"杀汉奸那一部分的!"

胖军官顶着一颗血葫芦头扎到了马下。

铁板会会员齐声高呼着"啊吗咪啊吗咪啊吗咪",无所畏惧地冲上前去,驮粮的驴骡掐脱缰绳向旷野跑去,伪军狼狈逃窜,跑得慢点的,就被铁板会员们乱刀乱枪砍死戳死。

伪军跑出一箭之地,神志开始清楚,他们聚成一堆,噼噼啪啪地打起枪来。杀兴正盛的铁板会员诵着咒语,肆无忌惮地扑上去。

爷爷高叫:"散开——弯腰——"

铁板会员高亢的咒语声把爷爷的声音淹没了,他们挤成一团,挺胸扬头往前冲。

伪军队伍打了一个排子枪,二十多个铁板会员中弹倒下,鲜血迸溅,中弹未死者的凄厉叫声在活着的铁板会员脚下响起。

铁板会员们愣了。伪军又打了一个排子枪，更多的铁板会员栽倒了。

爷爷高喊："散开——趴下——"

伪军打着枪冲上来，爷爷侧歪着身子往匣枪里压子弹。黑眼弹起半截身体，怒吼："起来、念咒，铁头铁臂铁壁铁寨铁心铁胆铁板一块挡住枪弹不敢来铁身骑虎祖师急急如律令啊吗唻……"

一颗子弹犁着黑眼的头皮飞过，他狗抢屎般趴在地上，脸色蜡黄。

爷爷冷笑一声，探一下身，从黑眼哆哆嗦嗦的手里把匣子枪夺过来，喊一声："豆官！"

父亲两个滚就滚到了爷爷身侧，答应一声："爹，我在这儿！"

爷爷把黑眼的匣枪递给他，说："沉住气，别动，等他们靠近了打。"

爷爷又喊："有枪的准备好，等靠近了打！"

伪军勇猛地冲上来。

五十米，四十米，二十米，十米，父亲看清了伪军嘴里的黄色的牙齿。

爷爷蹦起来，左胳膊往左一抡，右胳膊往右一抡，七八个伪军鞠着躬摔倒。父亲和五乱子他们也打得很准。伪军撤身就跑。爷爷他们用枪弹打着他们的背。匣子枪够不上了，又捡起伪军扔下的步枪打。

这一场小小的遭遇战，奠定了爷爷在铁板会中的领袖地位。数十个会员的惨死，把黑眼那套妖术戳穿了。会员们再也不愿参加每日必行的铁身仪式，枪，他们需要枪，什么样的神法魔术，都抵不住一个排子枪。

爷爷和父亲用假参军的诡计，混入胶高大队，在光天化日之下，绑走了大队长江小脚，又用假投诚的方式，混入了冷支队，同样在光

296

天化日之下,绑了冷麻子的票。

这两张"票",换来了大量的枪弹和战马,换来了爷爷在威名大震的铁板会里说一不二的地位。黑眼成了多余人和碍手碍脚的人,五乱子几次要除掉他,都被爷爷制止了。

绑票之后,铁板会成了高密东北乡最强的势力,胶高大队和冷支队消声匿迹,似乎天下升平,爷爷开始萌发为奶奶出大殡的念头。然后就是敛财集资、抢棺杀人,余家的声名如繁花缀锦,火上浇油,但爷爷忘记了日满则仄,月满则亏,器满招覆,盛极必衰的朴素辩证法,为奶奶出大殡,是他犯下的一个重大错误。

河堤后机枪声又响了,爷爷听到只有两挺机枪在响,那几挺一定是被胶高大队的手榴弹炸坏了。逃到了距离河堤一百多米的胶高大队和夹杂在胶高大队里的铁板会员们,被机枪子弹打得鲜花怒放,万紫千红,队伍又一次被压在一无遮拦的开阔地里。狡猾的冷支队绝不轻易出击,只让那两挺机枪嘎嘎咕咕地响着。

爷爷看到被机枪从河堤漫坡上打下来的那十几个胶高大队队员里,有一个满身是血的瘦小躯体慢慢地、极端困难地往堤坝上爬。他爬得比蚕还要慢比蚯蚓还要慢比蜗牛还要慢,他的身体好像分解成了几大部件,在一件一件地移动,血像小泉眼里的水一样从他身上往外冒。爷爷知道这又是一个铁杆的英雄好汉,又是高密东北乡最优秀的种子。重伤的胶高大队队员爬到河堤半坡上停了下来。爷爷看着他困难地侧着身,从腰里拔出一棵沾血的手榴弹就像从肚子里拔出一个婴儿一样。他用牙咬开了手榴弹盖子,又用牙叼出了拉火绳,手榴弹把子里嗤嗤地冒着白烟,他叼着拉火绳的头沉重地碰到了河堤上若有若无的绿草芽里。青色的机枪筒子在河堤上跳动着,一缕缕枪烟在堤上消散,闪亮的弹壳不时飞到堤外来。

爷爷后悔。后悔不该心慈手软。绑到冷麻子那天，爷爷只跟他要了一百条步枪，五支花机关枪，五十匹马。本来应该先把这八挺机枪要来，但是忘了，或者说当时爷爷觉得机枪没有大用，多年的土匪生涯使他只认短枪，不认长枪。如果把机枪写到"票价"上，就不会有今天冷麻子的猖狂。

重伤的胶高大队队员在头触绿草芽的同时，把手里的手榴弹撇出去，一声单薄锐利的爆炸，在河堤后响起，机枪飞向半空，又落下来。投弹者趴在河堤漫坡上，一动不动了，只有血还在流，流得苦涩艰难，速度缓慢。爷爷为他感叹。

冷麻子的机枪全部报销。爷爷喊："豆官！"

父亲被两具沉重的尸体压住，正在无意识地装死，他想自己也许已经死了，满身热烘烘的腥血，不知是尸体上流出的还是自己身上流出。听到爷爷喊叫，他从尸体下抬起头，用胳膊肘子擦一把血脸，喘息着说："爹，我在这里……"

堤后冷麻子的部队像雨后蘑菇般冒出来，端枪往下冲，一百米外，苏醒过来的胶高大队开了火，他们从五乱子马队里缴获的花机关枪打得十分脆，冷支队的人像乌龟一样把脖子缩下去。

爷爷掀起尸首，把父亲扒出来。

"挂彩了吗？"爷爷问。

父亲活动了一下手脚说："没有，腚上的伤是刚才让八路打的。"

"弟兄们，逃命去吧！"爷爷说。

二十几个血迹斑斑的铁板会员挂着枪站起来，大摇大摆地向北走去。胶高大队没有对他们开枪。冷支队开了几枪，但子弹都是对天放的，飞得极高极远，打着刺耳的呼啸。

背后放了一枪，爷爷感到脖颈上像挨了一巴掌，遍身的热量都向这儿汇集。爷爷伸手一摸，满巴掌鲜血。爷爷回过头，看见花花肠子涂在地上的黑眼像青蛙一样伏着,大黑眼珠子一眨巴、一眨巴、又一眨巴,两滴金黄色的眼泪挂在他的眼睑上。爷爷对着黑眼微微一笑,轻轻点了点头,便拉着父亲,转身慢慢走。

在他们背后,又响了一枪。

爷爷长叹一声。父亲回头看到,黑眼的太阳穴上有一乌黑的小洞,一线白色的液体挂在被枪烟喷得半焦的脸上。

傍晚时分,冷支队把负隅顽抗的胶高大队和爷爷的铁板会包围在奶奶的殡葬仪仗里。弹药耗尽的两支残兵败将缩在一起,磨牙吮齿,眼睛血红,盯着步步逼近的冷支队刚刚赶来的增援的七中队。夕阳落照,流光晚霞,濡染着痛苦呻吟的黑色大地。土地上横躺竖卧着数不清的高密东北乡的吃着鲜红的高粱米长大的儿女们,他们的血流成了小溪,汇进了血的河流。吃尸成性的乌鸦们被血腥味吸引,忘记了归巢,在战场上盘旋。它们多半围着马的尸体盘旋,就像馋嘴的孩子吃东西,总是先捞大个的。

奶奶的棺材已经从大罩里漏出来,棺材上白斑点点,都是子弹的痕迹,在数小时前,棺材是八路、铁板会与冷支队战斗的屏障。路边的祭棚里,烤熟的鸡鸭猪羊被打得稀烂,在战斗过程中,八路们一边吃着祭品一边放枪。

几个胶高大队队员端着刺刀往前冲,冷支队的子弹把他们打翻在地。

"举起手来,投降!"冷支队端着枪高呼。

爷爷看看江小脚,江小脚看看爷爷,谁也没有说话,但几乎是同时举起了双手。

胶高大队的残兵败将和爷爷的败将残兵,都跟着举起了沾满鲜血的手。

戴着白手套的冷支队长由护兵簇拥着走过来,打着哈哈说:"余司令,江大队长,我们又见面了,不是冤家不聚头啊!二位现在想什么呢?"

爷爷悲怆地说:"后悔啊!"

江大队长说:"我要向延安汇报国民党在胶东战场上破坏抗日民族统一战线的滔天罪行!"

冷麻子抽了江大队长一马鞭,骂道:"土八路,骨头不硬嘴硬!"

"押到村里去!"冷支队长对着部下挥了挥手。

冷支队当夜宿在我们村里,胶高大队队员和铁板会员被押在一座席棚里,十二个手抱花机关枪的冷支队队员,团团围着席棚,为了别人的生命,所有的人都不敢轻举妄动,伤兵的呻吟声和年轻人思念母亲、妻子或情人的哭泣声一夜未绝。父亲像受伤的鸟儿一样依偎在爷爷的怀里,他听着爷爷急一阵慢一阵的心跳声,像聆听着铿锵的音乐。在温柔的南风的抚摸下,父亲酣然入睡。他梦见一个既像奶奶又像恋儿的女人,用热乎乎的手指拨弄着他的伤疤皱结的鸡子头,一阵惊雷般的颤动从他的脊椎里滚过……父亲猛然惊醒,怅然若失,田野里传来活死人的哀鸣。他回忆着梦中的情景,又惊又怕,他不敢告诉爷爷,悄悄坐起,从席缝里看着狭窄的银河。他猛然想到:用不了多久,我就十六岁啦!

天亮之后。冷支队的人拆了几架席棚,弄出了几大团绳子,把俘虏们五个一串绑起来,赶到铁板会昨夜拴马的湾子边垂柳树上拴起来。江小脚、爷爷、父亲三人一串,拴在最边上一棵树上,父亲在前,爷爷在中,江小脚在后。父亲的脚下是马尿合成的稀泥和一堆散乱的马粪,整个的马粪团被人脚踢破,露出了光滑的马粪粘膜裹着的草渣和高粱米粒。骑骡郎中和他的骡子已被吃成血糊糊的骨架,湾边一棵孤独的树下突兀着余大牙的坟墓,那棵睡莲还在,水涨莲高,巴掌大的新莲叶贴在水面上。满湾子密集的、鹅黄色的浮萍,常被游泳的癞蛤蟆冲开一条条绿色水面,但很快就合拢了。越过村边颓平的土围子,父亲看到今天的田野里留着昨天的痕迹,殡葬仪仗死在路上,像一条被打烂了的巨蟒。十几个冷支队的人用斧头刺刀劈割着死马的尸体。清冽的空气里,游荡着一股股暗红的血腥味。

父亲听到胶高大队队长江小脚长叹一声,便恨恨地回了头,爷爷也回了头。父亲看到爷爷和江小脚四目相视,面上神色凄凉,疲惫的眼睑下,眼珠子都黯淡无光。爷爷臂上的伤口恶化了,腐肉的气味四溢,不时把密集在死骡子和死人骨架上的红头绿苍蝇招来。江小脚脚上的绷带脱落了,像一截肠样挂在脚腕上,那处被爷爷打出的伤口上还在流着一丝丝的黑血。

父亲看到爷爷和江小脚对视着,都好像要开口说话,但终究没说。父亲也叹了一口气,便转回了头,去瞭望氤氲着乳白色雾霭的辽阔黑土平原,平原上那些屈死的冤魂正在号咷,父亲耳鸣如鼓,目光迷蒙中,看见冷支队的人搬着、抬着、提着一块块血淋淋的马肉走到湾子边来,在他们头上,一只乌鸦叼着一段马肠子,困难地往柳树上飞。

被拴在柳树上的胶高大队队员和铁板会会员合计有八十余人。铁板会员有二十余人,与胶高大队队员混着绑成串。父亲看到有一个年过四十的铁板会员在哭泣,他的颧骨上可能是被手榴弹皮子崩出了一条大口子,眼泪就往那条口子里流。在他身旁那个胶高大队队员用肩膀撞撞他,说:"姐夫!别哭了,有朝一日去找张竹溪报仇!"老铁板会员把头歪到肩上,用肮脏的衣服沾沾肮脏的脸,抽搐着鼻子说:"我不是哭你姐姐!她反正是死了,哭也哭不活了,我是哭我们,我们原来都是临庄隔疃的乡亲,抬头不见低头见,不是沾亲,就是带故,为什么弄到这步田地!我是哭你外甥,我儿子,大银子,他才十八,跟着我入了铁板会,一心眼替你姐姐报仇,可是仇没报了,就被你们给毁了。你们用扎枪把他扎死了,他都下跪了,我亲眼看到他下跪了,可你们还是扎死了他!你们这些狼心狗肺的杂种!你们家里不是也有儿子吗?"

老铁板会员眼里的泪水被愤怒的烈火烧干了,他昂着狰狞可怖的头颅,对着同样被细麻绳子反剪了双肩的胶高大队衣衫褴褛的队员们咆哮着:"畜生!你们有本事打日本去!打黄皮子去!打我们铁板会干什么!你们这些汉奸!里通外国的张邦昌!秦桧……"

"姐夫,姐夫,你别发火。"他的在胶高大队当兵的小舅子在一旁劝道。

"谁是你的姐夫!对着你外甥摔他妈的手榴弹时就忘了你还有姐夫啦?你们共产八路都是石头缝里蹦出来的?没有妻子儿女?"老铁板会员脸上的伤口因为激怒迸裂,渗出了黑油油的血。

"老头,你别一面子情理!要不是你们铁板会绑我们江大队长的'票',敲诈了我们一百条枪,我们也不会打你们。我们打你们就是为了夺回抗日的武器,壮大抗日的武装,走上抗日的战场,去做抗日的先锋!"胶高大队的一个小头目忍无可忍地反驳老铁板会员的谬论。

父亲同样忍无可忍地用他正处在变声期的嘶哑喉咙苍声苍气地说:"是你们先偷了我们藏在井里的枪,偷了我们晾在墙上的狗皮,我们才绑你们的'票'!"

父亲用力咳出一口愤怒的粘痰,对准胶高大队小头目那张可恶的面孔射去,粘痰没有射中小头目的脸,却歪打正着在一个大高个子、背稍有点驼的铁板会会员额头上。

那个队员腻歪得挤鼻子弄眼,满脸痛苦表情,他抻着头,把脸放在柳树皮上摩擦着。直擦得额头发绿,痰迹尚存。他转过身——打他一枪他也不会这样恼火——骂道："豆官,我操你活娘!"

俘虏们还是笑了,尽管他们的胳膊都被细麻绳勒得酸麻胀痛、都不知道前边有什么样的厄运等着他们。

爷爷苦笑一声,说:"还争什么! 都是败军之将。"

爷爷一语未了,就感到伤臂被猛地牵扯了一下,猛回身,绳子松了,见江小脚面如香灰,侧歪在地。那只受伤的脚肿胀得像个烂冬瓜一样,流出一些非脓非血的粥状液体。

胶高大队队员们扑上来,但立刻又被绳子拉回去。他们只好眼巴巴地望着他们昏迷不醒的大队长。

太阳冲出雾霭的海洋,金光四顾,普天之下涂抹着血样的温柔和厚爱。冷支队的火头军正在利用铁板会昨天用过的锅灶熬高粱米稀饭,锅里粥声沸沸,粘稠有力,鱼鳔般的拳大粥泡在金光中凸起,又在金光中破碎。血腥味中、尸臭味中,又掺进了高粱米饭的香气。四个冷支队中人,抬着两扇门板,门板上放着大块的巴肉,整条的马腿,来到湾子边。他们充满同情地打量着拴在柳树上的俘虏们,俘虏们有的在看昏厥在地的江小脚。有的在看村北土围子上拖着大枪踱步的哨兵,哨兵的枪刺发出一道道弯弯曲曲的银蛇样的光芒。有的在看墨水河上空那些粉红色的、轻薄鳔绡般袅袅飘摇的垂天雾霭。父亲在看那四个来到湾子边洗马肉的冷支队队员。

他们把门板放在湾水边,门板立刻倾斜起来,血水汩汩地下流,汇集到门板边缘,细小的血流焦急地射进湾子里,打在那些鹅黄色的浮萍上。有十几叶浮萍翻转,灰绿色的叶底朝了天。鹅黄色浮萍折射出温暖的紫红色光线,映照着冷支队队员麻木不仁的面孔。

这么多的浮萍! 一个精瘦的像鹭鸶的冷支队队员说,你绿马皮一样遮满了湾。

这湾子里的水可够脏的。

人家说喝了这湾里的水要得麻疯病。

怎么会呢?

若干年前这湾子里浸泡过两个麻疯病人。连湾里的鲤鱼都烂腮烂眼圈。

眼不见为净。以水为净。

高脚鹭鸶样精瘦队员的脚陷进湾边淤泥里,他急速地倒动着脚,淤泥嗞嗞有声地从他的鞋边上漫起,粘到他的翻毛日本大皮靴上。

父亲想起在墨水河大桥伏击战后,冷支队的队员抢着从死鬼子脚上剥大皮靴的情景。他们剥下鬼子的大皮靴,就一腚坐下,把自己脚上的布鞋脱下来扔掉。父亲记得那些换上了日本皮靴的冷支队队员,就像刚挂了新铁掌的骡马一样,走起路来,蹑手蹑脚,带着一种受宠若惊的惶恐表情。

冷支队队员用木板把密匝匝的浮萍往外拨去,露出了一块绿得发黑的水。远处的浮萍立即挤过来填补空白。浮萍漂移时发出的声音粘稠滑腻,父亲听着,感到浑身不适。

一条褐色的水蛇从浮萍中跃起核桃大的铲头状脑袋,呆了片刻,整个蛇体也跃出水面,奋力在湾子里游动,绿色浮萍在它身后画出了一线蜿蜒的曲线,但很快就消逝了。水蛇游动一阵,倏然入水,一片浮萍翻乱,但顷刻又平复了。

父亲看到冷支队的四个队员都直着眼看那条水蛇。湾边淤泥淹没了他们的脚踝,他们也忘了动。

水蛇不见了。四个冷支队队员都长长地出了一口气。拿木棍的队员继续拨浮萍。高个子队员提起一条马腿,噗通一声捣进水里,溅起的水花像绿色的花束一样向四处开放。

你轻一点他娘的。那个持着一柄双刃利斧的队员嘟哝着。高个子队员提着马腿上下捣动着,浮萍纷纷四散。

持斧的队员说。行喽,差不多就行喽,反正要下锅煮。

高个队员把马腿扔到门板上,持斧队员用斧头剁那马腿,剁出一些重浊的声音,像用棍子打水面一样。

父亲一直看到那四个冷支队队员把洗过、用利斧剁成碎块的马肉用门板抬走,又跟踪着他们,看着他们把马肉一块块扔进大锅里。锅下暗红的火舌像公鸡羽毛一样拉拉杂杂地卷动着。一个火头军用刺刀扎着一块马肉,伸到灶火里去烤,烤得马肉像知了一样鸣叫。

这时候父亲看到衣冠楚楚的冷支队长从席棚里走出来了。他提着一根马鞭子,与部下一起观看从铁板会和胶高大队手里缴获的几百条枪和两堆木柄手榴弹。他脸上挂着得意的微笑,挥动着马鞭向俘虏们走来。父亲听到了身后咻咻的喘息声,父亲不回头就看到了爷爷脸上愤怒的表情。冷支队长嘴角上吊着,腮边的皱纹小蛇般愉快地游动。

"余司令,想没想过我要怎么处置你?"冷支队长笑嘻嘻地说。

"请便!"爷爷说。

冷支队长说:"杀了你吧,可惜了一条好汉;不杀你吧,说不定什么时候你又来绑我的'票'!"

"我死不瞑目!"爷爷说。

父亲飞起一脚,把一个马粪蛋子踢到冷支队长胸脯上。

冷支队长举起马鞭,又放下,他笑着说:"听说这个小畜生只有一个卵子,来人哪! 把剩下的那个卵子给他抠下来,省得他乱踢乱咬!"

爷爷说:"老冷,他是个孩子,一切有我来承担!"

冷支队长说:"孩子? 这小杂种,比狼崽子还狠!"

江小脚苏醒过来,手按着地爬起来。

冷支队长嘻嘻地笑着问:"江大队长,你说我该怎样处置你好呢?"

江小脚说:"冷支队长,国共两党统一战线没有破裂之前,你没有权力杀我。"

"我杀你像捻死一只蚂蚁!"冷支队长说。

父亲看到江大队长长脖子上蠕动着两只灰白的虱子,江大队长低着下巴,去咬那两只虱子。父亲想起绑票那天,胶高大队的队员们都脱了光脊梁在阳光下捉虱子的情景。

"冷支队长,你杀了我也不会有好结果的,我们八路军是杀不完的,总有一天,人民会清算你屠杀抗日志士的滔天罪行!"江大队长满脸虚汗,理直气壮地说。

冷支队长说:"你先在这里消闲着,待老子吃完了饭再来发落你。"

冷支队围在一起吃马肉喝高粱米酒。

村北围子上那个哨兵放了一枪,拖着枪往村里跑来,一边跑他一边喊:"鬼子来啦——鬼子来啦——"

冷支队炸了营,人与人相撞,马肉高粱米饭扔得遍地都是。

哨兵气喘吁吁地跑过来,冷支队长揪着哨兵的胸襟,怒冲冲地问:"有多少鬼子? 是真鬼子还是二鬼子?"

哨兵说:"好像是二鬼子,一色杏黄,黄乎乎一片,正弯着腰往村里跑。"

"二鬼子? 打这些狗养的。祁中队长,快把人拉到围子上去!"冷支队长命令着。

冷支队的队员们挟着枪,一窝蜂往村北围子上扑去。冷支队长命令两个手提花机关枪的卫兵,说:"看住他们,不老实就用枪嘟嘟他们!"

冷支队长在几个护兵簇拥下,弯着腰往村北跑。

十几分钟后,在村北接上火,零落的步枪声过后,响起了机关枪的鸣叫。一会儿，空中的气流尖利的呼啸着，亮晶晶的小钢炮弹落在村子里爆炸了，弹片打在断墙上，咬在树木上。在吵吵闹闹的人声里，出现了叽哩咕噜的异国腔调。

是真日本鬼子来了，而不是假日本鬼子来了。冷支队的队员们在围子上顽强抵抗着。伤号一批批撤下来。

半个小时后，冷支队放弃了围子，退到断壁残垣后，抵挡着占据了围子的鬼子。

日本的炮弹已落到了湾子边。胶高大队队员和铁板会会员急得顿脚垂头，怒骂着："解开我们！解开我们！操你们的活妈！"

两个手提花机关枪的冷支队队员面面相觑拿不定主意。

爷爷说："你们是中国鸡巴戳出来的就放开我们；是日本鸡巴戳出来的就打死我们！"

两个冷支队队员去枪堆上捡来两把马刀，割断了捆绑俘虏的绳子。

八十多个人发疯一样扑向枪堆，扑向手榴弹堆，然后，不顾胳膊麻木、腹中饥饿，嗷嗷狂叫着，扑向了日本人射来的铅头子弹。

十几分钟后，土围子后就树起了几十根烟柱，那是胶高大队队员和铁板会会员扔出的第一批手榴弹炸出的烟雾。

第 五 章

奇　死

一

　　黑皮肤女人特有的像紫红色葡萄一样的丰满嘴唇使二奶奶恋儿魅力无穷。她的出身、来历已被岁月的沙尘深深掩埋。黄色的潮湿沙土埋住了她的弹性丰富的年轻肉体,埋住了她的豆荚一样饱满的脸庞和死不瞑目的瓦蓝色的眼睛,遮断了她愤怒的、癫狂的、无法无天的、向肮脏的世界挑战的、也眷恋美好世界的、洋溢着强烈性意识的目光。二奶奶其实是被埋葬在故乡的黑土地里的。盛殓她的散发着血腥味尸体的是一具浅薄的柳木板棺材,棺材上涂着深一片浅一片的酱红颜色,颜色也遮没不了天牛幼虫在柳木板上钻出的洞眼。但二奶奶乌黑发亮的肉体被金黄色沙土掩没住的景象,却牢牢地刻印在我的大脑的屏幕上,永远也不漶散地成像在我的意识的眼里。我看到好像在温暖的红色阳光照耀着的厚重而沉痛的沙滩上,隆起了一道人形的丘陵。二奶奶的曲线流畅；二奶奶的双乳高耸；二奶奶的崎岖不平的额头上流动着细小的沙流，二奶奶性感的双唇从金沙中凸出来，好像在召唤着一种被华丽的衣裳遮住了的奔放的实事求是精神……我知道这一切都是幻象，我知道二奶奶是被故乡的黑土掩埋的。在她的坟墓周围只有壁立的红色高粱，站在她的坟墓前——如果不是万木肃杀的冬天或熏风解愠的阳春——你连地平线也看不到，高密东北乡梦魇般的高粱遮挡着你，使你鼠目寸光。那么，你仰起你的葵花般的青黄脸盘，从高粱的缝隙里，去窥视蓝得令人心惊的天国光辉吧！你在墨水河永不欢乐的呜咽声中，去聆听天国传来的警悟执迷灵魂的音乐吧！

二

那天早晨，天空是澄澈美丽的蔚蓝色，太阳尚未出头，初冬的混沌地平线被一线耀眼的深红镶着边。老耿向一匹尾巴像火炬般的红毛狐狸开了一土枪。老耿是咸水口子村独一无二的玩枪人，他打雁、打野兔、打野鸭子、打黄鼠狼、打狐狸，万般无奈也打麻雀。初冬深秋，高密东北乡的麻雀都结成了庞大的密集团体，成千只麻雀汇集成一团褐色的破云，贴着苍莽的大地疾速地翻滚。傍晚，它们飞回村，落在挂着孤单枯叶的柳树上，柳条青黄、赤裸裸下垂或上指，枝条上结满麻雀。一抹夕阳烧红了天边云霞，树上涂满亮色，麻雀漆黑的眼睛像金色的火星一样满树闪烁。它们不停地跳动着，树冠上翅羽翻卷。老耿端起枪，眯缝起一只三角眼，一搂扳机响了枪，冰雹般的金麻雀噼哩啪啦往下落，铁砂子在柳枝间飞进着，嚓嚓有声。没受伤的麻雀思索片刻，看着自己的同伴们垂直落地后，才振翅逃窜——像弹片一样，射到暮气深沉的高天里去。父亲幼年时吃过老耿的麻雀。

麻雀肉味鲜美,营养丰富。三十多年后,我跟着哥哥在杂种高粱试验田里,与狡猾的麻雀展开过激烈坚韧的斗争。老耿那时已七十多岁,孤身一人,享受"五保"待遇,是村里德高望重的人物,每逢诉苦大会,都要他上台诉苦。每次诉苦,他都要剥掉上衣,露出一片疤痕。他总是说:"日本鬼子捅了我十八刀,我全身泡在血里,没有死。为什么没有死呢? 全仗着狐仙搭救。我躺了不知道多久,一睁眼,满眼红光,那个大恩大德的狐仙,正伸着舌头,呱唧呱唧地舔我的刀伤……"

老耿头——耿十八刀家里供着一个狐仙牌位,"文化大革命"初起,红卫兵去他家砸牌位,他握着一把菜刀蹲在牌位前,红卫兵灰溜溜地退了。

老耿早就侦察好了那条红毛老狐的行动路线,但一直没舍得打它。他看着它长起了一身好皮毛,又厚又绒,非常漂亮,肯定能卖好价钱。他知道打它的时候到了,它在生的世界上已经享受够了。它每天夜里都要偷一只鸡吃。村里人无论把鸡窝插得多牢,它都能捣鼓开;无论设置多少陷阱圈套,它都能避开。村里人的鸡窝在那一年里,仿佛成了这只狐狸的食品储藏库。老耿在鸡叫三遍时出了村,埋伏在村前洼地边沿一道低矮的土堰后,等待着它偷鸡归来。洼地里丛生着半人高的枯瘦芦苇,秋天潴留的死水结成一层勉可行人的白色薄冰,黄褐色的小芦苇缨子在凌晨时分寒冽的空气中颤栗着,遥远的东方天际上渐渐强烈的光明投在冰上,泛起鲤鱼鳞片般的润泽光彩。后来东天边辉煌起来,冰上、芦苇上都染上了寒冷的死血光辉。老耿闻到了它的气味,看到密集的芦苇棵子像舒缓的波浪一样慢慢漾动着,很快又合拢。他把冻僵了的右手食指放到嘴边哈哈,按到沾满白色霜花的扳机上。它从芦苇丛中跳出来,站在白色的冰上。冰水通红一片,像着了火一样。它的瘦削的嘴巴上冻结着深红的鸡血,一片麻色的鸡羽沾在它嘴边的胡须上。它雍容大度地在冰上走。老

310

耿喝了一声,它立正站住,眯着眼睛看着土壤。老耿浑身打起颤来,狐狸眼里那种隐隐藏约约的愤怒神情使他心里发虚。它大摇大摆在往冰那边的芦苇丛中去,它的巢穴就在那片芦苇里。老耿闭着眼开了枪。枪托子猛力后座,震得他半个肩膀麻酥酥的。狐狸像一团火,滚进了芦苇丛。他站起来,提着枪,看着深绿的硝烟在清清的空气中扩散着。他知道它正在芦苇丛里仇恨地盯着自己。他的身体立在银子般的天光下,显得又长又大。一种类似愧疚的心情在他心里漾起,他后悔了。他想到一年来狐狸对他表示的信任,狐狸明知道他就伏在土堰后,却依旧缓慢地在冰上走,就好像对他的良心进行考验一样。他开了枪,无疑是对这异类朋友的背叛。他对着狐狸消遁的芦苇丛垂下了头,连身后响起杂沓的脚步声,他都没有回头。

后来,有一线扎人的寒冷从他的腰带上方刺进来,他身体往前一蹿,回转了身,土枪掉在冰上。一股热流在棉裤腰间蠕动着。迎着他的面,逼过来十几个身穿土黄色服装的人。他们手里托着大枪,枪刺明亮。他不由自主地惊叫一声:"日本!"

十几个日本士兵走上前去,在他的胸膛上、肚腹上,每人刺了一刀。他发出一声狐狸求偶般的凄惨叫声,一头栽倒在冰上。额头撞得白冰开裂。他身上流出的血把身下的冰烫得坑坑洼洼。在昏迷中,他感到上半身像被火苗子燎烤着一样灼热,双手用力撕扯着破烂的棉衣。

他在恍惚中,看到那只红毛狐狸从芦苇里走出来,围着他的身体转了一圈,然后蹲在他的身前,同情地看着他。狐狸的皮毛灿烂极了,狐狸的略微有点斜视的眼睛像两颗绿色的宝石。后来他感到了狐狸的温暖皮毛凑近了自己的身体,他等待着它的尖利牙齿的撕咬。他知道人一旦背叛信义连畜牲也不如,即使被它咬死他也死而无怨。狐狸伸出凉森森的舌头舔着他的伤口。

老耿坚定地认为,是这条以德报怨的狐狸救了他的命,世界上恐怕难以找出第二个挨了十八刺刀还能活下来的人了。狐狸的舌头上一定有灵丹妙药,凡是它舔到的地方,立即像涂了薄荷油一样舒服,老耿说。

三

村里有人进县城卖草鞋,回来说:日本人占了高密城,城头上插着太阳旗。听到这消息,全村人几乎都坐卧不宁,等待着大祸降临。在众人惴惴不安、心惊肉跳的时候,却有两个人无忧无虑,照旧干自己的营生,这两个人,一个是前面提到的自由猎手老耿;另一个是当过吹鼓手、喜欢唱京戏的成麻子。

成麻子逢人便说:"你们怕什么?愁什么?谁当官咱也是为民。咱一不抗皇粮,二不抗国税,让躺着就躺着,让跪着就跪着,谁好意思治咱的罪?你说,谁好意思治咱的罪?"

成麻子的劝导使不少人镇静下来,大家又开始睡觉、吃饭、干活。不久,日本人的暴行阴风般传来:杀人修炮楼,扒人心喂狼狗,奸淫六十岁的老太太,县城里的电线杆上挂着成串的人头。虽有成麻子和老耿做着无忧无虑的表率,人们也想仿效他们,但教的曲儿唱不得,人们即使在睡梦中,也难以忘掉流言中描绘出的残酷画面。

成麻子一直很高兴,日本人即将前来洗劫的消息使村里村外的狗屎大增,往常早起抢捡狗屎的庄稼汉仿佛都懒惰了,遍地的狗屎没人捡,好像单为成麻子准备的。他也是鸡叫三遍时出的村,在村前碰到了背着土枪的老耿,打了个招呼,就各走各的道。东边一抹红时,成麻子的狗屎筐起了尖。他把粪筐放下,提着铁铲,站在村南土围子上,呼吸着又甜又凉的空气,嗓子眼里痒痒的。他清清嗓子,顿喉高唱,对着天边的朝霞:"我好比久旱的禾苗逢了哪甘霖——"

一声枪响。

成麻子头上的破毡帽不翼而飞。他脖子一缩,一头扎到围子沟里。脑袋撞得坚硬的冻土嘭嘭响他不痛也不痒。后来,他看到自己的嘴边是一堆煤灰渣子,一条磨秃了的笤帚疙瘩旁边躺着一只浑身煤灰的死耗子。他不知自己是死是活,活动了一下胳膊腿,能动弹,但似乎都不灵便。裤裆里粘糊糊的。一阵恐怖涌上心头,毁了,挂彩了,他想。他试探着坐起来,把手伸进裤裆间一摸。他心惊胆战地等待着摸出一手红来,举到眼前一看,却是满手焦黄。他的鼻子里充满了揉烂禾苗的味道。他把手掌放到沟底上蹭着,蹭不掉,又拿起那个破笤帚疙瘩来擦,正擦得起劲,就听到沟外一声吼:"站起来!"

他抬头看到,吼叫的人三十岁出头,面孔像刀削的一样,皮肤焦黄,下巴漫长,头戴一顶香色呢礼帽,手里持着一支乌黑的短枪。在他的身后,是几十条劈开站着的土黄色的腿,腿肚子上绑扎着十字盘花的宽布条子。沿着腿往上看,是参出来的腰胯和几十张异国情调的脸,那些脸上都带着蹲坑大便般的幸福表情。一面方方正正的太阳旗在通红的朝霞下耷拉着,一柄柄刺刀上汪着葱绿色的光彩。成麻子肚腹里一阵骚动,战战兢兢的排泄愉悦在他的腔肠里呼噜噜滚动。

"上来!"香色呢礼帽怒气冲冲地喊。

成麻子扎好布腰带,哈着腰爬上沟堰,四肢拘谨得没处安放,大眼珠子灰白,不知说什么好,就直着劲点头哈腰。

香色呢礼帽搧动着鼻子问:"村子里有国民党的队伍吗?"

成麻子愣愣怔怔地望着他。

一个日本兵端着滴血的刺刀,对着他的胸膛和他的脸晃动,刀尖上的寒气刺激着他的眼睛和肚腹,他听到自己的肚子里呼噜噜响着,肠子频频抽动,更加强烈的排泄快感使他手舞足蹈起来。日本兵叫了一声,把刺刀往下一摆,他的棉衣哗然一声裂开,破烂棉絮绽出,沿着棉衣的破缝,他的胸肋间爆发了一阵肌肉破裂的痛苦。他把身体紧缩成一团,眼泪、鼻涕、大便、小便几乎是一齐冒出来。

日本兵又呜噜了一句话,很长,吐噜吐噜的,像葡萄一样。他痛苦地祈望着日本人怒冲冲的脸,大声哭起来。

香色呢礼帽用手枪筒子戳了一下他的额头,说:"别哭!太君问你话呢!这是什么村?是咸水口子吗?"

他强忍住抽泣,点了点头。

"这村里有编草鞋的吗?"香色呢礼帽用稍微和善一点的口气问。

他顾不上伤痛,急忙地、讨好似地回答:"有,有,有。"

"昨天高密大集,有去赶集卖草鞋的没有?"香色呢礼帽又问。

"有有有。"他说。胸脯上流出的血已经热乎乎地淌到肚子上。

"有个叫咸菜疙瘩的吗?"

"不知道……没有……"

香色呢礼帽熟练地搧了他一个耳光,叫道:"说!有没有咸菜疙瘩!"

"有有有,长官。"他又委屈地呜咽起来,"长官,家家都有咸菜疙瘩,家家户户的咸菜瓮里都有咸菜疙瘩。"

"他娘的,你装什么憨,问你有没有叫咸菜疙瘩的人!"呢礼帽噼噼啪啪地抽打着他的脸,骂着,"刁民,问你有没有叫咸菜疙瘩的人。"

"有……没有……有……没有……长官……别打我……别打我,长官……"他被大耳刮子搧昏了,颠三倒四地说。

日本人说了一句什么,呢礼帽摘下礼帽,对鬼子鞠了一躬,转过身,他脸上的笑容急遽消失,搡了成麻子一把,横眉立目地说:"带路,进村,把编草鞋的都给我找出来。"

他记挂着扔在围子上的粪筐和粪铲,不由自主地往后歪头,一柄雪亮的刺刀从他的腮帮子旁边欷啦顺过来。他想明白了,命比粪筐和粪铲值钱多了,便再也不回头,罗圈着腿往村里走。几十个鬼子在他身后走着,大皮靴踩得沾霜枯草咯嘣咯嘣响。几只灰溜溜的狗躲在墙犄角里小心翼翼地叫着。天空愈加晴朗,大半个太阳压着灰褐色的土地。村里的婴孩哭声衬出一个潜藏着巨大恐怖的宁静村庄。日本士兵整齐的踏步声像节奏分明的鼓声,震荡着他的耳膜,撞击着他的胸膛。他感到胸膛上的伤口像着火一样烫,裤子里的粪便又粘又冷。他想到自己倒霉透了,别人都不拣狗屎了,他偏要拣狗屎,于是撞上了狗屎运气。他为日本人不理解他的顺民态度感到委屈。赶快把他们带到那几个草鞋窨子里去,谁是咸菜疙瘩谁倒霉。远远地望见家门口了,被夏季的暴雨抽打得坑坑洼洼的房顶上生着几蓬白色的草,孤零零的烟筒里冒着青蓝色的炊烟,他从来没有感到对家有如此强烈的眷恋,他想完了事快回家,换条干净裤子,让老婆往胸膛的刀口上洒点石灰,血大概快流光了,眼前迸发着一簇簇的绿星星,双腿已经发软,一阵阵的恶心从肚里往喉咙里爬。他从来没有这样狼狈过,高密东北乡吹唢呐的好手从来没有这样狼狈过。他脚踩浮云,两汪冰冷的泪水盈满了眼泡。他思念着漂亮的、因为自己满脸麻子而抱屈、但也只好嫁鸡随鸡嫁狗随狗的妻子。

四

凌晨时村外一声枪响,把正在梦中与我奶奶厮打的二奶奶惊醒了。她坐起来,心窝里噗噗通通乱跳一阵,想了好久,也没弄清楚是村外发生了什么事情了呢,还是梦中的幻觉。窗户上已布满淡薄的晨曦,那块巴掌大的窗玻璃上结着奇形怪状的霜花。二奶奶感到双肩冰凉,她斜了一下脸,看到躺在身侧的她的女儿、我的小姑姑正在鼾睡。五岁女孩甜蜜均匀的呼吸声把二奶奶心中的恐惧平息了。二奶奶想,也许是老耿又在打什么山猫野兽吧,她不知道这个推测十分正确,更不知道当她又痴坐片刻,拉开被子重新钻进被窝时,日本人锋利的刺刀正在穿插着老耿坚韧的肉体。小姑姑一翻身,滚进了二奶奶的怀里,二奶奶抱着她,感觉到女孩温暖的呼吸一缕缕地吹到自己的胸膛上。二奶奶被奶奶赶出家门已有八年,这期间爷爷曾被骗到济南府,险些送了性命。后来爷爷死里逃生,跑回家乡,奶奶那时带着父亲与铁板会头子黑眼住在一处。爷爷与黑眼在盐水河边决斗,虽然被打翻在地,但却唤起了奶奶心中难以泯灭的深情。奶奶追上爷爷,重返家乡,振兴烧酒买卖。爷爷洗手插枪,不干土匪生涯,当了几年富贵农民。在这几年里,使爷爷长久烦恼的,是奶奶与二奶奶的争风吃醋。争风吃醋的结果,是订了"三家条约":爷爷在奶奶家住十天,就转移到二奶奶家住十天,不得逾约。爷爷向来是严守法则,因为这两个女人,哪个也不是省油的灯。二奶奶搂抱着小姑姑,心里泛滥着甜蜜的忧愁。她又有了三个月的身孕。怀孕后的女人一般都变得善良温和,但也软弱,需要照顾和保护。二奶奶也不例外,她掐着指头数算日子,她盼望着爷爷,爷爷明天到来……村外又是一声尖锐的枪响。

二奶奶急忙爬起,穿衣时手脚都有些发软。日本人要来洗劫村庄的谣传早就传到了她的耳朵里,她整日惶惶不安,心里总有大难临头的黑色预感。她甚至想跟着爷爷回去,哪怕忍受我奶奶的辱骂也比住在咸水口子担惊受怕好。她试试探探地把这个想法告诉了爷爷,爷爷一口回绝了。我想爷爷一定是被奶奶和二奶奶这两个誓不两立的女人吓破了苦胆,才断然回绝了二奶奶的请求。不久,爷爷就为这件事悔断了肠子,当他明天上午沐着十月底的和暖阳光站在这所遍地野兽脚踪的院子里时,他看到,因为他的错误而酿成的惨不忍睹的悲剧。

小姑姑也醒了,她睁开两只像铜扣子一样灿灿生辉的眼睛,装模作样地打了一个哈欠,然后又极其成熟地长叹一声。二奶奶被小姑姑的长叹震慑住了,她怔怔地望着女孩因为打哈欠和叹气刺激出来的泪水,好久不敢言语。

小姑姑说:"娘,给我穿衣裳吧。"

二奶奶拿起小姑姑的红色小棉袄,更加吃惊地看着平日总是赖着不起床而今日主动要求起床的女孩的脸。她的脸上蹙起几道皱纹,掉眉塌嘴,简直像一个小老太婆。二奶奶的心颤抖着,双手感到了红色小棉袄上扎人的寒冷。一股强烈的怜悯潮水在二奶奶心中冲激回荡,她呼着小姑姑的乳名,嗓音紧张得犹如即断的琴弦:"香官……香官……等等……等娘给你把小棉袄烤烤热……"

小姑姑说:"不用了,不用烤,娘。"

二奶奶的眼泪夺眶而出,她不敢看女儿那张带着不祥的苍老颜色的脸庞,逃命般地跑到灶间,点起一把麦秸火,烘烤着女儿沉甸甸的棉衣。麦秸草燃烧时发出枪声般的爆响,小棉袄在跳动不安的火苗中翻卷着,犹如一面沉重的破烂旗帜,炽烈的火苗像寒冷的冰刺扎着二奶奶的手。易燃的麦秸火很快就熄灭了,一条条的灰白灰烬保持着麦秆草萎缩了的形状在做着毁灭前的扭曲,蓝色的草烟扑上屋脊,屋子里出现了小小的空气漩流。小姑姑在里间屋里呼唤了一声,把手捧着棉衣的二奶奶唤醒了。她捧着热气散尽的小棉袄回到里屋,看到小姑姑已经围着被子坐起来,白嫩的儿童肌肤与紫色的棉布被子形成鲜明的对照。二奶奶把小棉袄的袖子套在小姑姑软弱无力的胳膊上,小姑姑一反常态,非常顺从,连村子里突然响起的爆炸声也没打断这个缓慢的穿衣过程。

爆炸声好像是从地底下传来的,沉闷而持久,白亮的窗户纸索索地抖动着,院子里响起觅食的麻雀惊飞的扑楞声。爆炸声刚过,又放了几炮。村子里吵吵嚷嚷,有几个瓮声瓮气的嗓子在咕咕噜噜地吼着。二奶奶紧紧抱住小姑姑,娘儿俩紧贴在一起抖着。

　　吵嚷声短暂地停了一下,村子里是吓人的死寂,只有那沉重的脚步声还在响着,间或有狗的尖叫和刺耳的枪声。后来又响了两阵沉闷的、成串的爆炸,人的惨叫像挨杀前的猪嚎。突然像大河决堤一样,在单调声响中发颤的村庄,一下子喧闹起来。女人的嘶叫,孩子的嚎哭,鸡飞墙上树的咯咯,毛驴挣脱缰绳前的长鸣,夹杂在一起。二奶奶把房门上了闩,又找了两根棍子把门顶住,然后跳上炕,缩在墙角,等待着厄运降来。她非常想念爷爷,又非常恨爷爷。她想明天他来了,一定要大哭一场,大闹一场。灿烂的阳光照着窗户上那块小玻璃,玻璃上的霜花融化了,凝聚成两颗明亮的水珠沾在玻璃下沿上。村里枪声大作,女人的叫声从四面八方响起。二奶奶当然知道这些女人为什么嚎叫。她早就听说了日本兵像畜牲一样,连七十岁的老婆子也不放过。屋子里渗进来了烟熏火燎味道,有大火燃烧的毕剥声响起,毕剥声中时时冒出男人的狂叫。二奶奶吓瘫了,她听到了大门在哐哐地响;还有,一定是日本人的怪腔调,在大门外瘆人地打着旋。小姑姑瞪着眼,沉思片刻,放声大哭起来。二奶奶伸手捂住了她的嘴巴。大门板哗啷哗啷地动摇起来。二奶奶跳下炕,从锅底下摸了两手灰,往脸上涂抹着。她也在小姑姑脸上抹了两把灰。大门板被捣得就要碎了,二奶奶的眼珠子直着劲颤动。老太婆不放过,大肚子女人总该放过吧?二奶奶心中闪电般一亮,一条计策上心头。她从炕头上拉过一个圆溜溜的包袱,解开裤腰,用力塞进去,扎紧裤腰带,打了两个死结。她用手抻抻裤子,尽量把包袱弄得熨贴,免得被日本人看出破绽。小姑姑缩在墙角里,看着二奶奶奇怪的举动。

大门哗啷啷开了,一扇门板沉重地摔到地上。二奶奶听到门板倒地的声响后,又跑到锅灶下边,摸着黑灰往脸上涂抹。院子里咚咚乱响,二奶奶跑进里屋,关上房门,跳上炕,抱着小姑姑,努力屏住气不出声。日本人咕噜噜狂叫着,用枪托子打堂屋的门。堂屋门板比大门板单薄,不堪一击。她听到门已经开了,她顶在门后的那两根木棍子倒了。日本人涌进了堂屋,最后的屏障,是这两扇安在间壁墙上的小门板了。这两扇小门板比起厚重的大门和结实的堂屋门,更像纸糊成的一样虚弱。既然大门和堂屋门都难以抵挡住日本人的撞击,那么,这两扇小门的被打破只不过是一件轻如鸿毛的小事,一切都取决于日本人想不想打破这两扇门,取决于日本人是不是有破门而入捕获猎物的欲望。尽管如此,二奶奶还是心存侥幸,由于有了这两扇门板的屏障,传说中的和想象中的危险就永远存在于传说中和想象中,无法变成现实。二奶奶在日本人的沉重的脚步声中和急促的对话声中,心里痒酥酥地盯着那两扇门板。门板呈赭红色,门桄上积垢着一些浅灰色的落尘,白色的门闩上沾着几片暗红色脏污血迹,那是一只老黑了嘴巴的黄鼠狼的血。二奶奶想到那只老黄鼠狼挨了她的沉重打击后,嘴里发出的尖利叫声,它的头颅破碎时像脚踩干燥花生壳一样脆响着,然后它在地上打了一个滚,粗大的尾巴扫拂了几下地上轻软的雪花,便只有阵阵的抽搐,而无暴躁的跳动了。二奶奶当然是恨透了这只雄性的老黄鼠狼。一九三一年秋天的一个傍晚,二奶奶去村外高粱地里挖苦菜时,在血红的霞蔼映照着的高粱地里,一个黄草蓬蓬的小坟头上,站着这只老黄鼠狼。它通体金黄,嘴巴黑得像点墨一样。二奶奶是在解手时见到它的。它站在坟顶上,身体坐在两腿上,两只前爪举起,对着二奶奶频频挥动。二奶奶像被电住了一样,一阵强烈的抽搐从她的脚底飞蛇一样窜到脊骨,上达头顶。二奶奶瘫倒在高粱地里,口里狂呼乱叫。当她神志恢复正常时,高粱地里一片黑暗,大颗粒的星星在漆黑天幕上惊惶不安地、神秘地跳动着。二奶奶摸索出高粱地,寻着田间土路,往村子里走。那个金黄色的黄鼠狼的边缘闪烁着麦芒般光辉的鲜明幻影无休止地在她眼前出现消逝,消逝又出现。这幻影使她不可抑制地想张开喉咙拼命嗥叫。她也确实嗥叫了,连她自己也能听到,由她喉咙里迸发出的声音不是正常人类所能发出的,连她自己听了也感到吃惊害怕。二奶奶疯颠了很久,村里人都说她被黄鼠狼给魅住了。她感到它在暗中牢牢地控制着自己。她必须遵照它的指令行事,大哭、大笑,说一些莫名其妙的话,做一些莫名其妙的举动。每当那电击般的感觉在她的脊椎里奔突时,她就感到自己被一分为二。她在一个暗红色的充满色欲与死亡诱惑的泥潭里挣扎,沉下去,浮起来,刚刚浮起来,又马上沉下去。她的双手似乎抓住了能帮助她攀上欲望泥潭的绳索,但一用力,那绳索也就变成了欲望的泥浆,她又无法自主地沉下去。在痛苦的挣扎过程中,黑嘴巴雄性黄鼠狼的影子一直在她眼前晃动着,它对着她狞笑着,用它的刚劲的尾巴扫着她,每当它的尾巴触到她的肉体时,一阵兴奋的、无法克制的叫声便冲口而出。最后,黄鼠狼精疲力竭地走了,二奶奶便昏倒在地,口角挂着白沫,遍体汗水,面如金纸。为了二奶奶的魔症,爷爷曾骑着骡子,去柏兰镇请来了专门抓妖驱邪的李山人。李山人焚香点蜡,在一张黄表纸上用朱笔画了一些莫名其妙的符号,然后,焚燃成灰,用黑狗血调和,捏着二奶奶的鼻子,灌进二奶奶的嘴里。灌得二奶奶鬼哭狼嚎,拳打脚踢,灵魂出窍。从此之后,竟一日日好起来。后来,那只黄鼠狼来偷鸡时,与那只黄腿的火红大公鸡展开生死搏斗,被大公鸡啄瞎了一只眼睛。正当它疼痛难捱,在雪地上打着滚时,二奶奶不畏寒冷,赤身裸体,手提白木门闩冲到院子里,对准它的无耻的流氓式尖嘴猴腮,狠命一击。二奶奶终于报了仇,雪了恨。她手提染血的门闩,站在雪地里,痴痴了半晌,又弯下腰去一阵疯狂劈砍，几乎把那个教师爷般的黄鼠狼打成了一摊肉酱，才余恨未消地进屋去。

二奶奶盯着干涸在白门闩上的黄鼠狼的污血，那种疏忘日久的惊心动魄的悸动又一次发作了，她能感觉到自己的眼球在疯狂地震颤，也听到了从自己喉咙里发出来的连自己也害怕的叫声。

薄薄的门板仅仅晃动了一下就豁开了，一个金黄色的日本士兵端着上着刺刀的长枪轻捷地跳进屋来。二奶奶在疯狂嘶叫的同时，震动不止的眼睛只用了一瞥，就看清了率先进屋的日本士兵的模样。但这个士兵尖嘴猴腮、文质彬彬的人模样片刻之间便幻成了那只死在二奶奶手下的黑嘴巴黄鼠狼。他的尖削的嘴巴、嘴巴上那一撮漆黑的毛、他的鬼鬼祟祟的神情都与那只黄鼠狼酷肖，只不过它的形体更大，毛色更黄，神情更奸诈。深埋在二奶奶记忆深处的疯癫经验变本加厉地，以前所未有的强烈，极度夸张地表现出来。小姑姑被二奶奶的嗥叫震聋了耳朵，被二奶奶涂满锅底灰的脸、脸上像鸟翅一样搧动着的嘴唇吓破了心脏，她拼命挣脱二奶奶铁箍一样的胳膊，跳到窗台上坐着，看着她第一次见到、也是最后一次见到的六个日本士兵。

六个日本士兵站在二奶奶的土炕前，都端着上起明亮刺刀的大盖子枪，显得非常拥挤，他们的脸上都挂着黄鼠狼一样奸诈、愚蠢的笑容。在小姑姑的眼里，他们的脸都像刚从锅沿下揭下来的高粱面饼子一样，焦黄、暗红，美丽、温暖，漂亮又亲切。小姑姑除了对日本兵枪上的刺刀有几分畏惧之外，除了对二奶奶歪扭得像枯干的葫芦瓢一样的脸极其恐惧外，别的什么也不怕，日本兵的脸对她竟有一种亲切的吸引力。

日本兵龇出或是整齐或是疏朗的牙齿笑起来。二奶奶的一部分无法自制地发着黄鼠狼癫狂；二奶奶的另一部分被日本士兵的笑容吓坏了，她从他们的笑容里猜测到了、预感到了巨大的威胁，就像她曾经准确地感觉到那雄性老黄鼠狼的作揖打拱的动作中所暗示着的金黄色的淫荡内容一样。所以她一边嚎叫着，一边本能地把双手紧按到肚子上，身体往墙犄角里用力挤着。

一个身高一米六五左右——也许稍高一点也许稍矮一点——年龄在三十五岁至四十岁之间的日本士兵挤到炕沿前，摘下军帽，搔着半秃的头顶，脸上凝集着酱红色的表情，用结结巴巴的中国话说："你的，花姑娘，不要骇怕……"他把大枪靠在炕沿上，手扶着炕沿，笨拙地爬上炕，像只肥硕的蛆虫一样，蠕动到二奶奶身前。二奶奶恨不得缩到墙缝里去，汹涌的泪水冲走了脸上的灰垢，露出了几道黝黑发亮的本色皮肤。日本士兵咧开肥厚的嘴唇，伸出肉滚滚的粗短手指，在二奶奶脸上拧了一下。他的手一触到二奶奶的皮肤，二奶奶心里便滋生出极度的厌恶，好像癞蛤蟆钻进了裤裆一样。她更加用力地嘶叫着。日本士兵抓住二奶奶的两条腿，用力往后一拽，二奶奶平躺在炕上，她的后脑勺撞得墙壁澎咚一声响。二奶奶平躺之后，肚子像山丘一样耸立着。日本兵先在她的肚子上摸了一把，然后目眦裂开，对准那假肚子，用力捣了一拳。日本兵用膝盖压住二奶奶的腿，伸手去解她的裤腰带，她拼命挣扎，折起上身，对准俯上来的蒜头鼻子，狠命咬了一口。日本兵怪叫一声，松开了手，捂住流血的鼻子，用陌生的目光打量着又缩进墙角上去的二奶奶。炕下的日本兵一齐狂笑。老日本兵掏出一条黑乎乎的手绢，放在鼻子上按按。他站在炕上，脸上那类似抒情诗人朗诵爱情诗篇时的冲动的、灿烂的表情欻然逝去，显出了他的狰狞的豺狼本相。他从炕外提起了他的大枪，端着，对准了二奶奶隆起的肚子。从窗户里透进来的阳光照在刺刀上，寒光闪烁，二奶奶发出最后一声狂叫，便紧紧地闭住了眼睛。

小姑姑坐在窗台上，一直注意观看了肥胖日本兵撕掳二奶奶的过程。她从老日本兵肥滚滚的脸上并没看出他有什么恶意，她甚至好奇地去捕捉他头上那片不生毛发的地方放出来的光亮,甚至对二奶奶发出的野兽般的叫声表示反感。但当她看到日本兵脸上的表情急遽变化,并端起刺刀瞄准了母亲的肚子时,惊惧、恋母之情涌上了她的心头。小姑姑从窗台上跳起来,向着二奶奶扑过去。

那个最先进屋的尖嘴缩腮的日本兵对站在炕上的肥胖日本兵说了几句话,然后也跳上炕,把肥胖士兵搡到炕下,用嘲笑笨蛋的笑容照了照站在炕前、鼻子流血、怒气冲冲的肥胖士兵。他转过脸,一手持枪,伸出另一只瘦骨嶙嶙的焦黄的手,拎住小姑姑像胡萝卜缨子一样的头发,把小姑姑从二奶奶怀里像从干结的土地上往外拔萝卜一样拔出来,用力一摔,摔在窗户上后,又反弹回炕上。糟朽的窗棂断了两根,窗纸破了一片。小姑姑一声哭憋在喉咙里,脸色发了青。二奶奶被黄鼠狼的可憎幻影控制着的那部分形体和精神陡然解放出来,她像母兽一样往前扑去,日本兵非常敏捷地迎着她的肚子踢了一脚。虽然日本兵实际上踢中的是包袱,是包袱里包裹着的衣物,但二奶奶的真肚子也受到了强烈的震动。一股很大的力量把二奶奶推到薄薄的间壁墙上,她的背,她的头颅同时沉钝地撞响了墙壁。她昏昏晕晕地坐着时,感到了小腹中突发了一阵强烈的剥离痛苦。小姑姑憋在喉中的哭声终于冒出来,异常高亢,反动,有一股淡淡的血腥气。二奶奶完全清醒了,现在在她眼前站着的这个瘦日本兵已与黄鼠狼的幻影彻底分离。他面孔清癯,鼻梁挺拔,尖陡,眼睛黑亮,很像个口齿伶俐、见多识广的读书人。二奶奶跪在炕上,涕泪交流,抽抽噎噎地说:"先生……老总爷……饶了俺吧……你们家中难道没有妻子儿女……姐姐妹妹……"

日本兵腮帮子上一条像小老鼠般的肌肉跳动了两下,黑眼睛里蒙着一层天蓝色的烟雾,他即便是没听懂二奶奶的话也好像理解到了二奶奶哭诉的内容。二奶奶看到他在小姑姑啼哭的高亢浪潮中颤抖了一下肩臂，腮上的小老鼠似的肌肉匆匆忙忙地转动着，一种可怜巴巴的神情出现在他的脸上。他胆怯地瞄了一眼站在炕下的同伙，二奶奶的眼睛也跟着他的眼神去看那五个日本士兵。炕下的日本兵表情各异，但二奶奶感觉到，在他们的凶狠表情的硬壳下，正缓慢地翻滚着一种绿油油的柔软的流质。但他们都努力维持着那硬壳，都装扮出一副凶狠的、嘲讽的表情对着站在炕上的瘦日本兵。瘦日本兵迅速地把目光收回来，二奶奶迅速去看他的眼睛。他的眼睛里那层天蓝色的烟雾凝滞起来，像饱含着雨水、包裹着劈雷闪电的高积云团。他的腮帮子抖得那么厉害，那几条老鼠般的肌肉仿佛随时都会奔突出来。他咬牙切齿地、好像在克制着某种感情，把闪光的刺刀尖对准小姑姑大张开的嘴。

"你，裤子脱掉的！你，脱掉裤子！"他用僵硬的舌头说着中国话。他的中国话说得比那个胖子秃头好。

这时，二奶奶刚刚从黄鼠狼的幻影中解放出来的神经又不正常了，站在炕上的日本兵时而像个有大学问的读书人，时而像那个黑嘴巴的黄鼠狼。二奶奶间歇性抽搐着，嚎叫着。那柄刺刀几乎捅到小姑姑的嘴里去了。一阵锥心的痛楚、一种无私的比母狼还要凶恶的献身精神，使二奶奶清醒了。她脱掉裤子，脱掉裤头，脱掉上衣，脱得一丝不挂，还把那个塞进裤腰的包袱用力摔到炕下，包袱硬梆梆地打中了一个年纪轻轻、容貌俊俏的日本士兵的脸。包袱掉在地上，那年轻小伙子发呆般地瞪着两只迷惘的漂亮眼睛。二奶奶对着日本兵狂荡地笑着，眼泪汹涌地涌流。她平躺在炕上，大声说："弄吧！你们弄吧！别动我的孩子！别动我的孩子！"

炕上的日本兵收回刺刀，胳膊疲倦地下垂，好像死去一样。炕上摆着二奶奶像炒熟了高粱一样颜色一样焦香的肉体，日本人眼睛发直，面孔僵硬，像六尊泥塑一样。二奶奶麻木地等待着他们，脑子里一片灰白。

我现在想，如果那天面对着二奶奶辉煌肉体的是一个日本兵，二奶奶是否会免遭蹂躏呢？不，不会，当一个雄性兽人单独在一起的时候，由于没有必要猴子戴帽，他会加倍疯狂，他会脱掉那些刺绣着美好文章的楚楚衣冠，像野兽一样扑上去。在一般情况下，强大的道德力量会威逼着生活在人群中的野兽用漂亮的衣服遮掩住它们遍体的硬毛，稳定和平的社会是人类的训练所，正像虎豹豺狼在笼子里关久了也会沾染上部分人性一样。会不会啊？会？不会？会不会？我若不是男人，我若手中握着杀人的刀，我要把天下男人都杀尽！也许那天只有一个日本兵面对着二奶奶的肉体，也许他会想起他的母亲或是妻子，想到此他也许会悄然而去，会不会啊？

六个日本兵僵持着，像参拜祭坛的牺牲一样参拜着赤裸裸的二奶奶。谁也不愿离去，谁也不敢离去。二奶奶直挺挺地躺着，像一条曝晒在炎阳下的大狗鱼。小姑姑哭得嗓音嘶哑，音量减弱，间隔增大。日本兵其实被二奶奶的献身精神镇住了，当她以慈母的姿态躺在儿子们面前时，每个人都在追忆自己走过的道路。

我认为，如果二奶奶能够再坚持一下，也许会赢得胜利。二奶奶，你为什么在躺倒之后又匆匆忙忙爬起来穿衣呢？你刚刚把一条裤腿蹬上，炕下站着的日本兵就骚动不安起来，那个被你咬破了鼻子的日本兵扔掉大枪就往炕上扑，你厌恶地看着他那个破烂的鼻子，无法遏止的癫狂又发作了。那个用计征服了你的瘦鬼子把胖鬼子踢下了炕，并且挥舞着拳头，用你听不懂的语言对炕下的鬼子吼叫着。紧接着，他压在了你身上，他的鸡鸣般的喘息和着他嘴里马粪般的臭气，喷吐到你的脸上。

你的眼前又出现了黑嘴巴黄鼠狼的幻影。你又疯狂地嗥叫起来。你的疯狂刺激了日本兵的疯狂，你的嗥叫引逗得日本兵齐声嗥叫。

　　是那个秃头的中年鬼子硬把伏在你身上的瘦鬼子扳下去的。秃头鬼子狰狞的脸紧贴着你的脸,你厌恶地紧闭着眼睛,你感到腹中的三个月的胎儿在痛苦挣扎,你听到小姑姑的磨砺锈刀一样的哭声、秃头鬼子猪一样的呼吸声、鬼子们在炕下的跺脚声和淫笑声。秃头鬼子用他的坚硬的牙齿啃着你的脸,好像要报你咬破他的鼻子之仇。你的脸上,混合着泪水、鲜血和秃头鬼子嘴里流出来的涎水。粘稠的涎水。你的嘴里突然涌出了一股鲜红的热血,腥臭的味道灌满了你的鼻腔。腹中胎儿的扭动引起了一阵阵撕肝裂肺的痛楚,你全身的肌肉、你每一条神经都紧张着痉挛着,好像一根根绷紧的弓弦。你感到胎儿用力往你的深处躲藏着,躲藏着难以洗刷的耻辱。你的心里升腾起一股怒火,当日本兵油滑的面颊触到你的嘴上时,你有气无力地咬了一下他的脸,他脸上的皮肉柔韧如橡胶,有一股酸溜溜的味道,你厌恶地松了牙,与此同时,你紧绷着的神经和肌肉全部松弛了,瘫痪了。

　　后来,她听到在非常遥远的地方,小姑姑发出一声惨叫。她困难地睁开眼皮,看到一幅梦幻般的景象:那个年轻的漂亮士兵站在炕上,用刺刀挑起小姑姑,晃了两晃,用力一甩。小姑姑像一只展开翅膀的大鸟一样,缓慢地往炕下飞去。她的小红袄在阳光下展开,抻长,像一匹轻柔平滑的红绸,在房间里波浪般起伏着。小姑姑在飞行过程中岔煞着胳膊,头发像刺猬毛一样立着。那个年轻日本士兵端着枪,眼睛里流着青蓝色的泪珠。

　　二奶奶拼尽全力嚎叫了一声,她想奋身跃起,但身体已经死了,她眼前一片黄光闪过紧接着出现绿光,最后,漆黑的潮水淹没了她。

　　大刀向鬼子们的头上砍去!

　　高粱红了,东洋鬼子来了。

蹂躏我国土,玷污我二奶奶。

全国爱国的同胞们,抗战的一天来到了!

拿起刀,拿起枪,拿起掏灰耙,拿起擀面杖,打鬼子,保家乡,报仇雪恨!

五

爷爷是第二天上午到达咸水口子的。他骑着我家那两匹大黑骡中的一匹,凌晨出发,太阳出山时到达。由于临行时与奶奶闹了别扭,一路上他心情懊丧,顾不上去看太阳出山时高密东北乡黑色土地上不断变换着的绚丽光线和清晨起飞的乌鸦们的绿色亮翅,黑骡的屁股上挨着麻缰绳的无情抽打,它怨恨地侧目看着骑着自己打着自己的主人,它自认为已经尽力奔跑,已经跑得不能再快。其实它也跑得非常快。那天早晨,我家的大黑骡子驮着爷爷,在弯弯曲曲的田间土路上飞跑,骡蹄翻滚,蹄铁闪烁,像轮残缺的月光。土路上留下秋水泛滥的痕迹和木轮车压出来的一道道又深又窄的辙印。爷爷铁青着脸,挺得像树干一样的身体随着骡子的奔跑上下颠簸。早起觅食的雄田鼠惊惶地逃窜着。

爷爷与日渐衰老的罗汉大爷在店堂里对酌时听到了西北方向传来的枪声和爆炸声,他心里咯噔了一下,跳到大街上张望了一会,见无动静,又回到店堂与罗汉大爷饮酒。罗汉大爷依然担任着我家烧酒作坊的总管,在爷爷罹难、奶奶出走的一九二九年,众伙计卷铺盖各觅生路,他却像忠实的看家狗一样看守着我家的产业,他坚信黑暗必将过去,光明就在前头,一直等待到爷爷大难不死,逃出牢狱,与奶奶言归旧好,重返家园。奶奶抱着我父亲,跟随着我爷爷从盐水口子归来,敲响了冷冷清清的大门时,罗汉大爷像活鬼一样从栖身的草棚里钻出来,一见男女主人,他扑地跪倒,两行热泪泡湿了枯槁的脸。由于他品行端方,忠心耿耿,爷爷和奶奶把他像父亲一样看待,烧酒锅上的一应事务,俱委托给他,收入支出,花千蓄万,爷爷和奶奶从不过问。

太阳东南晌光景,又响了一阵爆豆般的枪声,爷爷准确地判断出,响枪处或者在咸水口子附近,或者在咸水口子村。爷爷心急如焚,拉出骡子就要走。罗汉大爷劝他再等等看看,不要莽撞前去,免遭灾殃。爷爷听了罗汉大爷的话,在店堂里出出进进,等候着罗汉大爷派去打探消息的烧酒伙计。天傍正午时,那个伙计气喘吁吁地跑回来了,他满脸挂汗,遍身泥土,汇报说,平明时分,日本人包围了咸水口子村,村里究竟成了什么情景无法知道。他在离村三里远的芦苇地里趴着,听到村里鬼哭狼嚎,看见几根粗大的火柱子在村中升腾。那伙计去了,爷爷端起一碗酒,仰脖而尽,急匆匆跑回屋,去找那支搁在夹壁墙里久久没见天日的匣子枪。

爷爷跳出店堂时,正碰着七八个衣衫褴褛、面色灰白,从咸水口子村侥幸逃出来的难民。他们牵着一匹眼睛凸出、遍体死毛的老驴,驴背上挂着两个偏篓,左边篓里装着一条露出花絮的棉被,右边篓里盛着一个四岁左右的男孩。爷爷见那男孩脖子细长,脑袋很大,脑袋两侧生着两扇肥厚的大耳朵,耳垂沉甸甸的。他坐在篓里,神色安详,无惊无惧,正用一把锈得发红的破镰头刀子切削着一根白色的柳木棍。他的嘴唇因为手下用力而紧噘起来,细小的弯曲木屑不时飞到篓外。爷爷感到这男孩身上有一股巨大的吸引力,迫使他向孩子的父母探询村里的情景时,心不在焉,总想去看那孩子切削木棍的专注动作和那男孩的象征着大福大命大造化的双耳。孩子的父母断断续续地诉说着日本兵在村里的行动。他们之所以能逃出命来,是沾了那男孩的光。男孩从头天下午起就大哭大闹。要爹娘跟他一起去看外祖母,威胁利诱都不能使他屈服。孩子的爹娘听从了孩子的意见,一早就起来备好毛驴,村东响起第一阵爆炸时,他们就逃了出来。在他们背后,日本人从四面八方把村庄围了起来。其余的几个难民也诉说自己的逃脱经过,都是大难不死的生动例证。爷爷问起二奶奶恋儿和小姑姑香官的情景,难民们俱摇头摆尾,面色惶惶,口中支吾难成语言。篓中男孩专注操作的双手垂到肚腹上,仰头在篓沿上,闭着眼,疲乏无力地说:"还不走,等死?"孩子的爹娘怔了怔,好像在思考男孩的先知先觉的启示性话语,又好像在思索中他们猛然醒悟。男孩的母亲麻木地看了衣衫鲜明的爷爷一眼,男孩的父亲在毛驴子腚上拍了一巴掌,一行难民急急如丧家之狗,忙忙如漏网之鱼,沿着大街踢踢蹋蹋地跑走了。爷爷目送着他们,尤其是目送着那个大耳朵男孩。爷爷的预感是正确的,这个小王八蛋,二十年后,果然成为高密东北乡这块罪恶的大地上的一个狂热的魔鬼。

爷爷跑到西屋,推开夹壁墙,去找他的匣子枪。匣子枪没了踪影,放枪的地方留着匣枪躺过的痕迹。爷爷狐疑地转过身来,目光碰在了奶奶轻蔑的笑脸上。奶奶容光晦暗的脸上,下滑着两条弯弯曲曲的细眉,撇着一张歪歪的嘴。笑容集中在两腮的皮肤上。爷爷仇视地盯着奶奶,焦躁地大叫:"我的枪呢?"

奶奶把嘴往上提了一下,而满皱纹的鼻子里喷出两股冷气,不屑一顾地侧过身去,抡起一根鸡毛掸子,抽打着炕头上的被褥。

"我的枪呢?"爷爷咆哮着。

"鬼知道你的枪!"奶奶抽打着无辜的被褥,满脸赤红地说。

"你把枪给我,"爷爷强忍住焦虑,低沉地说,"日本人包围了咸水口子,我要去看看她们娘俩。"

奶奶愤怒地转身,说:"你去吆!关我什么屁事!"

爷爷说:"你把枪给我!"

奶奶说:"我不知道,你别来跟我要!"

爷爷逼上前来,说:"你把我的枪偷走了,送给了黑眼了吧?"

"对,我就是送给了他! 我不但把枪给了他,还跟他睡了觉,睡得好舒服! 睡得好痛快! 睡得好恣!"

爷爷咧开嘴,"啊"了一声,抡圆巴掌,打在奶奶鼻子上,黑血缓缓流出。奶奶惨叫了一声,身体像柱子一样直直地倒了。她刚刚从地上爬起来,爷爷又对准她的脖子打了一拳。这一拳非常沉重,打得奶奶飞出三五米远,跌落在墙角的躺柜上。

"婊子! 淫妇!"爷爷余恨未消,咬牙切齿地骂着。数年前的冤仇像恶性的毒酒在他的血液里循环着。爷爷想起被黑眼打翻在地时的无边无际的耻辱,想起多次想象到奶奶在狼亢的黑眼身下呻吟喘息、并无耻地鸣叫时的情景,五脏六腑都被搅得盘结如蛇,灼热如盛夏的太阳,他从门上抽下枣木的门闩,对准了正从躺柜上爬起、歪着脖子、满脸血污、生命力极度顽强的奶奶的头颅——

"干爹!"从街上跑回来的我父亲高叫一声,把爷爷高举门闩的手固定在半空中。

要不是父亲这一声高叫,奶奶必死无疑。也是奶奶的命中注定,命中注定她不死在爷爷的手下,命中注定她死在日本人的枪弹下,命中注定她的死像成熟的红高粱一样灿烂辉煌。

奶奶爬到爷爷脚下,双膝跪地,双臂圈住了爷爷的膝弯,痉挛的、灼热的双手在爷爷的钢铁般坚硬的腿上抚摸着。奶奶仰着布满阴影的脸,泣血涟如地说:"占鳌——占鳌——我的哥我的亲哥,你打死我吧,打死我吧。你不知道我是多么舍不得你走,你不知道我是多么不愿意你去,你去了就回不来了。日本人成百上千,你匹马单枪,纵有天大的本事,好虎抵不住一群狼啊,我的哥。都是那小娟妇调弄的,都是她的罪过,我在黑眼那里时也没忘掉你。哥呀,你不能去送死呀！你死了我可怎么活。你要去也得明日去,十天的期还没到,明日才到期,她从我手里抢走了一半你……要不你就去吧……我让给她一天……"

奶奶的头猛地伏在爷爷的膝盖上,爷爷感到了奶奶的头颅像火炭一样,奶奶的若干好处走马转蓬般地在爷爷脑袋里旋转。爷爷后悔了,尤其是看到躲在门后的父亲,爷爷更感到反悔,他恨自己下手太重。爷爷弯下腰,把昏晕的奶奶抱到炕上。他决定,明天一早去咸水口子。老天保佑她娘儿俩平安无事。

爷爷骑骡奔跑在从我们村通往咸水口子的土路上。十五里路变得那样漫长,黑骡跑得蹄下生风,爷爷还是嫌慢,还是用缰绳头无情抽打着黑骡的屁股。十五里路长得好像没有尽头。土路上竖立在车辙沟旁的卷边泥土被骡蹄弹打得四处飞溅,空旷的原野上悬着一层稀薄的尘埃,半空中透迤着数道河流般的黑云,从咸水口子村溢出来的怪味道均匀地分布在空气中。

爷爷骑着骡子冲进村庄,他顾不得去看街上横躺竖卧的人的尸首和牲畜的尸首,径直跑到二奶奶的大门前,滚鞍下骡,窜进院子里。爷爷一看到破碎的大门时心就凉了,嗅着密布在院落中的血腥气,他的心紧缩起来拒绝接受血液。爷爷跑完院子,冲进堂房,沉重地跨过间壁墙上安装着的房门,心脏像一块石头样沉了底。二奶奶保持着她为了香官小姑姑献身时的庄严姿态,四仰八叉地仰在炕上……小姑姑香官趴在炕前泥地上,小脸浸泡在血泥里,张着大口,好像在做着无声的呐喊。

爷爷大吼一声,抽出匣枪提着,跌跌撞撞跑到街上,跳上喘息未定的黑骡,用匣枪苗子猛拧了一下骡腔,意欲飞奔县城,去找日本人报仇雪恨。当他看到一片枯黄的芦苇在晨光下肃然默立时,才意识到跑错了路。爷爷调转骡头,向县城跑去。他听到身后有隐隐约约的喊叫声。狂乱中他不去回头,一味地用枪苗子猛戳骡腔。黑骡无法忍受这种残酷的折磨,每挨一下戳它就弹起后腿,把后腔撅起老高。它愈是反抗,爷爷愈是愤怒,愈是用力戳它,它愈是打蹄有三五米高。爷爷把对日本人的满腔仇恨悄悄地转移到黑骡腔上,黑骡遍地转磨,斜刺里乱跑,终于把骑手扔在了去年的高粱地里。

爷爷像受伤的野兽一样从地上爬起来,对着遍体汗湿的黑骡狭长的头颅举起了匣枪。黑骡四腿桩立,垂首喘息,它的腔上鼓起了一片鸡蛋大的肿包,渗着一线线黑色的血迹。爷爷持枪的手还是平举着,但已经开始打哆嗦。这时,从通红的阳光那里,飞奔来我家的另一匹大黑骡子,骡背上驮着罗汉大爷,骡子锃亮的皮肤上,像刷了金粉一样。爷爷看到翻动的骡蹄下,耀眼的光线像剪刀一样交叉着。

罗汉大爷跳下骡来,惯性未消,他衰老的身体往前跟跄两步,几乎摔倒。他站在爷爷和黑骡之间,抬手把爷爷端枪的手臂打得垂下,罗汉大爷说:"占鳌,别发昏症!"

爷爷见了罗汉大爷,满腔怒火变成悲愤满腔,泪水奔突而出。爷爷嘶哑地说:"大叔……她们娘俩……遭了大难啦……"

悲愤的爷爷蹲在了地上。罗汉大爷扶他起来,说:"掌柜的,君子报仇,十年不晚! 先回去把她们的后事办了吧,让死人入土为安。"

爷爷站起来,摇摇晃晃地向村里走去。罗汉大爷拉着两匹黑骡,跟在爷爷身后。

二奶奶没有死,她对着站在炕前凝视着她的爷爷和罗汉大爷睁开了眼睛。爷爷看着她那密密匝匝的粗壮睫毛、她那两只昏暗的眼睛、被咬破了的鼻子、被啃烂了的腮和肿胀的嘴唇,心如刀绞般痛楚,痛楚中又搀杂着一股难以排解的烦躁情绪。二奶奶的眼窝里慢慢渗出了泪水,她的嘴唇稍稍动了动,叫了一声:"哥呀……"

爷爷痛苦地呼唤:"恋儿……"

罗汉大爷轻悄悄地退出去。

爷爷俯到炕上,为二奶奶穿衣。他的手一触到二奶奶的皮肤时,她忽然大声嚎叫起来,满嘴的胡言乱语,像前几年被黄鼠狼附体一样。爷爷抑制着她双臂的挣扎,把裤子套在她死去的、肮脏的下肢上。

罗汉大爷进屋来说:"掌柜的,我去邻家拖来了一辆车……把她娘俩拉回去将养吧……"

罗汉大爷一边说话,一边用目光征询着爷爷的意见,爷爷点点头。

罗汉大爷抱着两条被子跑出去,铺在木轮大车上。

爷爷托着二奶奶——一手托着颈项,一手托着腘窝,像托着一件无价的珍宝,小心翼翼地跨出房门,越过堂屋门,走进留下日本士兵铁蹄印的院子,越过破落的大门,走到停在大街上、车头对着东南方向的花轱辘大车。罗汉大爷已经把一匹大黑骡子塞进车辕里,被爷爷戳得满腚血肿的黑骡子拴在车后横杠上。爷爷把直着眼睛嚎叫的二奶奶放在车厢里。爷爷从二奶奶的神情里看出,她恨不得倒海翻江,但已是心有余而力不足了。爷爷放好二奶奶,回头,看到老泪纵横的罗汉大爷抱着香官小姑姑的尸体走过来了。爷爷感到喉咙被一双铁钳般的巨手猛然扼住,泪水沿着鼻道,进入咽喉,他猛咳,干呕,手扶车辕杆仰起脸来,见东南方向那个巨大的八角形的翠绿太阳车轮般旋转着辗压过来。

爷爷接过小姑姑,低头看着她因极度痛苦而抽搐着的小脸,两滴老辣的泪水啪哒啪哒落下来。

他把小姑姑的尸体放在二奶奶死去的下肢旁边,撅起一角被,盖住小姑姑恐怖的脸。

"掌柜的,坐到车上去吧。"罗汉大爷说。

爷爷麻木不仁地坐在车旁横杠上,双腿耷拉在车外边。

罗汉大爷牵动骡子缰绳,身子与黑骡的头齐着,慢慢地开走。木轱辘艰涩地转动起来,缺油的檀木车轴吱吱悠悠、咯咯嘣嘣地响着,大车颠颠簸簸地前进。走出村庄,走上土路,朝着我们的高密酒气冲天的村庄。乡间土路更加崎岖,大车颠簸得更加厉害,车轴凄惨地叫着,发出仿佛是灭亡前的最后嘶鸣。爷爷在车横杠上转过身,把两条长腿放在车厢里。在颠簸中,二奶奶仿佛睡去了,睡去了还睁着两只瓦灰色的眼睛。爷爷把手指放到她鼻孔前试试,感觉到细弱的气息还在,心中才稍许安宁。

庞大的原野上,行走着这辆痛苦的车,车上的天空苍茫如海,黑土的大地坦荡如砥,稀疏的村庄如漂移的岛屿。爷爷坐在车上,感到一切物件都是绿色的。

车辙对我家那匹大黑骡子来说,显然是过分狭窄了,干躁的花轱辘大车对它来说又显然是太轻了。它的肚腹被挤夹得难受,它非常想奔跑,但罗汉大爷紧紧地控制住它口中的铁链,所以它委屈得要命,所以它走起路来夸张地高抬蹄。罗汉大爷絮絮叨叨地骂着:"这群畜牲……这群不吃人粮食的畜牲……隔壁那家也杀光了,媳妇肚子给切开了……刚成形的孩子在肚子边上……罪孽……那孩子像只剥了皮的耗子……锅里拉了一泡黄屎……这群畜牲……"

罗汉大爷自言自语着,他也许知道爷爷在听他的话,但是他并不回头。他牢牢地抓着黑骡的轭铁,不让黑骡撒野,黑骡焦急地甩打着尾巴,拂得车轭嚯嚯地响。车后那头黑骡垂头丧气地走着,从它板着的长脸上,看不出它是愤恨,羞愧,还是万念俱灰。

六

父亲清楚地记得,运载着奄奄一息的二奶奶和小姑姑香官尸体的马车是正午时分到达我们村庄的。那时候刮着很大的西北风,街上尘土飞扬,树叶子翻滚。那时候空气干燥,父亲的嘴唇上皱起一片片死皮。他发现一前一后两匹骡子夹着的长车出现在村头上时,就飞快着迎了上去。父亲看到罗汉大爷一瘸一拐地走,车轮一蹦蹦地转。骡子的眼角上、爷爷的眼角上、罗汉大爷的眼角上都沾着雀粪般的眼垢,眼垢上又沾上了灰色的尘土。爷爷坐在车杆上,两只大手捧着脑袋,像泥神木偶一样。面对眼前的景况,父亲未敢开口。父亲跑到离长长的骡车二十米远的地方,就用他的格外灵敏的鼻子——准确地说也不是鼻子,准确地说是一种类似嗅觉的先验力量——嗅到了长车上散发出来的不祥气息。他飞跑回家,气急败坏地向正在屋里走来走去心神不定的奶奶喊叫:"娘,娘,俺干爹回来了,骡子拉着辆木头车,车上拉着死人,俺干爹坐在车上,罗汉大爷牵着骡子,车后跟着一匹骡子。"

父亲汇报完毕,奶奶脸色突变,犹豫了片刻,跟着父亲跑出去。

花轱辘大车颠簸了最后几动,欸乃一声,停在我家大门外。爷爷迟钝地从车上跳下来,用血红的眼睛盯着奶奶。父亲惊骇地看着爷爷的眼。在父亲的眼里,在父亲的一种类似视觉的感觉里,爷爷的眼像墨水河边的猫眼石一样,颜色瞬息万变。

爷爷恶狠狠地对奶奶说:"这下如了你的愿啦!"

奶奶不敢分辩,畏畏缩缩地捱到车前,父亲也跟着凑到车前,往车厢里展眼。棉布被子上的褶皱里,积满了厚厚的黑土,被子下盖着鼓鼓囊囊的东西。奶奶掀起被子一角,手像烫着似地缩回来。父亲用他超敏的类视觉感觉,看清了被子下的二奶奶烂茄子般的面孔和小姑姑大张着的僵硬嘴巴。

小姑姑大张着的嘴巴勾起了父亲若干甜蜜的回忆。他曾经违背奶奶的意愿,到咸水口子去住过几次。爷爷让他管二奶奶叫二娘。二奶奶对父亲极亲热,父亲也认为二奶奶极好,在父亲记忆的深处,早就有二奶奶的形象，因此一见如逢故人。香官小姑姑嘴甜如蜜，一个个"哥哥"叫得铺天盖地。父亲非常喜欢他这个黑黝黝的小妹妹，喜欢她脸上那层白色的细软绒毛，更喜欢她那两只铜扣子一样的明亮眼球。但每次都是在父亲与小姑姑玩得难分难舍的时候，奶奶就派人来催逼父亲回去。父亲被来人抱上骡子，坐在骡背上，他回头看着香官小姑姑眼泪汪汪的眼睛，心里也难过。他不明白奶奶和二奶奶何以结出那样深的冤仇。

父亲记起那次去死孩子夼里称小死孩的情景。那大概是两年前的一个夜晚，父亲跟着奶奶来到村东三里远的"死孩子夼"——那是村里扔小死孩的地方。乡里习俗，不满五岁的孩子死后，不能埋葬，只能扔在露天里让狗吃。那时候一律土法接生，医疗条件极差，婴儿死亡率极高，活下来的都是人中的强梁。我有时忽发奇想，以为人种的退化与越来越富裕、舒适的生活条件有关。但追求富裕、舒适的生活条件是人类奋斗的目标又是必然要达到的目标，这就不可避免地产生了一个令人胆战心惊的深刻矛盾。人类正在用自身的努力，消除着人类的某些优良的素质。父亲跟奶奶去村东死孩子夼时，奶奶正发狂地迷恋着"押花会"（一种赌博方式，跟日下流行的"买彩票"、"有奖储蓄"、"有奖购物"有类似的性质），想尽千方百计求"会名"。这种小型的飞不高迭不中的赌博方式使全村人着迷，尤其是使女人着迷。那时候爷爷正过着平稳的富裕生活，村里人公举他担任花会会长。爷爷将三十二个花名装进竹筒里，每天早晚各一次当众摸签，或是"芍药"，或是"月季"，也许"玫瑰"，也许"蔷薇"。押中者，得押钱的三十倍。当然，更多的铜钱还是归爷爷所有。迷恋押花会的女人们发挥了超群的想象力，创造无数种猜会名的技巧，有把女孩用酒灌醉索取醉后真言的，有努力从做梦从中求真谛的……纷繁杂乱，难以尽述，但到死孩子夼里去称小死孩却是我奶奶的富于"魔幻色彩"

的天才脑袋的骇人听闻的创造。

奶奶做了一杆秤，秤上刻了三十二个花名。

那天夜里天黑得伸手不见五指，半夜时分，奶奶把父亲摇醒。父亲正睡得酣甜时被推醒，心里烦恼，很想骂人，奶奶把嘴贴到他耳朵上说："别出声，跟我去猜花会。"父亲对神秘事件有天生的好奇心，精神头立刻上来，穿靴戴帽，避着爷爷，溜出院子和村庄。他们走得小心，翘腿蹑脚，连一条狗都没惊动。父亲左手被奶奶牵着，右手提着一盏红纸糊成的小灯笼；奶奶右手牵着父亲的手，左手提着那杆特制的秤。

出了村庄，父亲听到了在叶片宽大的绿高粱地里穿来穿去的东南风，嗅到了从远处飘来的墨水河的味道。他们摸摸索索地往死孩子夼那里走。走出约摸里把路时，父亲的眼睛适应了黑暗，辨别出了灰褐色的路面和路边半人高的高粱。高粱地里窸窸窣窣的声响增添了暗夜的神秘气氛，不知躲在哪棵树上凄厉鸣叫的夜猫子在暗夜的神秘底色上渲染上一层铁锈色的恐怖。

那只夜猫子在死孩子夼正中那棵大柳树上鸣叫，它是吃饱了死孩子的肉安详地坐在树枝上鸣叫的。父亲和奶奶走近大柳树时它还在那里一声连一声的鸣叫。大柳树生在一片洼地中央，如果是白天可以看到柳树干上生着的一绺绺血红的胡须。夜猫子的叫声把洼地里紧张的空气震动得像单薄透明的芦苇内膜一样颤抖，呜呜作响。父亲感觉到了夜猫子绿色的眼睛在柳叶间严肃地闪烁着。他的牙齿在夜猫子的嚓唳中得得地碰撞着，两线蛇一样的寒气从脚心直贯头顶。他用力抓着奶奶的手，感到恐惧把脑袋都要胀破了。

死孩子夼里密布着粘腻的腥气，柳树下黑得父亲双耳里秋蝉鸣叫，树上有稀疏的、铜钱大的雪白雨点轻飘飘地下落，把密不透风的黑暗划出一道道鲜明痕迹。奶奶顿了一下父亲的手，示意他蹲下去。

父亲顺从地蹲下，手和腿都触及到了洼地里疯狂生长着的杂草，杂草毛糙尖刻的叶片刺着父亲的下巴，好像有无数只小死孩子的眼睛在盯着他的背。父亲听到了成群结队的小死孩的踢踢跑动声和他们的欢笑声。

奶奶噼噼啪啪地敲击着火石火镰，一颗颗软绵绵的红色火星照亮奶奶哆哆嗦嗦的手。火绒着了，奶奶噘起嘴去吹，父亲听到奶奶嘴里阴风习习。火绒燃起跳荡不安的火苗，黑暗洼地里突然出现一片黯淡的光明。奶奶点着了纸灯笼里的红蜡烛，一团稳定的球大的红光像一个孤独的幽灵。树上的夜猫子停止了歌唱，成群的小死孩列队成圈，团团围住父亲、奶奶和红纸小灯笼。

奶奶挑着小灯笼在洼地里寻觅，十几只扑楞蛾子撞击着灯笼上的红纸啪啪作响。杂草繁茂，土地泥泞，奶奶的小脚行动不便，脚后跟在泥地上捣出一串串圆窝窝。父亲不知道奶奶要寻觅什么，好奇又不敢问，便默默地跟着走。死孩子破碎的肢体东一块西一块，发散着酸溜溜的臭气。在一丛茎粗叶肥的苍耳子下，有一块卷成筒状的席片，奶奶把灯笼交给父亲，把秤放在地上，弯腰解起席片来。父亲看到在通红的灯笼下，奶奶的手指像粉红的蛔虫一样扭曲着。席片自动地张开，露出了一个破布包裹着的死婴。婴儿头上无毛，光溜溜像个秃瓢。父亲的腿肚子直打哆嗦。奶奶抓起秤，把秤钩子挂在破布上。奶奶一手提住秤绳，一手去推拉秤砣。破布嗤嗤地响着，小死孩飞快地落在地下，秤砣落地砸着奶奶的脚尖，秤杆翘起敲着父亲的头顶。父亲叫了一声，差点没把手中擎着的灯笼扔掉。夜猫子在柳树上怪笑一声，好像在嘲笑他们愚蠢的举动。奶奶从地上摸起秤砣，狠狠地把秤钩子扎进小死孩肉里。父亲被秤钩子进肉时的怪响瘆得遍体起栗。他侧了一下脸，当他转回脸时，看到奶奶的手正在秤杆上滑动，秤杆一点一点，高高低低，终于持平。奶奶示意父亲把灯笼举近些。灯笼光照着火红的秤杆,秤砣的标绳不偏不倚,正压在"牡丹"上。

父亲跟着奶奶走到村头时,还能听到夜猫子愤怒的叫声。

奶奶在"牡丹"上狠狠地押了一笔钱。

那天中彩的花名是"腊梅"。

奶奶生了一场大病。

父亲看着小姑姑香官大张着的嘴巴,突然想起那次称的那个小死孩嘴巴也是大张着的,他耳边又缭绕起夜猫子时而懊恼时而愉快的歌唱声,肌肤竟然渴望那洼地里的滋润空气。因为,干燥的、卷动着尘土漫天飞扬的西北风使他唇干舌燥,心中焦虑。

父亲看到爷爷用阴鸷的老鸟一样的目光盯着奶奶,好像随时会扑过去把奶奶吃掉。奶奶的背一下子驼了,她把身子弓到车厢里,拍打着被子,涕泪俱下地哭着:"妹妹呀……我的亲妹妹……香官……我的孩子……"

在奶奶的痛苦声中,爷爷脸上的愤怒慢慢溃散。罗汉大爷走到奶奶身边,低声劝解:"女掌柜的,别哭啦,先把人弄回家去吧。"

奶奶哽咽着撒开被子,探一下身,把小姑姑香官抱起来歪歪斜斜地往家里走。爷爷抱起二奶奶,尾随着奶奶。

父亲站在街上,看着罗汉大爷把车辕里的骡子拔出来——骡子的肚子两侧被车辕杆磨破了,看着罗汉大爷把拴在车后的骡子解下来。两匹骡子在街上的暄土里打滚解乏,时而肚皮朝天,时而肚皮着地。打过滚后的骡子站起来,用力抖动身体,轻烟似的尘土从它们的肚毛中腾腾飞去。罗汉大爷牵骡往东院里走,父亲跟上去。罗汉大爷说:"豆官,回家去吧,回家去吧。"

奶奶坐在灶前烧火,锅里煮着半锅水。父亲溜进里屋,看到二奶奶躺在炕上,眼睛瞪着,腮上的肉不停地抽搐着。父亲看到他的小妹妹香官卧在炕头上,脸上蒙了一条红包袱,遮住了她的狰狞面孔。父亲又想到了那天夜里跟随奶奶去死孩子夼称小死孩的情景。东院里骡子的嘶鸣酷似夜猫子的歌唱。父亲嗅到了尸体的腐臭,他想到,不久,香官也要躺到死孩子夼里,去喂夜猫子,喂野狗。父亲想不到人死了会这般难看,盖在红包袱下的香官的丑陋的死脸对他有一股强烈的吸引力,他非常想掀起包袱皮看看她。

奶奶端着一铜盆热水走进屋来。她把水放在炕沿上,搡了父亲一把,说:"出去!"

父亲悻悻地走到外屋,听到房门在背后关上了。他按捺不住好奇心,把眼贴在门缝上往里屋张望。爷爷和奶奶蹲在炕上,把二奶奶的衣服脱下来,扔在炕前地上,湿漉漉的衣裤沉重地打在地皮上。父亲又闻到了令人恶心的血腥味。二奶奶两支胳膊有气无力地扑腾着,嘴里又出恶声。在父亲听来,这声音也好像是死孩子夼里的夜猫子的叫声。

"你按住她的胳膊。"奶奶求情般地对爷爷说。在袅袅的蒸气中,奶奶的脸和爷爷的脸都模糊不清。

奶奶从铜盆里捞出一条热气腾腾的白羊肚子毛巾,一下一下的拧,热水哗哗啦啦流进铜盆里。毛巾很热,烫得奶奶的手倒来倒去。奶奶抖开毛巾,按在二奶奶肮脏的脸上,二奶奶的胳膊被爷爷的两只大手攥住,便用尽全力扭动脖颈,夜猫子般的恐怖叫声从热毛巾下含含糊糊地传出来。奶奶把毛巾从二奶奶脸上摘下来了,毛巾已变得污秽不堪。奶奶把毛巾在铜盆里搓着,涮着,提出来,拧几下,沿着二奶奶的身体逐渐往下擦……

铜盆里热气单薄,奶奶脸上热汗涔涔,她对爷爷说:"你把脏水倒了去,换盆干净水来……"

父亲急忙跑到院子里,看着爷爷双手端着铜盆,腰背佝偻,跌跌撞撞走到厕所的矮墙边,扬臂泼水,空中闪出一道五彩缤纷的瀑布,但顷刻就消失了。

父亲再次把脸贴到门缝上时,二奶奶已经通体发亮,像一件刚刚擦洗过的紫檀木家具。她的叫声低缓,变成了痛苦的呻吟。奶奶让爷爷把二奶奶抱起来,抽掉被单子,揉成团,扔在炕下;展开一条干净褥子,铺好。爷爷把二奶奶放好,奶奶在二奶奶双腿间夹上一大团棉花,又拉过一床被子,盖在二奶奶身上。奶奶低声细气地说:"妹妹,你睡吧,睡吧,占鳌和我都在这儿守着你。"

二奶奶安静地闭上了眼睛。

爷爷又出去倒水。

奶奶为小姑姑香官擦身时,父亲大着胆溜进里屋,站在炕前,奶奶看了他一眼,但没有赶他走。奶奶一边擦着小姑姑遍体的干血,一边流着成串的泪珠。擦完小姑姑,奶奶把头靠在间壁墙上,半天没动,好像死人一样。

傍晚时分,爷爷用一条被子把小姑姑卷起来,抱着。父亲跟着爷爷走到门口,爷爷说:"豆官,你回去,陪着你娘和你二娘。"

罗汉大爷在东院门口拦住爷爷,说:"掌柜的,你也回吧,我去送。"

爷爷把小姑姑递给罗汉大爷,回到门口,牵着父亲的手,目送着罗汉大爷走出村去。

七

一九七三年腊月二十三,耿十八刀八十岁了。清晨起来,他就听到村子中央的喇叭震耳地响着,喇叭里一个老女人病恹恹地说:"勇奇……"一个粗嗓子男人问:"娘,您好点了吧?"老女人说:"不好,早晨起来，头更晕了……"

　　耿十八刀用力按着冰冷的炕席坐起来，他也感到早晨起来，头更晕啦。窗外风声凛冽，一团团的雪粒打得灰暗的窗纸沙沙响。他披上那件被虫子咬成光板的狗皮袄，蹭到炕下，伸手抓过倚在门后的龙头拐杖，歪歪斜斜往外走。院子里已积了厚厚一层雪，越过倾圮的土墙，望得见茫茫原野一片银白，碉堡似的高粱秸秆垛突突兀兀地星散在原野里。雪花一团团地落着，不知何时能止。他心存一线侥幸地转回身，用拐棍掀开米缸、面缸的盖垫，缸里空空荡荡，昨天的眼睛并没骗他。他肚里已经两天无食，老朽的胃肠一阵阵绞痛，他准备豁出面皮去找支部书记要粮了。肚中饥饿，身上寒颤不止，他知道支部书记是个心比铁石还硬的王八蛋，跟他要粮绝不是件轻松事情。他决定烧点水喝，喝口热水暖暖肚子，去跟那个王八蛋进行最后的斗争。他用龙头拐杖掀开水缸盖子，水缸里只有一圈冰，没有水，他记起他已经三天没动烟火了，十天没用瓦罐去井里提水了。他找了一扇豁边的破瓢，从院子里盛来二十几瓢雪，倒在巴渣裂纹从没涮净过的锅里。盖上锅盖，他寻找柴草，没有柴草。他走进里屋，从炕席下边抽出一把垫炕的麦秆草，用菜刀劈破了几个高粱秆缝成的盖垫，劈破了一个草墩子，便蹲下，用火石火镰打起火来。早年二分钱一盒的火柴早就凭票供应了，不凭票供应他也买不起，他知道自己像个老王八蛋一样不名一文。黑洞洞的灶里燃起温暖的红色火苗，他把身体俯上前去，烘烤着冻透了的肚腹，前边化了冻，后背依然寒冷。他赶紧往灶里塞了一把草，调过背去向火。后背上的冰化了，肚腹里又结了冰。半边冷半边热更使他痛苦难捱。他索性不烤了，紧着往灶里填草，盼着水开。他想喝饱了肚子一定要跟那个小杂种拼个头高头低，要不到粮食也不能让他安安稳稳地辞灶。锅灶下的火要灭了，他把最后一把草塞进灶王爷黑洞洞的贪婪巨口，祈求着柴草慢慢燃烧，柴草却快速燃烧。锅里还无半点动静,他着急地蹦起来,出乎意料地敏捷。他跑回里屋,从炕席下抽出最后几把草塞进灶膛,让灶里的火苟延残喘着,让锅里雪继续融化。一只三条腿的小凳子被他惨无人道地塞进灶膛,一把老秃了的扫地笤帚也被他戳进了灶王爷乌黑的喉咙。灶王爷连声嗝呃,呕吐出一团团茂密的浓烟。他大惊失色,用龙头拐杖挑下挂在土墙上的济公扇,噗嗒噗嗒地往灶里煽风,烟一吞一吐,终于不吐,灶膛里古嘟一声响,燃起明亮强硬的板凳笤帚火。他知道木材耐烧,可以喘一口气了。老眼昏花不抗烟呛,粘液般的泪珠滚下来,滚过枯脸,三五滴汇合成一滴,落到乱麻般的胡须上。锅里响起了咝咝的水声,断断续续的,像蝉鸣一样。他欣喜地听着锅里的水声,脸上绽开婴孩般的纯洁笑容。灶膛里的火又黯淡了,收敛起满脸笑容他换上满脸惊慌,匆匆站起来,目光四顾,搜寻可以燃烧的物件,屋笆房梁倒是可以燃烧,但他没有力量把它们弄下来。他闪电般想起八仙之一瘸拐李烧腿的故事。故事里说瘸拐李把腿放在灶里烧得吱吱啦啦响,他嫂子说:"兄弟,烧瘸了!"女人嘴臭,果然烧瘸了。他知道自己不是神仙,不要烧就已经挪不动步子,挪不动步子还能走,他还要走到支部书记家去闹粮呢。最后,在灶火即熄的那一瞬间,他的目光定在墙上挖出来的那个神龛里。龛里供着一个乌黑的牌位。他用龙头拐杖捣捣那个牌位,牌位嘭嘭地响着,灰尘跌落,显出久经烟火的木料本色。他的老心悸动着,突然感到一阵深刻入骨的痛苦。在痛苦中他把供了三十六年的狐仙牌位投进了灶膛。饥饿的火苗立刻伸出舌头舔舐牌位,牌位上嗞嗞啦啦地冒着深红的汗液,好像烧着那只红狐狸的肉体……狐狸孜孜不倦地舔着他身上的十八个伤口,多少年后他都记得狐狸的凉森森的美好舌头。狐狸舌头上一定有灵丹妙药,他深信不疑。他爬回村庄后伤口一点都没有发炎,连一点药都没上就好了。他对后人们说起这段神话般的奇遇时,人们都面带不信任的表情。他怒气冲冲地剥掉上衣,让人们看他身上的伤疤,人们看了伤疤还是不信。他深信自己大难不死,必有后福,但这福一直没等来。后来,他成了"五保户",他知道福来了。后来福又去了,村里没人管他了,那个当年坐在驴驮的篓子里削木棍的小王八蛋当了支部书记——要是这小子不在大跃进年代里弄死过九条人命,只怕早当了省委书记。小王八蛋取消了他的"五保户"资格……这块木牌像一条狐狸那样难烧,在血样火苗的烘烤下,他听到锅里水声沸腾,水开了。

他用那扇破瓢舀了混浊的热水,唏溜唏溜地喝着,一口热水进肚,他舒服得浑身颤抖,又一口热水落肚,他觉得自己已经成了神仙。

喝了两瓢热水,浑身粘汗溢出,着热的虱子兴奋起来,只是蠕蠕爬动、并不咬他。肚里更加饥饿,但身上似乎有了力量。他拄着龙头拐杖,走进漫天大雪里,脚下踩着琼屑碎玉,耳边听着窸窣雪声,心里竟如明朗的八月晴空。街上无行人,一只背驮厚雪的黑狗小心翼翼地走着,走一段就抖搂身体,雪片飞散,显出黑狗本相,但飞雪又很快落满了它的脊背。他跟着黑狗走进小王八蛋的家。小王八蛋家油黑大门紧闭,几枝腊梅开得火旺,从墙头上鲜红欲滴地探出来。他无心观赏腊梅,走上石台阶,喘几口气,然后拳打门板。院子里汪汪狗咬,并无人声。他恼怒上来,将摇摇欲倒的身体倚在门楼墙上,抡起龙头拐杖,敲打着黑漆大门的铁镣锎。狗在院子里咆哮起来。

大门终于开了,先蹿出了一匹毛眼油亮的肥胖花狗。花狗不顾一切地冲上来,他挥舞着拐杖,花狗退到一边,呲着两排雪白的漂亮牙齿,疯狂地吠叫,随后闪出一个饱满白净的中年女人的脸。她看了一眼耿十八刀,和善地说:"耿大爷,是您呀,你有什么事?"耿十八刀沙哑着嗓子说:"找支书!""他去公社里开会啦。"那女人和善中带着同情地说。"你让我进去!"他精疲力尽地咆哮着,"我要问问他,他凭什么取消了我的'五保户'资格？我挨了日本鬼子十八刺刀，都没死掉，难道要我在他手里饿死？"女人为难地说："大爷，他真的不在家，去公社开会了，一早就走了。你要饿，就先到俺家里去吃点饭，没有好饭，地瓜饼子管饱。"他冷冷地说："地瓜饼子？你家的狗都不吃地瓜饼子！"女人有些不高兴起来，说："你不吃就算。他不在家。他去公社开会啦。你要能去，就去公社找他！"女人一闪身进了门，大门咣当一下关上了。他抢着拐杖，在门上敲打几下，身子软软的，几乎要瘫倒。他蹒跚着走上积雪近尺的大街，自言自语地说："去公社……去公社……告这个小王八蛋……告他欺压良民，告他卡了我的粮草。"他像被打瘸的老狗一样拖着腿走，雪地上留下两道深深浅浅的脚踪。走了好久，他还能闻到那几株腊梅溢到雪花中的幽香，他缓慢地回头对着黑漆大门的方向啐了一口唾沫，那几株腊梅像火苗子一样在飘飘洒洒的雪花中燃烧着。

天近黄昏时他才挪到公社的大门外。大铁门，每根铁棍都有大拇指头那般粗，铁棍的顶端打成锐利的梭标形状，年轻小伙子也休想翻越。从铁栅栏的缝隙里，他看到公社大院内的积雪都是乌黑的，肮脏的。院子里穿梭般地走动着穿新衣戴新帽，肥头大耳，满嘴油光的人。他们有的提着褪尽了毛的猪头——猪耳朵梢子都是血红的、有的提着银灰色的带鱼、有的提着宰杀好的鸡鸭。他用龙头拐杖敲打大铁门上的钢筋，敲得当啷当啷响，院子里来回走动的人好像都忙得要命，对他投过冷冷一瞥，便继续走动。他愤怒地嚎哭起来："官长……领导……我冤枉啊……我要饿死了……"

一个年纪轻轻、上衣兜里别着三支钢笔的小伙子走过来，冷淡淡地问："老头，你在这儿吵嚷什么？"他一见年轻人胸前别了那么多钢笔，以为大官降临，便双膝跪在雪里，手把着铁栅栏门上的钢筋，哭诉道："首长，俺大队的支部书记卡了我的粮食，我已经三天没吃饭，我

345

快要饿死了,日本鬼子十八刺刀都没刺死我,我快要饿死啦……"

青年人问:"你是哪能个村的?"

他惊讶地问:"首长,你不知道我? 我是耿十八刀啊!"

小青年笑了,说:"我怎么知道你是耿十八刀? 回去吧,找你们大队领导去,公社机关已经放假了。"

他敲了好久铁栅栏门,再也无人理睬他。大院里的窗玻璃上射出了温暖的黄光,鹅毛般的大雪花在那些明亮的窗户前无声无息地飞舞着。村子里响了几个爆竹,他恍然想起,辞灶的时候到了,送灶王爷上天汇报工作的时候到了。他想回家去,但一挪步,就一头栽倒了,好像被谁从后边猛推了一把似的。他的脸触到遍地积雪时,感到积雪异常温暖。这使他想起了母亲温暖的怀抱,不,更像母亲温暖的肚腹。他在母亲的肚腹中闭着眼,像鱼儿一样自由自在地游戏,不愁吃,不愁穿,无忧无虑。能够重新体验在母腹中的生活他感到无限幸福,没有饥饿没有寒冷他确实感到非常幸福。村子里朦朦胧胧的狗叫声使他迷迷糊糊地意识到他早已离开母腹来到了人世。公社大院里金黄的灯光和支部书记家院里火红的腊梅,像快速游动的火焰,把通天之下都照亮了,他感到到处明亮得扎眼,雪片像金箔银箔一样嚓嚓地磨擦着、旋转着,各家各户的灶王爷都骑着纸扎的骏马在半空中向着遥远的天堂飞跑。在强光照耀下,他感到周身燥热,像着火一样。他急急忙忙地扒掉了自己的破皮袄,热,他又脱掉了破棉裤,热,他脱掉破棉鞋,热,摘掉破毡帽,热,他一身赤裸,像刚从母腹中落地一样,热。他伏在雪里,雪片烫着他的皮肤,使他辗转翻滚,热啊,热,他大口吞着雪花,雪花像盛夏炎阳下的砂石一样烫着他的咽喉。热啊! 热啊! 他从雪里爬起来,一手抓住一根公社大院铁栅栏上的铁棍,通红的铁棍烫得他手里冒油,他的手粘在铁栅门上,拿不下来了,他最后想叫喊的还是:热啊! 热!

胸前钢笔很多的小伙子清晨起来扫雪,偶而抬头一瞥铁栅门时,不由得大惊失色。他看到,昨天晚上那个自称耿十八刀的老头赤身裸体地把在大门上,好像受难的耶稣。老头的面色青紫,肢体舒展,瞪着大眼盯着公社大院。乍一看,谁也不敢相信他是个冻饿而死的老孤独人。

青年人特意数了数老人身上的伤疤,果然是十八块,一块不多,一块不少。

八

成麻子带领鬼子兵轰炸完村里的草鞋窨子后,终于获得解放。香色呢礼帽严肃地盘问他:"还有没有草鞋窨子啦?"他肯定地说:"没有啦,真的没有啦。"呢礼帽看了一下日本人,日本人点点头。于是他听到呢礼帽说:"滚吧!"他点头哈腰地倒退了十几步,然后急转身、意欲飞跑,却腿软心跳,怎么也跑不动。胸脯上的伤口热辣辣地痛,裤裆里的屎尿粘腻腻地凉。他倚在一棵树上喘着气,听着从各家各户传来的鬼哭狼嚎声,腿自动地萎缩。他的背擦着柳树枯燥的皮,一滑到底。村子上空弥漫着一团团烟雾,那是手榴弹爆炸的浓烟吧。日本人往村子里十二个草鞋窨子里投了几百颗小甜瓜状的黑色炸弹,从窨子的天窗投进去,从窨子的出口投进去。投完炸弹的鬼子兵都无动于衷地环绕窨子而立。窨子里响起闷雷般的爆炸声,连脚下的土地都哆嗦,强劲的浓烟伴随着没被炸死者的惨叫从窨子的天窗上冒出来。日本兵用乱草塞住天窗、窨子里的喊叫声变得非常细弱,用力才能听到。他领着日本人炸了十二个窨子。他知道村里四分之三的男人都在窨子里编草鞋,过夜,这些男人只怕一个也活不成了。他忽然感觉到自己罪恶深重。村东头偏僻角落上那个草鞋窨子,要是没有他带路,日本人是不会找到的,那是村里数一数二的大窨子,每天夜里都聚集着三十二十的男人,一边编草鞋,一边说笑。日本人往这个窨子里投进去四十多颗炸弹,强大的气浪把窨子顶盖炸塌了。爆炸过后,窨子就成了一个颓平的坟墓,只有一根支撑顶盖的柳木棍子从泥土中伸出来,像枪口一样指着红彤彤的天。

他后怕,他也后悔。他好像看到那些熟悉的面孔在团团包围着自己,怒斥着自己。他努力为自己辩解着:是鬼子用枪刺逼着我干的,我不带路鬼子也会找到所有的草鞋窨子并往里扔炸弹。那些被炸死的人面面相觑,悄悄地退了。他看着那些人残缺不全的身体,虽然自觉心中无愧,周身却如泡在冰河里一样,从里到外都凉透了。

他挣扎着回到家里,发现他的漂亮的妻子和十三岁的女儿躺在院子里,衣服被剥得精光,肝肠涂了一地。他眼前乌黑,直挺挺地摔倒了。……他躺着,有时自觉死去了,有时又觉得还活着……他往前追赶着,向着西南方向。西南方向玫瑰色的天空,漂游着一大片圆圆的红云,妻子、女儿,村里许多熟悉的男女老幼,都站在上边。他在地上飞跑、仰着脸、追赶那片缓缓移动的云。云上的人都不理他。都对他啐唾沫,连妻子女儿也对着他啐唾沫。他急急忙忙地辩解着,说自己给日本人带路是怎样万般无奈。可是那云里的唾沫更像雨点般落下。他眼见着云团越飞越高。终于变成一个血红的亮点……妻子漂亮、年轻,面皮像细瓷一样光滑,嫁给一个麻子使她委屈……他在她们村子里住店时,每天晚上都把一支唢呐吹得哭哭啼啼,吹得她情肠寸断……她是嫁给他的唢呐的。唢呐反复吹,听厌了;麻子脸本来就厌,这时就更厌了。她跟着一个贩布的跑了,但被他抓了回来。他打肿她的屁股,打到的老婆揉到的面。老婆一心一意地过日子。先生了一个女儿,后生了一个儿子……他醒过来后又开始寻找儿子,八岁的儿子头朝下脚朝上立在水瓮里,身体僵硬如一段棍棒。

成麻子把绳子拴在大门框上,挽出一个圆圆的圈套,把脑袋伸进去,脚踢倒凳子,绳索勒紧他的咽喉。一个小伙子高举一把腰刀、横着把绳子斩断。成麻子的身体跌在大门槛上。小伙子堵着他的屁股眼揉巴了半天,他才缓过气来。

　　小伙子生气地说:"麻子大叔! 日本人杀咱还不够吗? 你怎么还自杀? 活着去报仇啊! 大叔!"

　　成麻子对小伙子哭诉着:"春生啊,大侄子,你婶子和兰子、柱子都死了,我是家破人亡啊!"

　　春生提着刀走进院子,出来时他脸色发青,双眼发红,他一把扯起成麻子,说:"大叔,走啊! 投八路去! 八路胶高大队正在两县屯一带招兵买马!"

　　"我的房子,我的家产呢?"成麻子说。

　　"老胡涂! 刚才你要是吊死了,房子家产给谁? 走吧!"

　　一九四〇年早春,天气异常寒冷,高密东北乡的所有村庄成了废墟,

　　孑遗的百姓们像土拨鼠一样在地窝里苟活着。逐渐壮大的胶高大队被寒冷和饥饿扼住了咽喉。病号大量出现;从大队长到普通队员,都饿得面黄肌瘦,瑟缩在一两件破破烂烂的单衣里发颤。他们躲在咸水口子附近的一个小村庄里,每当太阳上来,队员们就一堆一堆地躺在断墙边上抓虱子晒太阳。白天不敢行动,夜晚寒气逼人,想出去骚扰敌人只怕不被鬼子打死也要活活冻死。这时,成麻子已是胶高大队里有名的虎胆英雄,深得大队长江小脚的信任。成麻子不愿用枪,只愿用手榴弹,每次战斗,他都冲到最前边,把一枚枚的木柄手榴弹闭着眼乱扔。距离敌人七八米远,他也敢扔手榴弹,而且从不弯腰躲避,说也奇怪,那些弹片像飞蝗一样从他身边飞过,却从没碰伤

过他的肉体。

为解决寒冷和饥饿问题，大队长江小脚召开干部会议。成麻子愣头青一样闯进去，蹲下，板着麻子脸，一句话也不说。江小脚问："老成，你有什么办法没有？"

成麻子一声不吭。

一个书生气十足的中队长说："就当前形势看，我们龟缩在高密东北乡，无疑坐以待毙。我们应该跳出死地，到胶南产棉区去搞棉衣，那里盛产红薯，吃的也不成问题。"

江大队长从怀里掏出一张油印小报，说："据特委通报，胶南一带形势更加严酷，铁路大队被日军包围，已经全军覆没。比较而言，高密东北乡还是最理想的游击区。这里地面宽阔，村庄稀疏，日伪力量薄弱，去年的高粱多半没有收割，勉可藏身，只要解决了吃饭穿衣问题，我们就能坚持斗争，并伺机打击敌人。"

有一脸色枯黄的干部说："这可能吗？哪里有布匹？哪里有棉花？哪里有粮食？每天吃一捧发芽的高粱米，人都要吃死了！依我看哪，咱们来个假投降，去投伪团长张竹溪，混上棉衣，补充足弹药，我们再拉出来。"

书生气十足的中队长愤怒地站起来："你要我们去当汉奸？"

那干部辩解着："谁要你当汉奸？假投降么！三国时，姜维搞过假投降，黄盖搞过假投降！"

"我们是共产党，饿死不低头，冻死不弯腰，谁要认贼作父，丧失气节，我就和他刀枪相见！"

那干部也不示弱，说："共产党就是要把人饿死冻死吗？共产党是最聪明的人，应该机动灵活，小忍为大谋，只有保存革命力量，才能赢得抗日战争的最后胜利！"

江大队长说："同志们，同志们，不要吵，有话慢慢说。"

成麻子说:"大队长,我有一条计。"

成麻子说出那条计来,喜得江小脚连连搓手叫好。

胶高大队采纳了成麻子的计策,趁着暗夜,偷走了我父亲和爷爷钉在村里断壁残墙上的一百多张狗皮,又盗走了爷爷藏在枯井里的几十支钢枪。他们依样画葫芦,四处打狗,补充了营养,恢复了体力,筹齐了避寒衣——每人一张狗皮。那年的漫长寒冷的春天里,高密东北乡广阔的大地上,出现了一支身披狗皮的英雄部队,他们打了十几次不大不小的仗,使日伪、尤其是使张竹溪的伪二十八团闻狗叫而丧胆。

第一场战斗发生在古历二月初二日,传说中的龙抬头的日子。身披狗皮、手持钢枪的胶高大队潜入了马店镇,包围了张竹溪二十八团驻守马店镇的第九连与一个日本小队。日伪的兵营是马店镇原来的小学堂。有四排青砖瓦房,一圈青砖高墙。高墙上拉了一圈铁丝网。鬼子一九三八年修筑在四排房屋中央的炮楼子因修建时基础未打牢,去年秋天大雨滂沱,地基下陷,炮楼倾斜,日本小队搬出,炮楼被推倒。紧接着寒冬到来,无法动工,日本人和伪军第九连就住在那四排瓦房里。

伪军九连连长是高密人,心狠手毒,面上却整日挂着甜甜的微笑。他从冬天就开始催砖催石催木料,为重建炮楼做准备,在筹料过程中,他发了横财千千万。老百姓恨之入骨。

马店镇属胶县西北乡,与高密东北乡接壤,离胶高大队的营盘有三十里路。胶高大队是日头将落时离的村,村里有人曾看见过当时情景:在血红的暮色里,二百多个土八路哈着腰出了村。他们每人披一张狗皮,狗毛朝外,狗尾巴拖在两腿间。阳光照得狗毛灿烂,五颜六色,美丽而古怪,恍若妖兵群魔。

第一次身披狗皮出战，胶高大队队员们心情也鬼怪妖魔，他们看到阳光血一样涂在战友们的皮毛上时，脚下都如腾云驾雾一般，走得忽快忽慢，确如狗行。

大队长江小脚身披一张硕大的红狗皮——那一定是我家那条红狗的皮，走在队伍前头，小脚蹀躞，狗毛翻滚，粗大的狗尾巴夹在双腿间，狗尾巴梢尖拂动着地面。成麻子披着一张黑狗皮，胸前挂一个布袋，布袋里装着二十八颗手榴弹。他们披狗皮的方式都是一样的：狗的两条前腿皮用麻绳捆扎，套在人的脖颈下；狗皮的肚腹两侧，穿两个洞，拴两条麻绳，两根麻绳在人的肚脐处打结。

他们潜入马店镇时，已是半夜，寒星遍天，严霜遍地。身披狗皮的胶高大队前胸寒冷，背后温暖。进村时，几条狗对着他们友好地叫着。一个调皮的年轻队员学了几声狗叫，队员们忽然都感觉到喉咙发热，有学狗叫的强烈愿望，但队伍前头传递过来大队长的命令：不许学狗叫！不许学狗叫！不许狗叫！别叫！

根据早就侦察好的情况，按照早就计划好的步骤，队伍埋伏在离大门一百米远的地方，那里堆积着伪连长为开春后修筑炮楼筹集的砖石。

江小脚对紧跟在他身后的成麻子说："麻子，行动吧！"

成麻子低声唤了一声："六子，春生，走。"

为了行动方便，成麻子把挂在胸前的一袋手榴弹摘下来，摸出了一枚掖在腰里。他把手榴弹袋子递给一个身材高大的队员，说："我在门口得手后你快点送上来。"那队员点点头。

微弱的星光照耀着大地，日伪的营房里挂着十几盏马灯，院子里昏黄如傍晚。大门口游动着两个鬼魂般的伪军，影子长长地投地地上。从砖石堆后边，跳出了一只黑色的老狗，他颠颠地跑着；紧跟在他身后，又追出了一条白狗，一条花狗。他们厮咬着，翻滚着，趋着暗影,靠近了大门。在一堆木料旁边——那里离大门只有十几步路——在木料的暗影里,三条狗咬成一团。远远地看着,好像三条狗在争夺着什么美味佳肴。

大队长江小脚在砖石堆后,满意地听着看着成麻子他们的精彩表演,不由想起成麻子刚参军时那副木讷懦弱的样子,那时候他动辄流泪抹鼻涕,像个老娘们一样。

成麻子他们在木料堆的暗影里耐心地厮咬着,两个游动的岗哨立在一起,愣愣地听着。一个伪军弯腰寻到一块砖石,用力投过去,并怒骂一声:"这群瘟狗!"

成麻子摹仿出狗被击中的昂昂叫声。确实是维妙维肖。江大队长憋不住想笑。

从制定了袭击马店镇的计划后,胶高大队就开始了学狗叫的运动。成麻子唱过京戏,吹过唢呐,底气足,声音宏亮,舌头灵活,成了队里学狗叫的冠军,六子和春生也学得不错。因此他们得到了诱杀敌人哨兵的任务。

伪军耐不住了,端着上着刺刀的步枪,小心翼翼地往木料堆旁走。狗厮咬得更加欢快。伪军走到离木料堆三五步远时,狗停止了大声咆哮,只是呜呜地呜叫着,好像害怕,但又舍不得离去。

两个伪军又战战兢兢地往前走了一步。

成麻子他们从地上飞一样腾起,兵营里马灯射出的昏黄光线照耀着他们的皮毛,好像三道闪电飞向两个伪军。成麻子的手榴弹擂到伪军的脑门上,六子和春生的刺刀扎进了另一个伪军的胸膛。两个伪军都像装满沙土的布袋一样沉甸甸地倒了。

胶高大队因为人人身披狗皮,确实像亢奋的狗群一样往敌营冲去。成麻子在大门口接住了他那一袋子手榴弹,发疯般地往瓦房扑去。

枪声,手榴弹爆炸声,喊话声,鬼子与伪军的惨叫声,打破了马店镇宁静的冬夜,镇里的狗叫成一团。

成麻子对准一个窗口,接二连三地投进去二十颗手榴弹,屋子里的爆炸声和受伤鬼子的惨叫声使他想起几年前日本鬼子往草鞋窨子里扔炸弹的情景。这种类似的情景并没有使他体会到报仇雪恨的快感,反而,却有一线锐利的痛苦,像尖刀一样,在他心脏上划出一道深刻的裂痕。

这场战斗,是胶高大队组建以来最大的战斗,是整个滨海区抗战以来的绝对辉煌的胜利。共产党滨海特委通令嘉奖胶高大队。那些日子,狗皮加身的胶高大队欣喜欲狂,但不久,却发生了两件极其扫兴的事情:一是大队在马店镇战斗中缴获的大批武器弹药,都被滨海独立团抽走了。身为共产党员的江大队长知道特委的决定是正确的,但普通的队员都牢骚满腹,骂不绝口。前来搬运武器的独立团战士们,看着一个个身披狗皮、面黄肌瘦的胶高大队队员,似乎都面有愧色。二是在马店镇战斗中立了大功劳的成麻子竟吊死在村头一棵柳树上。一切迹象都证明他是自杀的。他上吊时也没把那张狗皮解下来,所以从后边看,树上好像吊着一条狗;从前边看,树上吊着一个人。

九

二奶奶的身体自从被奶奶用热水擦洗之后,便再也没有大喊大叫。她的伤痕累累的脸上整天都挂着温柔的微笑。下边流血淅沥,昼夜不止。爷爷遍请乡里医生,汤药吃了几篓,病症却一日重似一日。那些日子里,奶奶的房间里弥漫着浓重的血腥味,二奶奶的血大概流光了,连她的耳朵都变得像凉粉一样透明了。

最后一个医生是罗汉大爷从平度城搬来的。医生是个八十多岁的老头子，一部银胡子，一个肉皮很厚的秃脑门子，双手上的指甲很长，棉袍的扣子上挂着一柄牛角胡梳，一支银挖耳勺，一根骨头牙签。父亲看到老中医把手指按在二奶奶的手腕上。按完了左手按右手。按完了右手，老中医说："准备后事吧！"

送走老中医，爷爷奶奶都很凄楚。奶奶连夜为二奶奶缝制送老衣裳；爷爷委派罗汉大爷去木匠铺选一口棺木。

第二天，奶奶在几个女街坊的协助下，为二奶奶换好了新装。二奶奶面无一丝委屈之色，穿着红绸子的大褂，蓝缎子裤子，绿绸裙子，红缎子绣花鞋，直挺挺地躺在炕上。脸上笑容可掬，胸口还有一丝游气，似断不断。

中午时分，父亲看到一只墨一样的黑猫在屋脊上徜徉着，并发出令人胆寒的凄厉叫声。父亲捡了一块砖头，用力朝黑猫打去，黑猫跳一跳，踏着瓦楞，慢吞吞地走了。

掌灯时分，烧酒锅的伙计们把棺材抬来，停在院子里。奶奶在房子里点亮一盏豆油灯，因为是非常时刻，灯盏里放了三根灯草，腾腾上升的灯烟里，有一股爆炒羊肉的香气。大家都焦急地盼望着二奶奶咽完最后一口气。父亲躲在门后，看着二奶奶那两扇在灯光下呈现出琥珀颜色、并像琥珀一样透明的双耳，心里荡漾着一种五颜六色的神秘感。这时候，他感觉到房上的瓦楞又被那只墨一样的黑猫踏响，并感觉到了黑猫的在暗夜中磷光闪闪的双眼和黑猫淫邪的叫声。父亲的头皮一炸，头发好像都如刺猬的钢毛一样戗立起来。二奶奶忽然睁大了眼睛，眼珠不转，眼皮却像密集的雨点一样眨动起来。她腮上的肌肉也紧张地抽搐着，两片厚嘴唇一扭一扭又一扭，三扭之后，一声比猫叫春还难听的声音，从她的嘴里冲出来。父亲发现，豆油灯盏里金黄的火苗一瞬间变成了葱叶般的绿色，在绿色灯光照耀下的二奶奶的脸,已经失去人类的表情。

奶奶起初还为二奶奶的复活高兴,但很快,这种高兴就被恐怖挤跑了。

奶奶说:"妹妹,妹妹,你怎么啦?"

二奶奶开口就骂:"婊子养的! 我饶不了你们,杀了我的身,杀不了我的心,我要剥你的皮,抽你的筋!"

父亲听出,这声音根本不是二奶奶原有的声音,倒像一个年过半百的老头。

奶奶被二奶奶骂退了。

二奶奶的眼皮还是像闪电般迅速地眨动着,嘴里时而狂叫,时而怒骂,声音震动房瓦,满屋冷气侵入。父亲清楚地看到,二奶奶的脖子之下像木棍一样绷得僵直,这股疯狂呐喊的力量不知来自何处。

爷爷不知所措,让父亲去东院叫来罗汉大爷。在东院里也能清楚地听到二奶奶制造的恐怖音响。七八个烧酒伙计正在罗汉大爷屋里议论着,一见父亲进来,都停嘴不言语,父亲说:"大爷,俺干爹叫你过去。"

罗汉大爷进屋,瞥了一眼二奶奶,便扯着爷爷的袖子到外屋,父亲跟出去。罗汉大爷悄悄地说:"掌柜的,人早就死了,不知道是什么邪魔附了体。"

罗汉大爷一语未了,就听到二奶奶在屋里高声叫骂:"刘罗汉,你这个狗娘养的! 你不得好死,抽你的筋,剥你的皮,割掉你的鸡巴子……"

爷爷与罗汉大爷相顾惨惧,嗫嚅不能言。

罗汉大爷思索片刻说:"用湾水灌吧,湾水避邪。"

二奶奶在屋里骂声不绝。

罗汉大爷提着一瓦罐肮脏的湾水,带着四个体格魁梧的烧酒伙计,刚刚走到院子里,就听到二奶奶在屋里咯咯地浪笑着,说:"罗汉,罗汉,你灌吧,灌吧,你老姑奶奶正渴着呢!"

父亲看到一个伙计把一个卖酒的铁漏斗,用力插进二奶奶嘴里,另一个伙计提起那罐湾水哗哗地往漏斗里倒,漏斗里的水打着旋往下流,流得那么快,使人无法相信那些水是流到二奶奶肚子里去了。

一罐水灌进去,二奶奶安静了。她的肚子平平坦坦的,胸口里鼓鼓涌涌的,好像在喘气。

众人都欣慰地喘了一口气。

罗汉大爷说:"行了,老啦!"

父亲又一次感觉到瓦楞上有噗嗒噗嗒的脚步声,好像那只黑猫在散步。

二奶奶僵死的脸上又绽开迷人的笑容。她的脖子像打鸣的母鸡一样死劲抻着,皮肤都抻得透亮,随着几声尖叫,一股混浊的水从她的嘴里喷出来。水柱直上直下,到二尺多高时,突然散开,水点像菊花的瓣儿一样,跌落在她的崭新的送老衣裳上。

二奶奶的喷水游戏吓得那四个伙计拿腿就跑;二奶奶高声喊叫:"跑,跑,跑,到底跑不了,跑了和尚跑不了庙。"

二奶奶这样一喊,那四个伙计丢魂落魄,只恨少生了两条腿。

罗汉大爷求援地望望爷爷,爷爷正求援地望着罗汉大爷。四道目光相撞,汇成两声无可奈何的惊惧叹息。

二奶奶骂得更热闹了,不但骂,连胳膊和腿都开始抖索起来。她骂道:"日本狗,中国狗,三十年后遍地走,余占鳌,你跑不了,蛤蟆吃斑蝥,你的难受还在后边呢!"

二奶奶的身体像弓一样弯起来,看看就要坐起来的样子。

罗汉大爷喊:"不好,要起尸!快找钢火镰来。"

奶奶把钢火镰扔进来。

爷爷壮着胆,把二奶奶按倒。罗汉大爷把那片钢火镰压在她的心窝里。但哪里压得住?

罗汉大爷抽身要走,爷爷说:"大叔,你不能走啊!"

罗汉大爷喊:"女掌柜的,快去找个钢铲来!"

二奶奶的胸口被压上了一个犁地用的钢铲,她的身体才安静下来。

爷爷和罗汉大爷都从屋里退出来,父亲跟随着。

二奶奶独自一人,在屋子里折腾着。奶奶、爷爷、罗汉大爷、父亲都退到院子里。

二奶奶在屋里喊叫:"余占鳌,我要吃黄腿小公鸡!"

爷爷说:"用枪打吧!"

罗汉大爷说:"不行,不行,她人早就死啦!"

奶奶说:"大叔,快想个法子呀!"

罗汉大爷说:"占鳌,去柏兰集搬山人吧!"

凌晨时分,二奶奶的叫骂声把窗纸都快震破了。她骂着:"罗汉罗汉,我与你不共戴天之仇!"

罗汉大爷伴着那个山人走进院子,二奶奶的叫骂声变成了一声声长长的叹息。

山人有七十岁左右年纪,穿一件黑色的道袍,袍子的前心后背上都画着一些奇怪的图案。他背上背着一柄桃木剑,手里提着一个包袱。

爷爷迎着他,认出他就是几年前为二奶奶镇压过黄鼠狼精的李山人,只不过比前几年更显干瘦。

山人用桃木剑捅破窗纸,往屋里望了望,脸色灰白地退回来,对爷爷拱拱手,说:"掌柜的,这个邪,小山人法力浅薄,只怕镇压不住。"

爷爷焦急万分,说:"山人,您不能走,无论如何您也要驱除了它,我一定重重地谢你。"

山人眨动着妖气横生的眼睛,说:"好吧,山人喝口大胆汤,豁出个破头撞金钟!"

直到今天,我们村里还广泛流传着李山人为我二奶奶驱邪的事。

传说中的李山人披头散发,在我家院子里踏罡步斗,口中念念有词,仗剑作法,二奶奶在炕上翻来滚去。叫哭连天。

最后,山人让奶奶找来一个木盆,盆里盛着半盆清水。山人从包袱里拿出几包药,倒在盆里,然后用桃木剑快速搅动,一边搅动一边念咒语,盆里的水渐渐发红,最后变得像血一样红。山人油汗淫淫,在地上狂跳几下,仰天摔倒,口吐白沫,昏了过去。

山人醒过来时,二奶奶咽了最后一口气,尸体的腐臭气和变质的血腥气从窗户里汹涌地扑出来。

盛殓二奶奶时,所有的人嘴上都捂着用高粱酒浸湿了的羊肚子手巾。

十

我逃离家乡十年,带着机智的上流社会传染给我虚情假意,带着被肮脏的都市生活臭水浸泡得每个毛孔都散发着扑鼻恶臭的肉体,又一次站在二奶奶的坟头前,我是参拜了众多坟头之后才来参拜二奶奶的坟头的。二奶奶短促的绚丽多彩的一生,在我的故乡的"最英雄好汉最王八蛋"的历史上,涂抹了醒目的一笔。她以她诡奇超拔的死亡过程,唤起了我们高密东北乡人心灵深处某种昏睡着的神秘感情。这种神秘感情只有处在故乡老人追忆过去的、像甜蜜粘稠的暗红色甜菜糖浆一样的思想的缓慢河流里才能萌发,生长,壮大,成为一种把握未知世界的强大思想武器。我每次回到故乡，都能从故乡人古老的醉眼里，受到这种神秘力量的启示。在这种时候，我往往不愿意比较和对照，但逻辑思维的强大惯性，又把我强行拉入比较和对照的涡漩之中。在思维的涡漩里，我惶恐地发现，我在远离故乡的十年里所熟悉的那些美丽的眼睛，多半都安装在玲珑精致的家兔头颅上，无穷的欲望使这些眼睛像山楂果一样鲜红欲滴，并带着点点的黑斑。我甚至认为，通过比较和对照，在某种意义上证明了两种不同的人种。大家都按照自己的方式在进化着，各自奔向自己的价值系统里确定的完美境界。我害怕自己的眼睛里也生出那种聪明伶俐之气，我害怕自己的嘴巴也重复着别人从别人的书本上抄过来的语言，我害怕自己成为一本畅销的《读者文摘》。

二奶奶从坟墓中跳出来，手捧一面金黄的铜镜，厚嘴唇两侧竖着两道深刻的冷嘲纹，说："并非我生的孙子，照照你的尊容吧！"

二奶奶衣衫裙裾翩翩，一如入殓时的情景，她的实际相貌比我想象的要年轻、要漂亮；她的声音里透露出来的信息说明她的思想比我的思想要无边地深刻；她的思想宽厚、凝重、富有弹力而又安详坚固，我的思想像透明的笛膜一样在空气中颤抖。

我在二奶奶的铜镜中看到了我自己。我的眼睛里的确有聪明伶俐的家兔气。我的嘴巴里的确在发出不是属于我的声音，就像二奶奶临死前发出的声音也不属于她自己一样。我的身上盖满了名人的印章。

我惶恐得要死。

二奶奶宽容大度地说："孙子，回来吧！再不回来你就没救了。我知道你不想回来，你害怕铺天盖地的苍蝇，你害怕乌云一样的蚊虫，你害怕潮湿的高粱地里无腿的爬蛇。你崇尚英雄，但仇恨王八蛋，但谁又不是'最英雄好汉最王八蛋'呢？你现在站在我面前，我就闻到了你身上从城里带来的家兔子气,你快跳到墨水河里去吧,浸泡上三天三夜——只怕河里鲇鱼,喝了你洗下来的臭水,头上也要生出一对家兔子耳朵!"

二奶奶倏然进墓。高粱默然肃立,阳光潮湿灼热,无风。二奶奶的坟墓上杂草繁茂,草香扑鼻。好像什么事情也没有发生过。远处传来锄地农民高亢的歌唱声。

这时,围绕着二奶奶坟墓的已经是从海南岛交配回来的杂种高粱了,这时,郁郁葱葱覆盖着高密东北乡黑色的土地的也是杂种高粱了。我反复讴歌赞美的、红得像血海一样的红高粱已被革命的洪水冲激得荡然无存,替代它们的是这种秸矮、茎粗、叶子密集、通体沾满白色粉霜、穗子像狗尾巴一样长的杂种高粱了。它们产量高、味道苦涩,造成了无数人便秘。那时候故乡人除了支部书记以上的干部外,所有的百姓都面如锈铁。

我痛恨杂种高粱。

杂种高粱好像永远都不会成熟。它永远半闭着那些灰绿色的眼睛。我站在二奶奶坟墓前,看着这些丑陋的杂种,七长八短地占据了红高粱的地盘。它们空有高粱的名称,但没有高粱挺拔的高秆;它们空有高粱的名称,但没有高粱辉煌的颜色。它们真正缺少的,是高粱的灵魂和风度。它们用它们晦暗不清、模棱两可的狭长脸庞污染着高密东北乡纯净的空气。

在杂种高粱的包围中,我感到失望。

我站在杂种高粱的严密阵营中,思念着不复存在的瑰丽情景:八月深秋,天高气爽,遍野高粱红成洗洋的血海。如果秋水泛滥,高粱地成了一片汪洋,暗红色的高粱头颅擎在浑浊的黄水里,顽强地向苍天呼吁。如果太阳出来,照耀浩淼大水,天地间便充斥着异常丰富、异常壮丽的色彩。

这就是我向往的、永远会向往着的人的极境和美的极境。

但是我被杂种高粱包围着,它们蛇一样的叶片缠绕着我的身体,它们遍体流通的暗绿色毒素毒害着我的思想,我在难以摆脱的羁绊中气喘吁吁,我为摆脱不了这种痛苦而沉浸到悲哀的绝底。

这时,一个苍凉的声音从莽莽的大地深处传来,这声音既熟悉又陌生,像我爷爷的声音,又像我父亲的声音,也像罗汉大爷的声音,也像奶奶、二奶奶、三奶奶的嘹唳的歌喉。我的整个家族的亡灵,对我发出了指示迷津的启示:

可怜的、屠弱的、猜忌的、偏执的、被毒酒迷幻了灵魂的孩子,你到墨水河里去浸泡三天三夜——记住,一天也不能多,一天也不能少,洗净了你的肉体和灵魂,你就回到你的世界里去。在白马山之阳,墨水河之阴,还有一株纯种的红高粱,你要不惜一切努力找到它。你高举着它去闯荡你的荆棘丛生、虎狼横行的世界,它是你的护身符,也是我们家族的光荣的图腾和我们高密东北乡传统精神的象征!

人老了，书还年轻

——代后记*

洪范书店的叶步荣先生来信说，《红高粱家族》近期拟再版，当初因时空因素删改多处，再版应予还原。叶先生问我愿不愿为再版写几句话，我说愿意。

《红高粱家族》全书完成于一九八六年，至今恰好二十年。那时我还是一个血气方刚的青年，如今已经是个双鬓斑白的准老头了。这二十年，大陆文坛发生了许许多多的事，新的浪潮掩盖旧的浪潮，新的主义替代旧的主义，似乎热闹非凡，但泡沫散尽之后，留下的实绩并不多。这其实也是正常现象。从古至今，诸多的艺术创作，都随着时间而湮灭，留下的少数作品，大半是因其思想艺术价值经得起大浪淘沙的考验，但也不排除幸运的成分。

二十年光阴，在时间的长河中，几乎可以忽略不计，但在个人的一生中，却是非同小可的一段。三十岁到五十岁，可谓人生的黄金时代，我本来可以在这段时间里干出一点惊天动地的事，但终究是画虎

＊ 本文原为台湾洪范书店版《红高粱家族》写的再版前言，用在这里，权当新版后记。

不成,蹉跎了岁月。所幸在这二十年中,还是写出了几本书,再过二十年后,这些书还有无可能像《红高粱家族》一样再版,现在还很难说。《红高粱家族》虽是少作,技术上有诸多粗疏之处,但文中那股子英雄豪杰加流氓的气魄,却正是借助了那股子初生牛犊之蛮劲儿才喷发出来。前年编文集时,我又把这本书读了一遍,分明地感觉到:人老了,书还年轻。

二〇〇六年八月三十一日

图书在版编目（CIP）数据

红高粱家族/莫言著.-上海：上海文艺出版社.
2012.10（2012.11 重印）
ISBN 978-7-5321-4637-6
Ⅰ.①红… Ⅱ.①莫… Ⅲ.①长篇小说-中国-当代
Ⅳ.①I247.5
中国版本图书馆 CIP 数据核字（2012）第 222802 号

出 品 人：陈　征
策　　划：曹元勇
责任编辑：曹元勇
封面设计：钱　祯
封面绘画：Jenny

红高粱家族
莫　言 著
上海文艺出版社出版、发行
地址：上海绍兴路 74 号
新华书店经销　上海中华商务联合印刷有限公司印刷
开本 650×958　1/16　印张 23.75　插页 2　字数 302,000
2012 年 10 月第 1 版　2012 年 11 月第 10 次印刷
ISBN 978-7-5321-4637-6/I・3615　　定价：35.00 元

告读者　如发现本书有质量问题请与印刷厂质量科联系
T：021-59226000